ARTEMIS

Volume 1

Narrativa

Fabrizio Monticelli

La Vendetta Al Di Là Del Mare

Nuova Edizione

Editing e impaginazione: R. D. Hastur

Copertina: Davide Romanini

ISBN: 978-88-6817-026-4

Pubblicato da **Eclypsed Word**

Marchio di **Kreattiva Edizioni**
Via Primo Maggio, 416, 41019, Soliera (MO)
Tel. +39 3316113991 +39 3392494874
Cod. Fisc. 90038540366
Partita IVA 03653290365

*Ho deliberatamente tralasciato alcuni avvenimenti,
per lasciare ad ognuno di voi lettori
la possibilità di immaginare eventuali scenari possibili,
perché credo che non vi sia nulla di più bello
della vostra immaginazione.*

F. Monticelli

Memorie di un vecchio marinaio

Lascio a voi queste poche righe, per narrarvi i fatti accaduti tempi or sono. Un tempo ero un abile capitano di marina. I miei ufficiali mi conoscevano col nome di Capitano Harkan.

Ora sono solo un vecchio con tanti aneddoti da raccontare. Il gomitolo della mia vita è giunto al termine e la mia carriera di capitano finì il giorno in cui incontrai una piratessa. Mi rammento gli sforzi per riuscire a mettere alla fonda una flotta degna di questo nome. In mare, quel giorno, vi erano sotto il mio comando quattro Caracche militari. A quel tempo ero giovane, audace, incosciente. Nel mio peregrinare di porto in porto, avevo sentito parlare di una fervente piratessa di nome Ascher.

Da prima pensai che fosse buffo, un nome da uomo portato da una donna, in seguito capii, a mie spese, che forse avevo fatto male a deriderla. Le gesta di Ascher crebbero rapidamente. Molti mercanti cominciarono a chiamarla la Tigre Demoniaca. Dal canto mio, invece, fremevo dalla voglia di incontrarla e di misurarmi con lei.

Ripensandoci adesso, mentre sono qui, vecchio e malato, forse avrei potuto non essere così avventato e godermi maggiormente la mia giovane età.

Era una splendida mattina, quando mi imbattei nella flotta della piratessa Ascher; era nettamente in superiorità ma io facevo affidamento sulla maggior potenza di fuoco. Inutile dirvi che mi sbagliavo. Lo scontro fu lungo ed incerto e devo ammettere che la piratessa Ascher si dimostrò molto abile nella tattica nautica. Infine, ebbi l'occasione di abbordare la sua ammiraglia e nel caos creatosi, ci fronteggiamo sul ponte.

Fu abile, accidenti se fu abile, nemmeno mi accorsi dei suoi affondi. Lo scontro fu davvero breve: in poche stoccate ebbi la peggio e lì ebbi la conferma di ciò che si narrava di lei.

Quel duello decretò la fine della mia carriera e la vittoria di Ascher. Ad oggi non so dirvi chi dei due abbia avuto la meglio sul proprio destino.

Un tempo, e per lungo tempo, pensai che fosse stata lei...

Primo Bottino

Attraccato il Veliero all'isola il capitano Ascher e tutta la sua ciurma si diressero a gran passo su per le stradine del borgo, fino a giungere in taverna. La loro meta non era una taverna cittadina di basso ordine ma, bensì il Puledro Impennato, la taverna più rinomata di Ascherath, un'isoletta all'estremo est. Appena entrati il capitano si fece subito sentire:

- Oste della malora dove ti nascondi? Qui ci sono io e i miei ventidue uomini che non vedono l'ora di bere il tuo maledettissimo Grog!

- Eccomi balordi che non siete altro, vi avevo già cacciato fuori l'altra settimana perché non potevate pagarmi, ora vi rifate vedere? Non nego però che abbiate fegato nel farvi rivedere!

Ascher cominciò a sorridere:

- Questa volta sarà diverso, amico mio, voglio pagare da bere per tutti i tuoi ospiti, nessuno escluso . Il locandiere la guardò con stupore poi aggiunse:

- Sì come no, dall'oggi al domani sei divenuta ricca, magari dando da mangiare ai pappagalli.

Detto ciò si piegò dalle risate e con lui metà della gente seduta in taverna. L'affronto fu sufficiente per far dare in escandescenze a qualcuno della ciurma di Ascher, ma lei lo trattenne per un braccio, lo Sfregiato non li avrebbe cacciati questa volta.

- Senti taverniere, oggi non sono dell'umore adatto a sentire le tue inutili chiacchiere. Ieri sera il Faina ha origliato bene e ci ha condotti al ritrovamento di un bottino eccellente, sono solo venuta qua a spenderlo dicendo così fece entrare due uomini che rovesciarono sul bancone il contenuto del forziere, trentadue dobloni tintinnarono e caddero ovunque, lo Sfregiato si ammutolì e tutti in taverna per la prima volta inneggiarono il nome di Ascher, prima fu solo un tiepido vociare, ma in breve divenne un urlo che si propagò in tutta la taverna:

- Ascher! Ascher! Ascher! Ascher!

La flotta del capitano Jared Valar navigava da giorni per mare, l'unica cosa che la ciurma mangiava era pesce sotto sale, ormai le risorse prese dalla propria isola erano finite da tempo, avevano bisogno di un attracco sicuro. Il desiderio di assaporare il gusto della carne era forte e la paura dello scorbuto per l'assenza di frutta era nella testa del capitano. Alle prime luci dell'alba la vedetta a bordo della caravella ammiraglia urlò:

- Terra! Terra!

Tutti gli uomini corsero sul ponte e urla di gioia echeggiarono per mare,

Jared Valar ordinò immediatamente l'attracco
- Timoniere vira a poppa di otto gradi, ciurma, preparatevi all'attracco e a calare le scialuppe in mare!
Gli uomini del capitano Valar, nonostante fossero dei pirati sanguinari, lavoravano a bordo in perfetto ordine, tanto da sembrare uomini della Marina Militare. In pochi minuti era tutto pronto e il capitano stava osservando con il suo binocolo la possibilità di minacce. Notò un veliero pirata con le vele ammainate, a bordo sembrò non esserci nessuno, neanche una vedetta, quindi quell'isola non era deserta, nella mente di Valar si profilò un ipotesi insidiosa, era il covo di un pirata!

BOOM!

Il suono echeggiò lungo la baia, Jared Valar aveva ordinato di sparare un colpo di avvertimento, non amava scontrarsi a terra, senza sapere prima con chi avesse a che fare, era risaputo che i pirati non si amassero reciprocamente, così facendo avrebbe avvertito della sua presenza e avrebbe avuto conferma se quella ciurma sarebbe stata amica o nemica.

Una Missiva

Nella notte profonda, nell'isola di Asherath, un corriere correva per le viuzze maleodoranti del borgo, per recapitare urgentemente un messaggio alla giovane capitana Ascher.
Gli era stato ordinato di consegnarla personalmente a lei e a nessun altro. Non ci teneva ad essere redarguito e in più i dobloni di ricompensa per quella piccola consegna erano decisamente parecchi per rinunciarvi.
Giunto all'alloggio del capitano, bussò alla porta con mano malferma. Pochi secondi più tardi, al chiarore di una lanterna, il giovane volto di Ascher fece capolino dai battenti della porta.
Con voce fievole il corriere annunciò:
- Una missiva per lei capitano.
- Grazie. Chi la recapita?
- Dal sigillo, signore, sembra provenire dal Ministero Oscuro.

Uno Strano Incontro

Ascher si era prefissa lo scopo di poter allestire un numero di navi sufficienti per poter solcare i mari, oltre ai suoi ventidue seguaci era intenzionata ad arruolarne altri, se così si poteva dire, sapeva benissimo che la pirateria non è come la Marina Militare, coloro che ti seguivano lo facevano esclusivamente per interesse personale, il bottino della pirateria veniva sempre suddiviso tra i membri dell'equipaggio, chiaramente non in parti uguali.

Oltre a questo il suo problema, non da poco, era che lei fosse una donna e di certo gli uomini facevano fatica ad essere comandati da una donna, quindi le sue gesta dovevano, non di poco, superare qualsiasi altra mai vista. Sapeva di essere abile con la spada ed in effetti fu grazie a questa dote che sconfisse in duello il comandante precedente, prendendo così il controllo della nave e l'ubbidienza della ciurma. Si era stancata di essere derisa a bordo, era trattata come una sguattera, sotto i capricci di tutti, era stata aggiunta alla ciurma come inserviente alle cucine e il suo massimo compito affidatogli era la corvè e la pulizia costante del ponte. Così un giorno, quando il suo vecchio capitano si era reso vile ai suoi occhi non attaccando un mercantile, Ascher lo aveva sfidato e ucciso, poi aveva condotto i suoi uomini o almeno coloro che la volevano seguire all'arrembaggio, da quel giorno per tutti lei fu il capitano indiscusso.

Ora era seduta sulla banchina del porto, innanzi a lei vi erano aperti su di un tavolo, allestito per l'occorrenza, alcuni dispacci e svariati sacchi contenenti dobloni; in fila, uno per uno, alcuni uomini firmavano il contratto per essere imbarcati e ritiravano il primo compenso, un lavoraccio. Ascher non aveva ancora individuato chi sarebbero stati i suoi secondi però aveva già alcuni nomi sulla sua lista, un aiuto in più non avrebbe fatto male, anche perché le mansioni erano davvero parecchie e a lei sembrava di non avere mai tempo sufficiente per svolgerle tutte.

Ogni volta che Ascher alzava lo sguardo scambiava due parole con l'uomo in firma, gli allungava qualche doblone e controfirmava il dispaccio, quasi non prestava alcun interesse per chi fosse, immersa nei propri pensieri, quando ad un tratto un uomo incappucciato attirò la sua attenzione.

La voce dell'uomo, profonda e atona, le ricordò vagamente suo padre:

- Tu devi essere Ascher giusto?

Quest'uomo non era certo lì per far parte del suo equipaggio

- Sì, sono io e tu chi saresti? rispose lei.

Dalla penombra del cappuccio un sorriso apparve sul volto dell'uomo, che disse:

- In questo momento il mio nome non ha alcuna importanza.

Ascher si stizzì:

- Allora penso che non abbiamo più nulla da dirci.

L'uomo appoggiò le mani sul tavolo e si sporse verso Ascher, che istintivamente mise la mano sull'elsa.

- Avrei bisogno di parlarvi signorina, ma questo non è il posto né il momento, se volete sapere ciò che ho da dirvi sarebbe cortese da parte vostra seguirmi.

Ascher rimase immobile ad osservare il suo interlocutore, poi lo vide allontanarsi in silenzio verso il borgo.

Era indecisa su cosa fare ma la sua curiosità, prettamente femminile, la vinse, si alzò e seguì lo sconosciuto delegando l'arruolamento.

- David pensaci tu qui, io ho qualcosa da fare .

Il ragazzo non se lo fece ripetere due volte, sedendosi al posto precedentemente occupato dal suo capitano. David Beltar osservò con cipiglio Ascher incamminarsi verso il borgo, seguendo la figura ammantata.

L'oscuro si voltò, appena vide Ascher seguirlo un sorriso tirato apparve sulle sue labbra.

La Taverna di Ascher

La brezza della sera soffiava da nord e mentre il veliero del capitano Ascher rientrava in porto lei si godeva la brezza a prua della nave.

Era stata una giornata lunga e faticosa, non vedeva l'ora di sedersi al Puledro Impennato a godersi il meritato riposo e le acclamazioni della sua ciurma. La giornata era stata fruttuosa grazie ai consigli dell'Oscuro. Prima aveva condotto lei e il suo equipaggio ad un'isola a lei del tutto sconosciuta dove avevano potuto recuperare il bottino lasciato da qualche sprovveduto pirata, poi le aveva dato informazioni concernenti la rotta commerciale per intercettare e affondare una flotta mercantile. Ora si gustava la sua spossatezza, dopo la forte scarica adrenalinica della battaglia. Vi si era buttata a capofitto, senza curarsi dei pericoli o del pericolo corso dai suoi pirati. Era stata mossa solo dalla sua personale vendetta, era finita comunque bene, nessuna nave persa, il bottino riportato a casa e solo lievi danni alle navi.

Questi pensieri scomparirono subito all'avvento in taverna, mentre un grido festoso l'acclamava:

- Ascher! Ascher! Ascher!

Questa volta, anche lo Sfregiato si era unito ai cori in suo onore.

Le cannonate non sortirono nessun effetto e la cosa non poteva voler dire altro sennonché la nave fosse ormeggiata e vuota.

Jared Valar scrutò meglio con il monocolo la baia e notò, oltre ad altre navi ormeggiate, molte luci fioche provenienti dalle abitazioni. Ordinò l'attracco e scese a terra con alcuni uomini, giunto in prossimità della abitazioni la sua attenzione si soffermò su una di queste ultime. Dall'insegna si leggeva: Puledro Impennato. Jared Valar aveva sete e fame, entrò ammutolendo l'intera sala, gli astanti volsero il loro sguardo al famigerato pirata.

Solo uno sguardo, però, attirò l'attenzione di Jared Valar: quello di Ascher.

Un Nuovo Arrivo

La notte era già fonda e la nebbia circondava ogni cosa, mi era persino difficile distinguere i miei chiassosi bucanieri intenti a scavare. Fino a quel momento gli scavi erano stati proficui, ma, a causa della maledetta foschia che avvolgeva i sette mari, gli avvistamenti erano scarsi.

"Odio le nottate di soli scavi", pensai tra me e me.

Mi risvegliò il buon Gilian dal mio rimuginare:

- Capitano Long, giungono notizie portate da un veliero con a bordo Berlicche!

- Andiamo a vedere cosa ha da riferirmi quel vecchio giramondo! aveva attraccato anche lui in questo posto dimenticato da Dio.

- Capitano Long, vi ho cercato per mari e monti!

- Ma, figurati... per monti, devi dirmi qualcosa?

- Con questa nebbia è stato difficile rintracciarvi, ma al Teschio Sdentato questa mattina è passato il vostro amico, il capitano Jared Valar, aveva affari da sbrigare e ci ha riferito una bella notizia, una missiva del Ministero Oscuro è stata recapitata da poco!

- Mmm... speriamo che sia anche stata accettata di buon grado, altrimenti dovremmo lavare con il sangue l'offesa!

- Ma, capitano, non saprei...

- Strano, Berlicche, tu sai sempre tutto! Sei come Morcan con le sue preziose informazioni, ottanta dobloni in una notte!

- Non importa, salpiamo, che il nostro dovere qui è compiuto! Presto avremo nuove fresche come il mattino!

Tornato alla mia isola, fui accolto come al solito, in trepidante attesa, mostrai il bottino e iniziarono i festeggiamenti. Mi diressi alla fortezza dopo aver controllato che tutto fosse in ordine in seguito alla mia partenza, mi accollai la solita burocrazia, pile di scartoffie. Notai con piacere che una di queste missive mi era stata spedita dal mio comandante, Er Prototipo.

Con calma lessi.

Ti annuncio l'iscrizione in gilda di nuovi membri,
trattali come fossero figli tuoi!

Tra i vari nomi potei scorgere quello di Ascher.

"Ottimo, Ascher! Benvenuta tra i membri del Ministero Oscuro. Hai fatto la scelta giusta", pensai tra me e me.

Chiacchiere di Quartiere

Mentre la giornata volgeva al termine e le nuvole temporalesche rovesciavano il loro contenuto sui poveri cittadini del borgo di Ascherath, nella taverna del Puledro Impennato molti avventori avevano trovato il loro rifugio. Come al solito la taverna era gremita dei più disparati personaggi dei mari, tra mercanti di mal costume e pirati di ogni sorta. Il camino acceso rendeva l'ambiente incredibilmente caldo, in più la puzza di sigaro e la massa di corpi vicina rendevano l'aria irrespirabile. Ogni sgherro del posto cercava, con i pochi soldi guadagnati, di accaparrarsi una meretrice, per trascorrere con lei una piacevole notte.

In mezzo a tutta questa bolgia si stagliava l'agile figura di Ascher, accanto a lei il suo fedele ufficiale, oramai diventato inseparabile e particolarmente conosciuto, detto il Faina.

A pochi tavoli di distanza alcuni ceffi bisbigliavano tra loro:

- Ecco lì Ascher e il suo tira piedi!
- Attento amico, non ti conviene parlare così, se ti sentisse non riusciresti più a vedere la luce di domani.
- Non temo certo un pirata donna!
- Fai male, Lurido! Si narrano strane dicerie sul suo conto.
- Per la Santissima Vergine, Gustavo! Non sono certo il tipo da credere a tutto ciò che si dice.
- Lurido, la tua unica fortuna è che tu non sia dalla parte della Marina Militare.
- Cosa centrano adesso quei figli di lontra?
- Beh… si narra che la famiglia di Ascher sia stata sterminata proprio dalla Marina Militare e che lei abbia giurato vendetta, finché l'ultimo di quei cani non sarà punito.
- Accidenti! C'è da ammirare questa donna per il suo onorevole scopo!

Ancora una volta tra la folla, per un motivo non ben precisato, si alzò prorompente un coro in favore di Ascher

- Ascher! Ascher! Ascher! Ascher!

Sbalordita da tale manifestazione di affetto, alzò il calice e con un sorriso beffardo brindò.

Era tarda mattina e Jared Valar stava ancora smaltendo il buon vino della sera prima. Lui non amava grog o rum, ma il buon vino accompagnato da piatti come cinghiali e fagioli o del buon pesce erano la sua passione.

Quella notte aveva posseduto una delle donne presenti al porto eppure il suo pensiero era fisso su un'altra figura femminile. Scacciò quei pensieri, in fondo era sempre un gentiluomo, anche se pirata. Era il tempo di organizzarsi, riprendere il mare e solcarlo a caccia di prede, però negli ultimi periodi la fortuna non era dalla sua parte poiché i nemici erano pochi e le fughe tante.

"Devo organizzare un banchetto", pensò, "così da rianimare gli animi".

Ripreso il mare si dedicò a preparare le missive da inviare a tutti i suoi alleati. La missiva recitava:

A Er Prototipo, a Black Voice, a Sir Heinrich, a Imback e a Banana Joe:
è per me un onore invitarvi a Tortuga con tutti i vostri alleati a seguito,
per un banchetto di puro divertimento.

Una missiva unica e personale fu inviata ad Ascher.

Giorno di Battaglia

La notte trascorsa a far baldoria in taverna aveva lasciato parecchie tracce nel risveglio di Ascher. La testa le picchiava a tal punto che non riusciva nemmeno ad alzarsi dalla sua branda.

Il medico di bordo, detto il Dok, le aveva portato un infuso alle erbe, sosteneva che bevendolo gli influssi del grog si sarebbero dissolti, ma lei non stava affatto meglio.

Decisa ad alzarsi si preparò ed uscì dalla cabina, appena varcata la porta l'odore del mare la investì, rinsavendola, e una forte brezza proveniente da sud est le accarezzò il viso, svegliandola dal torpore notturno.

I suoi uomini erano già al lavoro dalla sera prima, tenevano una costante andatura, veleggiando verso nord ovest.

Ascher era solita a pattugliare il mare in cerca di possibili obiettivi. La sua vendetta non conosceva riposo, però la sua mente faticava a dimenticare la notte trascorsa, continuava a pensare a quel pirata, quel Jared, e a come il suo sguardo si fosse posato su di lei.

Il Faina si era informato per suo conto e aveva raccolto diverse informazioni, Jared Valar era un pirata del Ministero Oscuro, piuttosto famoso e riconosciuto, in fondo il Faina le aveva detto che accettare un'alleanza voleva dire riempirsi l'isola di propri alleati, quindi non vi era nulla di male se uno di loro vi avrebbe approdato, prima o poi.

Comunque lei non era certo stata colpita per la nomea di tale pirata, vi era qualcosa in lui che non riusciva a carpire.

Provò a riscuotersi da tali pensieri, non consoni a lei, quando la vedetta urlò:

- Nave a dritta!

Un mozzo portò subito il monocolo al capitano, col quale osservò attentamente il mare aperto innanzi a lei.

Un sorriso apparve sul viso di Ascher:

- Un mercantile della Marina Militare in approdo! Uomini, preparatevi all'arrembaggio; li assalteremo prima che riescano a togliere l'ancora!

Elisabeth

Come ogni mattina Ascher si dirigeva al porto per prendere il vento che l'avrebbe portata ad incrociare la rotta di qualche marinaio. Ma quel giorno era speciale: finalmente era finita l'attesa, l'Elisabeth stava per essere inaugurata. Avrebbe, insieme a quella nave, solcato i mari ricordandole la promessa di vendetta che, da piccola, si era riproposta di perpetrare.

Aveva scelto il nome di sua madre per accompagnarla, in modo che non potesse mai deviare dal suo fine.

Eccola stagliarsi, incredibilmente maestosa, nel porto: i suoi alberi dritti al cielo, le bocche da cannone spianate e ben lucidate, il suo profilo leggero e allo stesso tempo maestoso.

Era un miracolo dell'ingegneria navale, era bellissima, e il nome di sua madre affianco alla statua della ninfa dell'acqua le donava. Era ciò che sognava da tempo, e finalmente ecco avverarsi il suo desiderio, ora la Marina Militare doveva davvero temere la sua ira.

La ciurma inneggiava al suo capitano, era dunque giunto il momento di togliere l'ancora e salpare, navigando assieme al ricordo della madre.

La Fuga

Alla banchina di Ascherath la giornata era delle migliori, il mercato offriva agli abitanti un pò di svago dalla settimana lavorativa e la possibilità di concludere ottimi affari, per qualcuno era decisamente una manna l'arrivo del sabato. Anche il molo era gremito di gente, molte donne aspettavano l'arrivo dei propri uomini salpati la sera prima con il capitano Ascher, in cerca di bottini e di gloria. Nel trambusto della folla la vedetta annunciò l'avvistamento della flotta.

L'euforia del momento fu immediatamente smorzata sentendo nuovamente la vedetta urlare alla folla:

- La flotta di Ascher è seguita!

Tra la folla calò un silenzio sepolcrale, rotto solo nuovamente dalla voce della vedetta che, dall'alto del torrione del porto, annunciava le novelle:

- L'Elisabeth è gravemente danneggiata; le altre navi la seguono ma anch'esse sono ridotte molto male, le scocche sono rotte e veleggiano a vele ridotte!

L'euforia iniziale aveva lasciato gli astanti che, rendendosi conto della gravità della situazione, iniziavano a temere per i loro cari.

La vedetta, detto la Lince, continuava a dare informazioni guardando il suo monocolo:

- Dietro l'Elisabeth si stagliano quattro Galeoni della Marina Militare e due Velieri, paiono intenzionati a seguirla e ad affondarla definitivamente!

Affianco alla Lince vi era suo fratello che, bisbigliando, disse:

- Devono essersela vista brutta questa volta, le navi sono in pessimo stato.

- Pare anche a me, ma vedrai che riusciranno ad attraccare prima che li raggiungano.

Pochi minuti dopo le prime imbarcazioni cominciarono a giungere in porto, mentre la flotta della Marina Militare si teneva a distanza dai cannoni posti sul forte, a protezione dell'isola.

Il capitano Ascher scese dall'Elisabeth, sanguinante e infuriata, sbraitando ordini a tutti:

- Forza, non state lì impalati, prendete delle lettighe e trasportate gli uomini feriti al borgo.

Un subbuglio di persone, accalcate nel molo per vedere se tra i feriti vi potessero essere dei loro familiari, cominciò ad impedire ai soccorsi di svolgere al meglio il loro dovere.

- Accidenti gentaglia levatevi dai piedi anche Dok si era infuriato con tutti questi curiosi.

Intanto dal trambusto David Beltar si avvicinò ad Ascher:

- Capitano, cerchiamo di far sgomberare tutta questa gente, non è bello che qualcuno riconosca tra i resti della nave qualche suo familiare, specialmente se questo è spezzato in due, come Tommy.

Ascher era decisamente nel panico, non capiva più cosa stesse facendo, il rumore della folla gli giungeva attutito, i colpi dei cannoni gli rimbombavano ancora nelle orecchie, la sua spavalderia ad affrontare l'ammiraglio Marc le era costata decisamente cara; si era sentita troppo sicura e la ricompensa per tutto ciò non era stata altro che la morte dei suoi valorosi uomini che, fidandosi di lei, erano andati incontro alla loro fine.

Tradimento

Era appena sorta l'alba quando bussarono alla porta. Ascher si svegliò di soprassalto, spaventata dal rumore e completamente zuppa di sudore, non aveva trascorso una gran bella notte. Nei suoi incubi riviveva ancora la tremenda esperienza subita contro l'ammiraglio Marc, gli spari, i feriti, questi incubi non la abbandonavano più, o così lei credeva, in fondo il rimorso è il peggior sentimento che uomo o donna abbiano mai provato, almeno lo era per lei. I colpi alla porta però non cessarono, anzi si fecero sentire sempre più insistenti. Ascher si infilò il suo giustacuore, un paio di brache, e si diresse alla porta.

- Si può sapere chi diavolo è a quest'ora?

Una voce perentoria gli rispose:

- Mi apra capitano, sono il Faina!

La sua voce era riconoscibile tra centinaia di altre e appena Ascher la sentì un sorriso le riapparve sul viso, cosa rara ormai da giorni.

Ascher non sorrideva per il modo di parlare del Faina, piuttosto per il suo accento, fu cordiale con lui, come al solito:

- Eccomi, arrivo.

Le notizie che recava con lui erano delle migliori, aveva passato tutta la notte in taverna ad ascoltare mercanti parlare dei loro affari, così era giunto a conoscenza di interessanti novelle.

- Prima di tutto, capitano, le devo dare questa! - esclamò.

Ascher ricevette in mano una pergamena, e domandò:

- Cosa sarebbe?

Il Faina sorrise.

- Non faccia la finta tonta, è una mappa che la guiderà a Belkor!

Ascher rifletté un secondo, poi un barlume si accese nella sua mente:

- Il nome Belkor non mi è nuovo, devo averlo già sentito da qualche parte.

Il Faina gli rispose col suo accento inconfondibile:

- Beh, Signora, non è certo un'isola poco conosciuta. Ad ogni modo, sono a conoscenza che un certo mercante, Sharazar, si recherà lì per cercare qualcosa e noi dovremmo essere pronti ad approfittarne.

Il volto di Ascher si illuminò e riapparve il suo splendido sorriso.

- Un tesoro dunque!?

Il Faina fu cauto:

- Sì, forse, ma non è tutto: so anche che Sharazar e Hammer, un altro mercante della zona, si dovranno incontrare per concludere i loro affari.

Il volto del capitano era radioso, poi sottovoce disse:

- Due piccioni con una fava!
Nuovamente le labbra le si dischiusero in quell'irresistibile sorriso.

La Sfida di Ascher

Giunti all'isola di Belkor, Ascher non trattenne un sorriso al pensiero delle incredibili doti del Faina a recuperare veritiere informazioni, ormeggiate in un'ansa trovò immediatamente i due Mercantili. Non impiegò molto tempo a dare l'ordine di abbordaggio.

Lo scontro fu particolarmente breve, le Caravelle Mercantili, ancora all'ancora, non fecero minimamente in tempo ad allontanarsi prima dell'avvento della flotta di Ascher. I Mercantili si prepararono al fuoco colpendo l'ammiraglia di Ascher, provocando danni alle sartie, al contempo con la prima salva di colubrine sparate le navi Mercantili furono, in breve, alla mercé dei propri assalitori. L'abbordaggio fu immediato e i marinai vennero fatti prigionieri in pochissimi minuti, mai come in quel frangente Ascher fu così soddisfatta; era riuscita a mettere in scacco due Mercantili senza subire alcuna perdita, né tanto meno avevano causato eccessive vittime tra le file nemiche.

Mentre Ascher osservava i propri uomini saccheggiare le Caravelle Mercantili e cominciare a caricare sulla sua ammiraglia la refurtiva, si riscoprì nuovamente di malumore. Non le piaceva affatto assaltare Mercantili, non era nel suo stile, purtroppo però sapeva benissimo che senza un introito i suoi uomini non l'avrebbero seguita a lungo. Quindi per perpetrare il suo scopo vi era qualcuno che doveva pagarne il prezzo, ma si rincuorava del fatto che non avevano dovuto uccidere troppi innocenti.

David Beltar si avvide del suo capitano e del suo stato, era decisamente troppo attento: per lui Ascher era un esempio ed ogni volta che la vedeva persa nei propri pensieri si preoccupava, forse eccessivamente a dire il vero, però lui non poteva farci nulla.

Così si avvicinò a lei e le domandò:

- Capitano, tutto a posto?

Ascher si girò ad osservarlo e con una alzata di spalle lo liquidò:

- Lascio a te il compito di gestire la refurtiva. Appena pronti dai l'ordine di riprendere il mare, io sarò nella mia cabina; se avrai bisogno, mi chiamerai.

Ancora una volta il suo capitano gli aveva ricordato quale fosse il suo posto; un pò deluso, tuttavia non sorpreso, David Beltar ubbidì senza discutere. Una volta entrata nella sua cabina Ascher si svestì, togliendosi la bardatura e appoggiando la sua arma nella rastrelliera, poi si versò qualcosa da bere, sedendosi al suo tavolo.

Doveva ammettere a se stessa che attaccare i Mercantili aveva per lei un duplice interesse, oltre che essere una pratica molto remunerativa le dava l'opportunità di accrescere la sua fama e questo comportava un maggior numero di persone che avrebbero voluto far parte del suo equipaggio, senza tralasciare la possibilità di venire ricercata da un maggior numero di navi della Marina Militare. In fondo era per quello che navigava, in fondo era per quello che faceva tutto ciò.

Voleva trovare disperatamente colui che le aveva tolto la sua famiglia e sapeva, per certo, che colui altri non era che un capitano della Marina Militare, lo avrebbe trovato ovunque si nascondesse, avrebbe solcato i mari sin tanto che non fosse riuscita a mantenere la sua promessa.

Sentì bussare alla porta, ciò la ridestò da tale pensiero, con voce sin troppo altera invitò il disturbatore ad entrare.

Ossequioso, David Beltar fece capolino.

- Mi scusi capitano, tutto è pronto, che ne facciamo dell'equipaggio dei Mercantili?

Un sospiro colmò il vuoto di parole, Ascher si alzò, riprese la sua arma, dirigendosi nuovamente sul ponte e disse a David:

- Seguimi.

Salirono entrambi sul Mercantile e con voce perentoria Ascher si rivolse alla ciurma prigioniera:

- Vi faccio dono della vita, prima di allontanarci slegheremo uno di voi, a patto che voi portiate un messaggio alla capitaneria di porto.

Il silenzio tra gli astanti era palpabile, probabilmente la possibilità di rimanere in vita aveva fatto breccia sul loro coraggio, nessuno si oppose, nessuno ebbe il coraggio di controbattere.

Ascher proseguì:

- Molto bene, vedo che vi è cara la vita…

Aspettò che queste parole facessero breccia nelle menti dei suoi prigionieri, poi riprese:

- Il mio nome è Ascher e da oggi prenderò il controllo di questi mari!

Gli occhi impauriti dei marinai erano il segnale da lei atteso; continuò:

- Vi lascio in vita esclusivamente perché voi possiate riferire queste mie parole.

Lo sbalordimento di tali parole non era visibile solo nei volti dei prigionieri bensì anche in quello dei suoi uomini, che osservarono indispettiti il proprio capitano, era un'ammissione che non giovava a nessuno. David Beltar si accorse del rimprovero che da un momento all'altro sarebbe uscito dalla bocca di qualcuno, allora cercò di alleggerire la tensione che si stava creando; il suo capitano li aveva condannati a morte certa e doveva almeno far in modo che non vi fosse un ammutinamento.

- Capitano, io…

La sua protesta fu subito interrotta:

- Così ho deciso e così sarà!

Ascher fu perentoria nel suo còmando, nessuno si oppose, tanto meno David. Seguendo gli ordini del loro capitano i pirati cominciarono a mollare le cime, ci vollero pochi minuti perché potessero riprendere il mare aperto, ma tra gli uomini di Ascher serpeggiava il malcontento, probabilmente su tutti incombevano ancora le parole appena pronunciate, parole forse troppo audaci per essere condivise. Ascher era a poppa, ad osservare i Mercantili, pian piano gli uomini si stavano liberando ed in lontananza trasportate dal vento percepiva le loro grida, sapeva di essere stata molto precipitosa nel proferire le sue parole, però un'occasione così non si sarebbe di certo ripetuta, e lei doveva assolutamente approfittarne.

David Beltar le si avvicinò nuovamente in cerca di spiegazioni, la situazione era decisamente delicata e lui non si sarebbe certo opposto ad un ammutinamento, almeno non da solo, non ne aveva la possibilità.

- Capitano volevo dirle…

Nuovamente le sue parole vennero interrotte:

- David ora basta! Oramai è fatta e non ti devo assolutamente nessuna spiegazione delle mie azioni.

David Beltar si ritrovò un nodo in gola ma non volle mollare:

- Capitano qui si rischia l'ammutinamento!

Ascher non sembrò affatto intimorita da quelle parole:

- Se qualcuno vuole misurarsi con me, che si faccia avanti!

Non vi era altro da aggiungere, Ascher continuò imperterrita ad osservare l'isola allontanarsi, senza curarsi di nulla; David Beltar osservò per un istante il timoniere al loro fianco, probabilmente non ci fu bisogno di dire nulla, si capirono con uno sguardo. Forse David si era sbagliato, non era l'unico ad essere dalla parte di Ascher, leggermente rincuorato da ciò scese la scaletta di poppa per recarsi dagli uomini intenti a governare la nave.

Ascher rimase qualche istante in silenzio poi comandò:

- Facciamo vela per tornare a casa.

Il timoniere rispose all'ordine del suo capitano con la sua solita efficienza:

- Sì, capitano!

Compromessi

Era una bellissima giornata primaverile nell'isola di Ascherath, quest'anno la primavera aveva colto tutti di sorpresa, giungendo straordinariamente in anticipo.

Come ogni sabato il mercato del borgo era gremito di bancarelle e acquirenti, anche Ascher era tra loro, dedita a comprarsi, come era solita dire lei, frivolezze femminili; non si faceva vedere dai suoi pirati, veniva in queste faccende accompagnata dalla sua tutrice, colei che le aveva insegnato tutto dopo la morte della sua famiglia, colei che si era presa cura di una bambina di sei anni fino a vederla divenire la donna forte, ambiziosa e coraggiosa che era ora. Doveva tutto a Maryha e di certo Ascher se lo ricordava, quindi come ogni sabato, invece che salpare per nuove avventure, accompagnava l'adorabile vecchietta al mercato. Anche Maryha era contenta di avere accanto 'la sua piccina', come amava chiamarla lei: riusciva ancora a scorgere, in quella donna matura e sicura, la bambina inzaccherata che correva nel prato vicino alla loro umile casa con in mano un bastone, immaginando di combattere per vendicare i propri genitori.

Tutt'a un tratto un ufficiale della Elisabeth si avvicinò alle donne.

- Mi scusi, capitano.

Ascher si voltò precipitosamente verso colui che la chiamava.

- Non ti scusare Nemy, dimmi piuttosto cosa ti spinge qui.

- Abbiamo seri problemi, capitano: sull'isola non abbiamo sufficiente legname e non siamo abbastanza rapidi per rendere le riparazioni delle navi più veloci.

Era veramente una seccatura, lo scontro contro Sharazar aveva fruttato parecchi dobloni, però inevitabilmente la flotta di Ascher aveva subito ingenti danni.

- Quindi, mi vuoi dire che resteremo a terra più a lungo del previsto?

- Credo proprio di sì...

- Ambasciatore non porta pene, vero Nemy? - la voce di Maryha era appena un sussurro tra la folla.

Ascher si girò verso l'amata tutrice e le rispose:

- Non porterà pena, ma è un bel grattacapo.

La vecchietta alzò lo sguardo verso Ascher:

- Nial, mia adorata figliola, cerca di aprire la tua testolina: non esiste solo il mercato interno a cui rivolgerti...

Ascher sembrò per un istante assorta e lontana, poi alzò il viso e, come sempre, il suo bel sorriso fece capolino a spezzare l'austerità perpetrata sino a quel momento.

Sorelle per sempre

Ascher era comodamente seduta al Puledro Impennato a godersi il meritato riposo, vista la settimana piena di lavoro a cui si erano sottoposti lei e la sua ciurma, lavorare nel cantiere per rimettere le navi alla fonda non è certo un lavoro leggero. Aveva sempre odiato far lavorare i suoi uomini senza che lei potesse dare una mano, in fondo, doveva guadagnarsi ogni giorno il loro rispetto, ed essendo una donna non poteva certo farsi vedere debole e insicura.

Si stava gustando il suo bicchiere di vino in compagnia dei suoi uomini, quando la porta si spalancò e con essa entrò uno dei suoi ufficiali: David Beltar, aveva fatto carriera velocemente al fianco di Ascher, si era imbarcato pochi mesi prima come mozzo e si era distinto subito per coraggio, bravura nella sciabola e propensione al comando, fino a meritarsi il rispetto degli uomini e quello del capitano, tanto che adesso era stato promosso di grado sino a meritarsi la nomina di capitano della Margareth, un bellissimo Galeone leggermente più piccolo dell'ammiraglia Elisabeth.

David Beltar si precipitò immediatamente al tavolo di Ascher e con voce rotta disse:

- Capitano, la Lucifero ha appena gettato l'ancora in porto.

Ascher non riuscì a celare la sorpresa né tanto meno l'emozione quando apprese tale notizia.

Non si degnò neppure di finire il suo bicchiere di vino, né di prendere la sua sciabola appoggiata alla spalliera della sedia, si precipitò fuori, correndo per le vie del borgo, nel tentativo di raggiungere il più velocemente possibile il porto. Era vero, la Lucifero era attraccata al molo, non poteva crederci; oramai erano passati diversi anni da quando non si vedevano, il suo pensiero corse a quando, tanto tempo fa, si scambiarono la promessa di vendetta per la morte dei propri genitori.

Giunta in porto, dove già si erano radunate svariate persone per mettere in sicurezza la nave, la vide: si ergeva sporgendosi dal comando della sua ammiraglia, impartendo ordini alla sua ciurma.

Non era cambiata per niente, era ancora la sua amata sorella, un sussurro tra le labbra ruppe i pensieri di Ascher:

- Daeva...

Il Dubbio

Al calar della sera, Daeva e Ascher erano ancora sedute a godersi un bicchiere di vino sulla veranda del piccolo cottage di Ascher. Lo aveva costruito da poco con una parte dei dobloni guadagnati dalle sue scorrerie in mare. Aveva scelto un posto stupendo vicino alla scogliera e lontano dal borgo, prossimo allo sviluppo del castello, molti muratori erano già all'opera nella costruzione e da dove era situato il cottage si godeva di un ottimo panorama sia su quest'ultimo che sul mare, con la veranda rivolta verso ovest in modo da godersi pienamente gli ultimi raggi di sole.

La somiglianza delle due sorelle era sorprendente: entrambe alte, coi capelli rosso ramato dal taglio corto e arruffato, gli occhi di un verde intenso, poi il sole aveva donato alla loro carnagione un colore dorato che metteva ancor più in luce i loro tratti esotici.

Cercavano di ricordarsi i tempi trascorsi insieme, anche se su entrambe calava l'angoscia per la perdita dei genitori, in effetti tutti i loro ricordi, tutta la loro vita era incentrata su quell'unica perdita.

Infine, quando l'ultimo raggio di sole toccò i loro volti, Daeva si decise a cambiare argomento e disse:

- Non sono venuta qui unicamente per parlare della nostra infanzia, Nial.

Ascher si voltò a guardare la sorella:

- Lo avevo immaginato, aspettavo che fossi tu a dirmi il motivo di tale visita.

Daeva continuò:

- Poco tempo fa ho trovato queste, - porse ad Ascher due rotoli di pergamena legati assieme da una striscia di tela rossa. Ascher delicatamente li prese e cominciò a srotolarli. - Non mi chiedere come ne sia venuta in possesso, questo rimarrà un segreto, ma posso dirti cosa sono.

- Non ci vuole certo un genio a capire cosa sono, Daeva!

Asher era irritata: aveva capito benissimo di cosa si trattasse, erano mappe del tesoro e in cuor suo sapeva anche che Daeva stava giocando una partita con lei.

- Non prenderla così Nial, in fondo sono venuta qui per chiedere il tuo aiuto.

Era la prima volta che Daeva chiedeva il suo aiuto.

- Il mio aiuto dici? Sei sicura che sia solo per questo?

Daeva riconobbe nella voce della sorella incredulità alle sue parole e le rispose:

- Non c'è altra ragione se non questa: le due mappe portano all'isola di Ferres, da sola non riuscirei mai a portare via ciò che le mappe celano, senza essere scoperta!

Ascher non era ancora convinta, il tono usato da sua sorella la metteva in guardia, d'altro canto non aveva prove certe per non potersi fidare.

Daeva insisté:

- Sono convinta che insieme riusciremo: potremmo coprire in minor tempo un maggior numero di punti in cui scavare!

Il ragionamento filava: non vi erano dubbi che Daeva avesse già preparato questo discorso, la conosceva troppo bene, forse conosceva la sorella meglio di quanto potesse conoscere se stessa, eppure qualcosa non le tornava.

Dopo un paio di minuti di silenzio Ascher si decise:

- D'accordo, Daeva. Domattina salperemo per Ferres.

Detto questo si alzò, depose le pergamene in grembo alla sorella e si diresse in casa.

Daeva, rimasta sola, guardò prima la sorella andarsene, poi le pergamene; le strinse a sé con forza e un sorriso incantevole le apparve sul viso. Un sorriso fin troppo familiare.

Argo

Alle prime luci dell'alba, mentre i galli inneggiavano al nuovo mattino, la ciurma di Ascher era già all'opera per i preparativi della partenza.

Fra loro, come sempre, vi era anche lei, impegnata ad impartire ordini:

- Stipate solo mezzo carico, non occorre riempire le stive: Ferres non dista molto e torneremo indietro col pescato. Navigheremo leggeri.

Ascher voleva fare un'incursione veloce, perciò tenere gli uomini con lo stomaco vuoto li avrebbe fatti agire più velocemente e sarebbero stati spronati a ritornare altrettanto in fretta.

Le ronzava ancora in testa la discussione avuta con sua sorella la sera prima, non le tornava qualcosa, Daeva le nascondeva le sue vere intenzioni, purtroppo se non si fosse decisa a rivelargliele probabilmente lei non le avrebbe mai scoperte, comunque era inutile continuare a pensare a ciò che non si può sapere, l'unica cosa da fare era aspettare e vedere cosa sarebbe successo.

Mentre la ciurma di Ascher ferveva nei preparativi, Daeva era appoggiata al piantone di scocca della sua ammiraglia, la Lucifero, e stava parlando con David Beltar, il quale avrebbe preso il comando della Lucifero, mentre Daeva sarebbe salita a bordo dell'ammiraglia di Ascher, l'Elisabeth.

Nella mente di Daeva si fece strada un ricordo: "Mamma...", pensò.

Nel tardo pomeriggio tutto fu pronto, così le due flotte poterono salpare dal porto e veleggiare affiancate verso ovest.

Vi era una cosa in cui Ascher non eccelleva ed era la pazienza: dopo un'ora di viaggio si convinse che sarebbe stato meglio affrontare la sorella, doveva assolutamente esserci un altro motivo, le sue intuizioni non l'avevano mai tradita.

Lasciò il timone al suo secondo per scendere dal castello, quando la vedetta cominciò ad urlare:

- Navi a dritta! Navi a dritta!

Ascher strappò di mano il monocolo al cartografo, dirigendosi verso Daeva, che era già ferma a prua dell'Elisabeth, i loro sguardi si incontrarono per un secondo e Ascher capì che non vi era sorpresa nel volto della sorella.

Inforcando il monocolo guardò la flotta avvistata e le scappò un'imprecazione a denti stretti:

- Maledetta Marina, pattuglia questi mari!

Daeva era impassibile: lo sguardo fermo e i capelli scompigliati dal vento, si girò a guardare Ascher, poi disse:

- Io conosco quella nave, è capitanata da un certo capitan Argo, abbiamo già avuto modo di incontrarci in passato.

Il capitano Argo era conosciuto come un valoroso condottiero.

Egli era un navigato uomo di mare, al servizio della Marina Militare, insignito dal Ministero con la più alta onorificenza di vassallo.

Argo aveva votato la sua intera esistenza alla causa militare, vantando oramai più di vent'anni di servizio, inoltre era dotato di un'intelligenza fuori dall'ordinario. Il capitano Argo portò notevoli migliorie alle proprie navi, equipaggiandole di colubrine a prua: le imbarcazioni risentivano di un minor rinforzo, erano inadatte per i mari nordici, però in combattimento tali modifiche risultavano micidiali, soprattutto potendole sfruttare negli inseguimenti.

Furente come non mai, Ascher inveì contro la sorella:

- Sei dunque giunta a me perché io ti aiutassi in questa impresa, vero?

Daeva fu colta alla sprovvista:

- Ma cosa stai dicendo, Nial?

Ascher la guardò con furore:

- Hai capito benissimo, sorellina, non fare l'ingenua!

- Se è questo che pensi di me, allora non sei costretta ad impegnare le tue navi nello scontro.

Daeva sembrava sinceramente offesa dalle accuse di Ascher.

- Secondo te lascerei scorrazzare un marinaio nei miei mari così liberamente? Ascher puntò il dito a favore dell'ammiraglia appena avvistata.

Le due sorelle si osservarono per alcuni interminabili istanti, infine Daeva la incitò:

- Non indugiare, allora! Ricorda il patto e vendica nostra madre!

Ascher era piena d'ira, non capiva se la sorella la spronasse a ricordare il motivo per il quale era diventata un pirata, o solo per un suo tornaconto personale; in ogni caso si girò verso i suoi uomini e dette l'ordine:

- All'arrembaggio!

Tutta la nave era in fermento: mentre parte della ciurma scoccava la randa, alcuni di loro si precipitarono ad aprire i portelloni dei cannoni; vennero issate le vele al trinchetto e, mentre intorno a Daeva infuriavano i preparativi alla battaglia, lei guardò verso l'ammiraglia del capitano Argo.

Un accenno di sorriso le illuminò lo sguardo.

Un'altra sconfitta

Ascher diede l'ordine e i suoi uomini obbedirono celermente.

In pochi attimi le due flotte si scontrarono e il fragore dei cannoni coprì ogni altro suono.

Il capitano Argo era un rivale veramente bravo e tenace, lo scontro non sarebbe stato dei più facili, già una volta Ascher era dovuta ricorrere alla fuga per salvare lei stessa e la sua ciurma, ma questa volta era decisa a porre fine alla disputa, non si sarebbe ritirata.

Mentre lo scontro imperversava Ascher cercava di non far trapelare pensieri non consoni ai comandi che impartiva, però il sospetto alberava in lei, attanagliandole il cuore:

"Possibile che mia sorella mi abbia tradita, consegnandomi nelle mani di un capitano di Marina?!"

Intanto Daeva si dava da fare sul ponte assieme alla ciurma: stava vicina ad una colubrina ed inneggiava al combattimento. Una tremenda bordata investì l'Elisabeth, il legno si infranse con un rumore sordo e forte, molti uomini sotto coperta urlarono di dolore, alcuni trafitti dal legno in frantumi; l'odore della polvere da sparo e del piombo si mescolò a quello acre del sangue e della bile.

Ascher non resistette:

- Abbordiamo l'ammiraglia!

Il timoniere mise in rotta l'Elisabeth, puntandola dritta contro la nave della Marina: il lungo rostro posto sotto la linea di galleggiamento era un'arma letale, per qualsiasi nave.

Prima dell'impatto, l'Elisabeth subì un'altra salva di colpi, parte della prua cedette e con lei anche l'albero di trinchetto. Il capitano Argo non fu lesto a portare fuori collisione la sua nave.

Accortosi troppo tardi delle intenzioni di Ascher, non gli rimase altro che dare ordini alternativi:

- Uomini, prepariamoci all'arrembaggio!

Lo schianto fu devastante, il rostro dell'ammiraglia di Ascher penetrò in profondità nella chiglia del Galeone della Marina, l'acqua cominciò ad invadere gli scompartimenti sotto coperta, molti marinai persero la vita all'istante, travolti dell'impatto, e molti altri annegarono per l'abbondante quantità d'acqua imbarcata. Il capitano Argo venne scaraventato a terra finendo la sua corsa contro il castello di poppa, si rialzò, stordito e confuso, e un pensiero gli sovvenne lesto:

"La mia nave è persa, che tu sia maledetta!"

Da lì a pochi secondi l'intera nave venne assaltata da un nugolo di pirati, i marinai, sotto il comando di Argo, cercarono di respingere l'abbordaggio: cime di approdo venivano tagliate per evitare ulteriori sbarchi, ma l'impeto dell'attacco fu sorprendente; in breve i marinai cedettero le loro posizioni, indietreggiando dal parapetto.

Sia Ascher che Daeva estrassero le loro spade e si precipitarono ad aiutare i propri uomini, erano abili con l'arma bianca: Ascher metteva impeto e foga nel suo stile di combattimento, mentre Daeva danzava con la lama, una danza fluida ma letale. Lo scontro sembrava ormai vinto, la furia degli uomini di Ascher era devastante, eppure le sorprese sono sempre in agguato.

Il capitano Argo si fece largo, prendendo la testa dei suoi uomini e infondendo loro coraggio. Egli era un uomo dai lineamenti marcati, alto più di un metro e ottanta, scuro di carnagione, per la sua lunga permanenza in mare, portava i capelli corti, mori come la notte, gli occhi erano della stessa livrea, dallo sguardo severo e profondo, da tutti i suoi uomini era soprannominato 'Il Colosso'.

Si fece strada con la spada eliminando un paio di pirati, poi decise che era giunto il momento di affrontare il loro capitano; se avesse sconfitto Ascher i suoi scagnozzi si sarebbero dati alla fuga, così in tutto quel caos la cercò e individuò una splendida donna dai capelli rossi, che volteggiava come una danzatrice della morte. Impiegò una frazione di secondo per scagliarsi contro di lei. A Daeva parve di essere stata travolta da un bue. Argo, con una spallata, l'aveva scaraventata a terra, lei rotolò per alcuni metri tentando di ammortizzare l'urto, poi finì contro l'albero maestro, ma si rimise frettolosamente in piedi, pronta ad affrontare il suo assalitore. Uno, due, tre, gli attacchi del capitano Argo erano precisi e potenti, Daeva riuscì con incredibile velocità a pararsi spostando il peso del proprio corpo da un piede all'altro, però il quarto colpo le strappò un grido dalla gola e l'arma dalla mano, sbilanciata dall'attacco inciampò su di un corpo, cadendo bocconi sul ponte, non fece in tempo ad alzare lo sguardo che il dolore le attraversò le membra. Argo aveva affondato la sua lama nella coscia di Daeva, un grido di dolore riecheggiò sull'intera nave. Ascher si avvide delle difficoltà di sua sorella, inchiodata per terra, l'odio le infiammò il petto, si liberò dei due marinai che la tenevano occupata, con sorprendente velocità, uccidendoli all'istante, poi senza perdere tempo prese con la sinistra la cima di trinchetto, recise il nodo della paratia con la spada e si lanciò contro l'avversario di Daeva. Il volo sembrò durare una vita: compiendo un arco preciso, Ascher piombò sul capitano Argo scagliandolo fuori bordo.

Subito dopo aiutò Daeva a rialzarsi, dando l'ordine che aveva promesso a se stessa di non dare mai più:

- Uomini, ritiriamoci! Abbandoniamo la nave al suo destino!

In Cerca della Verità

Dok uscì dalla stanza da letto, lasciando Daeva alle amorevoli cure di Maryha, egli aveva fatto tutto il possibile per medicare le ferite riportate nel combattimento ed ora agognava un po' di riposo.

Si diresse in sala, in cerca di Ascher, anche se non sarebbe servito a nulla farle una ramanzina per la sua ingenuità ad affrontare il capitano Argo, però doveva pur farle tornare il senno a quella ragazza.

Dok si avvide subito che Ascher non era in casa, si guardò attorno poi decise per la veranda, la trovò intenta ad osservare il mare, effettivamente il tramonto dal promontorio era davvero uno spettacolo da mozzare il fiato, anche lui era un amante del mare e il luogo in cui Ascher aveva deciso di far costruire la sua dimora era davvero unico.

Dok osservò il suo capitano per alcuni secondi, non riusciva a capacitarsi che una donna così attraente nascondesse una tale ferocia, i suoi capelli color rubino splendevano al riverbero del sole e i suoi occhi dalle iridi luminescenti emanavano una luce verde ametista, se avesse avuto qualche anno in meno si sarebbe maledettamente innamorato di quella ragazza, Ascher non era particolarmente alta ma la sua figura snella e slanciata, la facevano apparire agile e flessuosa.

Dok le si avvicinò schiarendosi la gola:

- Daeva si rimetterà, non ti devi preoccupare.

Ascher voltò leggermente il capo, una smorfia apparve sul suo bel viso:

- Non avevo alcun dubbio.

Dok pensò che fosse strano, Ascher non lasciava mai intravedere i suoi veri pensieri.

- Le ho medicato la ferita e ci sono voluti non pochi punti di sutura, ma con un po' di riposo e un adeguato allenamento non subirà alcuna menomazione.

Detto questo Dok la guardò intensamente, per scrutare in lei un minimo interesse per le condizioni della sorella.

- Molto bene Dok, sei stato bravo.

Dok non si diede per vinto:

- Non sei preoccupata per lei?

Ascher si riscosse dai propri pensieri e le parole che uscirono dalle sue labbra furono fredde:

- Attualmente ho ben altri pensieri e molte domande a cui rispondere.

- Se le risposte le cerchi chiudendoti in te stessa, difficilmente potrai trovarle.

A Dok non piaceva fare delle ramanzine, però pensava che Ascher ne avesse veramente bisogno, si doveva pur mettere un po' di sale in quella zucca.

Ascher sembrò non aver accusato minimamente il colpo:

- Dok, non voglio disquisire con te su questo genere di argomento.

Sarebbe stato inutile anche solo provarci.

- Come intendi procedere?

Ascher fece un lungo sospiro, poi, incamminandosi verso casa, rispose:

- Appena mia sorella sarà in grado di muoversi voglio che tu provveda ad imbarcarla. Immediatamente!

Dok allungò una mano per bloccare il suo capitano:

- Vorresti mandarla via?

Ascher guardò il suo braccio, dove Dok vi aveva posto la mano, alzò lo sguardo fino ad incrociare quello del dottore e asserì:

- Sono stata esplicita sui miei propositi. Ora lasciami!

Dok serrò per una frazione di secondo le sue dita sul braccio di Ascher, poi chinò il capo e mollò la presa; non poté far altro che osservare il suo capitano allontanarsi da lui, prendendo atto del suo volere.

Incredulità

- Accidenti a lei!

Daeva era seduta nella sua cabina, e imprecava contro la sorella. Era incredibile che non si fosse fidata di lei; ed era altrettanto incredibile come le avesse ordinato di lasciare l'isola. Il diverbio avuto la sera prima di salpare le aveva lasciato l'amaro in bocca. Nella sua mente risuonavano ancora le sue parole:

- È inutile che discuti i miei ordini!

- Nial, io non riesco a capire le tue motivazioni. Come puoi non fidarti di me?

- Dimmi, come potrei?

- Non fare la stupida. Sono io quella che è stata ferita, non tu!

- Daeva, mettiti nei miei panni: ti presenti alla mia porta, mi proponi una scorreria e appena salpiamo veniamo immediatamente intercettati dalla Marina...

- Maledizione a te, Nial!

Lo sciabordio della Lucifero riportò Daeva a concentrarsi sul presente, sul soffitto la lanterna emanava fievoli bagliori, segno tipico che l'olio al suo interno stava per esaurirsi, la cabina era terribilmente fredda e umida, il mare era splendido da solcare, ma non altrettanto comodo.

Daeva si coprì maggiormente avvolgendosi in una coperta, per cercare di riscaldarsi, aveva le membra completamente intirizzite, tornata al tavolo si concentrò sulla carta nautica, la sua attuale preoccupazione era raggiungere l'isola di Ferres, recuperare il forziere e riprendere il mare, senza essere avvistata. Certo non era un impresa da poco, per quello aveva chiesto l'aiuto di Nial: Ferres era un isola molto controllata, visto che si trovava sotto la giurisdizione del Regno, incontrare una o più flotte della Marina Militare era decisamente probabile e sapeva benissimo che la sua nave non poteva competere contro le loro cannoniere. Se per caso, le avesse incontrate in mare aperto non avrebbe corso eccessivi rischi, visto che la Lucifero era un Galeone particolarmente veloce; al contrario se fosse stata colta in attracco, mentre i suoi uomini erano intenti a terra a recuperare il bottino, non avrebbe avuto scampo.

Daeva però non aveva scelta, doveva recuperare dell'oro, altrimenti ben presto avrebbe rischiato un ammutinamento, considerato il fatto che erano mesi che i suoi uomini non percepivano alcun introito.

Maledì mentalmente sua sorella.

Si alzò di scatto dalla sedia, era furente, decise che una boccata d'aria fredda le avrebbe giovato all'umore, si avviò alla rastrelliera posta affianco alla branda, recuperò la sua spada, si tolse la coperta per infilarsi il giustacuore ed il suo mantello, aprì la porta e uscì sul ponte.

Il sole era tramontato da un pezzo e la fredda notte la investì, un lungo brivido percorse tutte le sue membra. Tutto intorno a lei era immobile, alcuni uomini sonnecchiavano, altri chiacchieravano sommessamente; udì il crepitio delle assi e il tipico rumore delle vele gonfiate dal vento.

Si avvolse maggiormente nel mantello, calandosi il cappuccio sul capo, nel tentativo di lenire il freddo pungente, poi si diresse sopra al castello di poppa soffermandosi ad osservare il mare, era inquietante e sorprendentemente bello, amava navigare, sin dalla giovane età.

Ricordava ancora quando, da bambina, il suo maestro l'aveva per la prima volta portata sul suo Veliero; fu un esperienza che le cambiò radicalmente la vita, e da quel giorno non smise mai di navigare.

Si sorprese ad osservare la propria nave navigare senza alcuna luce a bordo, ogni volta le appariva incredibilmente tetra.

Il suo pensiero ritornò alla sorella:

"Perché non riusciamo ad andare d'accordo?"

Daeva chinò il capo, ricordando per quanto tempo lei e Nial erano state separate e con quanta gioia si erano ritrovate alcuni anni prima; un sospiro le uscì dalle labbra mentre si avvicinava al timoniere.

- Buona sera, capitano.

- Buona serata anche a te, Radu.

- Ordini capitano?

Daeva si voltò ad osservare la scia prodotta dalla Lucifero. Infine decise:

- Sì. Facciamo vela per Ferres!

Pensieri

Il sole aveva ormai ceduto il passo al tetro grigiore della notte.

Ascher e Dok si erano attardati accanto al fuoco, rimasto l'unica fonte di luce nel piccolo soggiorno. Il cottage non era certo sfarzoso, ma molto ben arredato, Ascher aveva sempre avuto buon gusto, almeno secondo i canoni di Dok. Tutta la casa era rivestita con legno di noce: tavolo, sedie, cassapanche, libreria, mensole, ciò che affascinava Dok era soprattutto lo splendido camino, lavorato in cotto e mogano, ai piedi di quest'ultimo vi era una splendida pelliccia di tigre Gheslay a zanne lunghe e due poltroncine in pelle di Yaller, una specie di antilope originaria delle isole del sud, ne completavano l'arredo.

Ascher e Dok si erano gustati un'ottima cena, a base di ostriche e astici, accompagnata da un ottimo vino bianco d'annata, avevano parlato delle loro imprese passate e dei loro progetti futuri, ed ora si gustavano un ottimo sigaro di Lenvers e un bel bicchiere di rum, riscaldandosi nelle ancor fresche notti primaverili davanti al camino. Il silenzio li avvolgeva, erano entrambi assorti nei loro pensieri, forse nelle loro paure, l'unico rumore percettibile era lo sfrigolio del fuoco.

Il silenzio venne interrotto bruscamente dalle parole di Dok:

- Nial, dimmi la verità, ti manca?

Ascher discostò gli occhi dal fuoco, guardando Dok, con calma bevve un sorso di rum e fece un lungo tiro di Lenvers, poi rispose:

- Assolutamente no! Perché dovrebbe mancarmi?

Dok non si scompose, era abituato a parlare francamente con lei e sapeva come prenderla, o almeno credeva di saperlo.

- È inutile che cerchi di mentirmi, da quando è partita non sei più la stessa e io me ne sono accorto.

Ascher appoggiò il bicchiere sulla mensola del camino, vicino al modellino dell'Elisabeth: era stato un regalo del progettista, un ragazzone simpatico; le aveva fatto quel dono sperando in qualcosa di più di un semplice ringraziamento, ma Ascher non aveva tempo per i sentimentalismi.

Dok, non potendo aspettare oltre, rincarò la dose:

- Nial ti devi scuotere, forse Daeva ha ragione, non sei tagliata per questa vita!

Dok aveva colto nel segno, la reazione di Ascher fu immediata:

- Sciocchezze, Dok! Non dirmi che adesso le dai ragione?

Le mani di lei strinsero più forte il bicchiere: non era solo rabbia, non era solo tristezza, era forse... odio?

Dok si alzò con calma, si diresse alla credenza e si versò un altro bicchiere di rum, poi rispose:

- No, non sto dalla sua parte; ma non sto neppure dalla tua. Sai benissimo come la penso: non è con l'odio che si sistemano le cose e credo che lo sappia anche tu, ma fingi che la risposta ad ogni cosa sia così semplice.

Ascher si diresse verso la veranda, aveva bisogno di aria fresca e la trovò, una dolce brezza soffiava da ovest, le accarezzò gentilmente il viso, le parve il regalo più bello che le si potesse fare, proprio nel momento del bisogno, forse sua madre era davvero in cielo e vegliava sul suo cammino. Tutto ricadde nuovamente nel silenzio, sembrava che nessuno dei due riuscisse a proferire parola, forse perché non ve ne erano più.

Infine Dok cedette a questa prova di forza; appoggiò il bicchiere sul tavolo, prese il suo soprabito, si diresse alla porta e, poco prima di uscire, disse:

- Prima che lei salpasse mi ha confidato che le promesse fatte a se stessi non giovano a coloro che non ci sono più.

Dok aprì la porta ed uscì, nel silenzio, Ascher non si era mossa, non lo aveva neppure salutato, era rimasta ferma sulla veranda, a sentire le onde del mare infrangersi sugli scogli.

Non vide mai l'effetto delle sue parole sul viso del suo capitano, rigato di lacrime.

Il Segreto di Ferres

La Lucifero aveva raggiunto l'isola di Ferres; a prua della nave, Daeva era intenta col monocolo ad osservare le frastagliate coste, in cerca di un approdo sicuro. Si sentiva già particolarmente fortunata ad essere arrivata in prossimità dell'isola senza aver incrociato nessuna nave della Marina, però era in ansia, sapeva che per trovare il tesoro che quell'isola custodiva avrebbe perso del tempo e in quella zona di mare non si sentiva assolutamente sicura.

Daeva non era una piratessa comune, aveva intrapreso la pirateria solo ed esclusivamente grazie al suo maestro, che le aveva infuso la sua passione: ricercare informazioni sui possibili nascondigli utilizzati dai pirati per nascondere la loro refurtiva; così anche Daeva aveva, una volta diventata adulta, scelto questa via, incredibilmente remunerativa e quasi sempre priva di grossi rischi.

Un bellissimo sorriso illuminò il suo viso: aveva avvistato un facile approdo per la sua imbarcazione, una piccola insenatura a ponente di Ferres, era l'ideale per far ammainare le vele, poi le due scogliere a picco sul mare potevano fungere perfettamente da nascondiglio per la nave, evitando un facile ed eventuale avvistamento.

Daeva non impiegò molto a dare l'ordine atteso con ansia dai suoi uomini:

- Ammainiamo le vele! Portiamoci nell'insenatura! Uomini, ai remi!

Messa in ancora la nave, Daeva dispose che quindici uomini la seguissero a terra, i suoi ordini furono eseguiti immediatamente, in breve due lance vennero calate in mare, a capo della Lucifero Daeva mise il suo secondo:

- Jeremy, mi raccomando, occhi aperti. In caso di pericolo non pensare a noi; prendi il mare, più in fretta possibile.

Jeremy stava per ribattere all'ordine del suo comandante, ma non fece in tempo ad esprimere il suo dissenso che Daeva continuò, imperativa:

- È un ordine e lo eseguirai, se necessario, capito?

Jeremy non poté far altro che ubbidire:

- Signor sì!

Daeva pensò di rincarare la dose, a volte non ci si poteva fidare neppure dei propri uomini e lei lo sapeva molto bene:

- Una volta salpati tornerai a riprenderci, quando le acque si saranno calmate. Capito?

- Signor sì!

Era tutto pronto per lo sbarco, eppure Daeva non era tranquilla: un senso di inquietudine la opprimeva, come un peso alla base dello stomaco, maledisse sua sorella tra sé e sé, per averla messa in una situazione veramente difficile, purtroppo non aveva altra scelta, riluttante e con tutti i sensi allerta prese la scaletta e si calò sulla scialuppa. Appena salì a bordo, gli uomini cominciarono a remare verso la spiaggia, distante alcune centinaia di metri; Daeva si voltò ad osservare la sua nave ed un pensiero le attraversò la mente:

"Speriamo non sia l'ultima volta che la vedo", poi si riscosse, non senza difficoltà.

Tentò di abbandonare ogni pensiero nefasto, ma un vecchio detto, carico di brutti presagi, le soggiunse:

"Quando il gatto non c'è, i topi ballano..."

Appena gli uomini, lasciati soli sulla Lucifero, videro il loro comandante portare in secca le scialuppe sulla spiaggia, si dedicarono a tutto fuorché a controllare il mare in cerca di eventuali pericoli. Probabilmente furono colti dall'euforia di un ritrovamento remunerativo e facile, così cominciarono a brindare e a sbronzarsi col grog tenuto nelle stive. Jeremy aveva perso completamente il controllo della ciurma, se mai avesse avuto un futuro si sarebbe ricordato di questa triste vicenda come il peggior giorno mai vissuto.

Le informazioni in possesso di Daeva erano incredibilmente precise, seguendo le mappe punto per punto aveva trovato senza difficoltà il luogo in cui, presumibilmente, doveva trovarsi il bottino, certo era che una tale precisione nei dettagli poteva non lasciare alcun dubbio sulla veridicità di tale luogo, però nel corso degli anni Daeva aveva anche capito che non sempre le mappe conducevano veramente ad un ritrovamento, a volte molti lupi di mare mettevano in vendita informazioni solo ed elusivamente per un introito personale, falsificando le mappe; invece, altre volte, queste ultime portavano ad un nascondiglio oramai abbandonato. Anche questo faceva parte del gioco, un gioco che a lei piaceva in particolar modo.

Daeva e i suoi uomini si fermarono sopra ad un promontorio, alla base di quest'ultimo vi era un'insenatura naturale, particolarmente difficile da individuare se non trovandosi proprio al di sopra di essa, alcuni scalini erano stati scolpiti nella parete rocciosa per permettere una discesa agevole.

- Capitano, questo è un buon segno.

Daeva si girò ad osservare il suo cambusiere e, con una smorfia, rispose:

- Non cantar vittoria così presto. Non significa nulla.

L'uomo osservò per alcuni secondi il suo capitano negli occhi, poi non resse il suo sguardo:

- Scusatemi...

Daeva trattenne un respiro e, per prima, scese gli scalini. Arrivati alla base dell'insenatura si accorsero che essa procedeva verso nord, c'era una caverna abbastanza grande da far passare il pennone maestro della Lucifero, era una vista che mozzava il fiato.

Daeva si riscosse dallo stupore impartendo nuovi ordini:

- Accendete delle torce, voglio sette uomini con me e i rimanenti qui.

Senza indugiare i pirati si mossero.

L'interno della grotta era particolarmente umido, probabilmente quella spelonca era stata scavata dall'acqua in un lontano passato; non era la prima volta che i pirati accedevano a tali scoperte, e non era neppure la prima volta per Daeva e i suoi uomini, ma le dimensioni e la portata di quest'antro li lasciava ad ogni passo stupefatti, le pareti erano lisce come lenzuola di seta e la sorprendente precisione della volta soprastante lasciava qualche dubbio sulla naturalezza di tale scavo.

Daeva e i suoi uomini percorsero alcune centinaia di metri, prima di giungere ad un bacino naturale dove, al suo interno, vi era uno specchio d'acqua di un color verde smeraldo, un foro largo quanto un pozzo permetteva alla luce del sole di filtrare all'interno, mostrando ai visitatori uno spettacolo indescrivibile, altrettanto stupore, oltre all'immensità del luogo, fu provocato dal Galeone ancorato in mezzo al bacino.

Daeva rimase esterrefatta, non poteva credere ai propri occhi: come diavolo poteva esserci arrivata quella nave in quel luogo, la caverna non aveva nessun accesso diretto al mare per permettere una cosa del genere ed era altrettanto impossibile che qualcuno avesse potuta costruirla lì!

Daeva si osservò attentamente intorno, scorgendo un piccolo pontile con attraccate due scialuppe, non riusciva a crederci, decise di lasciare quattro uomini a terra e di recarsi con una scialuppa ad osservare il Galeone più da vicino, la scoperta era troppo sensazionale per non approfittarne, forse questa volta aveva decisamente trovato un tesoro al di là di ogni immaginazione.

Gli uomini si misero ai remi, con rinnovato vigore: l'euforia aveva contagiato tutti, non solo il comandante, si annunciava il miglior giorno della loro vita, purtroppo non potevano sospettare di non essere mai stati così lontani dalla verità.

In pochi minuti la piccola scialuppa arrivò a contatto col Galeone, ci arrivarono da prua così Daeva poté leggere il nome inciso sulla nave, rimanendo pietrificata quando le sue labbra sussurrarono quel nome:

- Elisabeth!

Diakos

Mentre la scialuppa percorreva lentamente il fianco della nave, Daeva era immersa nei propri pensieri:

"Come diavolo fa a portare il nome di mia madre? Che Nial fosse al corrente della presenza di questo Galeone? Era per questo che non voleva accompagnarmi? Per farmi desistere dal ritrovamento? Oppure anche lei ne è all'oscuro?"

Daeva e i suoi uomini avevano appena raggiunto la scaletta che conduceva al boccaporto del Galeone quando un suono fin troppo familiare li colse d'improvviso.

Il cambusiere al fianco del suo capitano si girò, allarmato:

- Capo, avete sentito?

Daeva spalancò gli occhi, in preda a quel crescente senso di inquietudine che l'aveva accompagnata sin lì, non vi erano dubbi, il rumore sentito non poteva essere altro che il rumore sordo delle colubrine.

I rimbombi perdurarono ancora; poco dopo, un uomo di quelli lasciati all'imboccatura della caverna, accorse al bacino gridando a squarciagola:

- Presto, capitano! La Lucifero è sotto attacco!

- Maledizione!

Il volto di Daeva s'indurì e la rabbia crebbe in lei, con un impeto cieco. In breve tempo si precipitarono fuori dalla caverna, per raggiungere la scogliera, in modo da poter constatare con i loro occhi ciò che stava accadendo nella baia.

Furono minuti infiniti, la corsa senza sosta consumò tutte le loro energie, le gambe di Daeva erano rigide, per l'accumularsi di acido lattico, il respiro divenne affannoso, il cuore le martellava nella testa, era impotente e questo la irritava, in più era decisamente preoccupata per la sorte dei suoi uomini.

Come mai non si erano accorti dell'arrivo di una nave? Perché Jeremy non aveva eseguito i suoi ordini? Si maledì per la sua imprudenza; maledì il suo beffardo destino, maledì ancora se stessa, maledì la Marina e, infine, a malincuore, maledì colei che aveva provocato tutto ciò.

Giunti sulla sommità del promontorio, lo spettacolo che si presentò ai loro occhi fu sufficiente a togliere a tutti ogni minima speranza di un esito positivo dello scontro. La Lucifero era già inclinata su un lato, imbarcava acqua, l'albero maestro era spezzato, come probabilmente era spezzato il timone, la nave non governava più, contro di essa vi erano quattro Galeoni, sorprendentemente non erano cannoniere della Marina, sui loro pennoni sventolava il sigillo dei Corsari.

Daeva inveì contro di loro:

- Maledetti filibustieri!

- Capitano, possiamo ancora prendere le scialuppe e raggiungere la nave per dare una mano ai compagni!

- Ti sei bevuto il cervello? Saremmo un bersaglio troppo facile e oramai la Lucifero è spacciata!

- Non possiamo mica lasciarli morire così!

- Smettila subito! Non possiamo fare nulla per loro. Solo sperare...

Un'altra salva di colpi investì la Lucifero, senza che nessuno a bordo rispondesse al fuoco, molti uomini caddero dal parapetto, alcuni per trarsi in salvo, però molti altri venivano sbalzati fuori bordo già privi di vita.

I Galeoni Corsari erano equipaggiati con bombarde: erano cannoni utilizzati per abbordaggi a corto raggio, essi non sparavano un singolo colpo, venivano caricati con dieci palle da quaranta millimetri: qualsiasi cosa colpissero veniva dilaniata.

Lo scontro durò pochi minuti, infine, quando il capitano dei Corsari si accorse della totale vittoria fece cessare il fuoco, la Lucifero cominciò ad inabissarsi, il fondale della baia era poco profondo e probabilmente il recupero di un eventuale bottino sarebbe stato alla loro portata.

Gli uomini sulla scogliera si acquattarono per non essere avvistati, alcuni di loro piangevano per gli amici persi, altri morivano dalla voglia di vendetta che montava nei loro cuori, Daeva digrignava i denti per la sua inettitudine, comunque adesso doveva pensare a come uscire da quella brutta situazione.

Prima ancora di poter formulare un pensiero coerente per analizzare al meglio quella situazione, dalla baia una voce ruppe il silenzio:

- Il mio nome è Diakos, sono il capitano della Alcione, risparmierò la vita a tutti coloro che si vorranno unire a me!

Sul promontorio, il sussurro di Daeva fu appena percettibile dagli uomini accanto a lei:

- Diakos... che tu sia maledetto!

Un'altra Promessa

Le sventure spesso accadono senza il minimo preavviso, Nemy lo sapeva molto bene, per questo era sempre stato riluttante a portare brutte novelle a chicchessia: figurarsi se ad essere colpito da tali sventure era proprio il suo capitano; tuttavia non poteva esimersi dall'incarico affidatogli e continuò imperterrito nella sua corsa, alla volta del castello.

Sapeva di poter trovare Ascher da quelle parti, era sua consuetudine far visita al castello, per ammirare la struttura appena terminata, con lei vi erano presenti i suoi ufficiali.

Nemy corse a perdifiato, sino a raggiungere il gruppetto formato da Ascher, Morgan, Beltar e Dok, accompagnati dall'ingegnere progettista, un certo Mark Hamilton. Erano tutti chini su delle carte sparpagliate alla rinfusa su di un tavolo, nel cortile adiacente al castello, da quella posizione si poteva, secondo l'ingegnere, cogliere la maggior prospettiva e complessità del progetto architettonico.

Appena Nemy arrivò, arrancando sul selciato, gli astanti si girarono all'unisono, insospettiti da tanta fretta. Ansimando, Nemy cercò di spiegarsi:

- Capitano! Capitano! Al porto... vi sono brutte novelle.

Ascher rispose con la solita flemma:

- Parla con calma Nemy. Riprendi fiato prima. Le campane non suonano, quindi non siamo sotto attacco. Non avere fretta.

Nemy aveva il fiato corto, la gola riarsa per lo sforzo compiuto, faticava a mantenere l'equilibrio, era prossimo allo svenimento.

Dok si accorse delle sue evidenti difficoltà, si avvicinò a lui e con voce atona gli disse:

- Nemy, appoggiati a me, ti aiuto a sederti. Ora calmati, ragazzo, - poi urlò ad alcuni uomini. - Portatemi dell'acqua e del grog! Con delle pezze di stoffa, presto!

Ascher cominciò a preoccuparsi, non le era mai capitato di vedere nulla di simile, Nemy stava malissimo solo per aver tentato di avvisarli di qualcosa, perciò doveva essere qualcosa di tremendo e lei ne era ancora all'oscuro.

Quando Dok ebbe il materiale richiesto cominciò a bagnare la fronte di Nemy con pezzuole imbevute di acqua, poi tentò di rinsavirlo facendogli bere un po' di grog:

- Bevi figliolo, con un goccio di questo dovresti sentirti un po' meglio.

Nemy, poco a poco, si riprese dallo sforzo eccessivo, a quel punto, con un filo di voce, cominciò il suo racconto:

- Si tratta di vostra sorella, capitano...

Il volto di Ascher si indurì subito a sentir pronunciare tali parole, ma esortò Nemy a continuare.

- Al molo è appena giunto il carico che stavamo aspettando, il mercante Torenescu, per raggiungere Ascherath, è passato vicino all'isola di Ferres; là, nella baia, ha avvistato il relitto della Lucifero!

Il dubbio di Ascher si era trasformato in certezza.

Nemy continuò il suo resoconto:

- Mentre l'ammiraglia di Torenescu si è fermata per verificare se ci fossero dei sopravvissuti, l'altro Mercantile è giunto al nostro porto; i marinai affermano di aver incrociato la rotta dei Galeoni di un Corsaro

Dok cercò di saperne di più:

- Hanno riconosciuto l'emblema?

Con voce rotta Nemy asserì:

- Sì! Il vessillo era quello di Diakos.

Ascher si alzò dal capezzale di Nemy, l'odio alimentava il fuoco che le bruciava dentro, lo sguardo era lontano e risoluto, un solo nome risuonava nella sua mente: "Diakos".

Ascher cominciò ad incamminarsi verso il molo, quando una mano si posò dolcemente sulla sua spalla.

Senza voltarsi riconobbe immediatamente il timbro della voce di Dok:

- Non è necessaria un'altra promessa a te stessa...

Naufraghi

Torenescu, come al solito, aveva messo in mare le sue caravelle per concludere un trasporto commerciale e, come ogni volta, era salpato da Kabras con le stive piene.

Torenescu non era un semplice mercante: amava solcare i mari assieme alla sua ciurma; un po' perché non si fidava a lasciare il comando delle sue navi a nessun altro, un po' perché era difficile abbandonare la vita di mare, per un uomo come lui.

In quelle acque, a quei tempi, i pericoli dovuti ai pirati in cerca di bottini era veramente elevato; Torenescu sapeva benissimo che la Marina Militare pattugliava continuamente le acque in cerca di quegli scriteriati anarchici, ma non si lasciava di certo abbindolare dalla propaganda, anzi: sapeva perfettamente che molti comandanti di Marina venivano comprati dagli stessi pirati per non interferire nelle loro scorrerie. Così, da uomo estremamente navigato, comandava personalmente i suoi trasporti.

Ogni volta che salpava per intraprendere un viaggio manteneva fede ad una promessa, fatta molti anni prima. Torenescu se la ricordava come l'avesse pronunciata il giorno prima; all'epoca dei fatti era ancora un giovanotto, al servizio di un grande capitano.

- Tore, il capitano ti vuole nella sua cabina.

Torenescu alzò il capo, era chino sul ponte, intento a lucidarlo per bene, le ginocchia gli dolevano a tal punto che quella interruzione non poteva che fargli piacere; con una smorfia rispose:

- Certo, vado subito.

Si alzò, non senza difficoltà, con le membra stanche e intirizzite, percorse a passo lento tutto il ponte sino a raggiungere l'alloggio del suo capitano.

"Chissà cosa avrò combinato questa volta", pensò fra sé e sé.

Bussò piano: ogni volta che andava al cospetto di Raven Moonroi si sentiva particolarmente assoggettato; Torenescu sapeva che il suo capitano era un uomo buono, per quanto buono potesse definirsi un pirata, sicuramente era buono coi suoi uomini, anche se emanava un'aura di autorità, con la quale era difficile fare i conti.

Dall'interno della cabina la voce del capitano gli diede il permesso di entrare.

Torenescu aprì lo stipite, indugiando il più possibile, aveva ancora il capo chino quando Raven Moonroi lo fece accomodare.

- Tore, ti ho fatto chiamare perché ho bisogno del tuo aiuto.

Non era la prima volta che Torenescu veniva chiamato a rapporto, però era certamente la prima volta che il suo capitano si rivolgeva a lui in quel modo: gli sembrò preoccupato, corrucciato e il timbro della sua voce era stranamente dolce.

- Come posso aiutarvi, signore? - Torenescu si raschiò la gola, sin troppo secca.

Raven Moonroi, seduto al suo pesante tavolo in mogano, estrasse da un cofanetto un sigaro, ne spezzò un pezzo coi denti e offrì l'altro al suo sottoposto:

- Prendi Tore: è un sigaro di Lenvers, i miei preferiti. Così magari ti rilassi un po', abbiamo molto di cui discutere oggi.

Torenescu accettò il sigaro e rispose, con un timbro di voce più sommesso del solito:

- Grazie, signore.

Dopo tutti gli anni trascorsi da quel giorno, continuava a solcare i mari e a mantenere fede alla sua promessa: passare sempre dall'isola di Ferres e controllarne i movimenti a terra. Diverse volte, in tutto quel tempo, Torenescu si era chiesto il motivo per cui gli fosse stato affidato tale compito; era anche sceso su quell'isola, qualche volta, per cercare di carpirne il segreto, ma, ammesso ci fosse stato qualcosa da scoprire, lui non lo aveva mai trovato. Nonostante questo continuava imperterrito a mantenere quella promessa, la quale lo portò a Ferres per l'ennesima volta. Osservando l'isola col suo monocolo, si avvide immediatamente dei fuochi accesi sulla spiaggia: non vi era alcun dubbio che qualcuno avesse bisogno di soccorso.

- Uomini! Calate le scialuppe, abbiamo un recupero da fare!

Daeva

Ascher non volle sentir ragioni: appena ricevuta la missiva dal mercante Torenescu in merito al ritrovamento di sua sorella, decise di salpare immediatamente per raggiungerla.

In passato Ascher e Daeva avevano avuto i loro screzi, ma non per questo l'affetto che provavano l'una per l'altra era mutato o diminuito, anzi: forse la loro impulsività le aveva unite ancor di più, sebbene Ascher non fosse in grado di ammetterlo a se stessa.

Little Jhon ci tenne ad avvisarla personalmente e, in cambio di tale avviso, ricevette un forte abbraccio. Era raro che Ascher lasciasse trasparire i propri sentimenti, però quella notizia aveva dato la possibilità alle sue emozioni di prendere il sopravvento, seppur per qualche istante. Little Jhon difficilmente avrebbe dimenticato il calore del corpo del suo splendido capitano contro il suo.

Salparono la mattina presto, con la stiva piena di tele giunte appositamente dall'Oriente: Ascher voleva fare una sorpresa alla sorella, donandole le migliori stoffe, perché potesse, un giorno, solcare i mari con un Galeone degno della Lucifero e, quando avesse issato quelle vele, sarebbero state più vicine.

Ascher si sentiva una stupida: non era da lei cadere in tali sentimentalismi; eppure quelle settimane trascorse nella paura di aver perso anche Daeva e, con lei, l'ultima della sua famiglia, le aveva procurato un dolore terribile. Un senso di perdita talmente forte da offuscarle la mente, proprio come accadde quindici anni prima, per la perdita dei suoi genitori.

Non voleva che accadesse nuovamente ed il suo viaggio aveva un duplice scopo: il primo era quello di rivedere sua sorella, naturalmente, il secondo era convincerla a smettere di rischiare la sua vita in quel modo, perché se per caso le fosse successo qualcosa, la sofferenza sarebbe stata insopportabile.

Non le interessava che Dok lo ritenesse un discorso egoistico: la sera prima avevano avuto un altro diverbio, proprio in merito a quella vicenda. Ascher non capiva perché Dok si infuriasse o avesse sempre qualcosa da ribattere riguardo le sue decisioni: non era certo l'uomo perfetto, da potersi permettere di disapprovare ogni scelta che lei facesse. Era convinta di fare la cosa giusta: Daeva non era mai stata brava come lei a combattere, perché non cogliere l'occasione e ritirarsi dalle battaglie?

Ascher avrebbe vendicato il suo nome anche per lei, si sarebbe sobbarcata anche quell'onere, pur di non rischiare di perderla. Come poteva, Dok, non riuscire a capire tutto questo? Non si trattava di egoismo: era amore per una persona cara!

D'un tratto, dalla prua della nave, una voce familiare inneggiò:

- Terra! Terra! Terra!

Sul bellissimo volto di Ascher apparve nuovamente quel sorriso, che da diverse settimane non faceva più capolino.

Silenzi

Daeva non raccontò mai cosa accadde sull'isola di Ferres. Mantenne con ostinazione il proprio silenzio. Tra i quindici superstiti solo lei riuscì a sopravvivere, per ben tre settimane, prima di essere tratta in salvo dal mercantile di Torenescu. Raccontò solo cosa le fosse successo in merito all'attacco di un corsaro, ma non rivelò mai cosa avesse scoperto e che fine avessero fatto gli uomini sbarcati con lei. Il peso delle sue azioni sarebbe rimasto impresso in lei, in modo indelebile e questa volta non poteva maledire nessun altro per l'opera compiuta. Sapeva benissimo di non poter rivelare a nessuno ciò che aveva scoperto, almeno fin quando non avesse avuto la situazione ben chiara.

Torenescu non le fece troppe domande, anzi: saputo che Daeva era la sorella di Ascher, cominciò ad essere sin troppo protettivo nei suoi confronti. Certo, Daeva gli doveva la vita, ma un tale riguardo la sconcertava.

Torenescu fece rotta per l'isola di Sarderac: doveva comunque portare a termine il suo viaggio di trasporto, quindi pensò di portare con sé anche Daeva e di sbarcarla proprio su quell'isola, successivamente avrebbe provveduto alla sua sistemazione.

Giunti nella cittadina Torenescu si preoccupò di trovare per Daeva una confortevole dimora, contro i ripetuti dinieghi della stessa, ma egli era un uomo d'onore e non poteva lasciarla lì, senza aiutarla.

Così Daeva dovette cedere alle premure del mercante, il quale le acquistò una casa in pieno centro, con un piccolo giardinetto attiguo, ben curato dai precedenti proprietari.

Daeva non era certo una stolta: tali attenzioni da parte di un uomo non venivano concesse per nulla, ma quando parlò al suo tutore, ricevette in risposta una fragorosa risata e l'assoluto diniego da parte di quest'ultimo ad avere la benché minima idea di un rapporto, in cambio di tutti quei favori. Daeva non ne era ancora del tutto convinta, tuttavia si rassicurò un po'.

Una volta sistemata la sua ospite, Torenescu inviò una missiva personale ad Ascher, nella quale scrisse le vicende che lo avevano portato a salvare sua sorella dall'isola di Ferres ed il motivo per cui la Lucifero era affondata: riportò le esatte parole di Daeva, anche se mantenne qualche riserba in merito agli avvenimenti accaduti.

Torenescu era un uomo navigato e aveva scorto alcune lacune nel racconto di Daeva, ma aveva deciso di passarci sopra.

Alcune settimane dopo la partenza del mercante, Daeva ricevette una visita del tutto inaspettata. Quando sentì bussare alla sua porta non poteva certo aspettarsi che fosse proprio Nial.

Ascher e Daeva si scrutarono a lungo; erano identiche, sembrava si osservassero allo specchio, l'unica differenza era il taglio di capelli: Ascher portava una lunga treccia, Daeva aveva i capelli tagliati a caschetto. Potevano tranquillamente passare per gemelle, correndo solo qualche anno tra loro e, crescendo, erano diventate sempre più simili.

Rimasero lì, una di fronte all'altra ad osservarsi, per minuti che parvero interminabili, senza che nessuna delle due facesse il minimo cenno nei confronti dell'altra; infine Ascher ruppe gli indugi e si precipitò ad abbracciare la sorella che, sorpresa, rimase impietrita da quel gesto; poi col viso poggiato sul collo le sussurrò:

- Perdonami.

Daeva si discostò leggermente, guardandola in volto, forse per scorgere in lei la sincerità delle sue parole; Ascher, invece, non riusciva a guardare in faccia la sorella: era stata incredibilmente sciocca a dubitare di lei e non se la sentiva di affrontare il suo sguardo. Era colpevole di ciò che l'era accaduto e la mortificazione bruciava nel suo cuore; il sentimento che provava per la sorella era completamente puro.

Daeva si accorse della sincerità di Ascher e la fece accomodare:

- Non pensiamoci più, Nial. Accomodati, per favore.

Ascher alzò lo sguardo: stava per piangere; aveva un tremendo nodo in gola e non sapeva bene come comportarsi. Accettò volentieri l'invito, resistendo all'impulso del pianto.

Si accomodarono in soggiorno; l'ambiente era spartano, ma ben arredato: il piccolo camino, nella parete sinistra della stanza, era adorno di soprammobili; le sedie e il tavolo erano in legno massiccio, poste innanzi ad una credenza colma di vettovaglie; alla destra della piccola stanza si apriva un varco che recava alla cucina, dove un piccolo attizzatoio era acceso e su di esso vi era posta la teiera. Il tè era la passione di Daeva.

- Gradisci una tazza di tè?

- Sì, grazie, - le parole le uscirono dalla gola sin troppo fievoli.

- Scusami Nial, non ho capito.

- Volentieri, grazie, - rispose di nuovo Ascher, con voce un po' più marcata.

Daeva prese la teiera, la posò sul tavolo, aprì la credenza, prese due tazze, ne porse una alla sorella e con calma versò all'interno il contenuto fumante.

Daeva era assorta nei suoi pensieri, si stava lambiccando il cervello, aveva mille domande da porre ad Ascher: voleva delle risposte in merito a Ferres e al suo segreto, ma la paura di queste la costrinse ad accantonare i suoi propositi, aspettando le domande di Ascher.

Sorseggiarono il tè in tetro silenzio, probabilmente entrambe non avevano molto da dirsi, oppure faticavano ad esprimere i loro sentimenti. Fu nuovamente Ascher a rompere quel silenzio:

- Sono giunta qui con tutta la mia flotta, per portarti materiale sufficiente per la ricostruzione del tuo Galeone.

Daeva si sarebbe aspettata di tutto, tranne un'offerta del genere, magari prima sarebbe stato meglio se sua sorella le avesse, per lo meno, chiesto come si sentisse; non sapendo bene come rispondere, replicò come meglio poté:

- Ti ringrazio...

Ascher colse il suo malumore:

- Mi ringrazi, ma non sembri entusiasta in merito.

- Non è vero! Ti ringrazio davvero, è solo che...

- È solo che... cosa?

- Nulla, lascia perdere, nulla di importante.

- ...se lo dici tu.

Passarono alcuni secondi d'imbarazzante silenzio, poi la conversazione continuò.

Fu Daeva a riprendere la parola:

- Nial, credo di non aver bisogno di un'altra nave, almeno non per ora.

- Cosa intendi fare? Ascher non sapeva proprio come prendere quella benedetta ragazza.

- Per il momento vorrei rimanere qui e riflettere sul mio futuro.

- Riflettere sul tuo futuro? Ascher era sempre più confusa.

- Sì! Riflettere, non so ancora bene se vorrò riprendere il mare.

- Stai scherzando? Il mare è la tua passione!

- Sì, è vero, però le cose possono cambiare.

Ascher si fece prendere la mano, alzando forse troppo il tono della sua voce:

- Le cose cambiano solo se tu vuoi che cambino!

- Probabilmente in questo momento voglio che cambino.

Ascher non era convinta di ciò che sua sorella le stesse dicendo, anzi, al contrario: sentiva che le stava nascondendo qualcosa, ma se Daeva non le voleva dire niente, lei non aveva alcun diritto di chiederle spiegazioni, specie dopo il pessimo comportamento tenuto nei suoi confronti.

- Ho capito. Ad ogni modo i miei uomini scaricheranno le stive e lasceranno il materiale nei depositi; ho fatto portare anche un baule di dobloni, nel caso ti servisse denaro per arruolare marinai al tuo servizio.

Daeva avrebbe voluto parlare di tutt'altro: non se la sentiva di affrontare quei discorsi, ma non se la sentiva nemmeno di rifiutare l'offerta di sua sorella; Ascher stava cercando di aiutarla, a suo modo.

- Grazie, Nial. Appena capirò ciò che voglio fare ritornerò ad Ascherath. Te lo prometto.

Più che una promessa, ad Ascher suonò come un gentile invito ad andarsene.

- Capisco. Comunque io mi tratterrò in città per alcuni giorni. Alloggerò all'Osteria dei Poeti, nel caso tu avessi bisogno di me.

Daeva si ricordava di essere passata accanto all'osteria alcune volte, mentre si dirigeva al mercato per fare acquisti: Torenescu le aveva lasciato anche una piccola somma di denaro, oltre a tutto ciò che aveva già fatto per lei, per ogni necessità.

- Sì, la conosco.

Ascher si alzò, si diresse alla porta senza aspettare che Daeva l'accompagnasse, la aprì e, poco prima di uscire, si voltò ad osservare la sorella:

- Lo so che ti sembrerà strano, dopo tutto quello che ho fatto; oltre a chiederti scusa per il mio pessimo comportamento, voglio che tu sappia che ti voglio bene.

Senza attendere risposta, chiuse la porta dietro di sé, per incamminarsi nell'affollato borgo. Non era nemmeno riuscita a dirle quali fossero le sue vere intenzioni; in ogni caso il fatto che Daeva avesse rifiutato di riprendere il mare le aveva alleggerito l'animo.

Daeva non si alzò per seguirla, rimase ferma a sedere. Con le mani a coppa strinse la tazza. La strinse con tale forza, che le nocche cominciarono a divenir bianche.

L'offensiva della Marina

L'ammiraglia di Ascher, accompagnata dal resto della flotta, stava navigando verso sud dopo aver lasciato l'isola di Sarderac, in direzione di Ascherath. Il cielo era limpido, la luna risplendeva alta nella volta celeste, la navigazione procedeva a rilento a causa della quasi completa assenza di vento. Erano notti di presagi, portatrici di sventure e gli uomini erano soliti scorgere minacce ovunque tra gli eventi comunissimi della natura.

Tutto ciò non condizionò minimamente la mente di Ascher: ne era sicura, il destino non poteva che essere suo alleato.

Come ben si sa gli eventi possono sfuggire al nostro controllo, per noncuranza: quando tutto sembra tranquillo anche l'istinto si assopisce nella monotonia della routine. Erano diverse settimane che non avvenivano scontri e non si avvistavano navi della Marina, i mari sembravano calmi e in situazioni simili l'attenzione, inevitabilmente, tende a calare, fino a quando non succede l'inevitabile.

Oliver era un mozzo entrato da poco a far parte della ciurma di Ascher e ovviamente, come per tutti i nuovi arrivati, gli venne affibbiato un soprannome: Spine. Tra i pirati sbeffeggiare i più giovani era un modo come un altro per divertirsi, tanto per passare un po' il tempo, date le lunghe settimane in mare aperto che erano costretti ad affrontare.

Oliver quella notte, per sua sfortuna, era capitato di guardia sul pennone: il turno era massacrante e i peggiori orari di monta toccavano sempre a lui. L'inesperienza, il sonno e l'esasperazione della situazione a bordo lo indussero a commettere il suo peggior errore: Oliver si addormentò.

Ascher aveva sempre scelto gli uomini migliori per prestare servizio sulla sua ammiraglia: una scelta ponderata dalla necessità, dato che, in navigazione, la sua nave stava sempre in testa; lei era un'impavida, al contrario di molti altri capitani che rintanavano la loro ammiraglia in mezzo alla flotta; Ascher non si nascondeva: doveva dare l'esempio ai suoi uomini. Non voleva certo farsi proteggere da loro. Non poteva farsi proteggere da loro; ma, quella notte, Ascher pagò a caro prezzo la sua spavalderia in merito alle scelte tattiche.

Ancor prima che qualcuno potesse rendersene conto, l'intera flotta era già sotto il fuoco nemico.

Il capitano di Marina Wallys Cramp aveva deciso di pattugliare, assieme al suo amico Druman Mc Been, le acque solitamente battute da Ascher. Il loro intento era quello di aver fortuna ed imbattersi nell'odiata e temuta piratessa. Certo, non era una cosa facile incrociare fortunosamente la rotta di qualcuno, però erano forti del numero di dieci imbarcazioni e non temevano di venir affondati. In un eventuale attacco potevano comunque contare sull'appoggio del loro diretto superiore, l'ammiraglio di fregata White Fate, che era ormeggiato su di un'isola controllata dalla Marina, a poco più di dieci miglia da dove si trovavano loro. Avevano fuoco a sufficienza e un porto sicuro: chi pensava che la Marina Militare fosse sprovveduta si sarebbe sicuramente ricreduto quella sera.

Alcuni minuti dopo la mezzanotte la vedetta diede notizia di un avvistamento. All'orizzonte vi erano diverse indistinte luci di navigazione accese.

La notte si era soliti navigare con qualche luce di segnalazione, invece, la troppa sicurezza di Ascher a veleggiare nei suoi mari, la stava punendo oltremodo.

Il capitano Wallys era un esperto lupo di mare e già altre volte gli era capitato di affrontare la piratessa, ma mai si sarebbe aspettato che proprio quella flotta avvistata nel buio potesse essere quella di Ascher.

- Fate il rilevamento. Spegnete le luci di navigazione, veleggeremo al buio. Utilizzate il codice di riconoscimento. Se non rispondono, preparatevi ad assaltarli.

Il luogotenente scattò immediatamente:

- Sì signore, - poi si fece coraggio e si rivolse nuovamente al suo capitano, chiedendogli: - Pensate sia lei?

- Non credo Stuwart, - rispose riluttante Wallys, girandosi verso il compagno. - Lei non navigherebbe mai con le luci di navigazione accese; è un Mercantile di sicuro!

Il caos scoppiò tra gli uomini delle navi di Ascher, colti nel sonno.

L'Elisabeth fu soggetta ad un massiccio fuoco nemico; Ascher, all'interno dei suoi alloggi, venne catapultata a terra; la nave veniva squarciata dalle palle di cannone; schegge e fuoco cominciarono a levarsi ovunque.

Scossa per l'attacco, rapidamente Ascher salì dalla coperta, caracollando, mentre le grida dei suoi uomini e il fragore degli spari l'assordavano.

Giunta sul ponte, la vista le si annebbiò.

Il fuoco dominava il castello di poppa, molti uomini giacevano a terra, sventrati dai colpi del nemico, lo scompiglio dominava l'intera nave e accadde ciò che mai in vita sua avrebbe pensato potesse accadere: vide alcuni dei suoi migliori uomini che, per sfuggire a morte certa, si gettavano in mare.

Un'altra salva di colpi partì dalla cannoniera militare, che oramai distava poche decine di metri.

L'Elisabeth imbarcò sotto il possente attacco, Ascher si ritrovò nuovamente carponi sul ponte, circondata da cadaveri; non capiva più nulla, non riusciva a reagire.

L'ammiraglia di Ascher stava affondando, era stata colpita sotto la linea di galleggiamento e i marinai si preparavano ad abbordarla: erano in balia del nemico.

Il timone e il trinchetto erano stati distrutti, i cannoni di prora inservibili. In quelle condizioni non avrebbero potuto neppure rispondere al fuoco, l'unica alternativa era combattere fieramente.

Ascher si rialzò, decisa a morire: prima o poi, lo sapeva, sarebbe giunta la sua ora, ma non sarebbe morta senza combattere.

Un grido si alzò sopra alle altre voci, sopra al fragore delle colubrine, sopra a tutto, nel tentativo di ridare coraggio a chi lo avesse perduto:

- Uomini a Me! È la vostra tigre che vi chiama!

Infondendo coraggio ai propri uomini Ascher riuscì a riunirli e ad organizzare una nutrita schiera, per poter fronteggiare l'abbordaggio della Marina Militare.

Ascher riconobbe l'effige del suo nemico e si ricordò di lui: era un capitano valoroso, si erano già incontrati in passato e non aveva ancora avuto l'onore di batterlo. Ignorava come potessero essere capitati in quella situazione, ma non era certo il momento di pensare: doveva agire.

Appena i rampini dell'ammiraglia di Wallys agganciarono l'Elisabeth, un'altra scarica di colubrine la squarciò. Non vi era più alcuna speranza: la nave, da lì a pochi minuti, avrebbe cominciato ad inabissarsi.

Lo scontro iniziò cruento come nessun altro: gli uomini di Ascher, oramai senza speranza, si batterono come tigri ferite e non vi poteva essere nulla di peggio.

Tutt'intorno all'ammiraglia imperversavano gli scontri; le navi pirata, senza il supporto esperto di Ascher, cominciarono ad avere la peggio sulle cannoniere della Marina. Infine l'avvento delle caravelle a supporto del capitano Druman, fece pendere la bilancia a favore di questi ultimi, così le prime navi di Ascher iniziarono ad inabissarsi.

Sull'Elisabeth le cose non andavano meglio: Ascher e i suoi pirati stavano subendo; cominciarono ad indietreggiare dal parapetto, per riunirsi verso il castello di poppa.

La speranza di sopravvivere era esigua, Ascher si girò verso David Beltar, sempre al suo fianco e vide il suo viso completamente insanguinato,; pensò di avere un aspetto identico al suo, con gli occhi iniettati di odio e le labbra serrate dal dolore.

David Beltar si rivolse, urlando, al suo capitano:

- La Maddalena è affondata e con essa anche la Giunone, cosa facciamo?

Ascher era interdetta, le doleva ogni parte del corpo; guardò oltre il parapetto, accorgendosi che solo quattro navi della sua flotta galleggiavano ancora: Beltar aveva detto la verità.

Quattro navi contro dieci, i suoi pensieri non riuscivano ad essere coerenti, ma sapeva che non poteva continuare a lungo; poi, in lontananza, vide sopraggiungere altre vele.

"Accidenti! Un'altra flotta", pensò.

A quel punto Ascher decise:

- David, ci ritiriamo, fai saltare la stiva dell'Elisabeth, questo farà affondare la nostra nave, però si porterà dietro anche l'ammiraglia di Wallys: forse così guadagneremo tempo!

David Beltar scese la scala che portava alla stiva delle munizioni, che si trovava sotto il castello di poppa; non era certo un compito facile, la nave già pendeva vistosamente e il fuoco lambiva il piano della stiva. Probabilmente, se non fosse affondata prima, l'Elisabeth sarebbe esplosa da sola.

Raggiunta la stiva David prese un barilotto da cinque chili di polvere da sparo, lo aprì col suo coltellaccio e ne versò il contenuto sopra a tutti i barili che vi erano lì all'interno.

"Speriamo che funzioni", pensò tra sé, poi, per essere maggiormente sicuro, aprì altri barili per versarne il contenuto a terra; infine ne prese uno e seminò la polvere creando una striscia, fino alla scaletta di poppa; giunto in cima, gettò il barilotto giù per le scale.

Mentre David Beltar si preparava a far saltare la stiva, Ascher ordinò ai suoi uomini di abbandonare la nave. Prima che cominciasse la fuga, Ascher aveva dato disposizione di sparare una salva rossa: era il segnale convenzionale per le sue navi di convergere sull'ammiraglia e ripescare con le reti i superstiti, visto che veniva abbandonata.

Appena la salva delle colubrine si fece udire nella notte, David Beltar incendiò la polvere da sparo, utilizzando un acciarino; stette qualche secondo ad osservare il nero materiale infiammarsi provocando piccole scintille, poi raggiunse di corsa il ponte.

Poco prima di tuffarsi in mare, Ascher incrociò lo sguardo di Wallys, ignaro dei suoi ultimi istanti di vita.

Lacrime Nascoste

Dok era in pensiero, era tutta la giornata che cercava di scoprire dove si fosse cacciata Ascher.

Erano trascorse oramai diverse settimane dallo sfortunato scontro avuto con il capitano Wallys; Dok pensava che il suo comandante e gli uomini sopravvissuti dovessero avere in cielo qualche santo protettore.

Forse, però, per Ascher non era così, dato che, da quando era tornata, si era nuovamente chiusa in se stessa, impartendo ordini a destra e a sinistra, senza mai sorridere una sola volta.

Dok era decisamente preoccupato per lei; in parte poteva capirla: probabilmente la perdita dell'Elisabeth l'aveva scossa più di quanto lei stessa potesse ammettere.

Ascher non era al borgo quel giorno e, pensandoci bene, Dok non aveva visto neppure David Beltar.

"Quel ragazzo non la molla un minuto, sono sicuro che sia con lei da qualche parte".

Dok impiegò tutta la giornata per setacciare la cittadina; verso sera ispezionò anche le campagne adiacenti alle mura e, infine, si spinse sulla costa e sulle spiagge adiacenti al borgo.

Cominciava ad essere davvero in pensiero: sapeva benissimo che sia Ascher che David erano abilissimi con la spade, eppure aveva addosso una strana inquietudine che si sarebbe calmata solo vedendo il suo capitano, o almeno dopo averle parlato un po'.

Finalmente, poco prima dell'imbrunire, Dok riuscì nel suo intento.

David Beltar era seduto su di una scogliera, stava tranquillamente osservando il tramonto a picco sul mare: uno spettacolo da togliere il fiato a chiunque.

Avvicinandosi a lui, Dok scoprì che, in realtà, David non stava osservando il mare ed il suo meraviglioso spettacolo: guardava attonito il suo capitano.

Ascher era seduta sugli scogli: il mare intorno a lei imperversava, era completamente fradicia a causa dell'infrangersi delle onde sulla scogliera, i capelli le si erano incollati al viso, gli occhi chiusi a difendersi dagli spruzzi, le braccia avvinghiate alle ginocchia.

Dok pensò che fosse triste e stesse piangendo, celando tale stato d'animo rimanendo là, immobile, ad inzupparsi come una fanciulla.

Dok si rivolse al suo amico:

- Come mai la lasci là, così?

Il ragazzo rispose urtato:

- Pensi che sia stato qui tutto il giorno con le mani in mano?

- Allora spiegami, cosa diavolo hai fatto?

- Prima che mi sedessi qua ho provato più e più volte a toglierla da quegli scogli, senza esito. Lo sai come è fatta...

Dok non rimase impassibile a quella melliflua affermazione:

- Va bene, capisco. Io comunque non sarei rimasto ore ad osservarla, senza far nulla.

- E cosa diavolo avrei potuto fare?

- Quantomeno potevi venire da me.

- Come se potesse contare qualcosa.

- Ragazzino, modera i tuoi toni!

- Sono più che moderato, Dok. E lo sai benissimo!

- Cosa dovrei sapere?!

La pazienza di Dok era al limite, a stento tratteneva la sua rabbia.

- Che non sarebbe servito a nulla avvisarti.

- Sì! Certo, come no! Però io nel frattempo ero in pensiero... è tutto il giorno che la cerco!

- E cosa poteva accaderle?

- Direi... qualunque cosa?

- Sì certo... ad Ascher?

- Tu, David, la sopravvaluti! In fondo è sempre una donna!

- Dok, stai vaneggiando! Ascher non è una donna comune.

- David, non puoi capire! Tu stravedi per lei, ma non ti accorgi di quanto, in realtà, sia fragile quella ragazza?

- Stiamo parlando della stessa persona, Dok?

- Dimmi, David, se così non fosse, come ti spieghi il suo atteggiamento di oggi? Guardala!

David si girò ad osservare il suo capitano: doveva ammettere che era là, seduta in silenzio, da parecchie ore; era fradicia dalla testa ai piedi, l'acqua le scorreva addosso in rigagnoli, scrosciati ad ogni onda che si infrangeva sugli scogli.

- Dok, io penso che stia lì solo per pensare a ciò che è successo in mare l'altra settimana. Ha perso molti uomini, è normale che si comporti così.

- Sei un giovane sciocco, amico mio. Nial è lì perché sta piangendo l'affondamento dell'Elisabeth. Aveva dato il nome di sua madre a quella maledetta nave! E tu nemmeno te ne sei accorto!

David si zittì di colpo, forse l'osservazione di Dok si avvicinava molto alla realtà; deluso dall'impeccabile perspicacia del suo compagno chinò il capo, dicendo:

- Ti chiedo scusa Dok, ho interpretato male la cosa.

Dok non se la sentì di infierire oltre; in fondo David era un bravo ragazzo, gli ricordava la sua giovinezza oramai passata, così gli rispose:

- Non ti preoccupare, non è certo colpa tua, ora va a casa. Ci penso io a lei.

David Beltar si congedò, con un cenno del capo.

Dok, con molta calma, si diresse giù dalla scogliera, attraversò il piccolo lembo di spiaggia e raggiunse gli scogli. Con estrema cautela cominciò ad inerpicarvisi sopra; i sandali che calzava non erano decisamente adatti all'impresa, tuttavia in breve tempo raggiunse Ascher, pur bagnandosi come un pulcino.

Ascher neppure si avvide della sua presenza, o così volle far credere a Dok, ma egli sapeva benissimo come prendere quella stralunata ragazza.

- Nial, non credi sia giunto il momento di rientrare?

Nessuna risposta.

- Sono arrivato sin qui perché Maryha è particolarmente in ansia per te!

Ancora silenzio.

Spazientito, Dok alzò la voce:

- Col tuo silenzio non otterrai nulla, io di certo da qui non mi muoverò!

Ascher alzò il capo, il suo volto era cereo ed emaciato, la pelle del viso era tirata e completamente bagnata, un alone bluastro ricopriva i suoi occhi, arrossati dal sale marino.

Dok aveva visto giusto, Ascher aveva pianto, e parecchio.

- Fai come vuoi Dok, non mi importa di ciò che farai.

- Ricordati sempre di portarmi il giusto rispetto, ragazzina!

Ascher rimase impietrita da quell'affermazione, Dok si permetteva troppe libertà con lei, la trattava peggio di una bambina, e questo proprio non lo sopportava.

- Non ho bisogno di nessuno!

Dok addolcì la sua voce:

- Tutti abbiamo, prima o poi, bisogno di qualcuno. Tu non fai eccezione.

- Se mai dovesse accadere che io abbia bisogno di qualcuno non verrei certo da te Ascher si pentì subito delle parole appena pronunciate.

Sugli occhi di Dok cadde un velo di malessere, forse aveva esagerato, probabilmente il rapporto che c'era tra lui e Ascher altri non era che un semplice rapporto tra paziente e dottore, nulla di più. Ferito da quelle parole, Dok si accinse ad andarsene, poi d'improvviso la voce di lei lo fermò:

- Scusami Dok.

Appena sussurrate queste parole, Ascher scoppiò in un pianto disperato.

Diverse settimane dopo quell'evento sugli scogli, Dok sorrise apprendendo che il suo capitano aveva rinominato il suo nuovo Galeone con il nome della madre: Elisabeth.

Felicità Infranta

Ci vollero tre mesi prima del varo della nuova Elisabeth e quel giorno Ascher sprizzava gioia da tutti i pori; non solo in merito alla messa in mare del suo nuovo Galeone, o del fatto che lo avrebbe ribattezzato col nome di sua madre: era contenta perché, finalmente, Daeva aveva deciso di ritornare al suo fianco. Sebbene non andassero molto d'accordo, Ascher era convinta che, col tempo, gli attriti si sarebbero sopiti e che il loro rapporto sarebbe migliorato.

Ascher era ancora preoccupata riguardo alla vicenda accaduta a sua sorella sull'isola di Ferres e ogni tanto aveva provato a farsi raccontare l'accaduto, invano, poiché Daeva si ostinava o a tacere o a cambiare argomento. Probabilmente non voleva rivangare tale ricordo, anche se Ascher sospettava, in verità, che il silenzio di sua sorella nascondesse molto di più. D'altro canto, se Daeva si ostinava a tacere, lei non poteva certo obbligarla, inoltre continuava a sentirsi in colpa nei suoi confronti e cercava in ogni modo di capirla.

Sull'isola di Ascherath si poteva godere di fresche serate autunnali e nuove domande di arruolamenti tra le file dei pirati venivano perpetrate, la nomea di Ascher aveva preso piede.

Una sera come tutte le altre Ascher rincasò tardi, si era attardata al cantiere per seguire le ultime modifiche alla sua nuova ammiraglia, non si aspettava certo di trovare ancora qualcuno alzato in casa. In principio pensò fosse Daeva: avevano deciso di comune accordo che sarebbe rimasta a vivere con lei. Aprendo la porta di casa Ascher si avvide che colei che la stava aspettando, a quell'ora della notte, non era la sorella, bensì Maryha.

- Bentornata, mia cara.

Maryha era sempre cordiale e Ascher lo sapeva, ma quando doveva redarguirla per qualcosa diveniva eccessivamente cordiale, così lei capì, già dalle sue prime parole, che quella sera Maryha le avrebbe detto ciò che pensava.

Ascher la fece accomodare in soggiorno, senza rispondere. Magari, se non avesse innescato il discorso, si sarebbe schivata la ramanzina, ma il suo proposito fu vano.

- Nial, avrei qualcosa da dirti in merito a Daeva.

Ascher emise un lungo sospiro, poi replicò:

- Ti ascolto.

Pensò di essere stata troppo secca: in fondo era affezionata a Maryha e certo lei non si meritava un trattamento del genere.

- Sarò franca con te, non avrai mica intenzione di mettere a repentaglio anche la vita di tua sorella nella scriteriata ricerca di coloro che hanno ucciso i tuoi genitori?

Ascher non sapeva come risponderle, probabilmente neppure Maryha aveva capito le sue vere intenzioni: ossia proteggere Daeva e non metterla in pericolo.

Cercò le parole adatte; impiegò qualche secondo per formulare bene il suo pensiero, poi rispose:

- Maryha, non è assolutamente mia intenzione mettere in pericolo la vita di mia sorella.

Maryha fu particolarmente dura:

- Non si direbbe.

Come solito accadeva, se coinvolta in un diverbio di opinioni, Ascher si scaldò:

- Perché mi dici questo? Perché nemmeno tu credi alle mie parole?

- Bambina mia, non ti credo per il semplice fatto che le tue parole non coincidono con le tue azioni.

- E come potrei farti ricredere?

Maryha rimase qualche secondo in silenzio, assorta nei suoi pensieri, poi capì le parole di Ascher e, probabilmente, si pentì di aver sollevato quell'argomento, replicando:

- Non saprei proprio come potresti fare.

Ascher non si aspettava una risposta del genere, proprio da colei che l'aveva cresciuta.

- Maryha, sai benissimo perché ho intrapreso questa vita. Con o senza Daeva il mio destino è scritto e non sarò in pace, fin tanto che la mia vendetta non sarà consumata.

Maryha aveva sentito quelle frasi per troppo tempo e oramai non le sopportava più.

- Invece di rincorrere i fantasmi, dovresti provare a lasciarti alle spalle il passato e rifarti una vita.

Ascher si adirò:

- Ti rendi conto di ciò che mi stai dicendo? Io vivo esclusivamente per vendicarmi e tu lo sai benissimo! La mia vita non avrebbe alcun senso, altrimenti!

Maryha la comprendeva sin troppo bene, ma non riusciva a capacitarsi del fatto che Ascher non avesse il minimo riguardo verso le persone che perdevano la vita in suo nome.

- Non ti rendi conto di quello che dici, piccola mia. Forse, un giorno, come ho fatto io, capirai qual è il tuo posto nel mondo.

- Per ora il mio posto è questo! Con o senza la tua approvazione!

Ascher fu troppo dura e se ne rese conto. Maryha, dopo aver sentito tali parole, abbassò lo sguardo a terra e si diresse mestamente nelle sue stanze.

Ascher, indispettita dall'ennesimo diverbio, andò verso la credenza, si versò del rum dentro un bicchiere e si diresse in veranda.

L'aria fredda la investì, provocandole un brivido lungo la spina dorsale, sorseggiò il suo rum alla luce della luna e tutto il buon umore che l'aveva accompagnata negli ultimi giorni, svanì improvvisamente.

Ombre nel Destino

Ci sono situazioni irrinunciabili nella vita. Una di queste, per Ascher, era il ritrovo al Puledro Impennato. Amava ritrovarsi assieme ai suoi ufficiali, bere in compagnia dell'ottimo vino, raccontando le sue avventure all'oste della taverna: lo Sfregiato, il quale, non solo simpatizzava per Ascher, ma l'adorava e la considerava un'autentica eroina, sebbene, appena un anno prima, l'avesse cacciata a pedate fuori dal suo locale.

L'atmosfera in taverna era sempre frizzante, come ogni venerdì sera: tutti si dilettavano a narrare storie e si perdevano in pettegolezzi frivoli. La serata per Ascher era maggiormente allietata dalla presenza della sorella. Lei e Daeva erano giunte ad un accordo temporaneo, dopo la disavventura con Diakos: Daeva sarebbe rimasta al fianco di Ascher, fintanto che non fosse stata in grado, con risorse e denaro, di rimettere in mare una flotta propria.

Ascher, in cuor suo, sperava che la sorella rimanesse al suo fianco il più a lungo possibile: nonostante le divergenze, insieme formavano una bella coppia di piratesse; ma sapeva che, prima o poi, la voglia d'indipendenza di Daeva avrebbe preso il sopravvento. Un giorno non lontano avrebbe ripreso il mare e avrebbe ancora capitanato una flotta. A meno che Ascher non avesse impiegato il tempo che la separava da quel giorno, nel tentativo di far cambiare idea alla sorella.

Da parte sua Daeva si stava rimettendo in forze, grazie soprattutto alle amorevoli cure di Dok. Aveva da tempo superato la mera carica di dottore di bordo: era diventato per le ragazze un amico, un confidente, un padre premuroso, un padre che a stento ricordavano e tanto agognavano.

Come ogni bella situazione, anche quella serata stava giungendo al termine e colui che avrebbe cambiato il destino degli astanti aveva appena varcato la soglia della taverna.

Un vento gelido sferzò i primi tavoli e con un tonfo sordo la porta si richiuse, dietro la figura ammantata di un uomo.

Per alcuni secondi i presenti si girarono ad osservare il viandante, per poi tornare a dedicarsi alle loro faccende: il gioco dei dadi al Puledro Impennato era molto in voga e costituiva la principale attività di svago, dopo il liquore.

Lo straniero si diresse con passo sicuro al bancone, ordinò del grog e scambiò qualche parola con lo Sfregiato, il quale, sorridendo, gli indicò il tavolo di Ascher.

L'uomo ammantato ingollò d'un fiato il grog, lasciò qualche doblone sul bancone e, a passo svelto, si recò al tavolo.

La sua figura appariva davvero imponente e minacciosa: superava abbondantemente il metro e ottanta, il suo volto era coperto da un ampio cappuccio e, da quella maschera d'ombra, la sua voce usciva lugubre e profonda:

- Chi di voi è Ascher?

Daeva, Dok, David e Morgan si alzarono immediatamente, con le mani sulle impugnature delle rispettive lame. Ascher distolse lo sguardo dal suo calice per posarlo sullo sconosciuto, poi disse:

- Ragazzi, calmatevi... ha semplicemente posto una domanda, - così dicendo si alzò, presentandosi. - Sono io Ascher!

La sorpresa di tale affermazione tradì la voce dello sconosciuto:

- Una donna? - esclamò e, ricomponendosi rapidamente, continuò. - Il grande Ascher, una donna? Forse sono giunto nel posto sbagliato.

Ascher cominciava a innervosirsi e non fece nulla per nascondere il suo montante furore:

- Che io sia uomo o donna non ha alcuna importanza. La mia fama parla da sé!

Dok intervenne per mettere fine alla diatriba:

- Il buon padrone di casa non nega mai la sua ospitalità, purché l'ospite sia altrettanto cortese.

Il viandante lo guardò, poi si scostò il cappuccio, rivelando un volto giovane e risoluto, dai vivacissimi occhi azzurri, i capelli erano trattenuti in una bandana con l'effige di un teschio bianco in campo nero; fece una leggera riverenza e si scusò:

- Scusate i miei pessimi modi, non sono avvezzo ad aver a che fare con una lady, nel mio lavoro.

Lo sguardo di Ascher si ammorbidì subito, i suoi ufficiali si rilassarono e si sedettero, la tensione si era decisamente allentata.

Ascher riprese la discussione con meno veemenza:

- Non vorrei sembrarvi scortese, ma mi piacerebbe conoscere almeno il vostro nome, sempre che non vi dispiaccia.

Tutti guardarono lo sconosciuto, attenti alla sua risposta:

- Dovete scusarmi; il viaggio lungo e la sorpresa di vedervi di persona mi hanno fatto dimenticare le buone maniere. Mi presento subito, il mio nome è Devil Facchy, sono giunto al vostro cospetto per proporvi un affare.

Ascher avrebbe giurato di scorgere un velo di follia nello sguardo di quell'uomo.

La Decisione della Zele

Per molti superstiziosi una notte senza luna era una notte di sventura: gli uomini comuni durante queste notti si rinchiudevano nelle proprie abitazioni, accanto al rassicurante focolare domestico; le donne divenute madri, coglievano queste occasioni per narrare storie di raccapriccianti esseri notturni, nel tentativo di far star buoni i loro pargoli. Queste madri non sapevano che vi erano uomini che, con le loro efferate gesta, andavano ben oltre alle vicende da loro narrate. Uno di questi uomini era il Gran Maestro della Zele, una cospirazione di pirati volta ad un unico scopo: uccidere.

Da lungo tempo la Zele aveva esteso i suoi tentacoli in tutti i sette mari, governando le notti e imponendo le proprie leggi ai più deboli.

Quella notte la Zele si apprestava a decidere un nuovo destino. Il luogo del raduno dei supremi maestri era sempre lo stesso, ormai era una forma di rito per loro: tutto era iniziato lì, quella era diventata la loro sede e il Gran Maestro vi stava facendo nuovamente ritorno.

Alzò il volto e riconobbe l'insegna e l'effige della Taverna dell'Idolatria. Si scostò il cappuccio dal volto, i lunghi capelli neri gli scivolarono sulle ampie spalle, gli occhi erano di un azzurro intenso, il naso adunco e il volto spigoloso: tutto in lui emanava fermezza e risolutezza; attese pochi attimi nel viale, guardandosi intorno, poi, resosi conto di non essere stato seguito, entrò nella taverna.

Quando il Gran Maestro fece il suo ingresso, trovò i suoi tre pari già presenti, ad attenderlo. Si accomodarono tutti e quattro al tavolo predisposto appositamente per loro, in una stanza attigua alla sala centrale. Sul tavolo, ben disposte ed ordinate, vi erano delle missive, con pennini e calamai, alcune lampade ad olio e le rispettive ampolle. A lato della stanza un camino ardeva riscaldando ed illuminando l'ambiente, nella parete opposta faceva bella mostra di sé un altare sacrificale, con al centro la raffigurazione dell'effige pentacolare della Zele.

Il consiglio della Zele non era solo formato da pirati e condottieri di grande fregio, essi si ritenevano innanzi tutto sacerdoti: messaggeri in terra di una oscura e potente divinità, celata sotto il nome di Shevar, l'antico dio delle tenebre.

Terminate le cerimonie di rito i quattro uomini si sedettero, per affrontare una delicata questione. Tutti erano già al corrente del motivo del raduno, quindi il Gran Maestro prese la parola:

- Dunque, signori, è giunto il momento di chiamare a noi un nuovo membro, - un brusio di assenso si levò dagli astanti. Il Gran Maestro sorrise, vedendo tutti concordi, poi continuò. - Sono lieto di constatare la vostra soddisfazione: ella promette grandi imprese, ma dobbiamo essere cauti, non dobbiamo commettere lo stesso errore che avvenne con suo padre.

L'Oscuro si alzò chiedendo la parola, un gesto del Gran Maestro lo indusse ad esporre il suo pensiero:

- Perdonatemi, miei pari, vorrei avere io l'incarico di condurre Ascher in seno a noi.

- Non vedo alcun motivo per negarti tale compito.

Il Gran Maestro sembrava assolutamente tranquillo nella sua risposta.

- Non sarà così facile come pensate, - il Principe Mercante si alzò, nel tentativo di catturare la loro attenzione. - Se Ascher dovesse scoprire di suo padre potrebbe, da nostra alleata, trasformarsi in una spietata nemica!

Il Gran Maestro si scurì in volto, poi guardando dritto negli occhi il Principe Mercante replicò:

- Se non erro, tu salvasti sua sorella!

Il Principe Mercante rimase in silenzio, pensieroso, mentre il Gran Maestro continuava il suo discorso:

- Ascher si fida di te: anche se in passato avete avuto qualche screzio, sappiamo tutti che fu solo per metterla alla prova, per scoprire le sue vere capacità e non vi è alcuna necessità che lei sappia di ciò che successe tra noi e suo padre.

Il Principe Mercante cominciò ad essere un po' scettico in merito al progetto, forse si erano spinti troppo oltre a manipolare la famiglia Moonroi.

La discussione si protrasse per diverse ore quella notte, però in tutti quei piani, in tutti quegli intrighi, il Gran Maestro rimase per la maggior parte del tempo racchiuso in un rigoroso silenzio, isolandosi nei suoi più reconditi pensieri, giungendo al ricordo di un tempo in cui lui stesso aveva, consapevolmente, dato inizio a tutto.

Il Richiamo dell'Ombra

La missiva che giunse nelle mani di Ascher era tra le più inquietanti che le fossero mai state recapitate negli ultimi tempi, ma non poteva certo esimersi dal rispondere personalmente all'invito redatto dall'Oscuro.

La lettera era chiara: doveva recarsi, entro due settimane, all'isola dell'Oscuro, con una sola imbarcazione per non causare spiacevoli incomprensioni sulla natura dell'incontro.

Ascher era sempre stata brava ad intuire, tramite la grafia, eventuali stati d'animo del mittente, ma in quella missiva non trovò la minima sbavatura: la calligrafia dell'Oscuro era ferma e decisa, poche parole, ben redatte e chiare.

Decise di accettare l'invito, spedì a sua volta una pergamena con impresso il suo sigillo, confermando il suo arrivo esattamente da lì a due settimane. Fu concisa e precisa nella scrittura, così come lo fu l'Oscuro.

Era finalmente giunta a destinazione. Aveva veleggiato tutto il giorno per mettere in sicurezza la nave nel porto, alle prime ombre crepuscolari.

Con lei non vi era Daeva: le loro idee, in proposito ai rapporti tra Ascher e l'Oscuro, erano fin troppo divergenti, così, dopo diversi diverbi, Daeva aveva deciso di non accompagnarla.

Ascher era nuovamente delusa dal comportamento di colei che, più di ogni altro, avrebbe dovuto capirla e sostenerla.

Giunta al porto Ascher non perse tempo: s'infilò il lungo soprabito nero, si assicurò che il giustacuore fosse ben allacciato e che il piccolo pugnale fosse infilato nell'apposita fondina, cucita all'interno degli stivali; alla cintura legò la spada, dall'impugnatura in argento e l'effige della fenice raffigurata sull'elsa; controllò gli ultimi dettagli del suo equipaggiamento. Non voleva correre rischi inutili.

Una volta pronta, si sentiva tesa e fremente, ma il tempo delle riflessioni era terminato: non poteva tirarsi indietro proprio adesso. Esalò un profondo respiro e si decise. Salì in coperta, salutò Dok, lasciandogli il comando della nave; si calò il cappuccio sul capo per nascondere il volto e, con passo sicuro, si dileguò nelle ombre della cittadella, in cerca di colui che l'aveva convocata.

Idolatria

Ascher non si sarebbe mai aspettata che la cittadina dell'isola dell'Oscuro potesse essere così lugubre e malsana.

Mentre camminava nell'ombra, alla ricerca del posto adibito all'incontro di quella sera, osservava la miseria e il degrado del paese, dovuto ad anni di incurie. Il lezzo di escrementi e di urina la lasciava senza fiato; straccioni e mendicanti si aggiravano furtivi, rovistando tra i rifiuti in cerca di qualcosa da mettere sotto i denti e la concorrenza era spietata, costituita da innumerevoli cani randagi e ratti alla ricerca della stessa merce.

"Concorrenza feroce, - pensò Ascher. - Uomini che lottano con le bestie per la sopravvivenza".

Aveva il voltastomaco, si chiese cosa fosse venuta a fare in quel posto dimenticato da Dio. Avrebbe potuto tornare alla sua imbarcazione e salpare alla volta di Ascherath, senza indugiare oltre, ma vi era in lei un forte senso di riconoscenza: non poteva negare questo incontro all'Oscuro.

I suoi pensieri l'avevano assorbita e non si avvide dell'imminente pericolo.

In agguato nell'ombra, una figura ammantata stava aspettando il momento opportuno; non appena Ascher gli fu vicina, l'uomo tentò di sopraffarla, ma non fu sufficientemente veloce. Ascher estrasse con rapidità fulminea la sua spada, che al chiarore di luna lampeggiò innanzi al malcapitato. L'uomo fu costretto ad indietreggiare, inciampando in un cumulo di rifiuti e in breve si trovò col sedere a terra, le spalle al muro e la punta della lama di Ascher sotto al mento.

Ascher esitò: si accorse che l'uomo a terra altri non era che un barbone, un mendicante, un relitto della società; eppure, visto il luogo in cui era costretto a sopravvivere, forse era solo una vittima.

Ascher, con voce perentoria, affermò:

- Sei solo un pezzente! Non sporcherò la mia lama per uno come te, non ne vale la pena!

Poi rinfoderò la sua spada con un gesto rapido ed elegante, il mantello si richiuse intorno a lei e sparì nella notte, lasciando il mendicante tremante di paura, tra i rifiuti.

La sera era già inoltrata, quando finalmente giunse a destinazione. Si trovò di fronte la taverna indicata dall'Oscuro, Ascher si guardò attorno per verificare che nessuno l'avesse seguita, poi aprì la porta ed entrò.

Un vento leggero si alzò, facendo mulinare alcune foglie sul ciottolato della via, tutto era in silenzio, tranne il cigolìo provocato dalle catene che sorreggevano l'insegna dal lugubre nome: Idolatria.

Decisioni

Oramai era notte inoltrata, alcune lucciole volteggiavano tranquille nella brezza serale vicino ad un lampione ancora acceso.

La porta del cottage si aprì ed una figura ammantata si dileguò furtiva nella coltre notturna.

Pochi istanti dopo, una luce illuminò la veranda e due figure femminili vi fecero il loro ingresso. Ascher si diresse al cofanetto posto sopra al tavolino in vimini, al suo interno vi erano i suoi amati sigari: non fumava solo per il piacere di farlo, ma perché le ricordava l'odore di suo padre.

Daeva si era portata dal soggiorno una bottiglia di ottimo vino rosso e due calici: uno in più, nel caso Nial avesse voluto assaggiarlo; non dubitava lo avrebbe fatto, avevano sempre avuto gli stessi gusti, ad eccezione dei sigari.

Devil Facchy era appena uscito e alle ragazze aveva lasciato una certa inquietudine latente, tuttavia nessuna delle due aveva intenzione di riprendere l'argomento appena terminato.

Ad un tratto Maryha fece il suo ingresso nella veranda e con voce stentata disse:

- Scusatemi signorine. Se non avete più bisogno della mia presenza io mi ritirerei nelle mie stanze

Ascher fu rapidissima a risponderle:

- Vai pure a coricarti Maryha, ci pensiamo noi a riordinare.

Daeva si alzò, baciò sulla fronte la governante, sussurrandole dolcemente:

- Grazie della cena, era deliziosa, come sempre del resto. Buona notte.

"Troppe smancerie, queste donne", pensò Maryha, poi fece spallucce e si allontanò assieme al suo lume.

Quando Daeva non sentì più i passi di Maryha, azzardò a riprendere la conversazione:

- Sei sicura di volerti fidare di quel tipo?

Ascher diede un lungo tiro di sigaro, aspirò il fumo, assaporandone il suo profumo, si voltò verso la sorella e le rispose:

- Lo sai che non ci si può fidare di nessuno, Daeva!

- Allora cosa intendi fare?

- Per ora cercherò informazioni.

Daeva si stava spazientendo e la sua voce cominciava a tradirla:

- Da chi? Nial, il tempo stringe! Non farai mai in tempo a sapere se ti potrai fidare di lui, oppure no, se accetti l'accordo.

Ascher sembrava del tutto tranquilla, continuava a fumare e a sorseggiare il vino, posò il bicchiere e asserì:

- Mi affiderò all'Oscuro e ai suoi vampiri.

- Nial, non mi pare una buona idea: meno hai a che fare con loro e meglio sarà!

Daeva sembrava sinceramente preoccupata: aveva visto l'Oscuro e non le aveva fatto una bella impressione, era riluttante all'idea che sua sorella si affidasse ad un soggetto simile.

Ascher, sentendosi aggredire, rispose con foga:

- Tu come pensi di fare? Ho bisogno di un porto sicuro per fare questa cosa e lui me lo può procurare.

Daeva sembrò arrendersi di colpo:

- Ho capito! Hai già deciso! Pur sapendo che la ricompensa è incerta e il viaggio estremamente lungo e pericoloso.

Ascher non poté mentire:

- Sì Daeva! Ho già deciso!

Nei pensieri di Ascher si fece strada un nome: Ereiser. Lo aveva già sentito, però non riusciva a ricordare dove.

Preparativi

Al calar della notte le operazioni al molo erano particolarmente febbrili: si stavano approntando le ultime rifiniture alle imbarcazioni che, da lì a poche ore, avrebbero preso il mare. Ascher controllava che tutto andasse per il meglio, non vi era molto lavoro da svolgere, erano rimaste solo le provviste da stivare; si sedette e cominciò a fare il punto della situazione, ripassando il suo piano.

Il Faina aveva svolto un ottimo lavoro ed era riuscito a reperire diverse informazioni riguardanti il capitano Ereiser che, a detta di molti, era noto per la sua astuzia e per cogliere di sorpresa i suoi avversari, uscendo in mare al calar della sera.

Ascher pensava che la vanità fosse considerata, giustamente, un peccato capitale. Lo avrebbe intercettato alle prime luci dell'alba.

Aveva fatto bene ad affidarsi all'Oscuro, egli era riuscito a farla mettere in contatto con il Vampiro: in realtà non un vero vampiro, ma chiamato così per la sua sete di sangue, tra i pirati era una leggenda; meglio trovarselo come amico che come nemico.

Ascher si sentiva fortunata sotto questo aspetto.

Il Vampiro le aveva fornito un porto sicuro: l'accesso a Kabras, la città in cui risiedeva il mercante Torenescu; lì avrebbe potuto far rifornimento di viveri prima di intraprendere l'ultimo tratto di mare, sino a giungere a destinazione.

Non aveva tralasciato nulla, Devil Facchy le aveva comunicato le esatte coordinate, lei aveva avuto tutto il tempo per preparare la carta nautica per la navigazione e le tappe da seguire. Si era fatta anche un'idea dell'approdo d'emergenza, studiando attentamente la rotta e aveva notato che se l'attracco di rientro a Kabras fosse stato precluso, lei avrebbe potuto far rotta verso il covo di Jared Valar.

Questi faceva parte, come lei, del Ministero Oscuro: un manipolo di pirati, i quali, rispettandosi a vicenda, avevano creato un'alleanza; in caso di necessità potevano vicendevolmente chiedere aiuto ed ospitalità. Ascher, però, non voleva che Jared Valar venisse a conoscenza del suo piano, non sapeva come avrebbe reagito: i pirati, solitamente, non avevano remore nei confronti della Marina Militare, ma non tutti la pensavano come lei, ossia che il fine giustificasse i mezzi, soprattutto quando il fine era la semplice Vendetta.

Assorta nei suoi pensieri Ascher non si accorse dell'arrivo della sorella. Daeva le appoggiò delicatamente una mano sulla spalla e le disse:

- Nial, tutto è pronto, è giunto il momento di salpare.

Ascher alzò lo sguardo al cielo, poi incrociò gli occhi verdi di Daeva e, alzandosi in piedi, convenì:

- Sì! È giunto il momento...

Il Viaggio

La tempesta infuriava sulla flotta di Ascher, frustando le navi con le sue raffiche di vento. Il mare impetuoso, con le sue onde alte più di dieci metri, sembrava voler innalzare le imbarcazioni per poi ricacciarle negli abissi più profondi. Ascher non aveva mai visto in vita sua tale una violenza negli elementi: Nettuno doveva essere veramente adirato con lei. Mancava poco più di un'ora all'alba quando giunsero nei pressi dell'isola di Kabras, la tempesta si stava acquietando e l'equipaggio era allo stremo delle forze. Anche Ascher era visibilmente provata. Forse sarebbero riusciti a ristorarsi, con una breve sosta al porto, ma le sorprese non erano finite, per quella notte.

Ben presto si accorsero che la dogana aveva sbarrato il porto e negava l'accesso a qualsiasi imbarcazione: il faro era spento, segno evidente che non si aspettava nessun approdo per quella nottata.

Ad Ascher un brivido freddo le percorse la schiena, si girò per incrociare lo sguardo di Daeva. Non ci fu bisogno di parole: il Vampiro, oppure Torenescu, o entrambi, l'avevano tradita.

Avrebbe potuto far rotta verso l'isola di Jared, ma sarebbe stato troppo rischioso: le nuvole sopra di loro si stavano nuovamente addensando, il vento rapidamente ricominciava a montare, le vele si gonfiavano e si tendevano all'estremo, il trinchetto e il boma erano nuovamente sotto stress.

L'alba non avrebbe tardato a sopraggiungere, non era certo facile prendere una decisione, soprattutto quando ci si trovava, come in quel frangente, in acque sconosciute.

La scelta, in ogni caso, era ovvia; viste la situazione climatica e la stanchezza dei propri uomini, doveva dirigersi verso il covo di Jared Valar, anche se vi erano almeno due buoni motivi per non farlo: il primo era che, se avesse coinvolto Jared Valar, tutta l'alleanza del Ministero Oscuro sarebbe stata colpita e divisa dalle accuse e, questo, Ascher non voleva assolutamente che accadesse; in secondo luogo sapeva benissimo, grazie alle informazioni del Faina, che il capitano Ereiser si trovava nei pressi dell'isola di Yokos, situata molto più a sud e, con quel clima, la flotta di Ascher poteva godere di una buona ora di vantaggio.

Dopo una lunga riflessione sui pro e sui contro, prese una decisione.

Alzò la voce per sovrastare l'urlo del vento:

- Uomini, facciamo rotta per Fort Knox, abbiamo un'ora di vantaggio sul capitano Ereiser, sfruttiamola! Lo intercetteremo alle prime luci dell'alba, - poi, con tutto il fiato che le rimase, continuò gridando. -

Siamo pirati! Il bottino è là, andiamo a prenderlo!
Gli uomini di Asher, galvanizzati dalle parole del loro capitano, cominciarono ad inneggiare il suo nome.

Superbia

La tempesta cessò alle prime luci dell'alba. Il nuovo giorno diradò le ultime nubi ed un vento leggero salutò gli uomini di Ascher, stremati dalla lotta contro gli elementi.

Ascher scrutava la rotta, sopraggiungendo da est giunse alla vista di Fort Knox: era dunque giunto il momento di puntare a sud, verso l'isola di Yokos; così facendo avrebbe certamente incrociato la rotta del capitano Ereiser.

Mezz'ora dopo il cambio di rotta, all'orizzonte s'intravedevano sventolanti le vele bianche della flotta nemica.

Osservando col monocolo, Ascher prese visione della forza avversaria ed osservò ad alta voce:

- Un Galeone, una Fregata e un Veliero... mi aspettavo una forza maggiore.

Daeva, al suo fianco, la guardò di sbieco; posando il monocolo, Ascher cominciò ad impartire gli ordini per l'attacco:

- Date il segnale ai nostri Velieri, che intercettino ed ingaggino battaglia, poi gli daremo il colpo di grazia coi Galeoni!

Di lì a pochi minuti la battaglia ebbe inizio.

Ereiser si dimostrò abile nella tattica nautica: le sue imbarcazioni erano pesantemente armate e l'esito dello scontro, nonostante lo svantaggio, non era scontato.

Ascher, dal castello della sua ammiraglia, osservava accigliata lo svolgimento della battaglia. Si accorse subito che lo scontro non andava come lei aveva previsto. La Meredith, capitanata da Morgan, era stata pesantemente danneggiata dopo essersi scontrata con l'ammiraglia nemica: aveva l'albero maestro divelto, il trinchetto e il boma sventrati, Morgan stava tentando di disimpegnarsi, ma l'ultima salva di colpi aveva centrato il castello e spezzato il timone.

Ascher decise di agire e urlò, con tutto il fiato che aveva in corpo, al timoniere:

- Muoviamoci! Usiamo il rostro e speroniamo quel maledetto!

Anche l'ammiraglia di Ereiser era pesantemente danneggiata, egli sapeva che difficilmente uscito vincitore da quella battaglia, ma era anche un valoroso e non avrebbe abbandonato lo scontro, senza portarsi dietro il maggior numero di pirati possibile.

Aveva notato l'ammiraglia di Ascher puntare dritta su di lui, conosceva benissimo le tattiche di speronamento adottate dai pirati per effettuare l'abbordaggio e pensò:

"Li attenderà una bella sorpresa".

L'Elisabeth si era lanciata a tutta velocità, sopravento; tutti gli uomini a bordo erano pronti con moschetti e sciabole ad arrembare. L'ammiraglia di Ereiser era quasi ferma, a poco meno di un miglio.

Ascher pregustava già la vittoria, mai avrebbe sospettato ciò che, da lì a poco, sarebbe accaduto.

Ereiser attese che non ci fosse più possibilità di manovra evasiva da parte del Galeone pirata e diede ordine di issare tutte le vele, orzò in modo da farsi sfilare a dritta dalla Elisabeth, poi ordinò di far fuoco con tutte le colubrine. Una salva di colpi investì appieno l'imbarcazione pirata.

Il capitano Ereiser era stato astuto, aveva fatto spostare tutte le bocche da fuoco sullo stesso lato della nave, così poté sparare una salva di colpi con i diciotto cannoni a disposizione del Galeone: era la sua unica possibilità per affondare l'ammiraglia pirata e la sfruttò appieno.

Ascher si rialzò intontita, in mezzo a lamenti e detriti di ogni sorta; una ferita all'arcata sopracciliare le rigava il suo bel viso, adesso cereo. Si guardò attorno scorgendo Daeva intenta a soccorrere Nemy.

Il dubbio invase i suoi pensieri: aveva sottovalutato l'audacia del capitano Ereiser.

Tutto intorno a lei odorava di polvere da sparo e sangue.

Ira

Ereiser aveva giocato la sua ultima carta, ora la sua stessa tattica gli si ritorceva contro. Era sempre rimasto affascinato dallo scorpione: un animale letale, capace di darsi la morte, sentendosi intrappolato senza alcuna via di scampo. Proprio come stava succedendo a lui.

Spostando tutti i cannoni da un lato del suo Galeone, aveva sbilanciato l'assetto della nave; una volta terminata la manovra di orzata, la linea di galleggiamento si era notevolmente alzata, pescando maggiormente; inoltre, essendo particolarmente danneggiata su quel lato, la nave aveva cominciato ad imbarcare ingenti quantità d'acqua.

Ascher era ancora tramortita, sentiva ronzare le orecchie per il rimbombo delle cannonate, non riusciva a capacitarsi dell'errore commesso: aveva sottovalutato il suo avversario ed ora intorno a lei esplodeva il panico.

L'Elisabeth scricchiolava e si lamentava come un animale ferito, assieme agli uomini a bordo. Dok era indaffaratissimo, nel tentativo di portare il suo aiuto ovunque ve ne fosse bisogno, essendo da solo, però, aveva difficoltà ad occuparsi di tutti i feriti.

Intanto la Meredith andava pian piano alla deriva: senza timone era ingovernabile, il fuoco aveva cominciato a divampare e molti uomini, presi dal panico, si tuffavano in acqua, sortendo una fine ingloriosa tra le fauci degli squali attirati dall'odore del sangue.

Pochi minuti dopo il Galeone di Morgan s'arenò sugli scogli, inclinandosi vistosamente; le onde impetuose lo compressero fino a spezzare la chiglia e a poco a poco s'inabissò, assieme al suo capitano. Avevano perso Morgan.

Ascher sentiva crescere in lei un odio viscerale. Voleva vendetta. Voleva versare sangue e aveva deciso che quel sangue sarebbe stato quello del capitano Ereiser.

Dette ordine d'invertire la rotta, fece preparare le colubrine, poi ordinò di aprire il fuoco sul Galeone nemico.

Asher era in preda ad una furia incontrollata, la sua voce tuonava impetuosa:

- Caricate! Fuoco!

Deva si precipitò innanzi alla sorella, tentando di fermare il suo furore, oramai l'ammiraglia nemica non rappresentava più una minaccia. Ascher si riprese solo dopo aver ricevuto uno schiaffo, guardò l'artefice di tale gesto e riconobbe Daeva, in lacrime.

Si voltò verso i suoi uomini e li raggelò, nessuno aveva mai sentito pronunziarle parole così fredde e feroci:

- Risparmiate coloro che vorranno unirsi a noi... sgozzate tutti gli altri!

Ascher rimase lì, ferma sul ponte della sua nave, a gustarsi la sanguinante vittoria.

Daeva, impietrita, guardava attonita colei che faticava a riconoscere come sua sorella.

Inquietudine

La battaglia era vinta.

L'adrenalina, a poco a poco, cominciò a lasciare il posto ad una sensazione di spossatezza. Alcuni uomini, guardandosi attorno, cominciarono a capire quanto fossero stati vicini alla morte; altri, riversi a terra morenti, si domandavano perché la sorte avesse scelto loro.

Ascher era immobile sul castello dell'Elisabeth, la sua ira era scemata, ma non si sentiva affatto meglio. La notizia della morte di Nemy e del capitano Morgan l'avevano sconvolta nel profondo.

Aveva perso molti uomini, la gloria e la fama non avrebbero certo ripagato la perdita subita, ma non era, forse, proprio quello il senso della vita? Lottare per ottenere ciò che si vuole. Prima o poi tutti devono morire: meglio farlo credendo in un ideale, piuttosto che vivere una vita di rimpianti.

Ascher era un pirata e un pirata, una volta scelta la via da seguire, non deviava mai dal suo percorso, a qualunque costo; i suoi uomini lo sapevano benissimo, combattendo sia per loro stessi, che per il loro capitano. Non doveva sentirsi in colpa per la loro morte, anzi: avrebbe dovuto esserne orgogliosa; erano stati dei valorosi pirati, che avevano donato la propria vita per seguirla.

Quando gli uomini portarono a bordo il forziere recuperato dal relitto dell'ammiraglia del capitano Ereiser, ad Ascher venne in mente un'idea su come potersi acquietare lo spirito.

Si diresse al forziere, sfondò il lucchetto sparando col moschetto, lo aprì e ne versò sul ponte il contenuto. Si riversarono tremila dobloni nuovi di zecca; Ascher ne prese uno, poi con passo deciso si diresse al parapetto e senza pensarci lo lanciò in mare, pronunciando alcune parole di commiato:

- Nettuno, questo è un piccolo pegno per custodire nei tuoi mari le anime di coloro che oggi hanno combattuto con onore e sono morti in gloria.

Tutta la ciurma osservò questo rito, in ossequioso silenzio.

Il rientro a casa non sarebbe stato facile: l'intera flotta aveva riportato ingenti danni; era quasi mezzogiorno quando riuscirono a mettere in salvo l'Elisabeth, ma, nonostante le riparazioni, non avrebbe resistito ad una tale traversata.

Fu Daeva a consigliare cosa fare, suscitando lo stupore di Ascher:

- Nial, adesso credo sia giunto il momento di far rotta verso l'isola di Jared Valar. Dal punto in cui ci troviamo non dista molto.

Detto questo, Daeva porse una carta nautica nelle mani di sua sorella.

Si scambiarono un lungo sguardo, carico di parole non dette, poi Ascher prese la carta stringendola nel pugno, si girò, scese la scala e si rinchiuse nella sua cabina.

Daeva rimase lì, sul castello, impietrita dal comportamento freddo di Nial, sotto gli occhi attenti e sconfortati di Dok.

Incubi

Il villaggio era in fiamme, Nial poteva vederne il bagliore dal limitare del bosco, dove era solita andarvi a giocare assieme alla sorella. Quel giorno, però, si erano attardate più del previsto: intente nei loro giochi, si era fatta sera senza che se ne fossero accorte.

Nial cominciò a correre a perdifiato verso il villaggio, una strana sensazione d'inquietudine le stringeva il petto. Una corsa disperata, accanto alla sua sorellina. Il pensiero correva ai suoi genitori e al fratellino di appena un anno, il piccolo Timmy.

Giunta all'inizio del paese, il terrore prese il sopravvento. Nial rimase impietrita: la situazione era molto peggiore di come si aspettasse. Non si trattava di un incendio isolato, o fortuito: tutto il villaggio era avvolto dalle fiamme.

Di lì a breve, Nial si accorse che nessuno era intento a domare il fuoco. Molti tentavano di scappare e mettersi al riparo, in pochi cercavano di difendere i propri cari dall'assalto dei gendarmi.

Un pensiero attraversò la mente di Nial: "la Marina".

La Marina Militare era giunta per distruggere il loro villaggio, erano giunti sin là per trovare e catturare il suo papà, ne era certa.

Cercò di affrettarsi, strattonando la piccola Daeva: doveva arrivare a casa il prima possibile, doveva avvisare il padre, doveva proteggere il piccolo Timmy.

Intorno a lei le urla erano agghiaccianti, nessuno veniva risparmiato dalla foga omicida degli aggressori. Nial fu astuta: si nascose in alcuni angoli e imboccò alcuni sentieri, usati spesso nei suoi giochi assieme ai ragazzi della sua età, per raggiungere velocemente la sua casa, passando inosservata.

Giunta a destinazione, rimase attonita, vedendo lo spettacolo che le si parò innanzi: la sua casa, come il resto del villaggio, era avvolta dalle fiamme; sua madre era riversa a terra, con un rivolo di sangue che le sgorgava dalle labbra; un soldato sdraiato sopra di lei si muoveva frenetico e ansimante, mentre altri, in piedi, ridevano gustandosi la scena; il piccolo Timmy era appeso allo stipite della porta con una corda intorno al collo; suo padre era carponi sul pavimento, ammanettato e ferito. Ogni tanto qualcuno di quei soldati lo percuoteva, ridendo.

L'urlo di Nial squarciò la notte.

Si destò nel letto, madida di sudore; aveva ancora impresse nella mente le immagini dei suoi genitori trucidati. Si portò le mani al viso, nel tentativo di cancellare quelle orribili visioni, ma sapeva benissimo che

avrebbero continuato a perseguitarla.
Non l'abbandonavano mai.

Profumo di Lillà

Ascher impiegò alcuni minuti per capire dove si trovasse. La stanza in cui si svegliò non le era familiare: le persiane socchiuse lasciavano entrare un riverbero di luce, creando una densa penombra; accanto al letto vi era una sedia con sopra la sua cintura, il fodero e la spada.

Si guardò attorno, senza riconoscere il mobilio; quadri in stile vittoriano ed un enorme camino utilizzato per riscaldare la stanza erano posti nella parete di fronte al letto.

Si alzò incerta sulle gambe ancora intorpidite, si recò vicino alla sedia, posò delicatamente la mano sull'elsa della spada, poi si riscosse.

A poco a poco la lucidità degli eventi passati la colse: i preparativi per la battaglia, il viaggio, lo scontro contro il capitano Ereiser, infine l'approdo in un porto amico, quello di Jared Valar. Allora ricordò tutto con chiarezza: era approdata dall'unico amico che potesse darle rifugio e ospitalità, in attesa delle necessarie riparazioni alla sua flotta.

Ascher si allontanò dalla sedia seguendo il bordo del letto; al centro della stanza si stagliava una vasca ricolma di acqua fumante, accanto vi erano alcune brocche in ceramica, contenenti acqua tiepida e sapone sciolto per potersi lavare i capelli; poco distante, un separé custodiva abiti puliti ben piegati.

Ascher si diresse alla finestra, la spalancò e respirò l'aria che trasportava odori marini e fragranze di ciliegi in fiore; un caldo sole l'accarezzò in volto, accendendole gli occhi di un verde brillante.

Era già mattina inoltrata quando Ascher finì di vestirsi, le sembrava trascorsa un'eternità dall'ultima volta che aveva avuto modo di fare un bagno decente.

Gironzolando per casa si ritrovò in un confortevole salotto con il mobilio in noce, un grosso camino crepitava al centro della stanza, mantenendo caldo l'ambiente.

Con passo sicuro si diresse in veranda, rimanendo estasiata; tutto intorno a lei era lussureggiante e pieno di vita: le colonne in noce nero erano avvolte da sottili fusti rampicanti, dalle travi che sorreggevano il soffitto pendevano numerose gardenie dai fiori bianchissimi; Ascher si accorse che tutta la casa di Jared Valar sebrava fondersi con la natura circostante. Un declivio portava ad una piccola spiaggia, ricavata da un'insenatura naturale, dove Jared Valar aveva costruito un pontile, forse per prendere il mare con un piccolo scafo.

Ascher cominciò a scendere i gradini scolpiti in arenaria; giunta alla fine posò i piedi nella candida, bianchissima sabbia; alzò lo sguardo e vide, in lontananza, sopraggiungere di una vela.

Jared Valar

Ascher era ferma sulla spiaggia, il vento le sferzava gli indumenti, mettendo in risalto la sua figura flessuosa e asciutta. A pochi metri dalla riva, la barca ammainò le vele e due uomini si gettarono in acqua per trascinarla in secca. Ascher riconobbe immediatamente uno dei due, in un sussurro pronunciò il suo nome:

- Jared.

Jared Valar saltò in acqua agilmente; anche se non aveva ancora compiuto la trentina, poteva già definirsi un vecchio lupo di mare; i suoi capelli e gli occhi erano di un nero intenso, la statura imponente, come il suo fisico.

Lasciò il compito di tirare in secca l'imbarcazione al suo secondo, mentre lui si diresse speditamente verso Ascher. Un sorriso illuminò il volto di Jared Valar, poi con voce suadente si rivolse ad Ascher:

- Spero che Katrin abbia provveduto al meglio in mia assenza.

Ascher lo guardò con cipiglio, poi rispose:

- Non ho conosciuto nessuna che portasse questo nome.

Jared Valar sorrise, si volse e guardò il suo secondo, comandandogli:

- Elias, una volta portato in secca l'Intrepido puoi andare, ti lascio l'intera giornata libera.

Un gran sorriso apparve sul volto emaciato del giovane, che fece un cenno del capo in segno di assenso e ringraziò, non senza notare con una punta di sarcasmo:

- Grazie signore! Dovreste ricevere più spesso delle visite.

A Jared Valar non sfuggì lo scherno e ribatté prontamente, con lo stesso tono:

- Vai, prima che cambi idea e ti faccia lustrare tutto il ponte della mia ammiraglia!

Il ragazzo non se lo fece ripetere due volte e questa volta non replicò. Rimasto solo con Ascher, Jared estrasse dalla piccola stiva dell'Intrepido due secchi contenenti ostriche e astici, poi guardò la giovane donna e disse:

- Sono salpato questa mattina presto per procurarci la cena, - porse un secchio ad Ascher, stuzzicandola. - Se vuoi, ti puoi rendere utile.

Ascher, stizzita, strappò di mano il secchio a Jared e lo precedette lungo la scalinata.

Mentre si recavano verso casa Jared Valar riprese il discorso interrotto poco prima:

- Katrin è mia sorella, le avevo chiesto di prendersi cura del tuo soggiorno in mia assenza, - Ascher lo guardò incuriosita e Jared continuò. - Se non vi siete incontrate vorrà dire che si è diretta al mercato, probabilmente sarà andata a comprare qualcosa per il pranzo. Sicuramente sarà di ritorno a breve, così potrete conoscervi. Sono convinto ti piacerà.

Ascher ripensò alla tinozza piena d'acqua calda e arrossì leggermente al pensiero di tanta premura nei suoi confronti.

La piratessa alzò lo sguardo per osservare il pirata accanto a lei, chissà se si poteva davvero fidare di lui, chissà se poteva rivelargli ciò che nascondeva, oramai da troppo tempo, nel suo cuore; le sarebbe piaciuto potersi finalmente liberare di tale fardello, in lei era forte il desiderio di poterlo fare.

Forse, però, non era il momento opportuno: in fin dei conti Jared Valar era ancora uno sconosciuto.

Piccoli Screzi

Mentre Ascher alloggiava nella dimora di Jared Valar, Daeva era intenta, assieme alla ciurma, a riparare i danni riportati all'ammiraglia. Aveva rifiutato l'ospitalità del pirata: sentendosi più vicina all'equipaggio aveva preferito rimanere assieme agli uomini; certo, un comodo alloggio non le sarebbe dispiaciuto, ma non voleva trovarsi in debito con nessuno, specialmente con uno sconosciuto.

Daeva aveva sempre provveduto a se stessa, solo una persona le aveva offerto rifugio: il suo maestro. Una volta abbandonato quel comodo covo per seguire il suo destino, aveva promesso a se stessa di non ricorrere mai più nell'aiuto di qualcun altro.

Il lavoro a bordo, comunque, la teneva impegnata e quei pensieri svanirono rapidamente.

Le mani le dolevano per il troppo maneggio: vi erano da sistemare molte cose, i danni erano ingenti; per fortuna il materiale per le riparazioni era stato fornito dagli uomini di Jared Valar. Ancora stentava a capire come mai quel pirata si desse così tanto da fare per loro, sebbene qualche sospetto le fosse balzato alla mente.

Sull'Elisabeth i lavori procedevano a rilento e David Beltar, ansioso, si aggirava per il ponte; urlando comandi e imprecazioni agli uomini, per i suoi gusti non troppo solerti, giunse nei pressi della prua, ove si accorse di Daeva, intenta nell'impresa manuale. Si sorprese notando la somiglianza incredibile con il suo capitano: eccetto il taglio di capelli, erano identiche. Gli sembrava di rivedere Ascher, di qualche anno più giovane: una somiglianza incredibile. Non si accorse nemmeno di osservarla così intensamente e, quando lei si girò per rivolgergli la parola, rimase basito.

- Perché te ne stai lì impalato ad osservarmi?

Forse fu un po' troppo dura, ma Daeva non era abituata e non le piaceva essere osservata in quel modo.

- Scusami, non credevo di darti fastidio.

David Beltar si pentì immediatamente delle sue parole, forse troppo ossequiose, in fondo non aveva fatto nulla di male per doversi scusare.

- Con tutto quello che c'è da fare, te ne stai lì impalato?

A sentire quel nuovo rimprovero, David si incupì:

- Secondo te sto perdendo tempo?

Chissà quale risposta pensava di ricevere, probabilmente nessuna, ma Daeva non era una donna che si faceva mettere i piedi in testa, da nessuno:

- Secondo me stai bighellonando e non credo che questo sia molto di aiuto!

Oltre che all'aspetto anche il loro carattere era simile; David non poté far a meno di ridere, una risata limpida, espressa con genuino divertimento, ma Daeva la intese diversamente:

- Vedo che ti faccio ridere! Ne sono orgogliosa, ma non è carino prendersi gioco di me!

David cercò di scusarsi, protestando:

- Non è per prenderti in giro che rido, anzi, al contrario!

Le sue parole vennero smorzate subito: Daeva si alzò fulminea, come un lampo si avvicinò a David e, sebbene fosse svariate decine di centimetri più alto di lei, lo fronteggiò piantandogli addosso i suoi occhi verdissimi:

- Dimmi allora, perché ridi?

Il suo tono era perentorio e la sua rabbia visibile, in ogni caso la risposta di David non tardò:

- Ti chiedo scusa, è solo che in te scorgo molto del mio capitano...

Daeva si ammorbidì subito, probabilmente anche David aveva un debole per sua sorella: forse un po' troppa gente aveva un debole per Ascher, tuttavia la loro somiglianza non le appariva un buon motivo per deriderla.

- Accetto le tue scuse solo se te ne andrai immediatamente. Lasciami lavorare, anzi: dovresti cominciare a farlo anche tu!

David abbassò lo sguardo, osservando le mani di Daeva si accorse che erano gonfie e sanguinanti, così provò a mitigarla:

- Tu invece dovresti prenderti una pausa, o non riuscirai più ad impugnare una spada.

Daeva seguì lo sguardo di Beltar, accorgendosi del suo stato, ancora una volta non voleva che qualcuno si preoccupasse inutilmente per lei e la rabbia le montò nuovamente al petto:

- Di questo non ti devi preoccupare! So badare a me stessa, non c'è alcun bisogno che tu mi dica ciò che devo o che non devo fare!

Incredibile, David non riusciva minimamente a capire quella donna, proprio come non riusciva a capire il suo capitano; comprese che la cosa migliore da fare fosse interrompere il discorso:

- D'accordo, ho capito, non ti sono simpatico...

Detto questo si avviò mestamente a poppa, per evitare ulteriori screzi.

Daeva l'osservò allontanarsi, non capendo bene cosa stesse cercando di fare quell'uomo, poi si riscoprì a massaggiarsi le mani: probabilmente un impulso incontrollato l'aveva portata sulla difensiva o, forse, quel pirata aveva ragione; da quando erano approdati sull'isola non aveva fatto altro che lavorare, nel tentativo di tenere occupata la mente.

Si girò ad osservare i pirati, intenti al lavoro, quasi non volessero farsi scoprire di aver udito quel diverbio, ma Daeva sapeva che il teatrino era stato ampiamente udito da coloro che lavoravano alle assi con lei, allora per riprendere il controllo della situazione si girò ordinando loro di continuare il lavoro e di finirlo entro la sera stessa, mentre lei si sarebbe avviata in cambusa.

Probabilmente tutti si sarebbero aspettati un comportamento del genere e Daeva si sentì particolarmente stupida, così, infuriata per la figuraccia che David le aveva causato, si diresse a passo spedito nella sua cabina.

Una volta chiuso lo stipite della porta si sdraiò in branda, maledicendo David Beltar.

Destino Segnato

Quindici anni prima degli eventi che noi conosciamo

La notte calò sulla cittadina devastata. Il coprifuoco era stato indetto: tutti a quell'ora erano all'interno delle proprie abitazioni.
Mentre l'addetto si accingeva a spegnere i lampioni, in un antico monastero due figure austere s'intrattenevano in una sconcertante discussione.
Fu il sacerdote ad esordire:
- È dunque questa la bambina?
- Sì maestro, - rispose il postulante.
- Da quanto tempo riversa in queste condizioni?
- Oramai credo siano passati diversi giorni.
- La sua salute deve essere la priorità: non possiamo sacrificarla ad Ascherath se non è al pieno delle sue facoltà fisiche e mentali!
- A dire la verità, signore, non era questo il mio intento.
- E quale sarebbe, dunque?
- Vostra Grazia, mi permetterete, vero?
- Non mi dirai che sei giunto sino a me per chiedermi un'ammissione?
- Veramente sì... è così, Vostra Magnificenza.
- Di che utilità può essermi una ragazzina che ha perso l'uso della parola?
- Se mi è concesso: io non la vedrei sotto questa ottica.
- Stai abusando della mia pazienza e questo non è un bene!
- Me ne rendo conto, e me ne scuso...
- Vieni al punto senza indugiare oltre. Soppesa bene quello che dirai. In conseguenza a questo, valuterò il da farsi!
- In questa ragazzina è racchiuso un fortissimo odio, Eccellenza. Adeguatamente coltivato, potrebbe giovare alla Causa.
- Sei arguto, per essere solo un postulante.
- Grazie, Vostra Signoria.
- Potrebbe essere un esperimento interessante. E sia: ti affido il compito. Da ora in avanti, sarai il suo maestro!
- Sì, mio Signore. Grazie, mio Signore.
- Un'ultima cosa, prima che te ne vada. Immagino tu abbia già scelto il nome con cui dovrà far parte del nostro Ordine?
- Sì, Santità: si chiamerà Ascher!
- Sei dunque uscito di senno? Vorresti darle il nome dell'Onnipotente?
- Questa ragazzina è l'unica ad esserne degna, ne sono sicuro!
- Potresti incappare nelle peggiori ire e vendette di questo mondo. O sei

incredibilmente astuto, oppure sei l'essere più stolto del creato.

- Non sono mai stato così sicuro, Illustrissimo: una mente così giovane è facile da plasmare. Servirà degnamente i nostri scopi e sarà destinata a grandi gesta!

- Mi riserbo di decidere in merito. Ora vattene! Quando avrò bisogno, se mai ne avrò, ti farò chiamare...

Cercasi Perdono

Erano trascorsi diversi mesi dal ritorno di Ascher dall'isola di Jared Valar, era giunta l'ora di dedicarsi a tempo pieno ad alleanze dedite al profitto: Ascher non aveva dimenticato l'incontro avvenuto alla taverna dell'Idolatria, assieme agli esponenti della notte.

Aveva assegnato i compiti al cantiere navale e la sua flotta era quasi ultimata, così decise di organizzare una cena per definire le ultime questioni.

Quella sera al tavolo di Ascher sedevano il Principe Mercante e un pirataccio di nome Osiryx, anch'egli facente parte del Ministero Oscuro. Avevano appena terminato un'ottima cena, servita da Maryha, chiacchierando animatamente della costante minaccia apportata dalla Marina Militare; si trovarono tutti concordi a creare una rete di mercati a loro affiliati, per sostenere operazioni commerciali in grado di far prosperare le casse comuni. Ascher, però, non si fidava del Principe Mercante: già una volta ebbe bisogno di lui e dovette amaramente far i conti coi propri nemici, da sola; fu l'Oscuro ad imporre di mettere sul tavolo un patto degno di nota. Sulla lealtà di Osiryx, invece, non vi era alcun dubbio: molte volte era stato messo alla prova, conquistandosi con efficacia la fiducia di tutti.

Ultimata la cena, si diressero nel soggiorno; Ascher si comportò da ottima padrona di casa: diede ai suoi ospiti un bicchiere di buon whisky e qualche sigaro, perché degustassero al meglio l'aroma del liquore, attizzò il fuoco nel camino, infine si sedette sulla sua poltrona preferita.

Ascher non fece in tempo a terminare il primo tiro di sigaro, che il Principe Mercante era già entrato prepotentemente in argomento:

- Ascher, è giunto il momento di seppellire le nostre divergenze e concludere l'affare.

Ascher espirò il fumo che si propagò nella stanza, liberando un forte odore di tabacco e cuoio di sandalo; poi si voltò, rivolgendosi al Principe:

- Sono convinta che vi comportereste in questo modo; al contrario, io, vorrei maggiori garanzie...

Il Principe Mercante si infuriò a tali parole:

- Ciò a cui ti riferisci è stato uno spiacevole errore! Non puoi certo farmela pagare così!

Ascher sapeva di avere il coltello dalla parte del manico e voleva sfruttare tale vantaggio, quindi ribatté con tono deciso:

- Pensi che questo mi basti? Pensi che sia sufficiente? Come minimo, mi spettano delle scuse... e un risarcimento!

Il Principe Mercante non aveva mai assistito a nulla di simile: una tale irriverenza nei suoi confronti, elargita con tanta sfacciataggine, così alacremente svelata a viso aperto e in presenza di altri, per giunta. Era imbestialito:

- E sia, Ascher! Quando avrai capito le necessità reciproche di tale patto, compreso il guadagno monetario e politico, vienimi pure a chiamare!

Il Principe si alzò, poggiò il bicchiere sul tavolo e si diresse all'uscita, recuperando il suo soprabito appeso accanto alla porta. Osiryx rimase impietrito dal diverbio appena conclusosi.

Poco dopo l'esile figura di Maryha fece il suo ingresso nella stanza, col suo incedere claudicante dovuto all'età ormai avanzata; teneva in mano un vassoio di liquori aromatici al laudano, lo poggiò sul tavolino in vimini, accanto ad Ascher che nemmeno la degnò di uno sguardo, poi, quasi in un sussurro, le disse:

- Figlia mia, a volte è meglio perdonare certi piccoli errori. Un giorno potresti commetterli anche tu.

Maestro di Spada

David Beltar era considerato da molti un ottimo spadaccino, ma quel giorno, innanzi a lui, vi era qualcuno altrettanto capace.

Ogni prima domenica del mese, sull'isola di Ascherath si organizzavano in piazza dei giochi forensi, per allietare i cittadini e distrarli dalla routine quotidiana. Era un evento a cui pochi rinunciavano; lo Sfregiato, proprietario della taverna del Puledro Impennato, non resisteva ad offrire svariati barili di birra a doppio malto, esclusivamente acquistata per l'occasione.

Era un'iniziativa organizzata dal sindaco: forse l'unica buona idea che avesse mai avuto, tanto che si vociferava che mantenesse la carica esclusivamente per aver ideato quell'evento.

Un nutrito gruppo di persone, fra le quali Dok, si era radunato per osservare la sfida in atto.

In realtà, egli era più preoccupato che curioso di vedere lo sviluppo dello scontro: sapeva benissimo che Ascher non si sarebbe tirata indietro, per lei era tutto maledettamente serio, perfino una semplice dimostrazione di scherma, come quella.

David Beltar si trovava in evidente difficoltà, non si sarebbe mai aspettato una tale foga nel combattimento da parte di Ascher; combatteva come una tigre: con estrema agilità, pur mantenendo salda la presa sulla spada; mostrava un'incredibile forza negli affondi e una grazia non comune nei movimenti. David non avrebbe retto ancora per molto.

Fino a quel giorno non aveva compreso appieno ciò che si nascondeva nell'animo del suo capitano: affrontandola ne percepì il furore, nei suoi occhi si riflettevano odio e rancore. David aveva capito che Ascher, in quello scontro, non vedeva un amico di battaglie con cui misurarsi in tecnica di spada: vedeva solo un nemico da abbattere. Cominciò ad avere paura. Tuttavia riuscì a mantenere il controllo: essendo un combattente astuto, sapeva bene come deconcentrare il suo avversario e costringerlo a commettere un errore, così decise di far parlare Ascher:

- Milady! Con quanto furore combattete... ricordate la foga di un cane azzoppato e appestato in fuga per non essere bruciato!

Ascher rimase esterrefatta da tale insulto e reagì con un affondo e una stoccata, repentini, replicando:

- Beltar, mia nonna tirava di scherma meglio di quanto non stia facendo tu!

Il suo maestro le aveva insegnato a ghermire l'avversario, era pratica della tecnica che Beltar aveva intenzione di adottare: non si sarebbe fatta cogliere impreparata.

David, sorpreso dallo scherno di Ascher, indietreggiò prontamente, sino a raggiungere un tavolo in legno, con delle panche anch'esse in legno, accatastate per far posto all'incontro; con incredibile agilità vi salì sopra nel tentativo di ottenere una posizione dominante, poi riprese ad insultare Ascher:

- Guardate un po': una donna che maneggia una spada come se facesse l'uncinetto!

Approfittando della posizione elevata, Beltar tentò un affondo; Ascher deviò il colpo, si tuffò a terra rotolando su di un fianco e si rialzò fulminea, ribattendo allo scherno:

- Vorrà dire sarà sufficiente usare la tecnica del punto e croce per batterti!

Tra il pubblico circostante riecheggiò uno scoppio di risa, David ebbe un attimo di esitazione e non si avvide dell'attacco imminente, si sbilanciò e cadde dal tavolo; ancor prima che potesse rendersi conto dell'accaduto, si ritrovò inchiodato a terra con la punta della lama di Ascher sotto il mento.

Dal pubblico circostante si alzò un boato, inneggiante a gran voce il nome di Ascher.

Una figura avvolta in un mantello nero e con un largo cappuccio calato sul volto iniziò a farsi largo tra il pubblico urlante e le risa; man mano che l'imponente personaggio avanzava tra la folla, il divertimento e l'entusiasmo scemavano, finché tutti si ammutolirono.

L'uomo si avvicinò con cautela, poi con voce suadente si rivolse ad Ascher, ancora china su David Beltar:

- Milady, sarebbe disdicevole per voi dare una lezione di scherma ad un vecchio amico?

Jared Valar, da sotto il cappuccio, sorrise e piegò la sua alta figura in una sorta di riverenza.

Prova di Forza

- Si dia inizio al duello!

Appena il sindaco si scostò, le spade cominciarono la loro danza.

Jared sapeva di essere decisamente in vantaggio, ma non volle sottovalutare la bravura di Ascher e partì ferocemente.

I suoi primi affondi misero in seria difficoltà Ascher, che non poté far altro che parare e schivare i colpi: era già in affanno, Jared era convinto che lo scontro sarebbe durato poco e un sorriso gli scappò dalle labbra.

La folla era in delirio, Ascher sorrise nel riconoscere il suo amico, Jared Valar porse la mano a David Beltar per aiutarlo a rialzarsi, poi si rivolse al suo avversario:

- Avete dunque tempo per misurarci?

La folla circostante era in trepida attesa: alcuni avevano iniziato a scommettere sul vincitore dello scontro; era vero che Jared Valar sovrastava di non poche spanne Ascher, ma tutti sapevano della bravura di questa, ragion per cui erano stati dati alla pari.

Jared Valar si tolse il mantello, fece un inchino ed estrasse la spada, un raggio di sole accarezzò il metallo, facendo rilucere la lama.

- Milady, sarà un onore battervi.

- Questo è da vedere, mio buon amico.

Ascher serrò la presa sull'elsa della spada, mettendosi in posizione di guardia.

Dok si avvicinò a David Beltar, sussurrandogli nell'orecchio:

- Ti è bastata la lezione?

- Il tuo sarcasmo al momento non è poi così opportuno... - rispose Beltar e, di rimando, Dok gli offrì il sorriso più mellifluo che poté.

Ascher doveva stare molto attenta: lo scontro era decisamente impari e lei lo sapeva, Jared era considerato un ottimo schermitore e, in quanto a forza, non era secondo a nessuno; avrebbe dovuto far ricorso a tutta la propria tecnica, per poter superare le sue difese.

Il sindaco si frappose tra i due contendenti:

- Mi raccomando, signori e signore, lo scontro avrà fine al primo sangue o all'atterramento di uno dei due contendenti.

Jared e Ascher annuirono all'unisono e il duello poté riprendere.

Jared attaccò rapido e preciso, ma Ascher respinse l'affondo, portando la sua lama a stretto contatto con quella di Jared, poi spinse con tutte le sue forze finché i corpi non furono quasi a contatto, divisi solo dalle armi bianche; alzando il viso colse lo sguardo di Jared posato su di lei ed il sorriso che scaturì dalle sue labbra la infuriò.

- Ti stai forse prendendo gioco di me?

- Assolutamente, Milady: al contrario, siete voi a prendervi gioco di me.

Ascher levò un ginocchio, portando un calcio al basso ventre di Jared che non si aspettava di ricevere un tale colpo: il dolore gli pervase le membra, facendolo piegare su se stesso.

L'attacco successivo arrivò senza esitazione, colpendolo in pieno volto, fortunatamente Ascher lo aveva colpito con la mano libera, senza concentrare troppa forza in essa.

Jared indietreggiò, senza perdere la presa sull'elsa della spada. Faceva fatica a respirare e le lacrime gli salirono agli occhi, offuscandogli la vista; si portò una mano al volto per tamponare le lacrime, non doveva assolutamente perdere di vista Ascher, altrimenti lo avrebbe steso in un istante.

Ascher non esitò. Portò svariati e rapidi affondi: sapeva di essere in vantaggio e lo avrebbe sfruttato, però, pur impiegando ogni briciola del suo furore, ogni suo colpo veniva parato o schivato da Jared.

In un attimo la situazione si ribaltò: nell'ultimo colpo Ascher aveva messo troppo impeto, sbilanciandosi, così Jared riuscì con un calcio a farla cadere bocconi.

La sorpresa del contrattacco colse Ascher alla sprovvista e l'impatto col terreno le fece perdere la presa sulla spada. Jared Valar non approfittò del momento favorevole per terminare lo scontro: non si era del tutto ripreso dal calcio subito, così tentò di riprendere fiato, mentre Ascher fulminea raccoglieva la sua arma.

- Milady, non mi aspettavo certo che usaste questo stile di combattimento!

Jared si toccò il basso ventre, terribilmente sofferente come la sua voce.

- Se siete in difficoltà, messere, potete cedere il passo!

Jared si sforzò di sorridere, il dolore era decisamente troppo forte e doveva ammettere che, se non si fosse arreso, probabilmente Ascher gli avrebbe inferto un altro calcio.

A volte l'orgoglio deve essere messo da parte e quella, sicuramente, era una di quelle volte.

- Milady, ammetto la vostra superiorità.

Ascher guardò dritto negli occhi sofferenti di Jared, poi levò la spada in segno di vittoria.

La folla la omaggiò, il suo nome si levò al cielo.

Risvolti ben Augurali

Ascher era sola nel suo studio: il lungo tavolo in noce, poggiato su di un tappeto decorato coi motivi delle regioni meridionali, una lunga libreria zeppa di volumi raccolti in anni di passione e ricerca, ben spolverata e curata dalle capacità domestiche di Maryha.

La primavera faceva capolino dalla finestra aperta e una leggera brezza mattutina recava con sé odori di pioggia.

Le notizie giunte ad Ascher erano delle migliori, nonostante trattassero l'addio di un valoroso pirata, nonché un caro amico.

Le vicende si susseguivano a ritmo vertiginoso: pochi giorni prima Er Prototipo si era dimesso dall'incarico di Leader del Ministero Oscuro, lasciando il titolo ad un valoroso pirata di nome Long Jhon.

In ogni caso, anche se l'avvicendamento dei Leader era avvenuto con entusiasmo e senza riserve, tra i pirati serpeggiava il fermento.

Ascher era intenta a scrivere una missiva da recapitare a Damaskynos: finalmente il pirataccio aveva messo la testa a posto, si era trovato una bella mogliettina e il frutto del loro amore gli aveva perfino regalato una splendida bambina, di nome Asia.

Ascher tentò con parole sue di complimentarsi per il lieto evento. Forse, un giorno non lontano, avrebbe potuto ritirarsi anche lei dalla pirateria, ma il richiamo del mare era ancora troppo forte, così come il suo odio.

Finalmente, dopo diverse ore, la missiva fu pronta e consegnata nelle mani del corriere.

Ascher si diresse alla finestra per scrutare il mare... il suo mare.

I pensieri di Ascher si soffermarono all'amico Damaskynos e alla sua futura vita; alcune lacrime le solcarono il viso.

Lacrime versate per un futuro, a lei, ancora precluso.

L'oscurità Incombe

Una notte da lupi era sopraggiunta sull'isola di Ascherath. Nessun'anima si arrischiava per le vie del borgo: il coprifuoco era iniziato da diverse ore e le guardie avevano deciso di rimandare la ronda, costringendosi nelle loro guardiole nel tentantativo di riscaldarsi, con ogni mezzo.

L'inverno a quelle latitudini era sempre stato mite, ma quella volta era iniziato sotto i peggiori auspici.

I Sacerdoti dell'isola cominciarono a paventare sventure e flagelli, condanne da parte dell'Onnipotente, al fine d'indurre la popolazione a riavvicinarsi nuovamente al culto di Ascherath, incrementando il già folto numero di credenti.

Eppure quella notte, nonostante il gelo e la tarda ora, una figura ammantata dall'andatura claudicante, si muoveva furtiva tra i vicoli del centro, dirigendosi verso la casa del capitano Ascher. Ad ogni passo si notavano la sue immense difficoltà: solo la forza d'animo lo sospingeva. Le mani erano violacee, segno di un evidente principio di congelamento; il volto, coperto dal copricapo del mantello, era cereo e lo sguardo sofferente. Si teneva costantemente una mano al costato sinistro, dove una macchia di sangue coagulato si spargeva sulla spessa maglia di lana. L'uomo ebbe un attimo di esitazione e per non cadere si appoggiò al muro.

Questa figura ammantata era il Faina, di ritorno da una delle sue perlustrazioni in cerca di informazioni per conto di Ascher.

Da lungo tempo condividevano una forte amicizia: il Faina era stato uno dei primi ufficiali sotto il comando di Ascher. Forse lui non lo avrebbe mai ammesso, ma Ascher gli aveva salvato la vita, fornendogli un valido motivo per non suicidarsi: la vita del Faina, prima d'incrociare quella di Ascher, non era delle più felici e spensierate.

Il Faina era in evidente difficoltà, questa volta: la sua ricerca era andata ben oltre alle voci e le chiacchiere, era riuscito a vedere coi suoi occhi la verità e, proprio a causa di essa, aveva ricevuto una stilettata al costato. Era prossimo allo svenimento, per la perdita eccessiva di sangue.

Allertato da un rumore si fermò, scrutando le ombre; un pensiero gli attanagliò lo stomaco: non era solo, lo stavano seguendo.

Si guardò attorno febbrilmente in cerca di un rifugio, un rivolo di sudore freddo gli percorse la schiena.

Si trascinò sino a raggiungere un banco di frutta ancora montato, si accucciò, si nascose tra le casse vuote e ringraziò mentalmente il mercante, per la sua oziosità.

Accucciato nella più totale oscurità, il Faina era sicuro di riuscire a passare inosservato, ma la ferita non gli dava scampo: non poteva permettersi di sprecare troppo tempo, doveva raggiungere Ascher e avvisarla il prima possibile.

Quattro misteriose figure fecero il loro ingresso nella piazzetta del mercato, si guardarono attorno senza scorgere il nascondiglio del Faina, poi, con la stessa rapidità con cui erano giunti, si dileguarono nella notte.

Il Faina attese una buona mezz'ora, accertandosi che non ci fosse più pericolo, poi, con estrema fatica, si alzò e sgusciò fuori dalle casse.

Fece solo pochi passi, girò l'angolo di un vicolo ed una figura ammantata di nero gli si parò di fronte, bloccandogli il passo.

Il Faina lo guardò in volto: la sorpresa si dipinse il suo viso, assieme all'amara certezza dell'immediato futuro. D'improvviso un forte dolore lo colpì al petto.

I due uomini si guardarono per pochi attimi, in silenzio: attimi della durata dell'infinità.

Il Faina sentì le gambe cedere, non vi era più dolore: solo consapevolezza. Una terribile consapevolezza.

Poco prima che tutto si facesse buio sentì un sussurro nelle sue orecchie, quasi impercettibile:

- Perdonami, Faina, ma Ascher non è ancora pronta per venirne a conoscenza. Te lo prometto, veglierò io su di lei.

Oscure Presenze

Il giorno della funzione Ascher era tra coloro colti dal dolore nel dare l'ultimo saluto al Faina. Lei aveva provveduto personalmente a tutto, aveva perfino costituito un fondo di sostentamento intestato alla madre del Faina, ormai anziana, ora lacerata dal dolore per la perdita del figlio.

Quel giorno di pioggia erano in molti a salutare per l'ultima volta il loro compagno, accanto ad Ascher vi era anche Daeva, giunta appositamente per stare vicino alla sorella: sapeva quanto Ascher fosse legata alla sua ciurma.

Al culmine della funzione, gli occhi delle due sorelle s'incrociarono e, come sempre, non vi fu alcun bisogno di parole per dare forma al loro discorso; solamente un piccolo, vicendevole, segno di assenso: insieme avrebbero trovato l'assassino del Faina e quel giorno, di chiunque si trattasse, l'omicida avrebbe rimpianto amaramente la sua stessa esistenza.

A diversi chilometri di distanza dall'isola di Ascherath, in una taverna squallida, tre uomini erano seduti ad un tavolo e sorseggiavano della pessima birra, confabulando tra loro. Il più basso dei tre, un uomo dal viso tirato, la calvizie incipiente e il collo taurino, interruppe il momentaneo silenzio calato tra loro:

- Così, pare che il nostro segreto sia momentaneamente al sicuro.

L'uomo sedutogli accanto, dallo smaccato accento del sud e gli occhi color del ghiaccio gli rispose:

- Ma non possiamo permetterci di correre questi rischi!

Uno scoppio di risa fece girare i due interlocutori che, simultaneamente, si voltarono verso l'uomo che li derideva: una figura imponente, dai tratti lievemente nordici e una benda a coprirgli l'occhio destro; li interruppe, asserendo:

- Voi signori vi preoccupate troppo. Ascher non sospetta nulla e la Zele è al sicuro.

L'uomo dal collo taurino sembrava basito dalle parole appena pronunciate dal guercio, ma colse subito la sfida:

- Ehi tu, monocolo, non dovresti fare del sarcasmo, vista la situazione creatasi!

Il guercio si alzò di scatto, torreggiando sull'omuncolo con tutta la sua altezza e con voce rotta dall'ira inveì:

- Credi sia sarcastico, nanerottolo?

Un forte rumore di bicchieri infranti si propagò per la piccola taverna.

L'uomo dagli occhi di ghiaccio s'intromise nel battibecco:

- Calmatevi, scellerati! Non raggiungerete nessuno scopo, comportandovi in questo modo!

Ogni volta che l'uomo dagli occhi di ghiaccio parlava riusciva sempre, in un modo o nell'altro, a far calmare quelle due teste calde; si chiese come il capo potesse fidarsi di loro, ad ogni modo dovevano procedere secondo il piano, nonostante tutto:

- Bene, ragazzi. Ora che il lume della ragione sembra essere tornato in voi, vi lascio il compito di assoldare il killer, mentre io mi avvicinerò ad Ascher.

L'uomo bendato lo squadrò con l'occhio sano, in cerca di una traccia di nervosismo o titubanza: era sempre stato bravo a scovare inganni e indovinare tradimenti, spesso ancor prima che venissero concepiti, ma non trovò assolutamente alcun segno di falsità in quello sguardo di ghiaccio, così decise di mettere alla prova il suo compagno, in maniera diretta:

- Come intendi fare, saputello?

L'offesa non tocco minimamente l'animo dell'uomo che, con la sua solita calma, rispose:

- Il Maestro ha dato il compito a noi Mante di arruolarsi nella ciurma di Ascher: ora c'è un posto vacante...

Le risate risuonarono a lungo, cinicamente allegre, nella lugubre taverna.

Tessitore di Destini

Non tutti potevano essere a conoscenza delle innumerevoli macchinazioni, in atto da parte di uomini senza scrupoli che tentavano di controllare gli eventi della storia.

Tra i pochi che si prodigavano a tale fine, vi erano i componenti della setta conosciuta dai suoi membri col nome di Zele.

A capo di tale corporazione vi erano tre Consiglieri e un Gran Maestro, dalla vera identità ben celata. Essi erano in grado di tessere i fili del destino di molti e uno di questi fili portava a Raven Moonroi.

Raven era un uomo sulla quarantina, capello corto e brizzolato, occhi di un verde intenso, barba corta e curata nel taglio, dello stesso colore dei capelli; un uomo dall'aspetto risoluto e senza scrupoli. Era entrato a far parte della Zele sin da giovanissimo e per un certo periodo fu lui stesso a tessere i fili dei destini altrui: ora, invece, non era altro che un carcerato.

Un tempo Raven fu un temibile pirata, poi, non riuscendo a capire sino a che punto la Zele avesse in pugno la sua vita, tentò di cessare l'attività di pirateria; tradì la Zele e cercò di costruirsi una vita diversa: una famiglia. Ovviamente le cose non andarono secondo i suoi piani e fu costretto alla reclusione, proprio da coloro ai quali aveva giurato fedeltà.

Si ricordò della sua iniziazione e, soprattutto, ricordava ancora le parole pronunziate dal suo maestro:

- Un giorno verrai chiamato a mantenere il tuo giuramento. Quel giorno dovrai rispondere a tale chiamata. Senza esitare!

Raven Moonroi era steso sulla branda quando aprirono la cella in cui era rinchiuso.

Entrò un uomo armato, calcato sulla testa portava un vistosissimo copricapo, le sue braccia erano lunghe e affusolate e la sua altezza appariva spropositata; Raven Moonroi lo riconobbe immediatamente come il caporale di vascello al soldo di uno dei marinai più conosciuti, facente parte della Marina Militare. Marinai fedeli alla Zele.

Il caporale si avvicinò alla branda, estrasse dal farsetto una missiva ancora incerata e la porse a Raven Moonroi, poi uscì senza pronunciare una parola.

Raven Moonroi osservò la missiva, era già a conoscenza del mittente: aveva riconosciuto immediatamente il sigillo. Lentamente ruppe la cera e lesse il contenuto.

Il testo era chiaro e conciso, come sempre: nessun dettaglio in più di ciò che non fosse essenziale sapere, nel caso fosse caduta in mani sbagliate.

Alla fine della lettura un sorriso apparve sul volto di Raven. Depose la lettera, aprì un cofanetto nascosto nel materasso di paglia, ne estrasse dei fiammiferi e un sigaro di Lenvers che, con estrema calma, accese.

Nella cella cominciò ad espandersi un gradevole odore di sandalo.

Incomprensioni

Alle prime luci dell'alba Ascher era già in piedi. Non era da lei essere così mattiniera, la domenica; ma non si trattava di una domenica qualsiasi, né di un giorno qualsiasi: da lì a poche ore l'Elisabeth avrebbe dovuto essere trainata in secca e sarebbero dovuti iniziare i lavori di smantellamento.

Il tempo passava e l'ingegneria nautica sviluppava sempre nuove navi, sempre più potenti.

Ascher era davvero rammaricata per quell'evento, ma doveva ammettere che la sua ammiraglia era superata, sia in potenza di fuoco, che in velocità.

Nonostante questo era affezionata a quella nave, vi aveva perfino posto il nome di sua madre.

Ascher si sedette al tavolo in veranda, con lo sguardo rivolto verso l'orizzonte. Quel mattino il mare era calmo, lo sciabordio dei flutti tranquillizzante, qua e là qualche gabbiano rompeva il silenzio.

"Che strano, - si ritrovò a pensare. - Anche il mare sembra rassegnato, come me".

Poco dopo fece il suo ingresso Maryha, trasportando un vassoio colmo di leccornie: una colazione decisamente piena di calorie.

Maryha posò il vassoio sul tavolo in vimini, mentre Ascher scrutava con l'acquolina in bocca le pietanze in esso contenute. Come al solito Maryha le aveva preparato tutto ciò che le piaceva, esagerando più del solito, a causa del morale a terra della sua protetta. Il vassoio era colmo di pane tostato, burro di bufala, vari tipi di miele, frutta fresca: pesche, lamponi, acacia, arance; il tutto accompagnato da un assortimento di marmellate e confetture preparate da Maryha stessa, latte fresco e, infine, biscotti secchi appena sfornati, dalle forme e aromi svariati.

Ascher temeva che tale attenzione, da parte di Maryha, fosse l'annuncio di una predica e che tutte quelle leccornie servissero unicamente per farsi perdonare in anticipo.

Ascher la conosceva sin troppo bene, così anticipò le sue intenzioni:

- Tutto questo ben di Dio preparato solo per me? Cosa devi dirmi?

Maryha guardò Ascher, arrossendo leggermente, chinò il capo e si fece coraggio:

- Non ti si può nascondere più nulla, mia cara.

Ascher sorrise, invitando Maryha a continuare:

- Sono molti anni che viviamo assieme, mi sorprenderebbe il fatto di non conoscerti.

Maryha sapeva quanto ad Ascher costasse rivelare i propri sentimenti, per questo fu veramente felice, per quelle poche parole e, senza troppi indugi, cominciò il discorso:

- Nial, bambina mia, so che oggi per te sarà un brutto giorno, però volevo dirti che, magari, potresti finalmente lasciarti alle spalle il passato...

Ascher alzò i suoi bellissimi occhi verdi fino ad incrociare lo sguardo di Maryha. Era indubbiamente furore ciò che si leggeva in essi: non ci fu bisogno di dire altro.

Maryha sospirò abbassando gli occhi e, mestamente, si diresse in casa.

Cacciatore di Taglie

Quindici anni prima degli eventi che noi conosciamo

Idalgo era davvero stanco, aveva navigato a lungo su di un mercantile per conto della Zele.

Le missioni che gli venivano assegnate erano prettamente ricerche: Idalgo era uno dei migliori, quando si trattava di rintracciare persone.

La Zele gli aveva elargito un lauto compenso per ritrovare un certo Raven Moonroi e, dopo quasi un anno di ricerche, lo aveva trovato.

Idalgo era sicuro di essere giunto sull'isola giusta: le informazioni in suo possesso erano inconfutabili. Finalmente quella estenuante caccia stava volgendo al termine. Decise di concedersi un giorno di riposo, albergando all'osteria del Porco Cotto, situata nei bassifondi del borgo cittadino; la sua scelta era stata dettata dall'esperienza: un viandante non avrebbe suscitato interesse in una bettola simile, inoltre, nelle taverne come quella, era molto facile ottenere ottime informazioni a basso costo.

Idalgo si accomodò e ordinò il piatto del giorno: cinghiale in umido e birra. L'umido gli venne servito in una ciotola di legno, completamente freddo; il pane era di almeno una settimana prima e la birra era pesantemente annacquata. Non avrebbe potuto scegliere un posto peggiore, eppure la taverna era gremita. Ottenne rapidamente le informazioni che gli occorrevano, scoprendo che, sull'isola, un certo Raven Moonroi aveva anni addietro comprato una fattoria, stabilendovisi con la sua famiglia: si trattava di un latifondo a nord della cittadina.

Idalgo pensò al da farsi: quella sera avrebbe dormito in taverna, poi, alle prime luci dell'alba, si sarebbe recato al borgo in cerca di una cavalcatura, per viaggiare fino alla fattoria.

Per concludere degnamente la giornata gli occorreva solo una meretrice: erano settimane che dormiva da solo e l'istinto, costretto alla repressione, cominciava a scalpitare fastidiosamente; pagò l'oste in modo che gli mandasse in camera, al piano superiore, una ragazza bella e, soprattutto, disponibile.

La mattina si svegliò di buon'ora e comprese il motivo della presenza di tanta gente, la sera precedente: se tutte le donne che il denaro potesse comprare erano come quella con cui aveva trascorso la notte, il taverniere sarebbe presto diventato molto ricco, se non lo fosse già stato.

Poco prima delle dieci del mattino Idalgo salì in sella al suo cavallo, acquistato per pochi dobloni dal maniscalco e si diresse oltre le porte del borgo, seguendo la strada sterrata in direzione nord.

Idalgo si chiese per quale ragione un noto e famigerato pirata, quale Raven Moonroi, potesse essersi ridotto a fare il fattore. La vita riserba davvero sempre delle sorprese, ma, in quel caso, Idalgo la trovava addirittura beffarda. Doveva ammettere che, per un cacciatore di taglie come lui, non vi era mai riposo, ma non per questo aveva l'ispirazione di finire la sua vita in compagnia di vacche e porci, come quello scellerato di Moonroi!

Un Nuovo Condottiero

Dopo l'assassinio del Faina, Jared Valar si era intrattenuto sull'isola di Ascherath, soggiornando in una piccola casa, lontana dalla frenesia del centro cittadino. Dal principio fece qualche sporadica visita ad Ascher, per sincerarsi del suo stato d'animo; successivamente, sia Ascher che Jared, decisero di sfruttare al meglio quelle visite e il soggiorno sull'isola: quelle visite, ben presto, da saltuarie divennero veri e propri appuntamenti. Ogni sabato mattina si esercitavano nell'arte della spada, nella vicina spiaggia, lontani da sguardi curiosi: ricordavano ancora la sfida avvenuta qualche mese prima, in paese, e non volevano la stessa folla intorno a loro che, per quanto piacevole, non favoriva di certo la concentrazione.

Jared era sbalordito dalle capacità di Ascher, ella compensava la sua mancanza di forza con un'estrema abilità nella tecnica: aveva davvero un dono incredibile.

Entrambi accrebbero le loro capacità, scambiandosi consigli e mettendo in pratica svariate tecniche; fu decisamente un periodo sereno, se non proprio felice, ma né Jared Valar né Ascher avrebbero potuto, in alcun modo, fermare la catena degli eventi che, da lì a poco, li avrebbe travolti.

Un sabato mattina, durante uno dei consueti allenamenti, fu recapitata nelle mani di Ascher una missiva.

Sia Ascher che Jared riconobbero immediatamente il sigillo in ceralacca: la pergamena veniva direttamente dall'Alto Consiglio del Ministero Oscuro.

Jared abbozzò un sorriso, chiedendo:

- Dunque, qualcuno ha finalmente notato le tue abilità?

Ascher guardò l'amico di sottecchi, rispondendogli a tono:

- Non è certo la prima missiva che ricevo.

Nonostante la sicurezza e la spavalderia ostentata da entrambi, l'aria fra loro era satura di un'inconsueta tensione.

Mentre Ascher era intenta nella lettura, Jared non poteva esimersi dal desiderio di guardarla, pensando fosse una donna bellissima: i capelli color rame, scompigliati dalla brezza mattutina, le conferivano un'aria spavalda e leonina, il naso dritto e affusolato, gli occhi di un lucentissimo verde; lo sguardo di Jared si posò sulle labbra carnose e i suoi pensieri si soffermarono sul cipiglio imbronciato di Asher, che a lui piaceva da morire; Jared si chiese per un istante come avrebbe reagito lei, se le avesse dichiarato quello che provava.

Jared si riscosse e ricominciò a punzecchiarla:

- Dunque, hai intenzione di tenermi all'oscuro ancora per molto?

Ascher fece un segno con la mano, come per scacciare un insetto fastidioso, ma si pentì subito di quel gesto: non era abituata a condividere i propri pensieri con qualcuno, ma non per questo Jared Valar meritava una qualunque mancanza di rispetto, quindi, senza dire nulla, gli passò la missiva.

Jared lesse con solerzia, rimanendo scosso dal contenuto. Ascher era accanto a lui, silenziosa.

Jared alzò gli occhi dalla lettera e le domandò:

- Quali sono le tue intenzioni?

Ascher incrociò lo sguardo dell'amico, poi si volse verso casa e rinfoderò la spada, rispondendo:

- Long Jhon mi ha mandato a chiamare, non posso far altro che rispondere alla chiamata.

Jared Valar non poteva crederci: Er Prototipo aveva abdicato il comando dell'alleanza.

Ad un tratto si sentì tremendamente vuoto: tutti i suoi ideali erano andati in frantumi, sgretolati da quella missiva.

Rimase ad osservare Ascher incamminarsi lungo la spiaggia, diretta verso la propria dimora, mentre lui rimase lì, sulla riva, senza parole per la notizia appena ricevuta.

Sogni Infranti

Quindici anni prima degli eventi che noi conosciamo

Nial e Daeva, come loro solito, avevano disubbidito alla madre ed erano andate a giocare al limitare della proprietà, vicino alla vecchia staccionata. Le due bambine erano attratte da quel luogo: da lì si dominava l'intera pianura sottostante, giacché il lato sud del latifondo terminava proprio su di un'altura, nella quale dominava una vecchia quercia.

Quel giorno i loro giochi furono interrotti dalla vista di un forestiero che percorreva il sentiero a cavallo, prese da una strana inquietudine le due sorelle cominciarono a correre a perdifiato attraverso i campi, verso la propria casa. Giunsero poco prima dell'arrivo dello sconosciuto.

Al varco della porta trovarono la madre con in grembo il piccolo Timmy, il loro fratellino nato da pochi mesi e si unirono a loro.

Lo straniero si avvicinò e, giunto a qualche metro da loro, con estrema calma smontò da cavallo, poi si rivolse alla donna con voce ferma:

- Se non erro, voi siete Elisabeth Moonroi...

Non si aspettava una vera risposta, sapeva già innanzi a chi si trovava; pagando il giusto prezzo o, spesso, molto meno, riusciva sempre a recuperare le informazioni che gli servivano.

Le bambine si strinsero alla gonna della madre, per quell'istinto, tipico dei bambini, di percepire il pericolo, innanzi alla malvagità pura. Idalgo abbassò il suo sguardo di ghiaccio su loro. Elisabeth, col braccio libero, le scostò sospingendole oltre la soglia:

- Andate in casa, bambine.

Nial e Daeva non discussero, obbedendo celermente.

Elisabeth era al corrente dei trascorsi del marito e sapeva esattamente che, un giorno o l'altro, qualcuno sarebbe venuto a chiedere di lui, tuttavia sperava che non accadesse troppo presto.

La donna si erse in tutta la sua statura, stringendo a sé il piccolo Timmy e, tentando di controllare il tremito della voce, dichiarò:

- Sì! Sono io la signora Moonroi...

Un sorriso tagliente apparve sul volto di Idalgo, che aggiunse:

- Sono venuto per parlare con Vostro marito.

Ad Elisabeth le parve le stesse per scoppiare il cuore, ma ripose prontamente:

- Al momento non è in casa.

Idalgo le credette: nessuno poteva mentire così spudoratamente quando con il suo sguardo glaciale puntato su di sé. Non nascose la sua delusione e imprecò tra sé:

- In tal caso, spero che vorrete essere così cortese da recapitargli un messaggio da parte mia.

Elisabeth si fece coraggio:

- E da parte di chi sarebbe?

Voleva almeno conoscere l'identità dello sconosciuto, ma Idalgo interruppe i suoi pensieri e replicò:

- Il mio nome non ha alcuna importanza, ma riferitegli che, per il suo bene e per il bene della sua famiglia, dovrà recarsi il prima possibile alla taverna del Porco Cotto.

Detto ciò, Idalgo rimontò in groppa al cavallo, spronandolo al galoppo, verso il paese.

Elisabeth rimase per lungo tempo sulla soglia, impietrita: gocce di sudore apparvero sopra il labbro superiore, un senso di vuoto le spezzava il cuore; il piccolo Timmy, destatosi dal suo sonno, cominciò a vagire, mentre le due sorelline tiravano le sue vesti, reclamando il suo conforto e domandando chi fosse quello spaventoso straniero.

Elisabeth le ignorò completamente, incapace di reagire: la sua mente era attanagliata dalla paura.

Voto di Fedeltà

Era notte fonda quando l'ammiraglia del capitano Ascher mise la fonda all'isola del Teschio Sdentato.

Una pioggia persistente aveva accompagnato il suo viaggio sin lì e non accennava a smettere.

Ascher guardò il cielo oscuro e pensò:

"Anche il cielo piange questa decisione".

Si diresse a passo sicuro verso la fortezza di Long Jhon, che solo qualche settimana prima le aveva fatto pervenire una missiva che recava scritte poche parole, ma non da prendere alla leggera: tutta l'Alleanza avrebbe risentito dei recenti sviluppi e Ascher non poteva esimersi dal rispondere personalmente.

Giunta al palazzo si fece annunciare e attese accanto alla rimessa di esser ricevuta da Long Jhon.

All'interno del Ministero Oscuro egli era ritenuto il miglior pirata, dopo Er Prototipo; un uomo stimato e temuto che Ascher avrebbe seguito sino in capo al mondo, se glielo avesse chiesto.

Pochi minuti dopo venne ricevuta. La pioggia le aveva inzuppato il soprabito, il quale gocciolava ai suoi piedi. Long Jhon stava seduto comodamente sulla sua poltrona in legno massiccio davanti un enorme tavolo, zeppo di carte nautiche e missive; alla destra del grande studio un enorme camino acceso riscaldava l'ambiente e Long Jhon invitò Ascher ad appogiarvici vicino il soprabito fradicio.

Improvvisamente un lampo illuminò a giorno la stanza e, per pochi attimi, Ascher poté notare la tensione nel volto di Long Jhon.

Non vi furono parole tra di loro: si osservarono per un lungo istante, poi Ascher si avvicinò alla scrivania. Con rapidità fulminea estrasse il pugnale, tenendolo saldamente in pugno e si provocò un leggero taglio nella mano sinistra.

Mentre il suo sangue gocciolava sul tavolo, lei giurò:

- Gloria a te Long Jhon. Questo è il pegno per la mia lealtà al Ministero Oscuro!

Il Richiamo della Zele

Infine tutto fu pronto. Era giunto il momento di far vedere all'Oscuro di che pasta fosse fatta.

Ascher rimirava la sua flotta: dieci splendidi alberi maestri svettavano al primo sole mattutino; al suo fianco, l'inseparabile capitano David Beltar, era estasiato e impaziente quanto lei.

Ascher si ricordava ancora l'avvertimento dell'Oscuro, la prima volta che lo vide:

- Ascher, quando verrà il tempo sarai ripagata per ciò che chiedi, ma sino a quell'ora dovrai combattere. Dovrai essere pronta alla chiamata della Zele. In qualunque momento!

Era pronta. Si sentiva pronta. Sapeva anche che avrebbe dovuto sacrificare delle vite, però era sostenuta dal suo fine ultimo, non era certo la prima volta che si aggrappava a quella filosofia: il fine giustifica i mezzi.

Ascher voleva far parte della Zele a tutti i costi, sapeva che grazie a loro avrebbe finalmente trovato l'artefice della distruzione del suo villaggio e dello sterminio della sua famiglia. Aveva consacrato l'intera vita alla vendetta. Viveva unicamente per trovare quell'uomo e versare il suo sangue: non le importava quante vite avrebbe richiesto in sacrificio il demone della vendetta.

Non le importava più nulla; di nessuno.

Ammirò per l'ennesima volta la sua splendida flotta e si voltò verso David Beltar strizzandogli l'occhio:

- Andiamo in taverna, i nostri ospiti ci staranno già aspettando.

David le sorrise, vedendo il suo capitano compiaciuto:

- Lo Sfregiato li starà trattando coi guanti detto questo esplose nella sua tipica fragorosa risata, fra le più contagiose che Ascher avesse mai sentito, una delle poche in grado di contagiarla; rise di gusto anche lei.

Per un attimo dimenticarono i loro compiti, il sangue da essi versato, il loro destino, i loro nemici; in quel minuscolo lasso temporale divennero solamente un uomo ed una donna, felici di essere vivi.

Giunti al Puledro Impennato Ascher riconobbe subito i due ospiti: erano seduti in disparte a lato della locanda, si erano disposti in modo tale da tenere sotto controllo sia la sala che l'entrata, come se potessero passare inosservati coi loro cappucci calati sul volto. Ascher sorrise al pensiero, poi si diresse al bancone, sorrise al taverniere e ordinò un'ottima bottiglia di vino; lasciò qualche doblone e infine si voltò verso Beltar:

- Tu rimani qui, se qualcosa va storto sai cosa devi fare.

Ascher si diresse a passo lento e sicuro verso le due figure incappucciate. Giunse al tavolo pochi istanti prima che lo Sfregiato appoggiasse tre calici e la bottiglia di vino.

Senza dire nulla si sedette, prese la bottiglia, ne versò il contenuto ai suoi ospiti, poi con calma si portò il calice alla bocca sorseggiando l'ottimo vino; i due uomini la guardarono per un lungo istante e si scambiarono un cenno d'intesa. Uno di loro estrasse lentamente dal farsetto una missiva, porgendogliela. Era ancora sigillata con la ceralacca.

Ascher riconobbe immediatamente il sigillo, non vi erano dubbi in merito al mittente.

Un'amara Sorpresa

Ascher aprì la missiva, ma la grafia non era quella dell'Oscuro, come si aspettava: era stata redatta da qualcun altro.

Si ricordò che non vi era solo l'Oscuro alla taverna dell'Idolatria, quindi pensò che fosse stato uno dei suoi compari a scriverle.

Controllò nuovamente la lettera, vi era redatto ben leggibile un nome, seguito da poche e succinte righe, infine la firma: il Gran Maestro.

Ascher alzò lo sguardo e si rivolse alle due figure sedute innanzi a lei, domandando:

- Voi siete solo i corrieri?

Uno dei due si mosse nervoso sulla sedia, l'altro con voce sin troppo familiare le rispose:

- Ascher, mi deludi!

Ascher rimase basita, non si sarebbe mai aspettata che le spire della Zele fossero così lunghe. Era per caso colpa sua? Era tanto accecata dal suo stesso odio? Sicuramente era stata una sua colpa il non accorgersi che i suoi amici, pur di compiacerla, la seguivano al di là dei loro scopi. Dunque doveva ritenersi colpevole anche delle scelte altrui?

Ascher si riscosse dai propri pensieri, avvicinò la mano al lume e osservò la missiva ardere ed incenerirsi.

Uno dei due uomini si alzò, poggiò la mano sulla spalla del compagno, quasi con rassegnazione: aveva capito le ripercussioni di ciò che in quella taverna si stava svolgendo; con voce tranquillizzante l'uomo che si era alzato disse all'altro:

- Vieni, Jared. Ascher sa già come deve comportarsi. Per noi è giunto il momento di andare.

Non ebbe nemmeno il tempo di finire la frase che Ascher si alzò di scatto, bloccandogli la strada e afferrando Jared per un braccio, la sua voce risuonò chiara e perentoria:

- Fermati! Non è stato ancora deciso né dove, né come!

David Beltar era ancora al bancone quando si avvide della sfuriata del suo capitano; non ci pensò due volte: si precipitò al fianco di Ascher, serrando la mano sull'impugnatura della spada.

Una sonora risata ruppe la tensione che si creò tra gli astanti, molti volti si girarono per osservare la scena, incuriositi; perfino il taverniere si fermò ad osservare la scena: vi era tensione nell'aria, una tensione quasi palpabile; la risata cessò, improvvisamente, proprio come era nata.

La tensione scemò, quel tanto da permettere agli astanti di distogliere l'attenzione sulle quattro figure.

- E' già tutto pronto. Tutto è deciso, - con uno strattone Jared si liberò dalla stretta di lei. - Questa sera farai rotta per Palganiss, una volta raggiunta l'isola farai vela verso ovest; lì ci sarò io con la mia flotta, ad attenderti e, soprattutto, ci sarà colui che dovrai affondare!

Ascher aveva i nervi a fior di pelle: non le piaceva essere sottovalutata, né tanto meno ingannata e, a lei, quella sembrava più una farsa che una caccia.

Strinse i pugni sino a farsi venire le nocche bianche, poi guardò in viso l'amico, ancora celato sotto al cappuccio, la sua rabbia esplose senza freni:

- Sono io che ti ho trascinato in questa cosa, non fare il misterioso con me. Non lo tollero!

- Qui non si tratta di noi due, o della nostra amicizia; si tratta solo di non far sapere a orecchie indiscrete i nostri piani e se ti comporti come una ragazzina, non è certo per colpa mia.

Quelle parole, per Ascher, ebbero l'effetto di uno schiaffo in pieno viso.

Ascher e Beltar rimasero lì, fermi, racchiusi ognuno nei propri pensieri, mentre i loro ospiti imboccarono l'uscita della taverna.

L'incarico

Tutto era pronto. Ascher sostava innanzi alla balaustra, mentre le sue navi prendevano il largo verso l'oscurità. Non poteva tirarsi indietro: il Gran Maestro voleva metterla alla prova e lei era sicura di poter compiere l'incarico assegnatole.

Apprendere che tra le fila della Zele vi fosse anche Jared Valar, in fondo, non le interessava: l'Oscuro le aveva fatto una promessa ben precisa, se si fosse affiliata alla loro confraternita avrebbe sicuramente accresciuto il suo potere e avrebbe avuto l'occasione di trovare colui che cercava. A lei non interessava altro. Ascher sapeva che la misteriosa confraternita aveva il potere di metterla sulla giusta pista e non voleva certo lasciarsela scappare: avrebbe fatto di tutto per fiutare la preda, seguirne le tracce e percorrere il sentiero della rivincita fino in fondo. Ad ogni costo.

Un altro patto legava Ascher, quello col suo Priore, l'uomo che l'aveva cresciuta: ogni mese doveva far recapitare al monastero un'ingente somma di denaro ed entrare nella Zele avrebbe soddisfatto ogni bisogno lucrativo; l'Oscuro le aveva assicurato che la confraternita era al corrente di molte rotte commerciali e la probabilità d'imbattersi in Mercantili non scortati dalla Marina Militare era elevatissima.

In Ascher crebbe la fiducia, doveva assolutamente riuscire in quella che sarebbe stata la svolta della sua vita.

Quando scese nei suoi alloggi per riscaldarsi, Ascher trovò inaspettatamente una visita.

Non fece in tempo a pronunciare una parola che Dok la precedette:

- Scusami se ti ho colta alla sprovvista, avevo bisogno di parlarti in privato.

Ascher era infastidita dalla presenza di Dok, però cercò di tenere a freno la lingua e di apparire disponibile all'ascolto:

- Dimmi pure...

Dok, nonostante le dissimulazioni di Ascher, si accorse immediatamente della reticenza del suo capitano, ma provò ugualmente a spiegare le sue ragioni:

- Io penso che non sia una buona idea...

- Smettila subito, - Ascher cercò di troncare la conversazione col suo classico tono perentorio, anche se celato in un velo di pacatezza e sicurezza. - Non devo certo venire a chiedere il tuo permesso per muovere le mie navi. O sbaglio?

Dok non si sarebbe mai aspettato quella risposta dal suo capitano: quello che aveva detto era assolutamente vero e assolutamente ovvio, tanto quanto era vero ed ovvio che le parole di Ascher celavano biasimo nei confronti di Dok.

Non vi era molto altro a cui appellarsi. Afflitto Dok cercò comprensione nello sguardo di Ascher, ma ricevette in cambio solo freddezza.

Nonostante tutto, Dok tentò di non cedere:

- Non credo che tu capisca a fondo le ripercussioni di ciò che stanno facendo!

Ascher, ora stizzita, rispose con veemenza:

- Perché? Forse tu sai a quali ripercussioni andremo incontro?

Dok lo sapeva, anche sin troppo bene: in tempi lontani anche lui si era macchiato di grandi colpe che, ora come ora, voleva solo dimenticare: una di queste sue colpe fu proprio quella di fidarsi di persone come l'Oscuro. Eppure non sapeva proprio da che parte cominciare per potersi spiegare, senza incorrere in spiacevoli episodi del suo funesto passato.

- Ascher, io vorrei solo che ti fidassi della mia parola.

- Fidarmi della tua parola? È un po' poco perché tu pretenda di farmi cambiare idea! Hai altri argomenti?

Dok era avvilito, riconobbe la ferocia che si nascondeva all'interno dell'animo del suo capitano. Non avrebbe mai potuto spiegarle, non avrebbe mai potuto fermare Ascher prima che fosse troppo tardi. Tutto era inutile. Forse le sue colpe andavano oltre: forse per questo, nemmeno quella volta, avrebbe potuto dare una svolta al destino di coloro che lo circondavano.

Ascher, indispettita, lo incalzò:

- Allora? Devo aspettare ancora molto?

- No. Non credo.

Dok non riusciva più a reggere lo sguardo di Ascher, abbassò gli occhi sulle assi, sentì per un attimo la nave inclinarsi: stavano cambiando rotta e ben presto il loro destino si sarebbe compiuto.

Accettò di essersi sbagliato in merito ad Ascher, anch'ella non era altro che un feroce pirata senz'anima e maledisse il Fato, che ancora una volta lo aveva messo innanzi alla confraternita.

La voce di Ascher lo colse mentre il suo pensiero correva lontano, al di là di quel ponte, al di là di quel mare, ad un ricordo ancora vivo nella sua mente, alla sua vita, al suo amore, ad ogni cosa perduta:

- Se non hai altre vuote obiezioni, vorrei riposare prima di giungere a destinazione.

Un filo di voce uscì dalle labbra di Dok:

- Sì, certo. Scusami.

Dok si diresse alla porta, la aprì con calma, i cardini inariditi dalla salsedine cigolarono sotto sforzo, se la richiuse alle spalle mentre una folata di vento gli scompigliò la fievole chioma rimastagli, i capelli grigi erano oramai radi, gli ricordarono il tempo inesorabilmente trascorso della sua giovinezza, una giovinezza scellerata ed una felicità infranta.

Si avvicinò alla balaustra con un unico pensiero: Luis.

Appena Dok fu uscito dalla porta Ascher si tolse il soprabito. La temperatura all'interno del castello di poppa era gradevole. Pian piano le sue mani cominciarono a riscaldarsi, se le sfregò per rianimare la circolazione; non mancava molto all'isola di Palganiss. Lì si sarebbe compiuto il primo passo verso il suo destino: un destino che l'avrebbe portata a scovare colui che, quindici anni prima, le aveva tolto la sua famiglia.

Presa di Posizione

Diverse settimane dopo l'ultimo saluto al Faina, Daeva si decise ad affrontare la sorella in merito ad una questione che le stava particolarmente a cuore.

Daeva sapeva che Ascher era molto affezionata al Faina e che la scarsa lucidità di pensiero, non avrebbe giovato alle ricerche di colui che aveva commesso quell'orribile atto.

Sapeva di certo che, quando si viene colpiti negli affetti, il raziocinio viene messo a dura prova: non era certo colpa di sua sorella, anzi poteva capirla; in quanto a lei, conosceva il Faina, ma non vi era certo affezionata quanto Ascher, quindi il suo giudizio non era contaminato da eccessi di sentimentalismo.

Daeva percorse il tratto di strada che separava il borgo dalla dimora di Ascher, i suoi pensieri volarono ad un tempo lontano, quando tutto sembrava ovattato dalla spensieratezza dell'infanzia; non ricordava molto bene i suoi genitori, mentre il Maestro era sempre presente, in maniera vivida, nei suoi pensieri.

Si soffermò ad ammirare il mare, il vento le accarezzava il viso, coccolandola; nei suoi occhi verdissimi apparve un velo di tristezza: il pensiero volò malinconicamente all'atto nefasto che aveva dovuto compiere nell'isola di Ferres e ai suoi uomini; il conto aperto col destino, per il crimine commesso, sarebbe stato saldato prima o poi, ne era certa e, quando sarebbe arrivato il momento, non si sarebbe sottratta.

Non aveva parlato a nessuno della sua scoperta su Ferres, né delle azioni compiute in seguito: non era ancora giunto il momento di far sapere a qualcuno dell'atto criminale compiuto nei confronti dei suoi stessi uomini, che altra colpa non avevano avuto, se non quella di credere in lei ciecamente e seguirla contro ogni pericolo.

Probabilmente nessuno le avrebbe torto un capello se avesse confessato il suo crimine: i pirati uccidono continuamente, però non si sentiva pronta ad affrontare i suoi demoni, né tanto meno voleva mettere in avviso sua sorella.

Lasciò al vento i suoi pensieri, percorrendo il sentiero che le mancava verso la meta.

Una volta entrata in casa, la voce dolce di Maryha le soggiunse dalla cucina e con essa il profumo voluttuoso di un ottimo stufato di carne:

- Sei tu, piccina?

Sul volto di Daeva apparve uno splendido sorriso:

- Sì Maryha, sono io.

La domestica uscì dalla cucina strofinandosi le mani su di uno strofinaccio, vedendo Daeva le si illuminò il volto e ricambiò il suo splendido sorriso:

- Appena sei pronta, ti porto in tavola qualcosa.

Daeva non poteva far a meno di invidiare la sorella, anche lei avrebbe voluto crescere con una persona così affettuosa vicino.

- Ti ringrazio di cuore, appena mi sarà possibile mi siederò ad assaporare la tua splendida cucina.

- Mia cara: se non mangiate, tu e tua sorella, diventerete così magre che nessun uomo vi noterà più!

Sul volto di Daeva riapparve quell'ombra che, di tanto in tanto, le incupiva l'anima e il suo pensiero corse fugace:

"Come se mai potesse essercene uno".

Daeva si astenne dalla risposta, abbassando lo sguardo sulle sue mani: erano mani assassine, non avrebbe mai potuto condannare nessun uomo a condividere con lei un tale peso.

Maryha si accorse del malumore di Daeva e preoccupata si scusò:

- Scusami, forse ho detto qualcosa che non dovevo dire.

- Non è certo colpa tua, anzi...

Daeva non sapeva come uscire da una situazione piuttosto imbarazzante, se fosse rimasta lì ancora qualche minuto sarebbe caduta tra le braccia di Maryha, confessandole tutte le sue colpe, ma non poteva permetterselo. Ricacciò indietro le lacrime, fece un respiro profondo ed optò per un repentino cambio d'argomento:

- Sai dove posso trovare mia sorella?

Maryha sapeva benissimo che in quella ragazza vi era una solitudine non comune, percepiva che Daeva era tormentata da qualcosa che non voleva rivelare a nessuno: da quando era tornata un velo di tristezza la accompagnava ovunque andasse, qualsiasi cosa facesse; tuttavia, se lei stessa non voleva metterla al corrente di ciò che la tormentava, non poteva di certo obbligarla. Con la sua consueta cortesia, Maryha rispose alla domanda, senza indugiare oltre:

- Certo, probabilmente è sulla spiaggia ad esercitarsi.

- Grazie, - rispose Daeva, congedandosi.

Finalmente all'aperto, Daeva si riscosse; l'aria fresca invase i suoi polmoni portandosi via il malumore e le lacrime a stento trattenute. Scese i gradini di arenaria che dalla casa portavano sulla spiaggia sottostante. Mentre scendeva notò Nial, si stava cimentando nei suoi esercizi. Daeva non poté far a meno di notare, come sempre le accadeva, quanto la sorella fosse abile con la spada: combatteva con una furia incredibile, il soprannome 'Tigre dei Mari' non le era stato dato a caso.

Appena Nial si accorse della sua presenza si fermò di colpo.

I suoi capelli, solitamente raccolti in una lunga treccia, erano sciolti ed arruffati dal vento, il sudore gliene aveva appiccicata una buona parte al volto, donandole l'aspetto di una furia cieca.

Daeva rimase per qualche istante colpita·dal ferinità della sorella, poi raccolse tutto il suo coraggio per far uscire la sua voce dalla gola:

- Scusami se ti disturbo.

- Non preoccuparti, mi stavo solo esercitando.

Daeva si raschiò la gola prima di ricominciare, non sapeva bene da dove iniziare un discorso che potesse reggere le riluttanze della sorella, infine decise che sarebbe stato opportuno andare dritto al punto:

- Voglio condurre personalmente le ricerche dell'omicida del Faina.

Forse aveva espresso la sua volontà troppo istintivamente, Ascher la guardò per un lungo istante, dal suo volto non trasparì nulla, solo freddezza, poi sentenziò:

- Non se ne parla nemmeno.

Ascher fu troppo categorica e questo a Daeva non piacque affatto:

- Stai scherzando, vero?

- Niente affatto, ti sembro in vena di scherzi?

- È già tanto che io venga qui a chiederti il permesso, figurarsi se poi mi tratti come una bimba!

- Probabilmente perché lo sei!

Ascher si pentì immediatamente della frase appena pronunciata, ma era già troppo tardi. Il disappunto di Daeva non tardò:

- Così tu pensi che io sia una bambina?

Ascher si asciugò il sudore dalla fronte con l'avambraccio, doveva essere cauta e ponderare bene le parole:

- Scusami, non intendevo dire questo.

- Non credere che io possa scusarti così facilmente!

Daeva non aveva nessuna intenzione di perdonare Nial: sapeva benissimo che se lo avesse fatto adesso non avrebbe mai più recuperato la stima della sorella e, forse, era giunto il momento di farsi valere.

Ascher la guardò intensamente, non si sorprese più della loro incredibile somiglianza: oltre all'aspetto erano uguali anche nel carattere.

Prese anche atto del fatto che Daeva, più volte, aveva dato prova di essere abile come lei in combattimento, così si addolcì:

- Dimmi, allora, Daeva: perché sei venuta qui, a chiedere il mio permesso?

Daeva controllò la sua voce, era il suo momento e doveva giocarselo bene, senza timore:

- Semplicemente perché penso che tu sia troppo coinvolta sentimentalmente da questa vicenda. Il tuo giudizio potrebbe esserne contagiato.

Era stata sin troppo sincera, ma Ascher sapeva che Daeva aveva ragione: non potendo appellarsi a nulla, fuorché negare spudoratamente che ciò non fosse vero, dovette a malincuore ammettere che le parole della sorella erano veritiere.

Ascher chinò il capo ad osservare la finissima sabbia, il riverbero delle onde che s'infrangevano sulla spiaggia le riportò alla mente il Faina e quanto gli piacesse il mare, infine rialzò la testa, rivolgendosi a Daeva:

- Fai ciò che vuoi.

Appena terminate queste parole Ascher scostò con una spallata non troppo gentile la sorella, per dirigersi verso la sua dimora.

Daeva rimase interdetta: non si aspettava di spuntarla tanto facilmente. Si voltò quel poco che le bastò per osservare Nial abbandonare la spiaggia con un passo forse troppo pesante per una figura snella e atletica come la sua: il capo era chino, come se avesse subito la più terribile delle sconfitte; infine la vide sparire all'interno della casa.

Non avrebbe voluto un nuovo diverbio, ma non sarebbe potuta andare diversamente: il loro rapporto era fatto così, ricco di menzogne, omissioni e verità fin troppo dure da digerire. Se solo avesse potuto, Daeva avrebbe ricostruito il loro passato per aver l'opportunità di un futuro più armonioso, ma così non era e la realtà l'aveva oramai accettata.

Un destino segnato.

Daeva rimase a lungo sulla spiaggia a ripercorrere i suoi pensieri, a riordinarli; verso sera si riscosse, asciugandosi le lacrime versate per coloro che non avevano fatto nulla di male e per se stessa.

Era giunto il momento di mettersi in viaggio.

Afflizioni

Ascher era inquieta, rimembrava ancora la discussione avuta con la sorella in merito alla decisione di scoprire l'omicida del Faina, non si sentiva tranquilla e, come si aspettava, non era riuscita a far cambiare idea a Daeva in proposito. Probabilmente Ascher non vi aveva riversato tutta la sua sagacia e non si poteva certo rimangiare la parola datale qualche giorno prima sulla spiaggia, ma in lei albergava un brutto presentimento.

Ascher sedeva sola, di fronte al suo camino, in mano reggeva ancora il bicchiere completamente vuoto, si voltò per versarsi un altro goccetto, accorgendosi che anche la bottiglia era completamente vuota: senza accorgersene aveva bevuto abbondantemente.

Nonostante questo i suoi pensieri le sembravano completamente lucidi.

Chiunque avesse assassinato il Faina, lo aveva fatto esclusivamente per non far sapere ciò che lui aveva visto o scoperto e, di fatto, anche lei non doveva assolutamente venirne a conoscenza.

Ascher sospettava che l'artefice fosse qualcuno molto vicino sia al Faina che a lei stessa; Daeva, probabilmente, doveva essere giunta alla stessa conclusione.

La sua ansia crebbe a dismisura, oramai non poteva assolutamente fare nulla.

Ancora una volta scoprì di aver messo a repentaglio non solo la sua vita, ma anche quella di Daeva.

Probabilmente Maryha aveva ragione: tutti coloro che l'amavano finivano inevitabilmente coinvolti nella vendetta che lei si era prefissata di attuare.

La mortificazione delle parole espresse dalla sua tutrice fecero breccia nel suo animo, trascinandola sull'orlo della disperazione. Era un baratro difficile da oltrepassare, anche se le sue motivazioni erano ferree: vendicare la morte dei suoi genitori era l'unica cosa che ancora la tenesse in vita, ma la promessa fatta a se stessa ora pareva affievolire la sua importanza, in confronto a ciò che avrebbe perso.

Ascher non poteva dire con certezza se fosse il vino a farla vacillare, o la consapevolezza delle sue gesta e le ripercussioni che esse avevano sulle persone a lei care a sconvolgerla o a farle perdere il lume della ragione; in ogni caso doveva ammettere a se stessa che il proseguimento della sua vendetta avrebbe inevitabilmente coinvolto le persone da lei amate e, sicuramente, ne avrebbe pagato il prezzo. Avrebbero pagato tutti.

Ascher cercò di ridestarsi da quei ferali pensieri, ma lo sconforto l'aveva raggiunta nell'anima: era una strada a lei sconosciuta, una strada che non voleva percorrere, una strada che conduceva ad un'unica soluzione. Una soluzione che non avrebbe mai potuto accettare.

Un leggero bussare alla porta la svegliò, riportandola al presente.

Di malavoglia si diresse ad aprire, maledicendo tra sé e sé colui o colei che disturbava la sua angoscia. Mentre si accingeva ad aprire al suo ospite ripensò a Daeva. "Magari ci ha ripensato"; un sorriso le apparve sul volto tirato, poi come era giunto la abbandonò, non appena aprì la porta.

Jared Valar era piantato in tutta la sua altezza sulla soglia, un cipiglio corrucciato sul volto, si rivolse ad Ascher, con scarne parole:

- Posso entrare?

- Non sono di certo un'ottima compagnia stasera.

Ascher gli aveva fatto capire di non essere gradito, ma Jared non era certo tipo da farsi scrupoli del genere:

- In tal caso siamo in due.

Ascher non poté, o non volle ribattere, si fece da parte per far entrare il suo ospite e, richiudendo la porta al suo passaggio, lo fece accomodare in soggiorno.

Jared depose il soprabito sulla poltrona più vicina, poi, come se tutto il mondo fosse sulle sue spalle, si sedette sprofondando in essa; il suo sguardo era lontano e assorto, particolare che non sfuggì ad Ascher.

- Vuoi qualcosa da bere?

- Molto volentieri.

Ascher si diresse nella credenza, prese una bottiglia di vino rosso, la stappò, ne versò un po' nel suo calice e offrì l'intera boccia a Jared:

- Vista la tua espressione, gradirai scolarti l'intera bottiglia...

Jared Valar non era certo in vena di burle:

- Vedo che di questi tempi la tua ospitalità lascia a desiderare.

Ascher osservò Jared alzarsi per prendere un calice e versarsi il contenuto rosso rubino, poi attese che il suo ospite iniziasse la solita predica nei suoi confronti; oramai era abituata a sentirsi rimproverata da tutti ed era sicura del motivo della visita di Jared alla sua casa. Al contempo Jared non sapeva bene come intraprendere il discorso: era rimasto basito quando aveva saputo che Daeva era salpata per ricercare informazioni sul delitto del Faina, un delitto che conosceva fin troppo bene.

Rimasero a lungo zitti, chiusi entrambi nei loro pensieri, fin quando, spazientita, Ascher non ruppe quel silenzio:

- Allora, vuoi, di grazia, dirmi il motivo della tua visita? - e non tardò ad anticipare il suo ospite, continuando. - Sicuramente si tratta di Daeva.

Jared dovette ammettere a se stesso che quella ragazza possedeva la dote di sapere esattamente tutto ciò che le accadeva intorno, ma non era sicuro se ciò fosse un bene o un male:

- Se sai già il motivo della mia visita, dovresti sapere anche cosa voglio; giusto?

Forse mise troppa derisione nel suo tono di voce, ad Ascher non sfuggì.

- Come ti ho già detto, Jared, questa sera non sono dell'umore adatto.

Jared era preoccupato di come si stavano mettendo in fila gli eventi, non solo per la propria incolumità, bensì anche per quella di Ascher e Daeva. Doveva ammettere a se stesso di essersi innamorato di Ascher e non avrebbe mai voluto che proprio la sorella della sua amata scoprisse l'artefice di quella situazione.

Doveva assolutamente far in modo che nessuna delle due scoprisse qualcosa in merito e doveva, a qualunque costo, depistare le sorelle.

- Mi pare sia stato avventato da parte tua incaricare Daeva di occuparsi del delitto del Faina.

Ascher rispose prontamente:

- Non sono certo stata io ad incaricarla.

Jared, in merito, nutriva forti dubbi. Incalzandola, domandò:

- E di chi è la colpa, allora?

- Non certo mia! È stata lei a proporsi e, per quanto ti possa interessare, contro la mia volontà.

Jared non poteva credere a quell'affermazione, ma Ascher non era certo una bugiarda, anzi: si poteva ben affermare il contrario. Probabilmente non vi era alcuna via di scampo.

Rimase in silenzio, cercando di riordinare le idee, forse sin troppo a lungo, dando modo ad Ascher di continuare, quasi schernendolo:

- Noto che non hai intenzione di ribattere .

Jared era desolato, non si aspettava un'eventualità simile; tutte le sue forze vennero meno, non sapeva come agire, se non arrendendosi alla dura realtà.

- Ti chiedo umilmente scusa per aver creduto diversamente, - erano le uniche parole che potesse dire, doveva lasciar perdere il discorso per non far insospettire Ascher più del dovuto. Non impiegò molto a rialzarsi e a recuperare la sua roba, congedandosi. - Scusami ancora, si è fatto decisamente tardi.

Ascher si sorprese, si sarebbe aspettata di tutto, ma non quella reazione. Senza dire una parola osservò il suo ospite recarsi alla porta ed uscire mestamente dalla sua abitazione. Quell'atteggiamento era insolito per

Jared.

Mentre era persa in questi pensieri una voce fievole la riportò in sé:

- Va tutto bene, Nial?

Ascher alzò il viso osservando Maryha, in vestaglia da notte, comparire nell'atrio; sul suo volto era dipinta una sincera preoccupazione, allora, con voce gentile, Ascher cercò di rassicurarla:

- Tutto a posto Maryha, grazie, torna pure a coricarti.

Maryha non era soddisfatta, intuiva molto bene quale fosse lo stato d'animo della sua protetta, ma conosceva la sua Nial, sapeva benissimo che non avrebbe ricevuto spiegazioni, quella sera.

Con un'alzata di spalle, la donna si diresse verso le sue stanze.

Appena sentì la porta della camera chiudersi, Ascher finì di bere il suo vino, perdendosi nuovamente nei propri infausti pensieri.

La Missione di Daeva

Daeva era finalmente riuscita a convincere Ascher a lasciarla indagare da sola sulla morte del Faina: effettivamente sua sorella era troppo impegnata politicamente col Ministero Oscuro per dedicarsi completamente alla ricerca dell'ignobile assassino.

Poche sere prima, le due sorelle ebbero un acceso dibattito in merito, infine Daeva e la sua ragione prevalsero sull'irascibilità di Ascher.

Daeva era sempre stata una ponderatrice, non si lasciava mai trasportare dai sentimenti, forse perché non si ricordava più dei suoi genitori e della morte giunta loro incontro, per quello aveva sempre avuto compassione per Ascher e si sentiva incredibilmente fortunata, rispetto alla sorella, la quale, oramai, viveva unicamente allo scopo di vendicarsi.

Dopo la morte dei genitori Daeva fu affidata alle amorevoli cure di un maestro, uno studioso, più che un combattente, ma a Daeva poco importò: per lei era solo e unicamente il suo maestro.

Egli la indottrinò alle lingue, alla letteratura, le insegnò prima ad usare il cervello, del quale era molto dotata e solamente a conclusione dell'addestramento, le insegnò ad usare la spada.

Di tanto in tanto s'incontravano ancora, ma Daeva non era più la sua allieva: ora era cresciuta, era diventata una donna e si era dedicata alla pirateria, mettendo in pratica tutti gli insegnamenti ricevuti; era attenta ai profitti ed era abile nei combattimenti.

Aveva veleggiato tutto il giorno, per recarsi in porti vicini all'isola di Ascherath, nel tentativo di carpire utili informazioni.

Si ricordava ancora gli insegnamenti del maestro:

"Colui che commette un omicidio è stato sicuramente accorto nel luogo commesso, ma non è detto che lo sia stato anche nelle zone limitrofe".

Daeva sperava di essere fortunata:

"Ricordati, figliola, la fortuna aiuta gli audaci", al pensiero di quelle parole sorrise tra sé. Gli insegnamenti del suo maestro continuavano a vivere in lei: doveva solo metterli in pratica e ci sarebbe riuscita, a qualunque costo.

Verso sera approdò su di un'isola, non s'interessò nemmeno del nome; saldò il conto del viaggio al comandante del Mercantile e, a passo svelto, si diresse al borgo.

Aveva pensato a tutto, lei non era ricercata come la sorella, anche se la loro somiglianza le avrebbe creato sicuramente dei problemi: perdere tempo per spiegare ai gendarmi di non essere Ascher non era nelle sue priorità, così, per prevenzione, si era tagliata i capelli a spazzola, tingendoli di nero con tintura di henné. Aveva portato con sé alcuni dobloni, nel farsetto sotto il giustacuore, aveva indossato il mantello da viaggio, con l'ampio cappuccio calato sul volto ed assicurato la spada al fianco.

Entrare nelle taverne più malfamate, per una ragazza, non era certo una cosa da prendere sottogamba.

Daeva fece un lungo respiro, per calmarsi, poi varcò la soglia dell'osteria.

Persa nei suoi pensieri non si accorse che, nell'ombra, una figura stava osservando ogni suo movimento.

Demoni

Le taverne nei ghetti erano di uno squallore indescrivibile: al loro interno i miasmi si mescolavano, creando un lezzo insopportabile. Molti avventori, oltre che per bere, ci andavano anche per giocare al Ghisan: un gioco molto simile alla Dama. Ci si poteva giocare sino in quattro e il primo dei giocatori che riusciva a conquistare tutte e quattro le torri, poste al centro della scacchiera, era il vincitore; quel gioco era sufficientemente in voga da permettere un discreto giro di dobloni.

Un altro gioco, che non tramontava mai, al quale molti marinai erano affezionati, era il gioco dei dadi: immancabile in qualunque bettola.

Oltre all'odore stantio del sudore di tutti quei corpi ammassati in un piccolo spazio, vi era anche il lezzo provocato dagli escrementi, lasciati a marcire negli angoli del locale.

Alcuni marinai, incuranti di tutto ciò che li circondava, consumavano i loro bollenti spiriti con le meretrici, appartati sulle panche adibite allo scopo.

Sopra a tutto quel baccano, la voce di un ubriacone sovrastò il caos generale. Si trattava di un uomo ben piantato, sulla quarantina; portava una vecchia e logora divisa della Marina Militare; sopra alle spalline si potevano ancora intravedere i gradi di capitano: era solo l'ombra dell'uomo che fu un tempo. Il suo volto era percorso da una lunga cicatrice, una ferita di guerra infettataglisi tanto da costargli la perdita dell'occhio: uno sfregio più profondo nello spirito, che non nel corpo, a giudicare dalle sue continue lamentele.

L'uomo si alzò in piedi, bestemmiando e imprecando contro l'oste; voleva gli servisse dell'altro grog e si agitava in maniera teatrale, mettendo in evidenza anche la mancanza del braccio destro, reciso all'altezza del gomito.

Quando qualcuno si avvicinò per farlo tornare in sé, l'ex militare sbottò:

- Andatevene, maledetti! Voi non sapete chi sono io, - molti avventori si voltarono incuriositi. - Io sono il capitano Harkan!

Poi, leggermente più calmo, col tono carico di rammarico continuò:

- Un tempo non ero messo così, - alzò il moncherino per mostrarlo agli astanti; alcuni uomini cominciarono a ridere osservando quella scena. - Ridete pure, schifosi! In verità io vi dico che è tutta colpa del Demonio.

Una voce dietro di lui urlò:

- Sì, diglielo Harkan! Chi ti ha ridotto in quello stato? Racconta a tutti della visita del Demonio, che ti ha staccato un braccio e portato via un occhio!

Altre risate echeggiarono nella taverna. Harkan non se lo fece ripetere un'altra volta:

- Certo, puoi dirlo forte, amico!

Harkan prese in mano il boccale di grog e lo finì d'un fiato, lo posò sul tavolo e si pulì la bocca con la manica, poi ricominciò:

- Me lo ricordo come fosse ieri... era una bellissima giornata di primavera, quando m'imbattei in una flotta pirata, - Harkan prese un lungo respiro e ruttò, subito dopo riprese il discorso. - Le forze erano decisamente impari, i pirati ci assaltarono con cinque navi, mentre la mia flotta ne contava solo tre; a quel punto cercai di disimpegnarmi, ma venimmo speronati dall'ammiraglia pirata. Da lì a pochi secondi, una moltitudine di uomini invase il ponte della mia imbarcazione.

A quel ricordo gli occhi del capitano Harkan divennero lucidi e dovette deglutire un altro rutto, per soffocare le lacrime:

- Erano ovunque, combattevano con una ferocia inaudita; io e i miei uomini resistemmo all'attacco stoicamente, - si portò la mano sinistra a coprire il volto, nel tentativo di cancellare il terribile ricordo, poi cominciò a imprecare. - Maledizione! Fuoco e fiamme! Fuoco e fiamme, vi dico!

Un tremito percorse il corpo del capitano Harkan, le lacrime cominciarono a rigargli il viso al ricordo degli uomini morti sul ponte, che cercarono di salvargli la vita.

L'oste appoggiò un boccale di grog sul tavolo, si avvicinò ad Harkan e gli diede una pacca sulla spalla, nel vano tentativo di confortarlo.

Tutti i presenti caddero in un rigoroso silenzio.

Harkan alzò il volto. La sua espressione era assorta, lontana, senza accorgersene riprese:

- Infine la vidi. Si avvicinava a me con fare sicuro, incurante della furia della battaglia; i suoi pirati la proteggevano, cadendo innanzi a lei, incuranti della morte. Ella era divinamente bella e incredibilmente demoniaca, - Harkan prese nuovamente il boccale, bevendone avidamente il contenuto. Oramai non poteva interrompere il racconto, tutti pendevano dalle sue labbra, pensò che almeno avvertendoli, forse, qualcuno di loro si sarebbe salvato. - Io rimasi lì, fermo, impietrito. Non riuscivo a muovermi. Una volta raggiuntomi mi guardò e mi disse: "Il mio nome è Ascher, sono giunta qui per chiederti se hai mai attaccato l'isola di Arper". Lì mi riscossi: ero incredibilmente adirato, le inveii contro. Non avevo mai sentito quel nome, ma se era una città dove trovavano rifugio loro e la loro feccia, chiunque fosse stato, aveva semplicemente fatto un dono all'Onnipotente!

Dopo quelle parole Harkan si accasciò, al fervido ricordo vomitò a terra.

Faticosamente e non senza aiuto, si rimise seduto; aspettò qualche istante, ansimando per lo sforzo, nel tentativo di non svenire; infine terminò il suo resoconto:

- Mi risvegliai qualche giorno dopo, su di una scialuppa di salvataggio, con un braccio e un occhio in meno. In verità, vi dico: ella non è una donna, ella è un demone!

Poco distante, seduta ad un tavolo, Daeva ascoltava il racconto di Harkan, sorseggiando il suo boccale di birra.

Risveglio

I torpori del sonno iniziarono a dileguarsi. Ascher aprì gli occhi e si ritrovò a giacere nel suo letto, il materasso era comodo e soffice, le rivestiture erano in pregiato legno di mogano.

Si guardò un po' attorno e si riscosse, spezzando le ultime catene che la legavano al regno di Morfeo. Una fievole luce filtrava dalle persiane semichiuse, illuminando debolmente l'ambiente.

Ascher provò ad alzarsi scostando le coperte, il movimento le provocò una terribile fitta al costato. Chinò il capo per verificare la provenienza di tale dolore, accorgendosi di essere ferita: una stretta fasciatura le ricopriva l'intero busto e una chiazza color cremisi risaltava appena sotto al seno.

Con una smorfia di dolore, lentamente, Ascher si alzò; s'infilò una camicia e un paio di pantaloni in seta chiara. Ogni volta che il mercante Torenescu le faceva visita le portava in omaggio abiti di finissima fattura, provenienti dall'Oriente; la viziava e a lei piaceva.

I ricordi di Ascher erano decisamente confusi. Si avvicinò claudicante allo specchio e rimase atterrita ad osservare la sua immagine riflessa: emaciata e terribilmente cerea, doveva aver perso molto sangue e la sua mente era ancora troppo annebbiata per permetterle di fare chiarezza nel recente passato.

Guardandosi attorno scorse, appoggiato su di un tavolo appositamente preparato, un vassoio gremito di vivande: un pensiero premuroso da parte di Maryha. Ascher pensò a lei con affetto, ma si accorse di non avere assolutamente fame.

S'incamminò alla finestra e aprì le imposte. Una fresca brezza le investì il viso, dissolvendo completamente gli ultimi annebbiamenti; anche il regno di Ipno si dissolse, in pochi attimi.

Ascher trasse un lungo respiro, lieta di essere ancora viva, a casa. Giunse il tramonto, un altro giorno volse al termine; l'ennesimo giorno passato alla ricerca di colui che l'aveva fatta diventare Ascher, la terribile Tigre dei Mari.

Ascher rimase a lungo ad osservare il sole morente, il mare dai colori blu intensi, lo sciabordio delle onde; i ricordi cominciarono ad affiorare.

In alto, nel cielo, lo stridio dei gabbiani annunciò il loro ritorno ai nidi, dopo la caccia quotidiana.

Rimproveri

Appena Ascher uscì dalla sua stanza, la colpì immediatamente l'odore inconfondibile dei Lenvers, la sua mente corse subito alla ricerca del volto paterno. Non poteva certo essere lui, né tanto meno Maryha. In casa doveva esserci qualcuno; qualcuno che stava fumando i suoi sigari.

Ascher si diresse in sala, tenendosi una mano sul costato, visibilmente sofferente.

Non vi era nessuno in salone e nessun rumore proveniva dalla cucina attigua, segno che Maryha non era in casa. Appena varcata la soglia della veranda, Ascher s'avvide della figura lì comodamente seduta, mentre si gustava con aria sognante uno dei suoi amati sigari: Jared Valar.

L'ira di Ascher montò al punto da farle dimenticare la ferita:

- Cosa diavolo fai qui?

Jared si voltò ad osservarla, con uno dei suoi soliti sorrisi ammiccanti, rispondendole:

- Anche io sono contento di vederti!

Ascher sbottò:

- Non fare dell'inutile e stupido sarcasmo con me! Sai benissimo che è tempo sprecato.

Jared non sembrò accusare l'offesa e rimase tranquillo, come il tono della sua voce lasciava intendere:

- Chi pensi ti abbia medicata?

Ascher abbassò il capo e si tocco leggermente la fasciatura, il suo volto arrossì leggermente. Jared Valar la osservò per un lungo istante, si accorse del suo imbarazzo e decise di non infierire.

Ascher si riscosse, si diresse al mobile degli alcolici: aveva bisogno di calmarsi ed un goccio di whisky l'avrebbe di certo aiutata.

Mentre si versava da bere la voce di Jared la fece sussultare:

- Non dovresti bere nelle tue condizioni.

Ascher alzò le spalle:

- Non osare dirmi ciò che devo o non devo fare! Non è affar tuo!

Jared sembrò accusare il colpo questa volta, il suo tono di voce fu mesto:

- Probabilmente hai ragione.

Rimasero per diversi minuti in silenzio, ognuno racchiuso nei propri pensieri, poi Jared terminò il sigaro; si mosse per spegnerlo nel posacenere e riprendendo il discorso:

- Spero che ti sia servito da lezione, almeno... e che da oggi tu faccia più attenzione.

Ascher lo guardò, furente di rabbia:

- Proprio tu mi parli di attenzione?

Jared appariva seriamente preoccupato per l'amica:

- Senti, Ascher, sei viva per miracolo. Non era necessario comportarsi così.

Ascher non aveva alcuna intenzione di scusarsi per le proprie azioni:

- Tu non capisci. Non potrai mai capire.

Jared non aveva intenzione di cedere:

- Forse è vero: io non posso capirti, ma posso sicuramente dirti che, continuando così, il tuo odio ti consumerà e l'unica cosa che otterrai sarà la tua stessa morte!

Ascher si voltò, lo guardò dritto negli occhi, affrontandolo:

- Tutti, prima o poi, muoiono. Io sto solo seguendo la mia ragione di vita.

Jared s'innervosì:

- Allora aggrappaticì! Sino a che non ti avrà condotto nella fossa, assieme a tutti coloro che ti amano!

Ascher avvertì un groppo in gola: sentiva le lacrime salirle agli occhi, ma non doveva, non poteva, piangere; ingollò tutto d'un fiato il suo whisky e ribatté:

- Bene. Se hai finito la tua predica, puoi anche andartene.

Jared era furibondo, Ascher non capiva, o fingeva di non capire:

- No! Non ho finito! Ti rendi conto di ciò che hai fatto? Cosa volevi dimostrare? Sei andata incontro al capitano Marc, disarmata! E lui ti ha premiato con una pallottola al costato!

Ascher era esasperata e stanca, voleva che quella discussione finisse al più presto; nemmeno si rese conto di urlare:

- Dovevo sapere! Sei contento adesso? Dovevo sapere se era a conoscenza di Arper!

Dette quelle parole, tutti i suoi muscoli si rilassarono e Ascher ricadde, esausta, sulla sedia.

Jared la guardò in silenzio, poi si alzò dicendole:

- Ti abbiamo vegliata per tre giorni e tre notti, sei stata ad un passo dalla morte. Se non vuoi vivere per te stessa, fallo almeno per coloro che ti sono cari.

Infine si allontanò, varcando la soglia della veranda; si voltò un'ultima volta verso Ascher, con l'espressione rammaricata di chi ha provato, ma ha fallito:

- Abbi cura di te, - furono le sue ultime parole.

Ascher rimase sola, col volto tra le mani, scossa dai singulti.

Sola con se Stessa

Le parole di Jared erano rimaste impresse nella mente di Ascher. Ancora una volta doveva ammettere a se stessa che era viva grazie all'aiuto dei suoi compagni.

Nuovamente aveva perso lo scontro contro l'ammiraglio Marc. Quel dannatissimo marinaio le stava dando più grattacapi del dovuto. Una fitta di dolore la colse d'improvviso e si portò la mano alla ferita, osservandola s'avvide che il bendaggio era color cremisi.

- Maledetti moschetti...

L'imprecazione le uscì sforzata dalle labbra serrate.

Detestava le armi da fuoco: uccidere o ferire il proprio avversario utilizzando tali armi era decisamente da vili. Certo, era vero che per danneggiare un vascello, cannoni, colubrine e bombarde, erano armi essenziali e decisamente legittime, ma il moschetto era un'arma veramente infame, degna di un vigliacco, non di un combattente; il fatto che molti capitani di Marina ne facessero uso, per Ascher era una comprova di queste sue teorie.

Dok l'aveva curata meticolosamente, estraendo il piombo dal suo corpo: era stata fortunata, la pallottola non l'aveva colpita a nessun organo vitale e la prognosi di Dok le lasciava buone speranze per un recupero veloce.

Doveva ammettere a se stessa di essere stata troppo incauta e che doveva la sua vita anche a David.

Ascher si alzò dalla sedia, si avvicinò al camino, lo ravvivò con fatica e prese un sigaro di Lenvers; lo accese, ma trovò difficile assaporarne il gusto: ad ogni tirata, il costato le doleva terribilmente.

Maryha fece il suo ingresso in sala, recando con lei un vassoio di dolciumi e una tisana calda:

- Spegni quel maledetto sigaro, - la redarguì. - Ti ho preparato qualcosa decisamente più salutare.

Ascher osservò la donna e si commosse: era troppo premurosa nei suoi confronti, a volte non si capacitava del motivo per il quale le fosse rimasta accanto tutto quel tempo.

- Hai ragione, scusami.

- Non ti devi scusare piccola, lo faccio per il tuo bene, - un ampio sorriso apparve sul volto di Maryha. - Ora ti lascio mangiare in pace, non ti preoccupare.

Ascher si sentì incredibilmente ingiusta:

- Rimani pure, un po' di compagnia mi farà sicuramente bene.

- Alla mia età sai che non è bene rimanere alzati sino a tardi. Ti lascio il vassoio. Buona notte, Nial.

Ascher non fece in tempo a replicare che Maryha si dileguò; sorseggiando l'infuso, il ricordo cominciò a farsi vivo nella sua mente.

Decise di salpare alle prime luci dell'alba. Una leggera nebbia ammantava il mare come una soffice coperta; tutto era immobile ed ogni volta che questo fenomeno accadeva, Ascher ne rimaneva affascinata.

L'odore del mare le giunse più forte, così come lo stridio dei gabbiani, che scortavano per lunghi tratti l'uscita dal porto delle navi: sentinelle benauguranti; un ultimo saluto alla terra ferma. L'avvistamento della flotta dell'ammiraglio Marc avvenne nel primo pomeriggio.

David Beltar si precipitò nella cabina del suo capitano:

- Ascher, devi venire sul ponte. Subito!

La donna alzò lo sguardo, anticipando le parole del suo secondo:

- La Marina Militare!

Un cenno di assenso da parte di Beltar la fece scattare.

In pochi minuti Ascher raggiunse la prua, per osservare col monocolo la flotta avversaria: i vessilli sui pennoni e la caratteristica tipica delle caracche non le lasciarono alcun dubbio.

- Finalmente ti ho trovato!

Per qualche lungo istante, Ascher sentì lo sguardo del suo ufficiale posato su di lei; si chiese perché Beltar fosse così interessato alla sua persona, piuttosto che alla flotta comparsa innanzi a loro, a solo poche leghe di distanza. Spazientita, si girò, fulminandolo con lo sguardo:

- Non stare lì impalato! Dai l'ordine... li assaltiamo!

David Beltar diede l'ordine d'ingaggiare battaglia; col solito sistema di comunicazione visiva tramite sbandieratori, la flotta si dispose per l'attacco. In pochi minuti lo scontro infuriò.

Solitamente, nello scontro navale si aveva la propensione ad attaccare l'ammiraglia nemica, in cerca del suo capitano, per eliminarlo; tale tattica aveva lo scopo di far crollare il morale degli avversari, ma Ascher, quella notte, perseguiva un fine del tutto personale.

L'arrembaggio ebbe successo, così Ascher e i suoi uomini si trovarono ingaggiati, corpo a corpo, sull'ammiraglia della Marina. Su questa, però, la resistenza fu più solida del previsto: la prima salva di colpi sparati dai moschetti decimò diversi pirati, i sopravvissuti alla prima ondata s'abbatterono con inaudita furia sui marinai.

Ascher si ritrovò immersa nella battaglia.

Pochi riuscivano a scambiare con lei più di due stoccate: la Tigre era furente, indomita, la sua ferocia e la sua abilità non lasciavano alcuna speranza a chi aveva la sfortuna d'incrociare la spada con lei... eppure anche per Ascher vi erano dei limiti.

Travolta dal crescente numero di marinai, fu ben presto messa alle strette; David Beltar combatteva al suo fianco, difendendola da più lati, tuttavia anche lui era in seria difficoltà e non si avvide dell'attacco sul fianco destro, scagliato contro il suo capitano; non poté far altro che osservare, atterrito.

Ascher si accorse solo all'ultimo momento del colpo di spada di un luogotenente e velocemente cercò di alzare le sue difese, ma il colpo ricevuto fu troppo forte: la spada le volò letteralmente via dalla mano.

In quell'istante una voce emerse dalla mischia, limpida e chiara:

- Arrendetevi, milady!

Ascher voltò il capo in direzione della voce, incrociando lo sguardo con quello dell'ammiraglio Marc. L'ira le invase la mente e il corpo. In un balzo felino gli fu vicina e tentò di afferrarlo, ma non fu sufficientemente lesta.

Marc alzò la sua arma, prese la mira e fece fuoco.

Il colpo subìto troncò l'impeto di Ascher. Esterrefatta si portò la mano al costato, mentre un fiotto di sangue imbrattò la camicia; il suo viso divenne cereo, i suoi occhi vitrei, poi le forze gli vennero meno, e cadde bocconi sul ponte.

Le ultime parole che udì furono quelle di David Beltar, accorso in suo aiuto:

- Uomini! A me!

Addio Jared

Quella di Jared Valar fu una decisione basata su consistenti motivazioni, piuttosto che dettata dall'istinto: la pirateria non faceva più per lui, con tutti gli intrighi e le morti che comportava e, soprattutto, condividere con Ascher quella vita ricca di rischi piuttosto che vantaggi.

Era davvero troppo. L'unico metodo per uscirne, anche se da vile, era abbandonare tutto e tutti, sparire senza lasciare traccia. Tuttavia Jared non se la sentiva di andare in fondo alla decisione presa, non prima di aver messo al cisuro colei che gli aveva rubato il cuore.

Si sentiva incredibilmente in colpa per le azioni compiute, ma ciò di cui era a conoscenza, per il bene di Ascher, non sarebbe mai dovuto venire alla luce.

Decise di agire e così fece: si recò a parlare in privato con Long Jhon, per convincerlo ad aiutarlo in quella sua ultima, grandiosa, impresa.

Giunto al Teschio Sdentato Jared venne accolto come un fratello.

La voce di Long Jhon era calda e amichevole:

- Mio caro amico, qual buon vento ti porta nella mia umile dimora?

Jared accennò ad un sorriso tirato:

- Hai un bel coraggio, Long, a chiamare umile questa casa!

Long Jhon si guardò attorno con noncuranza:

- Devo ammettere che, forse, hai ragione...

Jared Valar poggiò una mano sulla spalla dell'amico:

- Puoi togliere anche il forse.

- Allora bando alle ciance. Siediti pure, mentre ordino ai miei servi d'imbandire la tavola.

Il diniego di Jared fu immediato:

- A dire la verità, Long, sono di fretta.

Long Jhon si adombrò:

- Non sia mai, l'ospitalità è sacra, rinunciarvi da parte tua sarebbe una scortesia!

Jared Valar si strinse nelle spalle:

- Come vuoi. Se mi neghi la scelta, sono costretto ad accettare di buon grado. Non potrei mai offenderti.

- Buon per te, amico. Avresti scatenato la mia ira altrimenti...

Così dicendo, Long Jhon si diresse alla porta e chiamò la servitù al suo cospetto.

Jared Valar venne accompagnato da un servitore nella stanza degli ospiti, dove poté farsi un bagno caldo, cambiarsi d'abito e rilassarsi. Verso sera Long Jhon lo fece chiamare per la cena.

La tavola, imbandita a festa, era colma delle migliori leccornie di stagione, al centro era stato posizionato un grande vassoio in argento con il piatto preferito da Long Jhon: cinghiale alla brace, che gli venne servito accompagnato da un ottimo vino d'annata.

Durante la cena i due amici chiacchierarono delle scorrerie avvenute, vantandosi dei Mercantili depredati, delle donne sedotte, dei duelli vinti e delle ferite riportate: un mare di vanità, spesso esasperato nei racconti di uomini d'avventura e combattenti come loro.

Finita l'abbondante cena, s'accomodarono in soggiorno e si sedettero su due poltrone in pelle, di fronte ad un camino scoppiettante; ad entrambi fu servito dell'ottimo whisky e un paio di sigari, per rendere gradevole la digestione.

Long Jhon sorseggiò il suo whisky introducendo il discorso:
- Veniamo al dunque, mio caro Jared, cosa ti porta qui, veramente? Non si tratta solo di una visita di cortesia, immagino.

Jared Valar non perse tempo in inutili giri di parole e andò dritto al punto:
- Voglio abbandonare la pirateria.

Long Jhon, dopo un istante di perplessità, non poté trattenersi dalle risate:
- Tu non puoi fare a meno della pirateria.

Jared replicò determinato:
- Certo che posso.

Long Jhon non sembrava convinto delle parole pronunciate dal suo amico, ma volle dargli credito:
- Sembri sinceramente convinto...

Jared rincarò, serissimo:
- Lo sono!

Long Jhon continuava a nutrire forti dubbi:
- E come intendi comportarti con la Zele?

Jared fissò per lunghissimi secondi i lapilli danzare sulle fiamme nel camino, poi si riscosse dal proprio torpore:
- La Zele non è un problema.

Long Jhon cominciò a sospettare che Jared Valar fosse impazzito, nessuno poteva sfuggire agli occhi vigili della Zele, tutti coloro che erano a conoscenza della concgregazione lo sapevano benissimo.

Long Jhon fissò a sua volta il fuoco ardere nel camino:
- Ne sembri veramente convinto... buon per te!

Passarono alcuni minuti, così, assorti nell'osservare l'evoluzione della carta e belle braci avviluppate dalle fiamme, poi Jared decise di cambiare bruscamente argomento: non era giunto fin lì per parlare della Zele.

\- Ti ho fatto visita, Long Jhon, per chiederti un favore.

Long Jhon, anche se a malincuore, dovette prendere atto della decisione di Jared; il suo amico era veramente intenzionato a lasciare la pirateria e rischiare la vita per sfuggire alla Zele.

\- Sarò lieto di aiutarti, in ogni modo possibile.

Jared Valar fece una pausa, sospirando, poi cominciò ad esporre:

\- Non si tratta di me. Si tratta di Ascher.

Una leggera risata ruppe l'atmosfera gravosa causata dal colloquio, Long Jhon tentò di sdrammatizzare:

\- Cosa dovrei fare? La corte ad Ascher in tua assenza?

Jared Valar rimase impassibile al sarcasmo di Long Jhon:

\- Ti chiedo solo di tenerla impegnata.

\- Di grazia, come pensi si possa tenere a freno la Tigre?

Jared Valar in merito non aveva nessuna idea, ma improvvisò:

\- Potresti darle un incarico all'interno del Ministero, per esempio...

Long Jhon era sempre più insicuro sulle facoltà mentali dell'amico, ma gli dette corda:

\- Potrebbe essere un'idea, sapresti indicarmi anche quale compito?

Jared Valar azzardò:

\- Opterei per la cartografia.

Per Long Jhon non poteva esserci idea peggiore:

\- Sei impazzito, Jared? Sarebbe sommersa dalle scartoffie e legata ad una scrivania; una come lei non resisterebbe un minuto!

Jared Valar fissò negli occhi l'amico e la sua voce uscì come una supplica:

\- Ti chiedo solo di provare...

Long Jhon rimase per lungo tempo in silenzio, fissando il fuoco che, lentamente, si avviava all'estinzione. Dopo una lunga riflessione si voltò verso l'amico; il suo volto aveva perso ogni ombra di scherno o dubbio:

\- Ok Jared. Proverò.

Entrambi si alzarono dalle rispettive poltrone e si strinsero la mano, non era necessario parlare oltre: l'amicizia ha fra i suoi vantaggi il poter dirsi mille cose, senza proferir parola. Long Jhon strinse forte la mano di Jared Valar e lo tirò a sé, abbracciandolo:

\- Dunque, questo è un addio?

Jared Valare ricambiò la stretta, colpendo più volte la spalla dell'amico e concluse, con voce ferma:

\- Sì; è un addio.

Un Cammino Pericoloso

Daeva cercava invano di ricordarsi qualche buon insegnamento del suo maestro, che le permettesse di trovare un minimo indizio.

Erano mesi che vagava di porto in porto, nel tentativo di trovare un segno, una traccia da seguire.

Chiunque fosse l'artefice dell'assassinio del Faina era stato decisamente attento, anche ai piccoli dettagli.

Daeva aveva setacciato le più losche e malfamate taverne e i più sudici bassifondi, dove le informazioni erano più facili da comprare, ma l'esito delle ricerche era stato sempre il medesimo: nullo.

Era adirata con se stessa, perché non le veniva in mente nulla che le potesse esserele di aiuto. In preda alla sua ira uscì dall'ennesima locanda, mentre la gentaglia, che costituiva la clientela della bettola, le lanciò volgarmente insinuazioni sui suoi organi genitali e nefandezze da letto; lei non li degnò nemmeno di uno sguardo, aprendo la porta le sovvenne solo un pensiero: "Gli uomini sono proprio dei porci".

"Porci"... quella parola le aprì un cassetto nella memoria.

"Ricordati, Daeva: gli uomini hanno un debole del quale non riusciranno mai a liberarsi".

Era una strada che non aveva preso in considerazione, ma un uomo assoldato e pagato per uccidere il Faina, avrebbe potuto benissimo vantarsi del fatto con una donna nel suo letto.

Daeva sentì di essersi portata sulla pista giusta: avrebbe, prima di tutto, controllato se qualcuno avesse speso un'ingente somma di denaro in case da gioco o bische e se questo qualcuno avesse pagato una prostituta d'alto borgo; infine avrebbe controllato alcune taverne rinomate per i loro prezzi stracciati in fatto di donne lascive, forse scambiando qualche parola con alcune di esse avrebbe ricavato qualche utile informazione. Non avrebbe lasciato nulla d'intentato e avrebbe seguito quell'intuizione fino in fondo.

Erano, però, già trascorsi diversi mesi e la pista poteva essere già fredda, non aveva tempo da perdere: le servivano persone in grado di raccogliere una gran quantità di informazioni, senza destare sospetti e nel minor tempo possibile. Doveva riflettere senza farsi prendere dal panico, con calma e concentrazione, pianificando ogni tappa dell'indagine.

Decise di fermarsi per la notte. Un sonno ristoratore era essenziale per affrontare la questione e riorganizzarsi.

Trovò un'osteria nel centro del borgo, abbastanza rinomata e dal nome tipico del nord: Il Vikingo. Questa era una locanda ben curata e pulita,

Daeva cenò con uno stufato di coniglio e una birra fatta dall'oste in persona. Finita la cena pagò il pernottamento e si diresse in camera.

Un lusso inatteso la fece sorridere: non era abituata ad avere in camera il catino per il bagno e una stufa a legna con la quale scaldare l'acqua; erano settimane che non si faceva un bagno decente.

Quando tutto fu pronto si svestì e s'immerse nel catino sino al mento.

Inspirò forte e sprofondò completamente nella vasca: i capeli erano leggermente ricresciuti, ma ancora sufficientemente corti da lavarli agilmente.Daeva si godette appieno quel momento, lasciando vagare la mente...

L'acqua fredda intirizzì tutto il suo corpo.

Daeva si risvegliò: si era assopita senza accorgersene. Uscì dal catino, con una chiara consapevolezza: ricordò il nome di chi l'avrebbe aiutata in quella ricerca.

Una figura ammantata, col volto celato dal cappuccio, fece il suo ingresso al Vikingo. A quell'ora della sera non vi era nessun cliente nella sala: solo l'oste, intento a pulire il bancone.

Lo straniero gli si avvicinò e con voce ferma disse:

- Scusatemi, buon uomo...

L'oste s'avvide della visita e si voltò verso la figura:

- Siamo in chiusura e le camere sono occupate. Potete tornare domani.

Lo straniero fece un gesto di assenso col capo, poi disse:

- Capisco, ma io desidero solo un'informazione, - con queste parole depose due dobloni sul banco.

L'oste guardò i dobloni e vi depose la mano sopra:

- Ma certo, se posso esservi d'aiuto...

L'uomo domandò:

- Avete una stanza prenotata da una ragazza coi capelli corti?

L'oste l'osservò insospettito, poi l'avidità prese il sopravvento:

- Sì, stanza numero otto.

Nemmeno se ne rese conto: non fece in tempo a finire la frase che le spire della morte lo avevano già avvolto.

Il viandante ripulì il pugnale sulla manica dell'oste, strappò i due dobloni dalle dita della vittima ancora calde e salì le scale per raggiungere la stanza numero otto.

Il nemico alla Porta

Un rumore fuori dalla porta attirò l'attenzione di Daeva. Da giorni si era accorta di essere seguita: chiunque avesse ucciso il Faina la stava sorvegliando o, comunque la stava facendo seguire. Ora si trovava sulla pista giusta, sarebbe dovuta morire anche lei.

Daeva avvertì istintivamente che quel momento si stava avvicinando e i rumori che sentì provenire dal piano sottostante la insospettirono.

Decise di prepararsi ad ogni evenienza, ma la stanza in cui si trovava non garantiva certo grossi ripari o facili scappatoie.

Daeva sorrise fra sé e sé, in fondo il suo timore poteva essere solo suggestione: il rumore da lei avvertito, forse, era quello provocato da un avventore che si dirigeva tranquillamente al bagno comune.

Non fece in tempo a terminare il suo pensiero che la porta cedette sotto il colpo deciso dell'uomo incappucciato. Lo sconosciuto fu lesto ad individuare la sua preda e, sfondata la porta con un poderoso calcio, scagliò il pugnale da lancio verso la gola della giovane donna.

La mente di Daeva azzittì ogni pensiero, l'istinto prese il sopravvento, guidato dal duro allenamento impartitole pcr anni dal suo maestro d'armi.

Flettendo le gambe, Daeva schivò il pugnale che ultimò il suo volo conficcandosi nel legno della parete.

L'uomo avanzò rapidamente nell'ingresso, ove era appesa la spada della piratessa.

Daeva, valutata rapidamente la situazione, con un balzo si scagliò contro la finestra, in cerca di una via di fuga. Il rumore dei vetri in frantumi la stordì, le schegge le si conficcarono nelle nelle mani protese a proteggere il viso, l'impatto con le tegole della tettoia le mozzò il fiato.

Rotolò per alcuni metri cadendo in basso, il volo verso terra fu attutito da un carro colmo di pelli: probabilmente era il suo giorno fortunato, il pessimo tempo atmosferico aveva fatto rinviare il mercato del giorno, così il mercante di pelli aveva deciso di coprire il suo carro e di passare una confortevole notte in locanda.

Daeva fece appena in tempo a guardare da dove era caduta, che il killer era già sulla tettoia nel tentativo d'inseguirla. Riscossa dallo sventato pericolo e con l'adrenalina in circolo, scese con un balzo dal carro, appena in tempo per schivare il secondo pugnale, che si conficco nel terreno ad un palmo dal suo piede, il tipo non scherzava. Il cuore le martellava nel petto mentre percorreva le vie del borgo in cerca di un rifugio. Doveva pensare e in fretta, purtroppo lo sforzo le annebbiò la vista e soprattutto la mente, il suo raziocinio venne messo a dura prova: capì di avere paura.

Una cosa sola era certa nel suo cuore: non poteva affrontarlo. Non ancora. Non disarmata e non ignorando la sua identità.

Si guardò attorno, disperata.

A quell'ora il villaggio intero era immerso nel sonno: nessun lume brillava in nessuna casa e tutti i negozi erano chiusi, solo il latrato di un cane, in lontananza, la avvertì che il suo inseguitore si stava muovendo verso di lei.

Fu nuovamente l'istinto a farla agire: saltò afferrando una gronda; lo sforzo fisico fu immane, tutti i suoi muscoli vennero messi in tensione, le dita fecero presa sul cornicione. Con uno sforzo superò il parapetto e s'acquattò, sperando di non farsi scorgere.

Il cuore le martellò in gola pulsandogli le tempie, il respiro divenne affannoso per lo sforzo compiuto.

Daeva tentò di calmarsi, sarebbe stata fatica sprecata se, proprio il rumore del suo respiro, avesse tradito la sua posizione.

Il latrato del cane si fece udire di nuovo, in lontananza. Dopo pochi minuti il suo assalitore fece capolino dall'angolo della strada. Daeva si sporse leggermente per vedere il suo volto.

Il killer si avvicinò ad un lampione, si fermò per capire quale deviazione avesse preso la sua preda, esponendosi alla sua luce.

Un lievissimo sussurro uscì dalle labbra di Daeva:

- No... impossibile. Non può essere lui!

Un Tempo Amici

Decimo anno di prigionia

Il King s'avvicinò al tavolo: aveva bisogno di un sigaro e di un bicchiere di whisky; accanto al suo astuccio portasigari vi era anche quello di Raven Moonroi, requisito da pochi giorni dalla sua cella. Si sentiva un infame, un aguzzino, ripensò a come gli eventi li avessero inevitabilmente messi l'uno contro l'altro. Mentre attendeva quell'incontro, il King non poté far a meno di ripercorrere a ritroso la sua vita, sino a soffermarsi agli spiacevoli avvenimenti che mutarono per sempre la loro grande amicizia: quegli eventi accaduti più di vent'anni anni prima.

Il King e Raven Moonroi cominciarono ad essere amici fin da giovanissimi, da quando entrambi vennero istruiti nell'arte della pirateria, navigando sempre assieme.

Dal principio prestarono servizio come mozzi: pulire i ponti, servire il rancio, svuotare latrine erano le loro mansioni più gratificanti; col passare del tempo la loro abilità con la spada li fece emergere dalla massa, sino a permettere loro la scalata gerarchica.

In pochi anni il loro nome e la loro fama crebbe a dismisura, sino ad essere riconosciuti come i più grandi pirati dei sette mari.

Negli anni a seguire risparmiarono svariati dobloni, permettendosi la costituzione di una flotta di tutto rispetto, con la quale iniziarono a depredare i grossi Mercantili.

Si sentivano invincibili, avevano nelle loro mani tutto il mondo conosciuto: erano giovani, spavaldi, temerari, ricchi, avevano donne, possedimenti, uomini al loro soldo, godevano di stima e timore incondizionati, carpivano informazioni sulle tratte commerciali, sui tesori sepolti, qualcuno li considerava dei demoni e loro ne godevano.

Tutta quella popolarità e tutti i loro successi li dovettero a scelte ben ponderate: raramente si lasciarono trasportare dall'euforia, ma il loro grande merito era quello di far parte di una piccola e segreta setta chiamata Zele.

Erano entrambi piccoli quando vennero iniziati ai segreti della Zele e da allora la loro vita fu una continua ascesa. I loro destini, però, avrebbero nel corso del tempo preso direzioni diverse, nonché nefaste: avrebbero rimpianto le loro scelte.

Affondare e depredare Mercantili era sempre stato un motivo di gioia, da condividere assieme: era un momento di totale euforia, senza tralasciare la soddisfazione finanziaria; ma l'affondamento della Liberty, cambiò radicalmente il loro concetto di pirati o, per lo meno, così fu per Raven Moonroi. Riuscirono ad affondare l'intera flotta mercantile degli Hamilthon, uno tra i più ricchi mercanti dei sette mari: oltre alle ricchezze contenute e recuperate dalle stive, sotto forma di stoffe pregiate, recuperarono diversi forzieri ricolmi d'oro e svariate mappe nautiche, con elencate accurate rotte commerciali, ma la sorpresa più eclatante fu scoprire che, tra i prigionieri, vi era la figlia di Edward Hamilthon: la signorina Elisabeth Hamilthon.

Con un forte cigolio di cardini la porta si aprì.

Il King venne riportato prepotentemente al presente: innanzi a lui si stagliava la figura del suo vecchio amico, Raven Moonroi, scortato da due guardie carcerarie.

Ingenuità

L'estate era alle porte e il caldo cominciava a farsi sentire sugli abitanti di Ascherath.

Erano trascorsi diversi mesi dall'assassinio del Faina ed Ascher non aveva trovato nessun indizio a cui aggrapparsi per scoprire l'artefice di tale crimine. In verità negli ultimi mesi non aveva avuto molto tempo per dedicarsi alla ricerca, così aveva delegato Daeva. L'idea di affidare tale compito alla sorella non le piaceva affatto, ma Daeva aveva insistito perché fosse lei e nessun altro a mettere le mani sul colpevole. Mentre Ascher era bloccata ad una scrivania, proprio lei che si definiva una combattente. Da diversi mesi era costretta a compilare, ricopiare, leggere e spedire, in continuazione, missive, rapporti, petizioni, richieste, non ne poteva più. Erano mesi che non salpava, erano mesi di privazioni, di doveri, i doveri nei confronti del Ministero Oscuro impegnavano tutto il suo tempo e ancora non si capacitava del motivo per cui Long Jhon avesse così tanto bisogno di lei e del suo aiuto. Ascher non avrebbe mai immaginato che, facendo parte di tale confraternita, sarebbe stata un giorno costretta ad accollarsi tutti questi obblighi e doveri. Certo li assolveva con parsimonia e sfoggiando tutta la sua volontà, però tutto ciò la teneva troppo impegnata, lontana dal perpetrare la sua vendetta e lontana dal suo amato mare.

Anche l'amico Jared Valar era partito, lasciandola sola; avevano avuto modo di parlare: Jared era intenzionato ad abbandonare la pirateria.

"Incredibile", era l'unica cosa che pensò Ascher, alla notizia. Per lei abbandonare la pirateria era un concetto incomprensibile: a nulla sarebbe servita la sua vita senza il mare, senza pirateria, senza vendetta.

Inoltre Jared le dette solo futili motivi per la sua decisione, eppure Ascher notò nel suo sguardo una strana fermezza, una risolutezza che sino a quel giorno non aveva mai scorto in lui.

Così, a primavera inoltrata, anche Jared Valar salpò per una meta nota solo a lui.

Intanto gli incarichi per Ascher aumentarono: Long Jhon le consegnò la carica di cartografa, un impegno già di per sé gravoso, per non dire noioso, aggravato da un altro compito, ancor più assurdo.

- Responsabile al commercio?

Ascher rimase esterrefatta. Long Jhon sorrise:

- Ti trovo stupita, Ascher. Secondo il mio giudizio sarai all'altezza del compito.

Ascher faticò a focalizzare i propri pensieri, completamente basita dagli ordini di Long Jhon:

- Ma io di commercio non so un bel niente. Accidenti, Long! Io sono un pirata!

Long Jhon cercò di districarsi:

- Questo lo so benissimo...

Ascher lo interruppe, continuando la sua protesta:

- Allora spiegami, cosa sarebbe questa buffonata?

Long Jhon si stizzì immediatamente a tale commento, decisamente poco consono alla sua persona:

- Moderate il vostro linguaggio, Ascher! Ricordatevi il mio ruolo nel Ministero: così ho deciso e così sarà!

Ascher si dovette arrendere alla volontà di Long Jhon, legata dal patto che lei stessa aveva firmato col sangue.

Non fu facile svolgere quegli incarichi, tuttavia vi si applicò con vigore.

Nonostante la mole di lavoro l'addio di Jared Valar le provocò una strana inquietudine: temeva che la carica di Ambasciatore, ricoperta dall'amico, non cadesse, per qualche strano motivo, sulle sue spalle: in Ascher cominciò a germogliare il seme del dubbio.

Redenzione

Appena entrò nella stanza, Raven Moonroi fu accolto dalla calda e calma voce del King:

- Siediti pure, Raven.

Un ampio gesto della mano indicò una sedia davanti alla scrivania.

Raven Moonroi non proferì parola e s'accomodò, il King lo canzonò subito:

- Noto con rammarico come anche oggi tu sia di poche parole.

Raven Moonroi si agitò sulla sedia, guardando in cagnesco il suo interlocutore.

Artur, detto il King, il suo miglior amico, lo aveva impunemente tradito vendendo lui e tutta la sua famiglia. Raven Moonroi non avrebbe mai potuto perdonarlo.

La voce del King risuonò nelle orecchie di Raven, distogliendolo dai suoi pensieri:

- Non fa nulla: se vuoi nasconderti nel tuo silenzio, perfino con me, fa pure.

Raven Moonroi odiava quando Artur lo stuzzicava, infine, esasperato da quel gioco, cedette:

- Vieni al dunque, Artur.

Raven non poté trattenere un'inflessione di rancore nel tono della sua voce, l'ira era troppa per essere tenuta completamente a freno.

Il King lo guardò con un'espressione di rammarico:

- Una volta eravamo amici, Raven.

Raven Moonroi s'adirò e non lo nascose:

- Hai detto bene, una volta! Ma da quando ti sei schierato con Ludvik, sei diventato peggio di lui!

Un sorriso increspò il viso del King:

- Questo non è vero! E tu lo sai benissimo!

- Sei così sicuro che non sia vero?

Raven si controllò a stento: erano anni che desiderava trovarsi faccia a faccia con Artur, odio e vendetta covavano ancora caldi nel suo petto.

La risposta del King fu glaciale nella sua placidità:

- Certo che lo sono, razza di ingrato!

I due uomini si osservarono per un lungo istante, stabilendo chi dei due avrebbe avuto la meglio in quel gioco di sguardi.

Raven Moonroi fu il primo a interrompere quel silenzio:

- Se tu fossi davvero mio amico, io adesso non mi troverei qui!

Il King guardò Raven Moonroi con furore:

- Sei diventato insolente, Raven. Non rammenti più che è solo grazie a me se le tue figlie sono ancora vive?

Raven non era tipo da farsi prendere in giro:

- Se non fosse per te, adesso io avrei ancora una famiglia!

Il King non sembrò accusare il colpo:

- Raven se tu avessi detto a Ludvik quello che voleva sapere, forse avresti già da tempo ripreso la tua vita.

La mascella di Raven Moonroi si spalancò, in un segno teatrale di incredulità:

- Scherzi, forse? Se io avessi parlato sarei già morto!

Il King doveva convincerlo, quella sfida tra Ludvik Von Baron e Raven Moonroi doveva terminare, quanto meno doveva provarci:

- Questo non puoi dirlo con certezza, in fondo è grazie a lui se sei ancora vivo: dovresti essergli riconoscente!

Raven non capiva dove il suo vecchio amico volesse andare a parare e cominciò a ribattere:

- Per avermi rinchiudendomi in questa prigione? Per essere l'artefice di ciò che mi è successo? Per tenermi lontano dalle mie figlie? Dovrei ringraziarlo per la morte di mia moglie e mio figlio? Dimmi Artur, per quale di queste cose devo rendere grazie a Ludvik?

La voce del King si addolcì lievemente:

- Raven, tu volevi fare una cosa che, al tempo, era impossibile. Tutto ciò che avvenne, fu solo a causa tua e della tua scelleratezza!

Raven Moonroi raggiunse il limite dell'autocontrollo, l'ira lo pervase; ira e odio, solo questo albergava nel suo cuore:

- Per tutti gli dei, Artur! Se potessi ucciderei con le mie stesse mani tutti i componenti della Zele, a cominciare da te!

A queste parole il King abbassò lo sguardo:

- Questo mi rammarica, pensavo di esserti stato vicino e di averti aiutato al meglio.

Raven Moonroi esplose, con tutta la sua furia:

- Ti do un consiglio, Artur! Se questo è il tuo aiuto, posso farne a meno!

Il King cercò disperatamente un appiglio per superare le difese del suo vecchio amico:

- Devi però ammettere che, grazie a me, Daeva non è caduta nelle mani di Ludvik.

Raven Moonroi era ormai assente, quella discussione per lui non aveva più alcun senso.

Il King lo incalzò nuovamente:

- Raven, io ti sono davvero amico e ti consiglio, prima che sia troppo tardi, di assecondare Ludvik. So per certo che, pur di farti parlare, attenterà alla vita di Nial!

Le ultime parole di Raven Moonroi, mentre già varcava la soglia, sancirono la fine di ogni speranza:

- Vedi, Artur... se tu fossi davvero mio amico, non mi chiederesti questo.

Raven Moonroi fu scortato nuovamente in cella dalle guardie carcerarie.

Il King rimase a riflettere: probabilmente Raven Moonroi aveva ragione, non era stato in grado di difendere il suo migliore amico, la paura di una rivendicazione da parte di Ludvik gli attanagliava lo stomaco. Artur sapeva benissimo quanto poteva essere spietata l'ira del Gran Maestro della Zele.

Un giorno di fine estate, Ascher s'alzò di scatto dalla sedia della sua scrivania.

Con un gesto d'ira repressa rovesciò a terra tutte le scartoffie che la circondavano: giunse, infine, all'evidente verità; la stavano tenendo impegnata.

S'avviò in veranda, prese dal cofanetto un sigaro di Lenvers e lo accese; con lo sguardo contemplò il mare. Le volute di fumo la circondarono, emanando un gradevole profumo al sandalo, il pensiero non poté che correre al padre.

La sua mente fu, finalmente, libera di razionalizzare.

Tutte quelle mansioni non erano state altro che un tentativo per tenerla ancorata su quell'isola.

Era tutto un piano di Long Jhon? Qualcuno tramava alle sue spalle? Oppure c'era chi tentava di far raffreddare una pista troppo calda?

Doveva riscuotersi, doveva sapere, doveva salpare.

Gettò il sigaro dalla scogliera, maledicendo la sua ingenuità.

Senza Pace

Qualche mese dopo la sua decisione di ritirarsi dalla pirateria, Jared Valar ricevette una lettera dall'amico Long Jhon.

Oltre a sincerarsi della sua salute, in essa vi erano riportate le novelle riguardanti il Ministero Oscuro e, soprattutto, la situazione attuale di colei che a Jared Valar stava tanto a cuore.

Jared sentiva ancora grave il senso di colpa per le sue azioni e quella missiva, stretta fra le sue mani, in qualche modo riaccese una fiamma nel suo petto, una fiamma che Jared, con fatica, aveva tentato di spegnere.

Le novelle che maggiormente catturarono l'attenzione di Jared Valar furono quelle riguardanti il progetto di Ascher di affidare le indagini per l'assassinio del Faina a Daeva.

Long Jhon aveva mantenuto la sua parola, tenendo occupata Ascher con incarichi sempre più gravosi, ma Daeva continuava imperterrita la sua personale ricerca.

Per Long Jhon era una notizia come tante altre, una semplice formalità, invece per Jared Valar quelle informazioni furono motivo di preoccupazione.

Jared depose la missiva sul tavolo e si versò un bicchiere di vino, voltandosi a guardare la cassapanca contro al muro. La sua mente divagò, ripensando a quelle sorelle e alla loro determinazione a perseguire i loro scopi.

D'un fiato bevve tutto il contenuto del bicchiere, si alzò e si diresse ad aprire la cassapanca. All'interno vi erano deposti i suoi indumenti da battaglia: il giustacuore, gli stivali, il cappello a tesa larga e la sua spada. Erano mesi che li aveva rinchiusi lì, che non brandiva la sua arma.

I suoi pensieri corsero a ritroso nel tempo, riportando alla memoria le belle giornate passate in compagnia di Ascher, ad allenarsi sulla spiaggia: le sue movenze, la sua foga, il suo viso.

Senza nemmeno accorgersene aveva sguainata la lama; tenendola saldamente in pugno, i gesti tipici dell'allenamento vennero da sé: mosse ripetute all'infinito, per migliorare tecnica ed equilibrio.

Jared s'arrestò di colpo; inguainò la spada, soffrendo per quell'atto: l'anima pirata che vi era in lui era ancora troppo forte, il suo nemico divenne proprio quella mancanza.

Sentì di dover fare qualcosa: Daeva non avrebbe impiegato molto a scoprire ciò che la Zele nascondeva.

Infine si decise. L'avrebbe fermata.

Jared Valar serrò i pugni, contrasse la mascella, rivolse lo sguardo fuori dalla finestra a contemplare il suo operato: forse il suo futuro non sarebbe stato diventare un buon fattore, ma ciò che non voleva era un destino che lo portasse, nuovamente, a macchiarsi le mani di sangue innocente. La redenzione era lontana dall'essere raggiunta, sebbene perseguita e agognata.

Decise di muoversi, senza alcun dubbio su ciò che dovesse essere fatto.

Nulla come Prima

Quindici anni prima degli eventi che noi conosciamo

Raven Moonroi arrivò al galoppo, scese dal cavallo con un agile balzo, precipitandosi in casa.

Ad attenderlo vi era Elisabeth, sua moglie, col volto teso per l'ansia accumulata.

Raven Moonroi era ritornato dall'incontro con Idalgo, l'uomo che alcuni giorni prima era venuto a cercarlo. Aveva ancora le mani ricoperte di sangue: sangue versato per proteggere le persone a lui care, sangue che avrebbe voluto non dover versare mai più.

La sua voce era ridotta a un sussurro, dai toni perentori:

- Elisabeth! Dobbiamo andarcene al più presto. Prepara le bambine!

Elisabeth non riusciva a muoversi, non credeva alle proprie orecchie. Il suo sguardo cadde sulle mani del marito, che le stringevano le spalle e s'avvide del liquido color cremisi che le ricoprivano.

In un sussurro incredulo chiese:

- Cosa hai fatto, Raven?

La risposta di Raven Moonroi fu immediata e rabbiosa, mentre le sue mani scuotevano il corpo della moglie:

- Ciò che andava fatto. Adesso prepara le tue cose e non fiatare, donna!

Raven Moonroi era febbricitante, mise a soqquadro l'intera casa, tentando di racimolare l'occorrente per il lungo viaggio che s'apprestava ad intraprendere.

Elisabeth non era una donna fragile: in breve superò il trauma iniziale e, prontamente, si riscosse dal suo torpore.

La voce della donna, mentre s'apprestava ad eseguire gli ordini del marito, uscì pacata e sicura:

- Abbiamo una meta sicura?

La risposta fu fredda e celere:

- Andremo da un amico.

- Hai pensato anche alle bambine e al piccolo Timmy?

Raven Moonroi si fermò, guardò in viso la moglie, poi la strinse forte tra le sue braccia come per rassicurarla; probabilmente fu più un vano tentativo di rassicurare se stesso:

- Non ti devi preoccupare. Verranno con noi. Baderò io a tutti voi... non devi temere.

Elisabeth comprese benissimo che, da quel momento, tutto sarebbe cambiato: sarebbero diventati dei fuggiaschi; braccati ovunque andassero.

La voce, ora apparentemente calma di Raven Moonroi, la riscosse dai suoi pensieri:

- Forza, Elisabeth. Andiamo! C'è un Veliero che ci attende al pontile; farà vela verso Arper. Non possiamo perdere tempo, vai a prendere le bambine... al piccolo Timmy penserò io!

Elisabeth sapeva da sempre che la sua scelta l'avrebbe portata ad una vita di fughe e clandestinità; lo capì nel momento in cui derise platealmente suo padre, quando egli l'ammonì per essersi innamorata di un pirata; fu un furente litigio, dal quale il mercante uscì sconfitto e la sua ammissione suonò alle orecchie di Elisabeth come una maledizione, più che il benestare di un padre:

- La strada che ti accingi a seguire, figlia mia, ti porterà solo sventura... e morte!

Elisabeth era conscia che le colpe di Raven Moonroi l'avrebbero perseguitato e, di conseguenza, sarebbero ricadute anche su lei; ma lei lo amava, l'amava più di se stessa.

Elisabeth uscì di corsa dalla casa. Il sole era alto e la giornata calda: le bambine, sicuramente, erano nei campi, a giocare, come loro abitudine. Le avrebbe trovate lì.

Un richiamo, quel giorno, giunse alle orecchie di Nial e Daeva; un richiamo ad un futuro che avrebbe radicalmente cambiato la loro vita.

Nella calura estiva, la voce di Elisabeth risuonò acuta, ma potente:

- Nial? Daeva? Bambine, dove siete? Venite subito qui!

La Tigre

- Navi a dritta! Navi a dritta!

Ascher saettò fuori dalla sua cabina come una furia, quando sentì pronunciare tali parole dalla vedetta. La porta del castello di poppa sbatté con fragore dietro di lei.

Il capitano si calò il cappello a tesa larga sul capo, dirigendosi a grandi passi verso il primo ufficiale. Appena Ascher fu giunta a prua della sua ammiraglia, cominciò ad impartire gli ordini, a voce alta, in modo che tutti potessero udirla:

- Muovetevi, laschi svogliati, issate la nostra bandiera! Tutti gli uomini ai posti di combattimento, dobbiamo intercettarli! Voglio il sopravvento rispetto all'ammiraglia nemica!

Ascher osservò qualche secondo l'efficienza dei suoi uomini, poi fece un segno a Benjamin, il suo primo ufficiale, che urlò:

- Timoniere! Dai un terzo di grado e poggia sinché il trinchetto non scocca!

La nave era in fermento e gli uomini ubbidivano prontamente agli ordini del loro capitano. Erano ben allenati e, soprattutto, famelici.

Ascher strappò letteralmente il monocolo dalle mani di Benjamin:

- Dammi qua!

Puntò lo strumento in direzione della flotta avvistata e il suo solito sorriso si dischiuse sul volto, mentre chiuse il cannocchiale, restituendolo al primo ufficiale:

- Molto bene, grand'uomo. Cinque fregate della Marina Militare... una bella preda, bravo il nostro Benjamin!

La voce del primo ufficiale si caricò dell'entusiasmo tipico della sua giovane età:

- Grazie infinite, capitano!

Benjamin era teso e nervoso: era il suo primo incarico al fianco di Ascher, non voleva deluderla assolutamente: per lui, quella donna, non era solo un capo e un'abile piratessa, ma soprattutto un esempio; l'avrebbe seguita in capo al mondo, per lei avrebbe rischiato qualunque cosa, persino la sua stessa vita. Quel complimento valse, per il giovane Benjamin, più di mille dobloni.

Ascher si scostò dal ragazzo, dirigendosi al castello di poppa, impartendo altri ordini:

- Timoniere, mantieni la rotta attuale.

- Signor sì!

- Prodiere, avverti le nostre navi che ingaggeremo il nemico col granchio.

- Signor sì!

Ascher amava l'ubbidienza e la solerzia dei suoi uomini.

Dopo pochi minuti lo scontro ebbe inizio: l'ammiraglia di Ascher puntò dritta contro l'ammiraglia della Marina, mentre David Beltar, al comando del suo galeone, effettuò con precisione le manovre atte ad evitare l'eventuale fuga di navi nemiche.

Le urla di Ascher, come ruggiti di una tigre famelica, sovrastarono il rombo dei cannoni:

- Avanti, uomini, è giunto il momento di vendere la nostra anima!

Una ventina di arpioni raggiunsero il parapetto della fregata.

I colpi dei cannoni, sparati a distanza molto ravvicinata, resero inerte la grossa nave. I pirati s'apprestarono ad arrembarla.

Lo sguardo di Ascher si velò di un alone gelido, più della morte stessa; la sua spada volteggiò nell'aria, compiendo evoluzioni di chirurgica precisione: tranciarono arti, squarciarono ventri, ferirono a morte; alcuni gendarmi, per sfuggire all'ira della lama assassina, si gettarono in mare, sortendo una fine, ingloriosa, tra i flutti.

Il furore dello scontro divenne un fragore assordante e l'odore del sangue iniziò a salire pungente. Sparsi su tutto il ponte della nave, i corpi dei caduti. Il mare si tinse di un ferale color cremisi, attirando nugoli di squali.

Lo scontro terminò quando Ascher catturò il capitano dell'ammiraglia nemica.

I suoi pirati saccheggiarono la stiva, mentre Ascher si dedicò personalmente all'interrogatorio del prigioniero.

L'adrenalina, accumulata in seguito allo scontro appena concluso, non era ancora scemata e Ascher si sentiva da essa inebriata e invincibile, così fu di poche parole:

- Dimmi il tuo nome e il tuo grado!

Ascher ricevette immediatamente risposta alla sua domanda:

- Capitano di vascello sir Van Der Wolf.

Ascer lo incalzò subito:

- Sei a conoscenza di un'isola chiamata Arper?

Il capitano Van Der Wolf era intontito per le ferite subite durante lo scontro; aveva combattuto con coraggio e anche lui, a sue spese, dovette ammettere tra sé e sé che, contro i demoni incarnati, non vi sarebbe mai potuta essere vittoria alcuna.

Van Der Wolf sentì che la sua vita era giunta al termine, quindi non ebbe né le forze, né l'interesse a mentire:

- No... non ho mai sentito questo nome.

Lo sguardo di Ascher s'indurì, la presa sull'elsa della spada si serrò, la sua risposta fu un ringhio:

- Allora non servi a nulla!

La morte giunse istantanea e, l'ultima cosa che il capitano Van Der Wolf vide, fu il pennone dell'albero maestro dell'ammiraglia pirata. Sulla sommità sventolava l'effige, rossa, della Tigre.

Un Bivio

Dok era seduto su uno sgabello al banco del Puledro Impennato. Davanti a sé aveva una pila di bicchierini di rum, ordinatamente disposti a piramide; erano anni che non si ubriacava.

La sua mente setacciò i propri ricordi, soffermandosi sulla sua lontana giovinezza, fino a rimembrarsi del giorno in cui gli vennero a mancare i suoi cari.

Lo Sfregiato arrivò posando innanzi a Dok l'intera bottiglia e gli disse:
- Visto che ci sei, amico, ti consiglio di finirla.

Dok, avvolto nei fumi dell'alcool, non recepì pienamente il consiglio del taverniere.

In realtà il suo malessere era dovuto al ripensamento sulla sua vita e sulla pirateria: troppo sangue versato inutilmente, per un uomo di medicina come lui.

Inizialmente fu attratto dal fascino di Ascher, ma adesso notava in lei un odio e un'assenza di pietà al limite dell'umano. Per perseguire la strada della pirateria è necessario possedere un'indole criminale, essere pronti a tutto, impavidi... ma, da qualche parte, anche se celata in profondità nel proprio animo, tutti possiedono una morale: per affrontare un nemico, per risparmiare una vita, per capire cosa è giusto. Ascher, invece, era completamente priva di scrupoli.

Lo Sfregiato guardò il suo amico che, per quanto si sforzasse, sembrava non riuscire a trovare conforto e sollievo nell'alcool. Non era il primo che vedeva in quello stato e, sicuramente, non sarebbe stato nemmeno l'ultimo: chi per amore, chi per delusione, chi per nostalgia o solitudine, per rabbia o per mille altri motivi. Scappare da se stessi è decisamente impossibile.

Il taverniere s'avvicinò, per tentare di alleviare le sofferenze dell'amico:
- Senti, Dok... so che non sono affari miei, comunque, a volte, chiedere aiuto non è un atto di debolezza.

Dok sentiva un terribile groppo alla gola. Osservò il taverniere tra la coltre fumosa dell'alcool che gli annebbiava la mente, non riuscì a proferire nemmeno una parola.

Rivide apparire, in una sfilata funebre, i volti dei suoi amici: tutti coloro che, combattendo al fianco di Nial, avevano pagato con la vita.

Impressi nella sua mente vi erano anche i corpi dei capitani di Marina, Jaques De Guy e Jhon Lackland, che non potendo competere con la flotta di Nial, inevitabilmente, dovettero arrendersi. Non sopportava il ricordo del loro interrogatorio: torchiati, ammanettati per giorni in compagnia dei topi ed infine inchiodati all'albero maestro, lasciati a morire di stenti.

Non si trattava di semplice vendetta contro coloro che avevano sterminato la famiglia di Nial, quello era odio per tutto ciò che la Marina Militare potesse rappresentare.

Un tempo non molto lontano, Dok appoggiò l'idea di trovare e vendicare la morte dei familiari di Nial: conosceva bene quel sentimento, avendolo provato lui stesso, pur non perseguendolo personalmente.

Dok si chiese quanti innocenti sarebbero dovuti morire per acquietare la sete di sangue del suo capitano.

Quella pazzia sarebbe dovuta finire, in un modo o nell'altro. Nella sua mente annebbiata comparve una spaventosa realtà.

Sconvolto dalla sua stessa idea, Dok s'alzò di scatto, setacciò nella sua bisaccia in cerca di dobloni, ne estrasse alcuni, li depose sul banco e, con voce appena udibile, rispose:

- Non oggi, amico. Non oggi.

Lo Sfregiato lo seguì con lo sguardo, mentre usciva dalla taverna, con la schiena curva e le gambe tremolanti.

"A volte un uomo non si accorge sino a che punto la disperazione lo conduca".

Piani Svelati

Ludvik Von Baron stava comodamente seduto su una delle sue poltrone in pelle. Di fronte a lui il camino scoppiettava, mentre le fiamme lambivano i ceppi appena aggiunti.

Von Baron si stava godendo quel momento di tranquillità: non accadeva spesso. Il volto dell'uomo era disteso e rilassato, nonostante gli anni avessero già cominciato a lasciarvi segni indelebili, pur mantenendolo un uomo affascinante.

In una mano reggeva un bicchiere, colmo a metà, di uno dei suoi liquori preferiti: il Dobar, un alcolico molto forte, tratto dalla distillazione di tuberi.

Seduto al fianco di Ludvik Von Baron, vi era uno dei suoi consiglieri: Rudolf Pesmerga.

Anche Rudolf appariva soddisfatto e rilassato; come poteva non esserlo d'altronde, godeva degli agi e dell'ospitalità di uno tra i più potenti e ricchi pirati.

Ludvik Von Baron ruppe il silenzio che li attorniava e con voce tranquilla affermò:

- Abbiamo, infine, scoperto il punto debole di Ascher.

Rudolf Pesmerga poggiò sul tavolino a lui accanto il suo bicchiere di Dobar:

- Sembrerebbe proprio così.

- Questo, in futuro, potrebbe tornarci utile ai fini della nostra causa.

Rudolf Pesmerga guardò Ludvik Von Baron di sottecchi:

- Mi sembra un'affermazione azzardata.

Nel volto di Ludvik Von Baron s'accese un sorriso sinistro:

- Mi spiace contraddirti, amico mio. Hai sempre avuto una visione limitata. Ricordati la più sacrosanta delle verità: il fine giustifica sempre i mezzi.

Rudolf Pesmerga non era affatto soddisfatto della piega che stava prendendo quel discorso:

- Concordo con te sul fine, ma solo quando non sono coinvolti i membri della Zele.

Tranquillamente Ludvik Von Baron continuò:

- Mi sorprendi, Rudolf, pensavo che avessi capito ormai da tempo quale sarebbe stato il ruolo di Ascher.

Rudolf Pesmerga si mosse sulla poltrona come se fosse seduto su un roveto:

- Sì, lo so benissimo! Ma devi comprendere che si è rivelata una grande

promessa... se fosse per me, sono sincero, ci penserei bene prima di agire.
Ludvik Von Baron cominciò ad alzare la voce:
- Non capisci, dunque. Dobbiamo costringere Raven Moonroi a cedere alle nostre richieste e, per ottenere questo, abbiamo l'obbligo di dimostrargli che non scherziamo!
Rudolf Pesmerga doveva far ragionare Ludvik, la sua smania di vendicarsi di Raven Moonroi stava portando in serio pericolo l'intera Zele e lui non poteva permetterlo:
- Uccidere Ascher non mi sembra un'ottima soluzione. Non otterremmo di certo la collaborazione di Raven, anzi: peggiorerebbe la situazione. Ci odierebbe definitivamente.
Ludik Von Baron sbuffò:
- Come se non ci odiasse già!
- Ludvik, ascoltami...
Rudolf Pesmerga s'avvicinò al Gran Maestro, sporgendosi dalla poltrona:
- Fino ad ora abbiamo giocato bene, però se adesso ti ostini a perseguire la tua vendetta, il Consiglio voterà sicuramente contro di te.
Adirato da quelle parole, Ludvik Von Baron s'alzò di scatto, urlando:
- Me ne frego del Consiglio! Non sarebbero niente se non ci fossi io a guidarli. Sono solo un branco di pecore! E io sono il loro pastore!
Ludvik Von Baron stava sragionando e Rudolf cominciò a spazientirsi:
- Ti ricordo che anch'io faccio parte del Consiglio e non sono di certo una marionetta, né una pecora! Cerca di frenare la tua lingua...
I toni dei due uomini cominciarono a riecheggiare per tutta la dimora:
- Sei dunque venuto in casa mia per comandare?
Il volto di Ludvik Von Baron era una maschera cerea.
Rudolf Pesmerga, ripresa la calma, cercò di spiegare le proprie ragioni:
- Certo che no, Ludvik, ma il tuo tono e le tue idee si stanno di molto allontanando da quelli del Consiglio.
Ludvik Von Baron non celò il suo disappunto:
- Sarà meglio che parli solo per te stesso e non per tutti!
I pugni di Rudolf Pesmerga erano serrati dall'ira, non aveva mai provato una tale rabbia: in cuor suo aveva sempre saputo che le decisioni della Zele fossero manipolate costantemente da Ludivk, ma sino a quel momento non era riuscito a vedere così chiaramente gli intenti di quell'uomo, che un tempo credeva suo amico. L'odio, represso in tutti quegli anni, non poteva più essere racchiuso né controllato. Gli argini avevano ceduto e nulla avrebbe più frenato l'avanzata della piena.
Ludvik Von Baron fu categorico:
- La mia decisione è legge!

Rudolf Pesmerga rimase per qualche istante allibito da quella affermazione, poi ribatté, con rabbioso sarcasmo:

- Questo è da vedere, mio caro pastore!

I due uomini, l'uno di fronte all'altro, si fissarono negli occhi; divisi da soli pochi centimetri, i loro volti mostravano tutti i segni dell'ira:

- Il consiglio, - sentenziò il Gran Maestro. - Seguirà il mio volere!

Prontamente Rudolf Pesmerga prese la sua decisione:

- Sappi che, questa volta, non ti appoggerò.

- Ne farò a meno!

Ludvik Von Baron si rese conto della sua esagerata reazione; tentando di controllare la voce, ma senza perdere l'autorità richiesta dal suo titolo, disse:

- Se non ti dispiace, la mia ospitalità è giunta al termine.

Rudolf Pesmerga abbandonò la residenza con rammarico: conosceva Baron da più di trent'anni e non era mai accaduto un così forte contrasto, su una questione riguardante la Zele.

Sperava che Ludvik ricominciasse a ragionare, anche perché questa volta era spinto da interessi personali. Troppo personali. Troppo pericolosi.

Una volta fuori, Rudolf Pesmerga alzò il volto al cielo. In lontananza, nubi scure lampeggiavano, mentre una brezza proveniente da est annunciava l'imminente tempesta.

La Sula Spennata

Per poter rintracciare Daeva, Jared Valar necessitava d'informazioni e chi meglio del suo vecchio amico, il capitano Arlong, poteva fornirgliele? Come Jared Valar, anche James Kavin Arlong aveva abbandonato la pirateria, ma non per gli stessi motivi.

James Kavin Arlong abbandonò la pirateria a causa di un famigerato marinaio, col quale ingaggiò un duello, perdendo un braccio e una gamba. Menomato nel fisico e nello spirito, si ritirò, suo malgrado, dall'avventura e dalle scorribande della vita piratesca.

Uscito dalla convalescenza Arlong decise di far ritorno a casa, per vivere agiatamente del frutto delle sue fatiche, accumulato in anni di razzie, ma il destino, spesso non privo di senso dell'umorismo, lo mise nuovamente alla prova. Al ritorno nella sua casa, Arlong ebbe un'amara sorpresa, lo shock fu tale che quasi lo stroncò: la sua quarta moglie, Anne, stanca di un marito sempre assente, aveva depredato i forzieri ed era fuggita col suo amante, Van Hilden, un noto mercante della zona.

Del patrimonio di Arlong non vi era rimasto più nulla. L'ex pirata iniziò a riflettere sulla sua vita, su come l'avesse sprecata in anni di combattimenti e di saccheggi, per poi ritrovarsi con un pugno di mosche e, per giunta, beffato dalla sua donna.

Per mesi James Kavin Arlong vagò come un pezzente, senza un braccio e con una gamba di legno; fu costretto all'accatonaggio, chiedendo l'elemosina all'uscita dalle chiese. Per lungo tempo visse di stenti e della pietà altrui, sino al giorno in cui la fortuna tornò a sorridergli.

Un giorno, uno dei pochi nei quali la sua mente era libera dai fumi dell'alcool e dalla disperazione, andò a trovare suo padre; infermo e bloccato sul letto di morte, il padre di James rivelò al figlio l'esistenza d'un vecchio cofanetto custodito dai Loyds: una corporazione di mercanti, sui quali potevi investire beni e denaro, in cambio di agevolazioni sugli scambi commerciali ed usufruire di una garanzia di custodia.

Grazie a quel piccolo tesoro, Arlong entrò in possesso della vecchia locanda dei suoi genitori, iniziando la vita dalla quale, in gioventù, decise di scappare; un'esistenza semplice ed umile non era il suo più profondo desiderio, Arlong voleva divenire un pirata per potersi arricchire: rincorrere l'avventura, i dobloni, le donne, ottenere fama e vivere la vita fino in fondo. Questo sognava James Kavin Arlong, però il destino sa essere beffardo e fece in modo che, proprio quella locanda da lui tanto odiata, lo potesse salvare dall'abisso.

James vi si dedicò anima e corpo, rinnovando gli ambienti e ristrutturando l'esterno. Oltre all'atto di proprietà dell'immobile i Loyds custodivano anche un ammontare di dobloni sufficiente per iniziare i primi lavori: i risparmi di una vita, quella di suo padre.

Per riconoscenza verso il suo vecchio, James mantenne intatto l'antico nome del locale: la Sula Spennata, incidendolo sull'insegna in ferro battuto, nuova di zecca.

Jared Valar sorrise quando scese dal Mercantile e mise piede sul molo, pensò alla faccia che avrebbe fatto il suo vecchio amico JK quando, da lì a poco, si sarebbero nuovamente incontrati.

JK

Jared Valar giunse alla Sula Spennata, trepidante al pensiero d'incontrare il suo vecchio amico.

All'interno della locanda vi erano pochi avventori a quell'ora, alcuni di essi si volsero ad osservare il nuovo arrivato, mentre Jared Valar si diresse al bancone deserto, imprecando per farsi sentire dal locandiere:

- Allora? Chi dev'essere sventrato, prima che qualcuno si degni di servirmi? Sono maledettamente assetato!

Per enfatizzare maggiormente lo sdegno, Jared Valar batté ripetutamente il pugno sul bancone.

Una voce familiare gli rispose dalla stanza accanto, che ospitava le cucine. La Sula Spennata era rinomata per le sue prelibatezze culinarie, la specialità della casa era, ovviamente, la sula alla griglia.

- Eccomi. Eccomi, dannata scimmia urlatrice. Nemmeno un po' di riposo quest'oggi, per il vecchio JK!

Il suono inconfondibile del legno sul legno accompagnò l'imprecazione dell'oste.

Jared Valar era ansioso, chissà come, dopo tutti quegli anni, era cambiato il suo amico.

La vista di JK spezzò il suo sorriso; innanzi a Jared comparve un uomo completamente diverso da come ricordava: pur stando sulla trentina, JK ne dimostrava almeno il doppio; era ingrassato notevolmente e il suo ventre prominente era a dir poco vergognoso; la barba era lunga ed incolta, come del resto i capelli, crespi e trascurati; gli occhi, una volta fieri e feroci, apparivano lascivi e porcini.

Jared Valar non credette ai propri occhi, James Kavin Arlong non era più il temibile pirata che lui conosceva e stimava; cominciò a pensare di aver commesso un errore, un grandissimo errore.

L'esuberanza di James, nel riconoscere Jared fu travolgente:

- Per tutti i tentacoli del Kraken! Cosa vedono i miei occhi?!

Un lieve accenno di sorriso fece capolino sul volto di Jared Valar, leggermente rincuorato.

L'oste si precipitò fuori dal bancone, abbracciando l'amico con furore, Jared constatò a sue spese che la forza di JK non era certo diminuita, pur rimanendogli un solo braccio.

- Non posso crederci... Jared Valar! Cosa ti porta qui, dannato filibustiere?

Un fiume di domande travolse Jared, non lasciandogli il tempo nemmeno di fiatare:

- Si è aperta una voragine nel mare? Le Sirene dei Sargassi mietono vittime?

Jared Valar cercò di riprendersi dallo stupore iniziale, era giunto fin lì per chiedere aiuto e non poteva certo tornare indietro, non prima di verificare se la rete d'informazioni di JK fosse sempre attiva.

- Sono venuto perché necessito del tuo aiuto.

Dopo qualche istante di muto stupore, dalla gola di JK proruppe una risata forzata:

- Figurati se hai bisogno di un relitto come me!

Jared Valar obbiettò:

- Non sei un relitto!

- Neghi l'evidenza, forse, amico mio?

JK alzò il moncherino del braccio, accompagnandolo da un evidente segno di sdegno.

Jared Valar si spazientì subito:

- Non sono venuto qui per commiserarti e se credi che in me ci sia pietà nei tuoi confronti, ti sbagli di grosso!

Gli occhi di JK s'illuminarono, anche se solo per un istante:

- Mi è sempre piaciuta la tua onestà, speriamo che sia rimasta quella di un tempo.

- Ne dubiti?

I due compagni si guardarono per alcuni istanti, studiandosi, cercando conferme, finché entrambi parvero averle trovate.

- D'accordo... come posso esserti d'aiuto?

- La tua rete d'informazioni è ancora attiva?

Lo sguardo di JK si puntò sul soffitto, in un punto non ben precisato, portò l'unica mano rimastagli ad accarezzare i favoriti, il segno tipico delle sue riflessioni:

- Forse... non è più come un tempo, questo è certo, ma ci sono ancora alcune persone che mi devono qualche favore.

Dal tono di voce di JK, Jared Valar riconobbe il vecchio pirata, racchiuso dentro a quel corpo e ne fu sollevato.

Jared Valar appoggiò una mano sulla spalla di JK:

- Molto bene: se così è, abbiamo molto da fare.

- Toglimi una curiosità Jared, chi stiamo cercando?

JK guardò Jared dritto negli occhi e la risposta non si fece attendere:

- Una donna.

JK si lisciò la barba pensieroso, poi una fragorosa risata ruppe il silenzio:

- Una donna? Molto bene amico mio, se è per vederti maritato, credo che potrei fare qualunque cosa!

Lo scherno non lasciò impassibile Jared Valar:
- La questione è seria, amico. Non ci scherzerei troppo.
JK guardò attentamente Jared e un dubbio gli attraversò la mente, un dubbio che dovette assolutamente togliersi:
- Non la cercherai per ucciderla?
La domanda rimase sospesa tra loro come una voluta di fumo appena espirata, infine Jared Valar cambiò argomento:
- Dunque. Non offri nulla ad un vecchio amico?

Pietà

Ascher non amava ingaggiare battaglia contro altri pirati, ma la soffiata che le giunse alle orecchie era troppo ghiotta per lasciarsela sfuggire: il prezzo fu un pirata sulla coscienza, ma ben bilanciato dalla prospettiva di entrare in possesso di numerosi forzieri pieni di dobloni; nei resti della flotta affondata, Ascher trovò due mappe, per altrettante isole, con segnata l'ubicazione del nascondiglio nel quale il pirata aveva nascosto il suo tesoro.

Grazie a Nelson, il suo cartografo di fiducia, Ascher scoprì che una delle due mappe conduceva all'isola conosciuta sotto il nome di Ghelven: poco meno di trentacinque leghe a sud rispetto alla sua posizione. Perché indugiare, dunque? Il morale dei suoi uomini era alto: l'aspettativa di un tesoro nascosto da disseppellire sembrava aver rallegrato i cuori di tutti, come se la sola promessa di dobloni avesse una sorta di mistico potere.

Poco prima che giungessero all'isola di Ghelven, il tempo atmosferico cambiò rapidamente e, da limpida giornata di sole, si tramutò improvvisamente in un crepuscolo temporalesco. La flotta di Ascher faticò molto nel tentativo di mantenersi in rotta, raffiche di vento sferzarono i ponti e le mareggiate frustarono con incredibile violenza la chiglia delle navi.

Quello fu solo l'inizio delle sorprese, per la flotta di Ascher.

La voce, a malapena udibile della vedetta, tentò di farsi largo, nel frastuono degli elementi:

- Flotta in ingaggio!

Ascher non capì cosa la vedetta avesse urlato: vedeva a fatica il pennone, mentre la pioggia le martellava il volto. Dopo alcuni istanti, il primo ufficiale Benjamin, afferrò il suo capitano e la trascinò con sé a prua. Ascher sorvolò sulla mancanza di rispetto dell'ufficiale quando, giunti a prua dell'ammiraglia, Benjamin indicò al capitano un punto all'orizzonte, gridando:

- Dev'essere laggiù!

Ascher strizzò gli occhi, cercando di scorgere qualcosa nel punto indicatole.

Un lampo squarciò il cielo e fu come se mare e nubi, per un istante, si toccassero; poco dopo, un altro lampo e un altro e un altro ancora. Troppo ravvicinati, troppo regolari. Ascher si rese conto dell'inganno: non si trattava di lampi, ma di cannoni.

A meno di una lega di distanza si stava svolgendo una battaglia in piena regola.

Ascher scattò e gli ordini d'ingaggio non tardarono a giungere; i suoi uomini, come incuranti delle condizioni così avverse, seguirono alla lettera e con efficacia gli ordini del loro capitano.

Inforcato il monocolo, Ascher poté osservare meglio la situazione e, tra le navi ingaggiate nello scontro, riconobbe immediatamente la bandiera issata sull'ammiraglia: il teschio bianco con sciabola e moschetto, incrociati su sfondo rosso, l'effige dei pirati affiliati al Ministero Oscuro.

I suoi pensieri corsero veloci:

"Un alleato in difficoltà. Non c'è tempo da perdere".

La sua voce sovrastò la tempesta:

- Presto, uomini! Ai remi!

La flotta avversaria portava i colori inconfondibili della Marina Militare.

L'ira annebbiò la mente di Ascher:

- Preparate le colubrine! Muovetevi, cani!

L'odio si fece strada nelle sue membra, quando riconobbe il vessillo posto al di sopra del trinchetto dell'ammiraglia del suo alleato: erano entrati nelle acque del capitano Sadokan, uno dei vanti del Ministero.

Ascher emise un sussurro, a labbra strette:

- Tieni duro, amico. Sto arrivando!

Sporgendosi dal castello, Ascher incitò gli uomini:

- Più forza con quei remi, maledette spugne per grog!

Il vento iniziò a spirare contro di loro e della flotta alleata, oramai, solo l'ammiraglia di Sadokan era ancora indenne: non sarebbero mai giunti in tempo. A quel pensiero il pugno di Ascher si abbattè, con inaudita violenza, sul parapetto.

In pochi minuti anche l'ammiraglia di Sadokan venne colpita e s'inabissò.

Sul ponte dell'Elisabeth, accanto ad Ascher, scese un silenzio sepolcrale, accompagnato da un senso d'ineluttabilità.

Il silenzio fu rotto da un eccesso d'ira che colpì tutta la ciurma; un tono in crescendo, che da parole digrignate, quasi sputate fuori a forza, si tramutò in grido, innalzandosi, come se quell'urlo provenisse dalla voce del più adirato fra i giganti:

- Maledetti. Schifosi cani rognosi. La pagheranno quei bastardi, figli d'una cagna più bastarda di loro! Uomini, in posizione! Per la nostra gloria! Per la gloria del capitano Sadokan! Vendetta!

L'impatto della flotta di Ascher sulle navi della Marina Militare fu devastante. Incurante del pericolo, l'intero equipaggio pirata optò per l'arrembaggio, subendo ingenti perdite. Ognuno di loro combatté con la ferocia di cento tigri ferite. Nessun marinaio venne risparmiato, lo scontro fu breve e cruento.

Quando Ascher si trovò a tu per tu con l'ammiraglio Lapadia, i due si osservarono in cagnesco per alcuni istanti, infine Lapadia gettò sul ponte la propria spada, in segno di resa. Altri uomini al suo fianco lo imitarono, le sue parole riecheggiarono nella tormenta:

- Per le leggi che vigilano su queste acque, dichiaro me e il mio equipaggio, prigionieri di guerra.

Un sorriso apparve sul volto di Ascher, macchiato del sangue dei suoi nemici:

- Chi stabilisce che io prenda dei prigionieri?

L'ammiraglio Lapadia ignorò la minaccia, rispondendo convinto:

- La convenzione!

Ascher puntò la spada alla gola dell'uomo; sul suo volto apparve un sorriso beffardo:

- Io seguo solo due leggi: quella del mare e la mia!

L'ira attraversò gli occhi di Lapadia:

- Lo supponevo... per questo vi chiamano la peste del mare!

- Ti consiglio di moderare il tuo linguaggio, soldatino. Non si parla in questo modo ad una signora!

Ascher fece un cenno a uno dei suoi uomini, il sottoposto non si fece ripetere l'ordine e decapitò all'istante il prigioniero più vicino.

Negli occhi dell'ammiraglio comparve il terrore, infine, per il suo bene e per quello dei suoi uomini, si sottomise:

- Vi chiedo umilmente pietà, per me e per i miei uomini...

Ascher fu incredibilmente lesta, nessuno si accorse del suo movimento; l'ammiraglio Lapadia si portò le mani al ventre, stringendo la lama fredda. Alzò lo sguardo, incontrando gli occhi di Ascher, ora vicinissimi al suo viso: le sue iridi erano due fiamme verdi, stupende e terribili. Il dolore sopraffece Lapadia e il velo della morte cominciò ad oscurargli la vista. Ascher premette con decisione, passando da parte a parte il suo nemico, osservando da vicino gli spasmi di dolore dell'ammiraglio, infine gli sussurrò all'orecchio:

- Una fine così rapida è l'unica pietà che so concedere!

Con una torsione del polso, Ascher estrasse la spada dal corpo senza vita dell'uomo e la sollevò al cielo, poi si rivolse agli altri prigionieri e ai suoi uomini, ancora carichi d'adrenalina.

- Questa è la mia pietà!

A lungo, la ciurma di Ascher, inneggiò il nome del suo capitano, mentre le lame s'abbattevano sui marinai.

Piani Celati

Come di consuetudine i membri della confraternita si erano radunati nella vecchia taverna dell'Idolatria; all'interno erano già tutti presenti, così il Gran Maestro non attese oltre e prese la parola:
- Miei fedeli confratelli, - il suo tono di voce era calmo e mellifluo. - Ho convocato il Consiglio, per conferire con voi sulle future disposizioni in merito al reclutamento di nuovi accoliti.
I consiglieri annuirono all'unisono, senza pronunciar parola.
Il Gran Maestro, accertatosi della totale attenzione dei presenti, riprese:
- Ad oggi molti membri a noi affiliati, come ben sapete, fanno parte sia di fazioni alleate fra loro, sia di fazioni contrapposte. In questo modo siamo in grado di osservarle e conoscerne le politiche, garantendo la nostra supremazia e la nostra incolumità assolute...
Le idee di grandezza del Gran Maestro erano sempre accolte dal Consiglio benevolmente e i suoi piani, efficacemente eseguiti.
- Ma è giunto il momento di espanderci, arruolando accoliti tra quelle alleanze da noi non ancora influenzate, - fece attendere gli astanti, troncando la frase per enfatizzare le successive parole. - Prima di esporre le vostre scelte e le vostre idee in merito, gradirei porre alla vostra attenzione una fazione in particolare.
Uno degli astanti si alzò:
- Nessuna obiezione in merito, Maestro, esponete liberamente la vostra scelta. Il Consiglio valuterà la proposta e voterà, come sempre.
Il sistema delle votazioni era geniale: nulla era lasciato al caso, chiunque avesse un'idea per migliorare la Zele, la esponeva al consiglio; chi esponeva la propria idea non aveva diritto al voto, mentre i rimanenti tre, facenti parte del Consiglio, dovevano votare la proposta, favorevolmente o sfavorevolmente, senza potersi astenere; in tal modo veniva sempre garantita la maggioranza e l'imparzialità del voto.
La voce del Gran Maestro s'alzò di un tono:
- Mettiamo dunque ai voti. Ho potuto constatare che la nostra influenza all'interno del Ministero Oscuro è praticamente nulla, dobbiamo porvi immediatamente rimedio.
Per alzata di mano il Consiglio votò la mozione favorevolmente.
- Sono lieto che abbiate votato tutti all'unanimità.
Un consigliere si alzò, prendendo la parola:
- Vorremmo infine sapere il nome del prescelto, facendovi notare che

l'attuale leader del Ministero, Ernest, detto Er, Prototipo, ha espressamente dichiarato guerra alla Zele!

Il Gran Maestro alzò una mano, poi rispose:

- Non dovete temere nulla da Er Prototipo: quando il mio piano si attuerà, egli perderà la sua influenza su quell'alleanza e, al suo posto, sarà eletto un nostro affiliato.

Lo scetticismo calò tra i membri del Consiglio che cominciarono ad osservarsi l'un l'altro, dubbiosi in merito al progetto del loro Maestro; iniziarono a capire di non essere totalmente a conoscenza di tutti i dettagli del piano del Gran Maestro.

- Possiamo, almeno, venire a conoscenza del nome di colui che sostituirà l'attuale leader?

Sul volto del Gran Maestro apparve un sorriso:

- Ma certamente, miei amati pari. Il suo nome è Long Jhon!

Il Coraggio di Seguire un Amore

Quindici anni prima degli eventi che noi conosciamo

Elisabeth stringeva al petto il piccolo Timmy, mentre Nial e Daeva le tenevano saldamente stretta la gonna, con le loro piccole mani. Erano tutti e cinque sul ponte del veliero in procinto di salpare per una destinazione ancora ignota. Intorno a loro gli uomini dell'equipaggio s'affrettavano a compiere gli ultimi preparativi.

Elisabeth non riusciva a sentire la conversazione che stava avvenendo sul cassero, tra suo marito Raven Moonroi e il capitano dell'Intrepido. Doveva ammettere a se stessa che molti pirati sceglievano dei bellissimi nomi per le loro imbarcazioni. Dal volto di Elisabeth si poteva notare tutta la sua preoccupazione: era una donna forte, di carattere, ma difficilmente riusciva a nascondere ciò che la preoccupava.

Come poterla biasimare: non conosceva l'uomo che stava parlando con suo marito, non conosceva la destinazione di quel viaggio, era totalmente all'oscuro su ciò che Raven volesse fare. Doveva riscuotersi dalla paura che le attanagliava il cuore, altrimenti non avrebbe potuto essere di nessun aiuto, né a se stessa, né tanto meno alle persone che amava.

Abbassando lo sguardo notò l'ansia e la preoccupazione nei volti delle sue bambine, entrambe la osservarono con gli occhi lucidi per il pianto represso.

Intanto, sul cassero, Raven e il capitano dell'Intrepido discutevano.

- Ho capito, Raven.
- Sicuro?
- Certo, non è la prima volta che navigo!
- Sì lo so, scusami, è solo che...
- Senti, Raven, adesso vai giù. Stai con la tua famiglia, salpare è compito mio.
- Ti sono debitore.

I due uomini si guardarono fissi negli occhi per alcuni secondi, poi un cenno del capo sancì il loro silenzioso patto.

Raven Moonroi si voltò, raggiunse Elisabeth e la prole, indicando loro la strada per raggiungere gli alloggiamenti. Si accomodarono in una cabina dall'arredamento spartano: quattro letti a castello o, per essere più precisi, delle assi inchiodate alla parete di legno, saldamente trattenute da cerniere di ferro e catene; un tavolo con quattro sedie anch'esse inchiodate al pavimento, in modo tale da non dover sbattere ovunque; in fondo alla stanza alcuni cassettoni, dove poter stivare gli indumenti, completavano l'arredamento.

Elisabeth si girò a guardare il marito, anche lei riusciva a trattenere le lacrime a stento:

- Raven, per l'amor di Dio, mi vuoi dire cosa hai in mente?

Raven Moonroi non le rispose, era indaffarato a cercare qualcosa da mettere sotto i denti.

Elisabeth non demorse, incalzandolo:

- Ti degneresti almeno di rispondermi?

- Elisabeth. Metti a dormire le piccole e Timmy!

Non furono parole dure, da fare male, ma il timbro con cui Raven le pronunciò scosse fortemente la donna. Raven Moonroi, accortosi della sua eccessiva rudezza, cercò di mediare:

- Cerco qualcosa da mangiare per tutti, poi parleremo con calma.

Finito il pasto frugale a base di pane secco e formaggio, Elisabeth cominciò a preparare i giacigli per la notte; con dolcezza, come solo le mamme sanno fare, riuscì a far calmare le sorelline e metterle a letto, il piccolo Timmy, invece, era già nel regno di Morfeo da un pezzo.

La sera calò rapidamente, per illuminare il locale Elisabeth accese un lume, poggiandolo sul tavolo, mentre Raven, assorto nei suoi pensieri, si gustava uno dei suoi sigari preferiti: l'odore di sandalo invase il loro alloggio; la luce tremolante della lanterna riuscì quasi a rendere romantico quel luogo. Entrambi, seduti al tavolo, si fissarono per alcuni istanti, poi Elisabeth allungò le mani ad intrecciare quelle del marito, ed in un sussurro gli chiese:

- Adesso mi vuoi dire dove siamo diretti?

Una Verità Sconcertante

Daeva non riusciva ancora a credere a ciò che aveva visto, non riusciva a capacitarsi, a darsi pace, la sua mente turbinava senza trovare alcun nesso logico: l'assassino del Faina e l'attentatore alla sua vita altri non era che Jared Valar. Non vi erano dubbi, l'aveva visto bene in volto, mentre egli sostava sotto la luce del lampione, intento a cercarla.

Daeva attese diverse ore prima di abbandonare il suo rifugio; la notte all'addiaccio la spossò. Doveva abbandonare l'isola senza essere scoperta e trovare un riparo più sicuro dove poter riposare. Si sentì braccata e tradita.

Cominciò a capire il motivo di molti eventi passati, in particolar modo l'amicizia che legava Jared Valar a sua sorella. Probabilmente, ora che lei sapeva, Nial sarebbe stata maggiormente in pericolo!

Daeva, intorpidita dal freddo, cominciò ad elaborare eventuali teorie sui motivi che potevano aver spinto Jared Valar a cercare di ucciderla, ma la sua mente non l'aiutava: le sovvenivano svariate teorie e, subito dopo, la certezza che nessuna di esse fosse giusta. Spazientita imprecò:

- Vile cane traditore! Che tu sia dannato!

L'idea migliore che ebbe quella sera fu di cercare e chiedere ospitalità alla confraternita dei frati: era risaputo che un viandante in difficoltà potesse chiedere asilo, nessun frate avrebbe mai rifiutato di rendersi utile al prossimo e Daeva sperava che il proprio essere donna non fosse un ostacolo a quella buona prassi.

Il monastero si trovava oltre le mura del borgo, non sarebbe certo stato facile raggiungerlo. Daeva venne a sapere dell'esistenza del monastero da un avventore, diversi giorni prima; tuttavia non ne conosceva l'ubicazione precisa. Uscire dal borgo non sarebbe stato facile, ma Daeva contava sull'aiuto delle ombre, oltre agli insegnamenti ricevuti dal suo maestro.

Abbandonare il centro cittadino fu un'operazione lunga e laboriosa; solo alle prime luci dell'alba Daeva si sentì al sicuro, finalmente fuori dalla città.

Bivaccò per qualche ora ai margini di un boschetto, trovando rifugio in un vecchio capanno, utilizzato dai cacciatori nel periodo estivo, per la caccia al cervo. Il giaciglio non fu certo dei migliori, ma Daeva aveva imparato a sopravvivere anche con molto meno.

Verso mezzogiorno riuscì a mettere sotto i denti qualche tubero e alcuni funghi, un pasto decisamente frugale.

Nel tardo pomeriggio, dopo svariate ore di cammino, inerpicandosi lungo un sentiero, Daeva scorse innanzi a lei le mura del monastero. Sorgeva in un luogo di assoluta bellezza: sul promontorio di una collina, immerso nella fitta vegetazione; una sorgente naturale lambiva le mura, rendendo l'ambiente gradevole e rilassante.

Daeva, esausta, fece gli ultimi passi che la separavano dal portone d'ingresso, quasi in stato d'incoscienza. Giunta alla soglia cominciò a percuotere il legno con vigore, desiderando aredentemente che qualcuno le aprisse il più celermente possibile la porta.

L'ansia e la fatica accumulata nei giorni precedenti, le piombarono addosso di colpo. Daeva s'accasciò accanto alla porta, continuando a bussare, ripetutamente, ma sempre più lentamente.

Inquietudine

Ascher non riusciva a capacitarsi dei suoi continui fallimenti, tutti i suoi sforzi per reperire l'ubicazione dell'isola di Arper erano risultati vani.

Era sicura di ricordarne perfettamente il nome. Suo padre, quasi vent'anni prima, nel corso del loro viaggio nominò quell'isola; ma tutti quegli anni di ricerca, avevano dato un unico, amaro, risultato: nessuna carta nautica riportava l'isola di Arper.

Ascher, tempo addietro, pensò che fosse stata rinominata, quindi, giocando d'astuzia, cercò nella libreria del Ministero Oscuro un qualche antico volume dove potesse essere rappresentata o, per lo meno, nominata Arper. Anche quella ricerca fu vana.

Nel tratto di mare da lei ripetutamente pattugliato, nelle flotte Mercantili affondate e depredate, nessun superstite interrogato le era riuscito a dare informazioni in merito: né l'ubicazione di tale isola, né tanto meno la sua stessa esistenza.

Ascher era decisamente scoraggiata, non trovare quell'isola non avrebbe permesso di risalire a colui che, vent'anni prima, l'attaccò, depredandola e uccidendo la sua famiglia.

Ascher non conservava altro ricordo, se non il nome di Arper; aveva tentato più volte di far riaffiorare qualche utile reminiscenza dalla memoria di Daeva, ma la sorella era troppo piccola all'epoca dei fatti e faticava persino a ricordare il nome dell'isola.

Ascher si prese il volto tra le mani, era seduta alla sua scrivania nel castello della sua ammiraglia. Le prime luci dell'alba la colsero insonne e disperata di fronte alle carte nautiche, da lei studiate in ogni dettaglio. La testa le doleva, le membra erano irrigidite dall'umidità e dal freddo, la piccola stufa a legna era spenta da un pezzo. Si massaggiò il collo nel tentativo di sciogliere i muscoli, dirigendosi al lavabo: una rinfrescata le avrebbe attenuato le occhiaie, sopraggiunte dopo la notte in bianco.

L'immagine riflessa allo specchio spaventò anche lei, era irriconoscibile: il suo viso era pallido e tirato; gli occhi, ancora vividi nel loro color verde, erano infossati e gonfi; aveva decisamente perso peso negli ultimi mesi di continua navigazione e i risultati si notavano soprattutto nel suo décolleté.

Il rollio della nave che s'infrangeva sui flutti cullò la mente spossata di Ascher, mentre l'impatto con l'acqua ghiacciata del catino la fece ridestare; si frizionò il volto con un asciugamano riposto con cura accanto al catino, odorava di muffa e di chiuso e di salsedine; odori a lei familiari, rassicuranti, perfino piacevoli.

Appena ebbe terminato il cambio d'abito qualcuno bussò energicamente alla porta; senza aspettare il permesso, l'uomo entrò nella stanza.

- Capitano, navi in vista!

Il volto di Ascher si illuminò nuovamente:

- Finalmente! Prepariamoci, manda gli uomini ai posti loro assegnati.

- Signor sì!

L'ufficiale scattò, eseguendo i comandi del suo capitano.

Ascher finì di prepararsi, uscì sul ponte infilandosi il cappello a tesa larga; prontamente il suo primo ufficiale le porse il monocolo e Ascher lo inforcò non appena giunse a tribordo.

- Bene, vediamo cosa abbiamo qui.

Un sorriso si disegnò sulle sue labbra, mentre osservava attraverso lo strumento; il primo ufficiale le illustrò la situazione:

- Signore, ci prepariamo ad intercettarli. Siamo in sopravvento. Li raggiungeremo ancor prima che se ne rendano conto

L'urlo di Ascher scosse l'intera ciurma:

- Uomini! Ai posti di combattimento!

Poi, in un sussurro a denti stretti, disse fra sé:

- Questo marinaio non mi sfuggirà.

Inevitabilmente, il ricordo riaffiorò.

Lacrime Nascoste

Erano trascorse diverse settimane da quando Jared Valar era giunto alla taverna della Sula Spennata per incontrare il suo vecchio amico JK Arlong.

JK fu molto gentile col suo ospite e, mentre l'ex pirata ritesseva i fili dei vecchi contatti, lasciò a Jared Valar l'utilizzo di una comoda stanza della sua locanda, naturalmente senza dover sborsare alcun doblone. Dopo qualche giorno di ozio, dedicato ad ambientarsi al nuovo clima e soprattutto al suo vecchio e irriconoscibile amico, Jared Valar riprese metodicamente i suoi allenamenti.

I mesi trascorsi a coltivare la terra non l'avevano certo indebolito fisicamente, ma per combattere era necessario padroneggiare correttamente la propria tecnica e, soprattutto, l'equilibrio: due doti che, se non praticate quotidianamente, si dileguano in fretta.

Il sole di un tardo pomeriggio lo colse ancora intento a faticare, il sudore per lo sforzo scendeva copioso dal volto e dal torso nudo, seguendo le linee dei muscoli tesi e scolpiti; le sue movenze erano precise e, allo stesso tempo, potenti; l'eleganza dei movimenti celava la micidialità degli esercizi.

A piedi nudi nella sabbia, Jared Valar cercò la forza interiore: come gli era stato insegnato, la vita e la morte sono strettamente legate e, per decidere del proprio fato, occorre controllare la paura.

Ottenere a pieno la concentrazione gli fu, tuttavia, difficile: i suoi pensieri volgevano sempre ad una persona a lui troppo cara.

Se ne convinse: i suoi sentimenti erano chiari e li conosceva perfettamente. Il volto di lei era impresso nella sua mente, costantemente, anche in quel momento che avrebbe dovuto essere solo per lui; non riusciva a dimenticarla. Continuava a ricordare i giorni trascorsi in sua compagnia, gli allenamenti protratti sino a sera; non riusciva a fare a meno di pensare alla sua velocità, ai suoi occhi, alla forza del suo odio!

Jared Valar, esasperato, conficcò la spada nella sabbia, si asciugò il viso sudato e il suo sguardo si perse ad osservare il sopraggiungere del tramonto.

Se Ascher avesse scoperto il suo crimine non lo avrebbe di certo perdonato. Jared Valar, a malincuore, dovette ammettere che, un giorno, avrebbe potuto dover combattere proprio contro di lei.

Il dubbio si fece strada nella sua mente: avrebbe combattuto per la sua vita o avrebbe incrociato le braccia al petto, in attesa del colpo fatale? Vi erano infinite soluzioni per evitare un possibile scontro con Ascher. Una di queste soluzioni era far desistere Daeva dalla sua ricerca, oppure trovare Raven Moonroi.

La voce di JK richiamò l'attenzione di Jared Valar:

- Amico mio, ti ho cercato ovunque!

Jared rispose con voce roca:

- Mi hai trovato, infine.

JK sorrise:

- Cosa fai qui, vecchia spugna? Stai oziando come tuo solito, mentre il sottoscritto si fa in quattro per aiutarti, ecco cosa!

Un sorriso tirato apparve sul volto affaticato di Jared Valar:

- Vieni al sodo JK, ci sono novità?

- Amico mio, la fortuna ti assiste! Qualcuno dei miei ragazzi ha visto la tua lady.

Jared Valar, udite quelle parole, con decisione estrasse la spada dalla sabbia e s'incamminò, rapidamente, verso il suo destino.

Questa è Vita?

JK, per Jared Valar, continuava a rimanere un mistero: il suo amico era, da sempre, sfortunatissimo con le donne, ma, anziché lasciarle perdere, nonostante l'esperienza di ben quattro matrimoni precedenti e della rovina che gli avevano portato, egli persisteva nel perpretrare lo stesso errore: ricadde a capofitto in un'altra relazione e, inevitabilmente, in un altro matrimonio.

La nuova moglie di JK, al contrario delle precedenti, delle quali Jared Valar aveva ancora memoria, lasciava alquanto a desiderare: non solo era bassa di statura, ma sfoggiava un girovita da far invidia ad un capodoglio. Jared Valar tentò di trovarle qualche pregio, ma più si sforzava e più notava solo difetti: non si capacitava della scelta di JK. Nemmeno il nome era piacevole, per Jared: Eleonor... gli suonava come una parola vuota, ma, probabilmente, qualsiasi nome lei avesse portato sarebbe risultato ugualmente brutto.

Eleonor non amava curare molto il suo aspetto: i suoi capelli, sempre in disordine, sembravano lavati fin troppo di rado; le mani erano ruvide e ricoperte di calli, dovuti ad anni di duro lavoro manuale ed era completamente priva di finezza e di femminilità.

Appena i due amici varcarono la porta di casa di JK, vennero sopraffatti dalla voce gutturale di Eleonor, dal tono ricco di scelleratezza:

- Eccoti, finalmente, razza di uno squallido storpio che non sei altro! Dove diamine ti eri cacciato?

JK guardò imbarazzato l'amico, Jared Valar schivò il suo sguardo.

Eleonor continuò, imperterrita:

- Stai sempre a vagabondare come un cane pulcioso, prima o poi ti spezzerai anche l'unica gamba buona che ti rimane... o te la spezzerà qualcuno dei tuoi amici balordi

JK non era certo uomo da farsi mettere i piedi in testa facilmente e non amava farsi rimproverare, tanto meno quando aveva ospiti, così sbottò anche lui:

- Senti, dannata strega! Se non taci immediatamente, ti stacco quella lingua da serpe e la uso per impiccarti!

Jared, nel frattempo, si era appartato accomodandosi e versandosi in un bicchiere il contenuto di una brocca posato sulla credenza, tentava invano di non prestare attenzione ai due litiganti, ma inutilmente, poiché le grida raggiungevano ampiamente il rione accanto, dal quale qualche curioso si era affacciato.

- Ma come ti permetti, razza di uno zotico sciancato?! Non fare il gradasso con me, solo perché sei stato un volgare bucaniere! Li conosco quelli come te, ne ho visti parecchi...

Eleonor non andava tanto per il sottile, era avvezza a dire tutto ciò che le passasse per la testa, anche se, spesso, i suoi discorsi non avevano inizio, né fine:

- Ci penso io a metterti in riga, vecchio, stupido, ubriacone perdigiorno!

JK era su tutte le furie:

- Ho detto che devi tacere, cagna! Ho degli ospiti! Cuciti quella dannata boccaccia, più vasta degli oceani conosciuti!

Eleonor sbatté a terra il mattarello e, come se non fosse già abbastanza alta, la sua voce crebbe ancora di un tono:

- Chi ti ha dato il permesso di rivolgerti così a me? - il suo volto era paonazzo e gli occhi lasciavano scorgere un risentimento represso da anni. - Se non fosse per me, saresti ancora a rotolarti in mezzo ai tuoi stessi escrementi!

JK guardò l'amico alzando le spalle: era il suo unico modo per dimostrargli il suo rammarico e porgergli le sue scuse, dal canto suo Jared Valar era evidentemente imbarazzato per la situazione creatasi.

I due sposini continuarono il loro diverbio per diverso tempo, prima che l'adrenalina accumulata cominciasse a diluirsi nel sangue. Jared ricordò di non aver mai assistito a nulla di così agghiacciante in vita sua.

Infine JK vinse quello scontro verbale e, tutto tronfio, si sedette a tavola assieme al suo ospite, portandosi dietro una bottiglia di whisky:

- Sono poche le volte che posso avere la soddisfazione di spuntarla con mia moglie, quindi festeggiamo.

Eleonor calò il suo asso, appena prima di uscire di casa:

- Fai in modo che al mio rientro non ti debba ritrovare stravaccato con la patta delle brache aperta. Senza di me non riusciresti nemmeno a chiuderla!

Un tonfo sordo confermò l'uscita della donna.

JK era esasperato e trasse un lungo respiro, poi con voce rotta si rivolse all'amico:

- Jared, non sposarti. Mai!

Esaurito il contenuto della bottiglia, JK decise di passare a incombenze più serie: si alzò, aprì un cassetto, ne trasse una pergamena spiegandola sul tavolo, i suoi movimenti e le sue parole erano lenti e, spesso, interrotti da singulti, dovuti all'eccesso di alcool in corpo.

- Ecco qui, amico. Questo è l'arcipelago delle isole Hildane. La donna che tu cerchi, questa fatidica Daeva, è stata vista su alcune di queste isole.

Jared Valar notò che le isole in questione erano tutte vicino all'arcipelago di Ascherath. Daeva era furba, ma non era stata molto accorta nei suoi movimenti, forse non si aspettava che qualcuno potesse seguirla. Questo poteva essere un vantaggio da sfruttare.

- Dov'é stata vista l'ultima volta?

JK indicò con l'indice un punto sulla mappa, strisciandolo poi sulla carta, fino ad un punto vicino:

- Qui. Caradras island.

Arlong veva davvero esagerato col whisky: faticava a parlare, faticava a reggersi in piedi, faticava addirittura a indicare le coordinate.

Jared Valar era impaziente, era curioso di sapere quanto vantaggio avesse Daeva:

- A quanto risale la tua soffiata?

JK scosse il capo, più per cercare di riprendersi che per diniego, e rispose:

- Non più di due settimane fa.

Jared Valar rimase assorto nei suoi pensieri per alcuni secondi, poi con calma si alzò, finì il bicchiere d'un fiato e disse:

- Mi sei stato di grande aiuto amico, ora continuerò da solo.

JK, completamente sbronzo, non si avvide neppure dell'uscita di Jared Valar da casa sua e s'accasciò sul tavolo, precipitando in un sonno profondo.

Notti Buie

L'aveva trovata!

Daeva era davvero Caradras: un'isola situata a ottantasette miglia da Ascherath; esattamente come JK gli aveva riferito.

Jared non aveva alcun interesse ad esporsi o a farsi riconoscere, quindi si tenne a distanza di sicurezza, sorvegliando i movimenti di Daeva. L'avrebbe controllata per un po', per assicurarsi che non scoprisse nulla di compromettente e, nel caso fosse successo...

"Dannazione, è pur sempre la sorella di Ascher!"

A differenza di Daeva, Jared Valar era molto più allenato a scovare sicari e spie: non gli era sfuggita la figura che, da un paio di giorni, seguiva passo passo l'ignara Daeva, ovunque lei andasse.

Qualcuno doveva essere stato inviato dalla Zele e la sua missione era facilmente intuibile: aspettare il momento propizio per colpire.

Salvare Daeva avrebbe potuto in qualche modo cancellare le colpe precedenti, in un atto di redenzione.

Salvare una vita e riparare, così, al torto per averne sottratta un'altra?

Oppure si trattava di mero tornaconto personale, per non essere scoperto da colei di cui era innamorato?

Jared Valar si scoprì, senza troppa sorpresa, un perfetto egoista: dapprima cercò molteplici appigli per discolparsi dell'atto compiuto, raccontando a se stesso innumerevoli fandonie; togliere una vita in quel modo, non ha alcuna attenuante plausibile, uccidere con l'inganno, senza dare al Faina l'opportunità di affrontarlo apertamente; infine Jared Valar giunse alla conclusione di aver compiuto un atto vile e ingiustificabile. Avrebbe meritato l'odio di Ascher: anche lui era una marionetta in mano alla Zele.

Jared, quel giorno, seguì Daeva ininterrottamente, sino a quando lei non prese dimora in osteria. Riuscì perfino ad osservare colui che la seguiva; decise che quella sera avrebbe girovagato attorno a quell'edificio, per sincerarsi che non le accadesse nulla.

Poi, all'improvviso, il rumore di una finestra in frantumi colse la sua attenzione, Jared corse per il viottolo in direzione del rumore, svoltato l'angolo si avvide della figura di Daeva che, rapidamente, scendeva da un carro, mentre, dalla balconata, l'inseguitore ammantato le scagliava contro un pugnale.

In pochi attimi i suoi muscoli furono pronti allo scatto e l'adrenalina salì al cervello, eliminando paure e incertezze.

Appena Daeva svoltò in un vicolo laterale, Jared Valar si precipitò ad intercettare l'aggressore. Quando il sicario toccò terra si ritrovò a fronteggiare la mole di Jared Valar, che in posizione difensiva aveva sguainato la spada, in attesa dell'imminente attacco.

- Fate strada, straniero. Non siete voi la mia preda.

Jared Valar sorrise:

- Per raggiungere la tua preda è me che dovrai affrontare!

Il sicario si tolse il cappuccio e sguainò la sua spada. Jared Valar rimase sorpreso, l'uomo che stava innanzi a lui era un ragazzo, giovanissimo, aveva al massimo diciotto anni.

- Mi sembri troppo giovane per questo mestiere...

- E tu mi sembri troppo ciarliero!

Le spade cominciarono la loro danza mortale, le tecniche e le abilità di entrambi si equivalevano e lo scontro tra i due spadaccini divenne incerto. Da parte sua, Jared Valar poteva contare su di una maggiore esperienza, accumulata in ben dieci anni di pirateria e battaglie; fu proprio questa a spezzare gli equilibri dello scontro.

Jared sapeva che per ottenere la vittoria non si deve assolutamente avere fretta, mentre il giovane innanzi a lui ne aveva parecchia, ogni stoccata che si scambiavano perdeva inevitabilmente secondi preziosi e la sua preda si allontanava.

In un impeto di foga, il ragazzo anticipò l'affondo, scomponendosi; per Jared Valar fu facile parare il colpo e, con una leggera torsione del polso, sbilanciare il proprio avversario.

La morte giunse rapida e quasi indolore: la misericordia di Jared, a trafiggerlo in pieno petto tagliandogli a metà il cuore, aveva evitato inutili sofferenze a quello sfortunato ragazzo.

Jared Valar abbandonò il corpo esattamente dove cadde, incurante di chi lo avrebbe trovato, precipitandosi dietro Daeva.

Sentì abbaiare un cane, ciò lo colse impreparato, la bestia era acquattata dietro un cancello, probabilmente addestrata al combattimento. Accertatosi di non essere attaccato, Jared Valar ricominciò a correre. Giunto in una piazzola si fermò, ansante: lo scontro e la corsa lo avevano stremato, si poggiò contro un lampione, tentando di scorgere eventuali movimenti che tradissero la presenza o il passaggio di Daeva.

La notte intorno a lui era buia e silenziosa.

Interessi Personali

Quindici anni prima degli eventi che noi conosciamo

- Dunque, Raven Moonroi si è rifugiato da te?
- Sì!
- A quanto pare, Idalgo ha fallito il compito affidatogli.
- A quanto pare.
- Lo sai che adesso dovrai consegnarmelo.
- Questo non so se lo posso fare.
- Non sono certo io a chiedere la sua testa, è la Zele a volerlo!
- È pur sempre un mio amico!
- Questo non ha alcuna rilevanza.
- Ne ha per me!
- La Zele viene prima di ogni principio personale, lo sai benissimo!
- Anche Raven è un membro della Zele!
- Per questo non verrà ucciso.
- Senti, Ludvik. Deve pur esserci un'altra soluzione...
- Non ve ne sono.
- È la prima volta che scorgo in te una tale determinazione, non vorrei che tu fossi mosso più da interessi personali che dall'interesse della Zele.
- Non sarebbe la prima volta, ma questo non è il caso.
- Mi pare, comunque, eccessivo accanirsi in questo modo su un valido membro.
- Devi capire che ci ha traditi... voleva abdicare! Non esiste punizione adeguata per un tale atto.
- Questo non fa di lui un assassino da perseguire.
- Attento, Arthur... stai parlando in sua difesa e ciò non ti si addice.
- Mentre tu, Baron? Tu stai parlando a nome di tutti, o solo per te stesso?

- Non tollero questa accusa! Io percorro solo la via della Zele... non dimenticare che l'ho fondata io stesso!
- Le regole sono uguali per tutti, non dimenticarlo Ludvik!
- Certamente.
- Pretendo che Raven abbia un processo adeguato al suo rango, in seno alla Zele!
- A noi servono solo le sue informazioni. Null'altro.
- Potrei carpirle io, senza incorrere a spiacevoli inconvenienti.
- Se ne sarai in grado non ci sarà alcun motivo di muovere contro di lui.
- Ci proverò! Mi occorre solo qualche tempo, per non destare in lui alcun

sospetto.

- Il tempo non ci manca Arthur, fa pure con comodo.

Appena Arthur ebbe abbandonato la stanza, richiudendo la porta alle sue spalle, una figura ammantata, celata dietro un arazzo, si avvicinò a Ludvik Von Baron.

- Sai ciò che si deve fare!

- Sarà un lavoro pulito, non ti preoccupare.

- Chiama a raccolta il capitano Winsor e mettiti d'accordo.

- Non sarà un problema. Che ne facciamo di Arthur?

- Meglio che non sappia dei nostri piani.

- Su questo non vi erano dubbi, Ludvik, ma se davvero Raven gli parlasse?

- Non credo che parlerà, ma nel caso lo facesse, Arthur sarebbe da sacrificare.

- Me ne occuperò io.

Keilina Winsor

Keilina Winsor non era ancora riuscita a raggiungere il grado di capitano, ma la sua ascesa nella Marina Militare era pressoché certa; era la figlia dell'ammiraglio Jhonatan Winsor: il responsabile capo della Lega Marittima.

Molte malelingue sostenevano che Keilina Winsor non avesse minimamente le capacità per essere un ottimo ufficiale, figurarsi poi se una donna avrebbe potuto governare un'ammiraglia in guerra. I meriti di Keilina Winsor, a sentire i suoi pari, si limitavano a quelli di essere la figlia dell'ammiraglio e nient'altro.

In realtà la giovane Keilina, i suoi gradi, se li era faticosamente meritati sul campo, anzi: essendo una donna, aveva dovuto dimostrare la propria bravura e, contemporaneamente, lottare contro il pregiudizio e le malelingue. Infine, con grande dedizione, riuscì ad ottenere il grado di Ufficiale di Corvetta: poteva, dunque, comandare un vascello: non ancora una flotta, la sua aspirazione maggiore, ma era sicuramente una grandissima conquista.

Keilina aveva un unico desiderio: seguire le orme del padre. Amava la Marina e l'odore di salsedine, in più la divisa aveva un certo fascino, soprattutto indossata da lei: alta di statura, pur essendo una donna; dai soffici capelli dorati e gli occhi cristallini come il mare; sinuose curve e fisico scolpito dal duro addestramento, facevano di lei un raro esempio di bellezza femminile. Ma la bellezza non era sufficiente: per poter dimostrare a tutti il suo valore aveva bisogno di un colpo di fortuna e di un'occasione da sfruttare al meglio.

Un giorno, immersa nella solita routine da caserma, a cui dedicava diverse ore al giorno, Keilina sfogliò i dispacci a lei pervenuti: si trattava dei soliti rapporti di avvistamenti, reclami assicurativi per affondamenti Mercantili e delle modifiche sulle taglie. Fra tutte quelle scartoffie, trovò l'attestato di morte dell'ammiraglio Lapadia: assieme a lui furono trucidati tutti i suoi marinai; una tragica fine ad opera della piratessa Ascher.

Lo sguardo di Keilina Winsor s'illuminò: ecco l'occasione che stava aspettando. Con la scomparsa dell'ammiraglio, la zona nord est sarebbe rimasta scoperta dalla presenza di un'adeguata flotta; se avesse fatto prontamente richiesta, avrebbe potuto farsi dare quell'incarico!

Controllando le taglie, Keilina trovò gli affondamenti di cui Ascher si era resa responsabile. Rimase sbalordita: era incredibile la mole di vittime che Ascher aveva mietuto; sino a quel momento, gli affondamenti da lei compiuti ammontavano a tredici flotte della Marina Militare e undici flotte Mercantili.

Keilina Winsor posò il rapporto, si avvicinò al mobile bar versandosi una doppia dose di whisky; se fosse riuscita a catturare Ascher nessuno avrebbe più messo in dubbio la sua bravura e, forse, si sarebbe separata una volta per tutte dall'ombra di suo padre, camminando autonomamente in una luce tutta nuova, sotto gli occhi di tutti.

Keilina si portò il bicchiere alle labbra e lo vuotò tutto d'un fiato.

Nessuno avrebbe mai più dubitato di lei.

Colpa

Arthur non riusciva a darsi pace: aveva tradito Raven Moonroi confermando così la sua sudditanza nei confronti di Ludvik Von Baron.

Ludvik era davvero potente, non si poteva affrontare apertamente, ma per Arthur, questa verità, non era sufficiente per far pace con se stesso.

Il destino di Raven Moonroi era segnato e Arthur, in nome dell'amicizia che li legava da tempo, aveva cercato in tutti i modi di convincerlo a non tradire la Zele, fallendo miseramente.

Arthur non poteva nemmeno immaginare il destino delle due piccole bambine, del piccolo Timmy e di Elisabeth: loro, in fondo, erano completamente ignari e non avevano nulla a che fare con quella storia, che motivo avrebbe avuto Ludvik di preoccuparsene?

Dopo l'assalto al villaggio, Arthur trovò Raven Moonroi in catene, sua moglie e il piccolo Timmy senza vita, riversi sul pavimento e nessuna traccia delle due bambine.

Arthur vagò tutta la notte, mosso disperatamente dai suoi sensi di colpa, cercandole.

I suoi sforzi furono premiati alle prime luci dell'alba: Arthur riuscì a trovare la piccola Daeva, che affidò alle cure di Arianna, sua sorella.

Per mesi, il rimorso del suo comportamento sleale, portò Arthur a vagare in ogni luogo, alla disperata ricerca di Nial, ma invano.

Raven Moonroi fu segregato in una prigione della Zele. Per Arthur era un tormento, ma non mancava mese in cui non andasse a trovare il suo vecchio amico, non solo per accertarsi delle sue condizioni: quel dolore e quel rimpianto che provava era un costante monito verso se stesso, memoria del suo tradimento e tentativo d'espiazione.

Una sera Arianna uscì dalla stanza di Daeva con gli occhi lucidi; reggeva in mano la ciotola del brodo, oramai freddo; col grembiule si pulì il viso rigato da una lacrima, poi si diresse in sala da pranzo, dove il fratello l'attendeva.

Arianna trovò Arthur, cereo in viso, con lo sguardo fisso sul camino scoppiettante; stava seduto sulla sua poltrona e la sua figura appariva come quella di un vecchio avvizzito, incamminatosi stanco sul viale del tramonto della sua vita.

Arianna capiva perfettamente il suo tormento: sebbene Arthur lo ignorasse completamente, Arianna provava per lui un amore infinitamente potente. Si rese conto sin da piccola di come, l'adorazione provata verso il fratello maggiore, non fosse un sentimento comune; col passare degli anni s'accorse che quell'affetto trascendeva il legame di parentela: era puro amore. Nonostante la forza di questo sentimento, Arianna non aveva il coraggio di dichiararsi ad Arthur, spaventata dall'idea di un suo rifiuto, o, peggio, di poterlo perdere.

Eppure, vedendolo così affranto, Arianna iniziò a nutrire il bisogno di gridare a squarciagola i suoi sentimenti, perché lui potesse abbandonarsi al suo amore, senza limiti, l'unica cosa in grado di curare le ferite che gli attanagliavano il cuore.

Arianna entrò nella stanza, depose delicatamente la ciotola sul tavolo in vimini e s'accomodò nella poltrona di fronte ad Arthur, il quale non la degnò minimamente di uno sguardo e continuò a fissare il fuoco, assorto nei suoi pensieri.

- Arthur, la piccola non mangia, - la voce le uscì così fievole dalle labbra, da dubitare che Arthur l'avesse sentita; invece Arthur volse il capo, ma, completamente sovrappensiero, si era a malapena accorto della presenza della sorella. Arianna non si perse d'animo e continuò. - Se continua così, presto il suo fisico cederà... rischiamo di perdere anche lei!

Arthur tornò a guardare il fuoco:

- Stai tranquilla, Arianna. Questo non accadrà.

- Come fai ad esserne così sicuro?

Arthur sospirò, come a voler scacciare ogni pensiero:

- Ho già pensato a tutto.

Arianna insistette, scettica:

- Tutto cosa?

Arthur incrociò gli occhi della sorella, Arianna scorse un bagliore di follia, nelle iridi dell'uomo amato.

Arthur, in un sussurro, asserì:

- La porterò dal Maestro...

Torenescu il Principe Mercante

Un altro anno passò. Le belle giornate giunsero sull'isola di Ascherath, portando un'esplosione di vita: gli alberi fiorivano, per la gioia degli apicoltori; nell'aria, il profumo della primavera rallegrava anche coloro che, nel corso dell'inverno, avevano dovuto dire addio ad un proprio caro. Il mercato del centro città iniziò a brulicare di genti provenienti da ogni dove.

Ovunque sembrava regnasse un'estrema euforia.

Ben presto, le cose sarebbero drasticamente cambiate. Molti avrebbero nuovamente pianto i loro cari; tante vite sarebbero state spezzate e la decisione per un simile destino era legata a due persone.

Quella tarda mattinata, Ascher e Torenescu stavano pranzando tranquillamente, sotto una veranda ben arieggiata.

- Mi congratulo con voi, signorina Ascher, per questo squisito pranzo.

Ascher alzò lo sguardo dal bicchiere, per posarlo su quello del suo ospite:

- Torenescu, voi mi lusingate, come al solito, - un sorriso dardeggiò sul viso di Ascher. - Ma il merito non è certo mio.

- E chi dovrei ringraziare per questo pranzo divino, se è lecito chiedere?

- Dovreste ringraziare Marhya, ovviamente.

- Non mancherò di farlo, dato che non ho mai pranzato così bene. Ho avuto il piacere di assaporare prelibate pietanze, omaggiate dai più facoltosi mercanti, ma nulla di questo è paragonabile a tanta maestria!

Ascher e Torenescu, in quegli ultimi tempi, avevano cominciato a frequentarsi assiduamente: la loro amicizia accrebbe oltre il semplice interesse economico; Torenescu aveva aperto nuove rotte commerciali verso l'Oriente e l'isola di Ascherath era decisamente un luogo favorevole per gli scali commerciali, inoltre trovava la compagnia di Ascher estremamente interessate.

Dopo lusinghe e convenevoli vari, il discorso tra loro prese una direzione più professionale; fu Torenescu a lanciare l'esca:

- Ascher, vorrei che questa sera la vostra flotta scendesse in mare assieme alla mia.

Torenescu non era persona da doppi sensi o giochi e giri di parole: era un uomo vecchio stampo; desiderava tutto... e subito!

Ascher si versò un bicchiere di brandy, con calma; depose la bottiglia e sorseggiò il liquore; poi si umettò le labbra e chiese:

- Vorreste essere scortato?

Torenescu alzò una mano, in segno di diniego:

- No, nulla di tutto ciò. So difendermi benissimo da solo. Ma fonti certe assicurano che un imponente dispiegamento di navi veleggerà in questo tratto di mare, proprio questa sera.

Ascher rimase pensierosa per qualche istante, prima di rispondere con un tono chiaro e diretto:

- Sarò franca con te, Tore. Non so se sia una buona idea: mi piacerebbe rimanere fuori da eventuali conflitti, almeno per il momento.

Torenescu, continuò, non essendo solito a lasciarsi scoraggiare per un iniziale rifiuto, utilizzando lo stesso tono confidenziale usato da Ascher:

- Posso capirti, ma ne sei certa? Sarebbe un ottima occasione per cimentarsi contro la Marina Militare...

- Anche questo è vero.

Dal timbro della sua voce, Torenescu capì che Ascher non era del tutto convinta della sua posizione; il mercante sferrò il suo attacco:

- Se non lo vuoi fare per me, come un favore personale, potresti sempre farlo in nome della Zele!

Ascher s'impietrì a sentire quel nome, con gli occhi sbarrati e fissi sul volto del mercante, un pensiero le attraversò la mente: "Anche lui sa".

Le parole che, poco dopo, pronunciò, cambiarono radicalmente la vita di numerose persone, ma prima di tutto la sua.

Ludvik Von Baron

Quindici anni prima degli eventi che noi conosciamo

Ludvik Von Baron era un giovane aitante al soldo d'un famigerato pirata: dal fisico sclanciato e atletico, lunghi capelli corvini, occhi glaciali e un'affascinante mandibola volitiva; incline al comando e abile con la spada, troppo carismatico per rimanere nell'ombra.

Ludvik Von Baron era cresciuto come secondo, al seguito del pirata chiamato il Lupo, ma ben pochi erano a conoscenza del suo piano: in segreto tessé le fila per fondare una setta, la Zele, della quale assunse il comando.

Una delle poche persone ad esserne a conoscenza era il maestro Kevin, che venne messo a capo della sezione denominata Le Mante.

Quella sera, Kevin si diresse alla dimora di Baron, in compagnia di una piccola fanciulla di appena quattro anni: un suo conoscente, di nome Arthur, lo convinse a recarsi da Ludvik Von Baron, per decidere assieme a lui del futuro della piccina.

La carrozza si fermò nello spiazzo antistante la dimora di Ludvik Von Baron.

Appena il cocchiere aprì il portello, i passeggeri furono investiti da un forte vento e da un violento scroscio di pioggia. Diluviava. Il cocchiere porse al maestro Kevin e alla piccola Daeva dei soprabiti.

Non fecero in tempo a scendere, ch'erano già fradici; il vento sferzava i loro volti, tesi per l'imminente incontro.

Kevin guardò la piccola Daeva:

- Siamo quasi arrivati, muoviamoci!

Non vi fu alcuna traccia di gentilezza nella sua voce, tanto meno ve ne fu negli occhi di Daeva quando i loro sguardi s'incrociarono sotto la pioggia.

Le tre figure s'incamminarono lungo la gradinata che conduceva all'enorme portone d'ingresso; giunti in cima il cocchiere sbatté varie volte il pesante battente in ottone.

Attesero pochi secondi, prima che un domestico dall'aria molto formale aprisse la porta; indossava un abito rigorosamente nero con una giacca dalle code lunghe.

Si presentò col nome di Albert, mentre con incredibile gentilezza li fece accomodare nell'atrio; naturalmente il cocchiere rimase ad attendere fuori.

La residenza di Ludvik Von Baron era magnifica: ampio uso di marmo levigato, arazzi appesi ovunque, enormi lampadari per illuminare gli ampi ambienti e due scalinate che, poste ai lati dell'atrio, salivano ad unirsi al piano sopraelevato creando una grande balconata. Vicini alle scale, poggiati su dei pilastri, anch'essi in marmo, vi erano alcuni busti; sulle pareti adiacenti, seguendo la curva delle scale, si potevano ammirare bellissimi quadri, raffiguranti generazioni di membri della famiglia Baron.

Il maestro Kevin e la piccola Daeva furono fatti accomodare in una stanza adiacente l'ingresso. Anche questa era arredata con gusto: un'enorme libreria ricopriva quasi interamente le pareti, un camino in noce e cotto riscaldava l'ambiente, il linoleum risplendeva e le poltrone avevano un colore caldo ed accogliente.

Albert sorrise vedendo lo stupore sul viso di Kevin:

- Prego, accomodatevi pure. Il signor Von Baron non tarderà molto.

Kevin rimase impressionato dallo sfarzo di quella magione: la pirateria doveva rendere veramente bene, sicuramente meglio del suo mestiere!

Il padrone di casa non si fece attendere a lungo: dopo pochi minuti Ludvik Von Baron fece il suo ingresso nella stanza.

Il maestro Kevin fece una piccola riverenza e salutò cordialmente il Gran Maestro della Zele.

Esauriti i convenevoli di rito tra i due, Ludvik Von Baron poggiò finalmente il suo sguardo sulla bambina:

- Dunque, Kevin, chi avresti portato al mio cospetto?

La risposta non tardò ad arrivare:

- La piccola di cui ti avevo precedentemente parlato, nella mia lettera.

Ludvik Von Baron s'avvicinò alla bimba, le prese il mento alzandole il capo; si osservarono in cagnesco per alcuni secondi, poi un lampo attraversò lo sguardo di Ludvik Von Baron. Una risata fragorosa irruppe dalla gola dell'uomo. Una risata sinistra, completamente priva di allegria e scarsa di umanità.

Kavin impietrì.

L'eccesso d'ilarità scemò improvvisamente, riportando la stanza al suo originario silenzio.

- La fortuna mi assiste, maestro Kevin. Tutti gli dei mi assistono! Non mi porti una normalissima fanciulla, stasera... tu mi consegni colei che da tempo cercavo: questa è la figlia di Raven Monnroi!

La risata di Baron riecheggiò nuovamente; più lugubre, meno umana che mai.

Presente e Passato

Frate Tomas, ribattezzato 'Il Pio', era solo un ragazzo all'epoca dei fatti. Secondogenito di un'importante casata nobiliare, Tomas era stato costretto, secondo le usanze dell'epoca, a prendere i voti.

A quei tempi, i primogeniti ereditavano i possedimenti paterni, mentre ai secondogeniti toccava il compito di seguire la via monastica e il sacerdozio.

Con questo sistema, cultura e potere venivano custoditi dai nobili, fruttando loro ricchezza e prosperità; le donne erano completamente escluse dal gioco socio-politico delle famiglie e ad esse era riserbato un matrimonio, prettamente lucrativo, sia per la famiglia d'origine, che per quella acquisita.

Tomas le Pierre, questo il suo nome prima di conseguire i voti, non aveva accettato di buon grado di rinchiudersi in un monastero, ma aveva diligentemente eseguito i propri doveri verso la sua casata. Aveva dovuto rinunciare definitivamente alla sua vita, mettendo se stesso a dura prova e gettandosi in un'esistenza a lui poco gradita.

Tomas, quindi, accettò di prendere i voti, ma non avrebbe mai potuto immaginare ciò che trovò all'interno del monastero: frate Tomas cominciò ad impegnarsi nel suo compito monastico solo a tarda età, dal momento che la perversione, all'interno dell'abbazia, abbondava.

La sua giornata cominciava alle quattro del mattino, nell'oratorio; continuava sino alle diciotto coi lavori manuali, tra i quali: la raccolta del miele, la fabbricazione del sidro, la mungitura e la custodia dell'ovile. Dopo la cena, rigorosamente composta dal frutto del loro lavoro, ogni monaco, nella sua cella, si dedicava all'auto-fustigazione. Tale pratica era molto in voga e ritenuta molto utile dai frati, per punirsi dall'essere caduti in qualsiasi tentazione possibile, dai peccati di gola a quelli strettamente carnali, perciò essi si flagellavano per mondarsi da tutti i peccati commessi durante la giornata: nessun frate si trovava lì per scelta propria, quindi, le privazioni imposte dalla dottrina, erano decisamente troppo rigide per uomini non devoti.

Nessuno di loro, però, poteva sospettare che, da lì a poco tempo, la vita nel monastero, soprattutto quella di Tomas, sarebbe radicalmente cambiata.

Un giorno frate Tomas, intento a portare un secchio alla posta dei porci, passò davanti la porta d'ingresso, quando avvertì il suono insistente della campana: qualche forestiero doveva esser giunto all'abbazia. Frate Tomas depose il secchio e andò a staccare la fune della campana, facendo cessare il suono, dopodiché si recò ad aprire la porta.

Daeva era allo stremo delle forze quando sentì i chiavistelli scorrere, arrugginiti dal tempo e dalle intemperie; con un sommesso cigolio la porta s'aprì innanzi a lei.

Le forze le vennero meno e cadde letteralmente tra le braccia di un frate esterrefatto.

Contro la Zele

Ludvik Von Baron fu costretto ad intraprendere quel viaggio.

Doveva assolutamente perpetrare il suo scopo, anche senza la totale approvazione del Consiglio della Zele; anzi: probabilmente, in futuro, avrebbe dovuto epurarla e riportarla all'antico splendore.

Ludvik decise di occuparsi personalmente dell'abbattimento della riluttante reticenza di Raven Moonroi, resistita per ben quindici anni.

Ludvik Von Baron era fermamente convinto che, una volta eliminata Ascher, Raven Moonroi sarebbe crollato, rivelandogli l'ubicazione dei beni trafugati dalla tesoreria della Zele.

Baron non aveva mai potuto provare, in realtà, la totale colpevolezza di Raven Moonroi ed il Consiglio non fu mai favorevole alla sua eliminazione, data la mancanza oggettiva di prove concrete, eppure lui non aveva alcuna incertezza in merito: chi avrebbe mai potuto, se non il tesoriere stesso, riuscire a sottrarre tutto quell'oro? Poteva accettare che non fosse stato l'esecutore materiale, ma, secondo la ferrea logica di Ludvik, non vi era alcun dubbio: il colpevole poteva essere solo Raven.

La carrozza si fermò di colpo, sottraendo Ludvik Von Baron dai propri pensieri; di lì a pochi secondi la porta si aprì, rivelando un ragazzino che, con ossequiosa riverenza, annunciò:

- Signore, siamo giunti a destinazione.

Il vento gelido di dicembre inoltrato accarezzò con un brivido l'intera spina dorsale di Ludvik.

Von Baron si sistemò il soprabito in lana, stringendoselo al petto; la sua mole sembrava ancor più imponente, avvolta nel lungo cappotto color notte, mentre scendeva i pochi gradini della carrozza.

Innanzi a lui si apriva una stretta strada maleodorante, alzò il capo per verificarne il nome e, leggendo a bassa voce la targhetta, non ebbe alcun dubbio: era giunto nel posto giusto.

Ai lati della strada, in piena periferia, stipate contro i muri, si potevano contare almeno una cinquantina di fuochi da campo, con altrettante meretrici. Ludvik era giunto nel luogo di perdizione più in voga del momento, perfino la stessa strada era dedicata alla lussuria: Via del Lupanare.

Von Baron congedò il cocchiere ed il ragazzo, ordinando loro di tornare a riprenderlo dopo un'ora, poi si avviò in mezzo alla calca di donne lascive.

Ludvik era più preoccupato per la sorte del suo portasoldi, piuttosto che per la tentazione di cedere alla carne; egli non era avvezzo a giacere con una donna consenziente, non vi trovava alcuna lussuria. Con difficoltà

Ludvik Von Baron riuscì a guadagnarsi la propria libertà dalle grinfie delle meretrici, raggiungendo infine la meta del suo appuntamento.

Al fine di raggiungere i propri scopi, aveva toccato con mano gli ambienti più abbietti da lui conosciuti, scendendo fino ai livelli più bassi della scala sociale.

Ludvik sapeva bene che, chiunque avesse necessità di dobloni, sarebbe stato disposto a vendere anche la propria madre o svendere la propria dignità: proprio quel genere di persone di cui aveva bisogno.

Il numero civico ventuno apparve innanzi a lui, al chiarore di un lume; affissa alla porta, un'insegna non lasciava alcun dubbio su ciò che vi fosse all'interno; al fianco della porta, una piccola alcova conteneva una statuetta di una donna in vesti lunghe, con in braccio un bambino in fasce.

Ludvik Von Baron non aveva mai compreso appieno le motivazioni di alcune persone, votate e ostinate a credere in tali religioni: lui era totalmente ateo.

Nonostante questo, non poté fare a meno di pensare qualche istante a quanto fosse strano trovare un fervente religioso in un posto come quello.

Si strinse nelle spalle e, col sorriso sulle labbra, bussò alla porta.

Delusioni

Sull'isola di Ascherath il rombo del tuono preannunciava una serata di pioggia. Tutti gli abitanti s'affrettavano per ritornare nelle proprie abitazioni; solo alcuni impavidi affrontavano l'intemperia, per recarsi nelle taverne del borgo.

In una di queste taverne, una figura solitaria stava seduta ad un tavolo, racchiusa nei propri pensieri. David Beltar aveva già ingollato più di un boccale di grog, incurante delle risa e dei discorsi degli avventori che lo circondavano; osservava meditabondo la sua bevanda e, di tanto in tanto, voltava il capo per guardare il taverniere aggiungere ceppi alla stufa accanto al suo tavolo.

Neppure s'accorse dell'avvento di un uomo che lo raggiunse, sedendosi innanzi a lui.

- In una serata come questa, bere in solitudine porta solo tristezza

David Beltar alzò il capo, riconoscendo il suo amico:

- Oggi non sono in vena di compagnia.

- Nemmeno io, ma è più forte la necessità di non essere triste, stasera.

Dok guardò con cipiglio il suo compagno che, senza nemmeno sbuffare troppo, gli rispose:

- Se vuoi una scarsa compagnia, accomodati pure.

David Beltar prese il boccale e lo finì in un sorso, poi si rivolse all'oste:

- Sfregiato! Portarmene un altro!

Il locandiere del Puledro Impennato non se lo fece ripetere, mentre Dok poggiò sul tavolo una bottiglia di liquore:

- Questa la distillo io personalmente. Volevo tenerla in serbo per un avvenimento speciale, quindi credo sia giunto il momento di stapparla.

- Non ti dovresti disturbare per me.

- Nessun disturbo, David. Anche condividere allontana la tristezza.

Dok si fece portare al tavolo due boccali, poi, con gesti lenti e quasi solenni, stappò la bottiglia.

Il profumo del liquore si sparse nell'aria intorno a loro, dolce e invitante.

- Allora, alla nostra salute, vecchio amico.

Entrambi ammiccarono sorridendo.

Dopo aver assaporato qualche sorso della bevanda, Dok incalzò subito David:

- Allora, amico mio, cosa t'angoscia e ti spinge alla solitudine?

- Semplice. Ascher vuole prendere il mare... senza portarmi con lei.

Dok sospirò:

- Capisco, e ciò ti rammarica...

Beltar ingollò un altro sorso della strana mistura di Dok, gustandosela con calma, poi continuò:

- Non mi ha dato motivazioni valide. Perché trattenermi a terra?
- Forse ha messo un po' di sale nella zucca, quella benedetta donna.
- Tu pensi che io non sia all'altezza? Di seguirla, intendo...
- No, David, al contrario! Tu moriresti per lei.
- Certo che lo farei! Sono un suo ufficiale!
- Amico mio, probabilmente anch'io, se avessi vent'anni di meno, darei tutto per lei... ma rifletti: pensi che si meriti questo tuo sentimento? Pensi che lei possa essere la donna più importante della tua vita?

Beltar rimase di stucco a quella domanda, possibile fosse così evidente il suo debole per Ascher?

- Ti sbagli, Dok!
- In verità, David, non credo di sbagliarmi. Però posso dirti questo: ad un uomo serve una donna in grado di accudire i figli, che si occupi dell'uomo che ama e che, una volta tornato a casa, sappia fargli dimenticare almeno in parte ciò che, tutti i giorni, noi affrontiamo in mare.
- Mi stai annoiando. Arriva al dunque!
- Tu pensi davvero di poter trovare queste virtù in Ascher?

David Beltar s'incupì; Dok aveva decisamente colto nel segno: non era rimasto deluso di essere stato costretto sull'isola; soffriva perché Ascher non gli aveva permesso di seguirla, privandolo del piacere di starle vicino.

Dok svuotò il suo boccale:

- Vedi, David. Fuori da questa taverna vi sono centinaia di donne disposte a giacere con te!

David Beltar si stizzì e non lo nascose:

- Non mi pare il caso di pagare una baldracca.
- Mi hai frainteso, ragazzo mio. Penso che tu sia un ragazzo sveglio e capace: le donne seguono fama e potere, potresti trovarne una molto facilmente e sistemarti.

Il ragazzo sorrise, rispondendo con tono sarcastico:

- Sistemarmi? Sono un pirata. Perché mai dovrei essere interessato a questa roba da minchioni?

Dok allungò la bottiglia all'amico:

- Te la lascio. Stasera ne hai più bisogno di me. Vedrai che domani mattina avrai le idee più chiare.

Dok s'avviò verso l'uscita, mentre David rimase solo, con i pensieri ad invadergli la testa, complice anche l'eccessivo quantitativo di alcool ingerito.

Ricordò la prima volta che aveva osservato il suo capitano e come non poté rimanere impassibile alla sua bellezza. Quel giorno sul ponte una leggera brezza soffiava da ponente, accarezzando i lineamenti delicati di Ascher; i suoi capelli, racchiusi in una coda di cavallo, emanavano riflessi ramati e il suo sorriso sembrava irradiare, al contempo, gioia e sofferenza.

L'avrebbe seguita anche in fondo al mare se lei glielo avesse ordinato.

Ne fu incredibilmente affascinato, ma la temeva anche: Ascher non si comportava come una normale piratessa; non abbordava Mercantili per razziarne i forzieri, per poi dileguarsi al sopraggiungere della Marina Militare, lei li cercava!

David Beltar osservò Dok uscire dal locale, poi osservò il contenuto della bottiglia; l'afferrò, si riempì il boccale e, sottovoce, sussurrò in direzione della porta:

- Alla tua, amico mio!

L'incontro

Ludvik Von Baron attese fuori dalla porta per oltre cinque minuti, finché un vegliardo sdentato gli aprì; in verità quell'uomo non era eccessivamente anziano, ma le aspettative di vita si erano decisamente ridotte negli ultimi anni: un uomo costretto a vivere nei latifondi poteva raggiungere, al massimo, i cinquant'anni; chi raggiungeva i sessanta poteva considerarsi estremamente fortunato.

L'interno dell'abitazione era ancor più fatiscente dell'esterno; Ludvik continuava a stupirsi delle condizioni di vita così agghiaccianti nelle quali versavano sempre più persone, sempre più spesso: il mondo era popolato da miserabili, incapaci o impossibilitati a vivere decentemente.

L'uomo si rivolse a lui cordialmente:

- Buonasera. Chi devo annunziare?

Ludvik Von Baron capì a stento cosa intendesse, un sorriso gli comparve sul volto tirato:

- Non vi è alcun motivo perché mi annunciate, vi basterà indicarmi la via.

L'uomo, non riuscendo a reggere lo sguardo così freddo di Ludvik, chinò il capo in segno di sottomissione, poi indicò il piano superiore.

Ludvik salì una breve rampa di scale, raggiungendo il primo piano dell'abitazione.

L'ambiente era malamente illuminato da lanterne ad olio, che spargevano nell'aria un odore di pesce marcio; istintivamente portò l'avambraccio a coprirsi le narici, per interrompere il conato di vomito che sentì salirgli in gola.

Giunto alla fine del pianerottolo, si trovò innanzi ad un portone: i suoi cardini erano così arrugginiti che la porta s'aprì solo per tre quarti. All'interno della stanza osservò uno spettacolo indecoroso.

Ludvik si guardò attorno, scorgendo gli oggetti più disparati; la stanza era arredata con tutto ciò di cui un uomo abbisognasse per poter sopravvivere al limite dell'esistenza. Nel lato nord vi era collocato, tra le muffe, un giaciglio fatto di paglia e stoffe raggomitolate; dall'altra parte della stanza faceva capolino una latrina, con un catino ricolmo d'acqua putrescente: il fetore che emanava era indescrivibile; in un angolo, quasi in disparte, era situata una stufa. Al centro della stanza, accoccolato su una poltrona marcescente e rosa dai topi, vi era una figura umana: aveva le braccia conserte innanzi a sé, sul tavolino a tre piedi lì accanto vi erano posti un libro ed una tazza ancora fumante.

I due uomini si osservarono per un lungo istante, poi Baron ruppe il silenzio:

- Il signor Dess?

Bernard Dess era un uomo sulla trentina, se non fosse stato per il suo ceto sociale sarebbe sicuramente stato un dongiovanni: il suo viso appariva dolce e dai lineamenti morbidi; sebbene fosse seduto, si poteva facilmente intuire la sua altezza e la forma flessuosa; la carnagione chiara contrastava gentilmente con i lunghissimi capelli neri, legati a coda di cavallo;i suoi occhi brillavano del blu del mare estivo.

Si dedicava al contrabbando, per riuscire a barcamenarsi e per sopravvivere in quel posto dimenticato da qualunque dio.

Bernard osservò il forestiero, poi con un segno del capo assentì:

- Sì, sono Bernard Dess.

Al termine di queste poche parole, fece cenno al suo interlocutore, invitandolo ad accomodarsi sullo sgabello di fronte alla sua poltrona.

Ludvik Von Baron sorrise sornione all'idea che quell'uomo potesse credere fermamente di potergli offrire ospitalità, un sorriso che permase poco sul suo volto:

- Grazie, ma preferisco restare in piedi.

Affondamento

Ascher decise di seguire il Principe Mercante: fece preparare le navi supervisionando personalmente i lavori e, in breve tempo, la sua flotta prese il largo dirigendosi nei mari del nord.

Mentre i preparativi per mettere alla fonda le navi venivano ultimati, Torenescu spiegò una carta nautica e, assieme ai suoi ufficiali, illustrò la strategia che avrebbero seguito.

Ascher seguì attentamente ogni parola: era entusiasta di mettersi finalmente alla prova, affiancata da uomini valorosi; erano anni che sentiva parlare di pirati senza scrupoli, comandati dalla Zele, il cui unico scopo era affondare le navi della Marina Militare. Lei viveva solo per trovare il responsabile della morte di suo padre, avrebbe fatto di tutto pur di trovare quel dannato capitano.

In realtà Ascher, in cuor suo, temeva quello scontro: non si trattava d'intercettare ed affondare un solo veliero o un unico galeone, Torenescu le spiegò che avrebbero trovato innumerevoli imbarcazioni sulla loro rotta.

Torenescu si rivolse ad Ascher:

- Non ti devi preoccupare, non saremo solo io e te ad affrontare le flotte nemiche. Saremo spalleggiati da esponenti della Zele.

Ascher lo guardò di sottecchi, poi domandò:

- Posso, almeno, sapere i loro nomi?

Sul viso di Torenescu comparve un sorriso, completamente privo d'allegria:

- Questo non posso dirtelo Ascher, ognuno di noi lavora in anonimato e solo le alte cariche possono conoscere il nome dei loro sottoposti, così, in caso di cattura, le informazioni sono limitate e non vi è il rischio che tutta la Zele crolli.

Ascher chinò il capo ad osservare la cartina, rispondendo a malincuore:

- Capisco...

Finiti i preparativi, Ascher salì a bordo della sua ammiraglia e diede ordine d'issare le vele e salpare, seguendo la rotta tracciata da Torenescu; eppure in lei l'agitazione e l'insicurezza cominciarono a farsi sentire. Mentre navigavano verso nord e il freddo cominciava ad essere pungente, la sua preoccupazione crebbe, accentuando i brividi causati dal clima, al punto da farla tremare: era la prima volta che le capitava di provare una simile inquietudine. Cercò di scrollarsi di dosso la paura, infine, intirizzita, si rinchiuse nella sua cabina per cercare conforto e tepore.

Si riscosse dal torpore, nel quale si era rifugiata per ovviare alla tensione accumulata per l'imminente battaglia, quando un suo ufficiale entrò nella sua cabina, avvertendola dell'arrivo a destinazione e del contatto visivo con flotte nemiche.

Nella mente di Ascher i pensieri cominciarono a sovrapporsi:

"Flotte? Ve n'è più d'una?"

Ascher corse fuori, prese il monocolo e osservò la situazione: nel corso del viaggio molte imbarcazioni s'erano unite alla loro rotta, poteva contare intorno alla sua ammiraglia altre dieci imbarcazioni amiche, ma al contempo, in lontananza, si stagliavano altrettante forze della Marina Militare.

Torenescu aveva ragione: le bandiere di riconoscimento appartenevano sia alla Marina Militare che ai Corsari, pagati direttamente dal Ministero della Marina: pirati pagati per affondare altri pirati, la battaglia sarebbe stata incerta e Ascher aveva paura.

- Uomini, ai posti di combattimento! Copriamo l'ammiraglia di Torenescu!

Nessun bucaniere metteva mai in dubbio gli ordini di Ascher: più di una volta avevano visto in azione il loro comandate e anche questa volta si fidarono ciecamente di lei; insieme avevano affrontato molte altre battaglie, anche se ora le forze in mare erano davvero sorprendenti.

Dopo qualche manovra evasiva, nel tentativo d'ingaggiare battaglia, l'ammiraglia di Ascher fu speronata dall'ammiraglia di un corsaro e arrembata in pochissimi minuti.

Appena dopo la collisione, i corsari, capitanati da un adolescente noto come Capitan Trazum, fecero irruzione sul ponte dell'ammiraglia di Ascher. Lo scontro fisico diede una scarica d'adrenalina tale che la paura di morire fu superata dalla foga per la sopravvivenza.

Ascher conosceva un solo modo di combattere: trovare il condottiero e ucciderlo; affinché l'equipaggio nemico, privato del comandante, si arrendesse senza ulteriore spargimento di sangue.

Si fece largo tra il tumulto e il clangore della battaglia, lungo tutto il ponte, per incontrare colui che, con tanto sprezzo del pericolo, aveva osato affrontare La Tigre.

Trazum, a dispetto della sua giovane età, era un abilissimo spadaccino e un capitano dotato di grande logica ed astuzia, che gli valsero il soprannome di Volpe dei Sargassi.

Appena Trazum ebbe di fronte Ascher, la canzonò:

- Quindi tu saresti Ascher... è un onore conoscere la famigerata Tigre dei mari!

Il tono sarcastico di Trazum, nemmeno troppo occultato, infastidì

Ascher, poco sofferente verso gli sbeffeggiatori adulti, figurarsi per quel ragazzino che non avrà avuto più di diciotto anni:

- E tu chi saresti, bamboccio? Hai per caso perso la tua mammina?

Trazum la fulminò:

- Ricordati questo nome Ascher, perché sarà l'ultimo che sentirai in vita...

Un sorriso comparve sul volto di Ascher:

- Suvvia, non tenermi sulle spine, lattante. Dimmi qual è il tuo nome, così quando ti avrò ucciso scriverò un epitaffio, elogiando la tua immensa idiozia nello sfidarmi!

Trazum puntò la sciabola contro Ascher:

- Ebbene sia, donna! Il mio nome è Trazum, La Volpe dei Sargassi!

Non vi furono ulteriori indugi. Ascher si buttò a capofitto sul suo avversario che, sorprendentemente, parò e rispose ai suoi colpi con disinvoltura e caparbietà; non era solita incontrare gente al suo livello, ma Ascher capì immediatamente che non sarebbe stato facile sconfiggere quel ragazzo. Ascher non aveva la benché minima idea di come si stesse svolgendo la battaglia che infuriava intorno alla sua ammiraglia: i rombi dei cannoni le giungevano ovattati, come se la sua nave fosse lontana miglia dallo scontro in atto, mentre lei sapeva perfettamente di esserne al centro, troppo assorta nel tentativo di non farsi ferire da Trazum per verificare la sua esatta posizione.

Trazum, dal canto suo, aveva un'intelligenza superiore alla media: dove peccava di tecnica, colmava le lacune con l'astuzia e l'agilità, riparandosi dietro l'albero maestro, recuperando da terra, con una torsione del piede, una spada abbandonata, per poi impugnarla rapidamente, apportando affondi e doppi affondi; addirittura saltò su un barile, per poi farlo rotolare all'indietro evitando così un letale attacco di Ascher.

Trazum sapeva che lo scontro avrebbe avuto un esito nefasto, quindi doveva togliersi dall'impasse, il più velocemente possibile.

Gli ordini ricevuti erano chiari: fermare il più a lungo possibile Ascher, mentre i rinforzi sarebbero giunti per porre fine al combattimento. Sirio, il suo comandante, aveva studiato le tattiche di battaglia di Ascher, cogliendo informazioni dai sopravvissuti ed era riuscito a carpire il punto debole della piratessa: presa dall'impeto della battaglia, si soffermava raramente ad individuare eventuali supporti; alla luce di questo sarebbe stato facile coglierla in trappola, a Trazum sarebbe bastato tenerla ingaggiata il tempo necessario per far sopraggiungere il Galeone di Sirio.

Per la Volpe, però, ne andava della sua vita, quindi doveva essere particolarmente prudente. Nonostante i suoi accorgimenti, Trazum cadde, inciampando su un corpo amico e la spada di Ascher gli trafisse la spalla destra; il dolore fu talmente lancinante da strozzagli un grido in gola e annebbiargli la vista.

Con voce affannata Ascher lo incalzò:

- È dunque giunto il momento di fare i conti col destino, Trazum! Dannata zanzara d'un moccioso!

La voce di Ascher riverberò oltre il rumore della battaglia. Trazum, d'impulso, afferrò la lama di Ascher con la mano sinistra, il filo gli recise il palmo ed un fiotto di sangue color cremisi colò lungo la sua manica; incurante del dolore cercò di far leva, in modo da non far penetrare la lama più a fondo, se ciò fosse successo avrebbe perso la capacità di reggere una spada e, di conseguenza, avrebbe perso la possibilità di divenire il più grande tra tutti i Corsari.

Con un misto di sofferenza e rabbia, digrignò:

- Sei tu quella che dovrà fare i conti col destino, stupida donna che gioca a fare l'uomo!

Appena Trazum proferì queste parole, mentre lei era pronta a porre fine alle sofferenze di quel ragazzino, Ascher si rese conto dell'errore commesso: alzò lo sguardo dal parapetto a dritta della sua ammiraglia e s'avvide dell'arrivo del Galeone della Marina, intento anch'esso a speronare la sua nave.

L'impatto fu tremendo: Ascher fu sbalzata fuori coperta, l'ammiraglia nemica squarciò lo scafo dell'Elisabeth, come se fosse fatto di carta, proprio sotto la linea di galleggiamento; per l'ammiraglia di Ascher non vi era alcuna possibilità, se non l'inevitabile certezza dell'affondamento.

Cadendo in mare Ascher riportò una ferita alla testa che la tramortì.

L'ultima cosa che vide fu la sua nave in balia del nemico.

Riuscì a sentire appena le urla dei suoi uomini, trucidati dall'odio nemico.

Poi calò il buio.

Identità Violate

Frate Tomas si prese amorevolmente cura di Daeva, nelle due lunghe settimane di permanenza nel monastero.

Aveva fatto rapporto al priore, appena rinvenuta la donna sul ciglio della porta ed era giunto a conoscenza che tale ragazza, in verità, non era altro che l'Eletta e che avrebbe dovuto prendersene cura nel migliore dei modi. Così si era dedicato anima e corpo alle cure necessarie.

Era giunto a conoscenza del fatto che la ragazza, in arte, portasse il nome dell'Onnipotente Ascherath, un'Eletta tra le Elette.

Era lei, coi suoi proventi, a far in maniera che il monastero avesse introiti a sufficienza per poter continuare ad esistere; Tomas provava per lei una forte attrazione, ben oltre il rispetto per un superiore: Ascher era veramente una bella donna e il frate sapeva quanto fosse importante tenere a freno certi pensieri impuri, ma, sempre più spesso, iniziò a fantasticare su di lei durante la notte; se solo non avesse preso i voti, se solo lei si fosse accorta di lui...

Tomas, però, non poteva perdere così facilmente il suo voto, gettando discredito sulla sua intera famiglia: qualunque sentimento provasse, doveva reprimerlo.

Non appena Daeva si riprese dalla sua disavventura capì la situazione: giunta in questo monastero era stata scambiata per sua sorella Nial; tutti la chiamavano Ascher, riverendola come mai accaduto in vita sua.

Daeva realizzò di non sapere assolutamente nulla della sorella: per dieci lunghi anni pensò che fosse morta e, una volta ritoranta, Nial non le raccontò mai cosa le fosse accaduto e cosa avesse fatto per diventare una piratessa. Daeva sentì d'avere l'occasione per far luce su un periodo buio e a lei sconosciuto, pertanto approfittò della situazione, cercando di scoprire le vicissitudini avvenute all'interno del monastero. Le differenze tra lei e sua sorella erano talmente minime che probabilmente, se avesse giocato bene le sue carte, nessuno si sarebbe accorto dello scambio di persona.

Inoltre Jared Valar l'attendeva sicuramente all'esterno, per ucciderla e porre così fine al suo segreto. Se avesse giocato d'astuzia avrebbe sicuramente fatto perdere le sue tracce e ricavato molto da quella grottesca esperienza.

Il monaco che le avevano affidato al seguito era un certo Tomas: un ragazzo carino, dai modi gentili, ossequioso allo sfinimento; i problemi, forse, sarebbero sorti al cospetto del priore, tuttavia anche quell'incontro poteva volgere a suo favore, se avesse giocato bene le sue carte.

Il priore, fin dal momento del suo arrivo al monastero, aveva volutamente evitato d'incontrare Ascher: l'aveva addestrata lui, quand'ancora era un semplice postulante e non voleva che lei sapesse del suo sotterfugio, atto a preservarsi una rendita sugli introiti da lei versati al monastero e a ricevere la carica di priore.

Se Ascher avesse anche solo sospettato che il vecchio priore fosse stato assassinato proprio da lui, probabilmente non avrebbe più sostenuto la causa di Ascherath e lui sarebbe stato esiliato.

Doveva riflettere attentamente su ciò che stava accadendo: se si fosse mosso troppo precipitosamente o avesse commesso un minimo errore, ne sarebbe andata della propria vita.

Molti fattori giovavano, però a vantaggio del priore: erano trascorse ben due settimane dal suo arrivo, le notizie di frate Tomas prospettavano una pronta guarigione, ma ancora lei non chiedeva udienza: Sirius poteva contare sul fatto che tra Ascher e il vecchio priore non corresse buon sangue, tant'è che le visite, in passato, erano decisamente ridotte al minimo indispensabile e, spesso, le comunicazioni fra loro avvenivano solo tramite corrispondenza.

Redarre una lettera con la grafia del suo predecessore sarebbe stato impensabile e un eventuale incontro avrebbe causato domande inopportune; non restava altro da fare che rimanere rinchiusi nel proprio studio, negando ogni visita.

Se avesse giocato bene le sue carte, tutto si sarebbe sistemato.

Lord Dess

All'isola del Teschio Sdentato fece attracco uno strano Veliero. Non s'era mai vista in porto una nave tanto grande, quanto inquietante: lo scafo era rifinito di strane e particolareggiate fogge, il suo colore sostituiva alle classiche sfumature di marrone, un denso nero lucido. In realtà, tutto sul Veliero sfoggiava quella livrea: le vele, le cime, persino l'ancora non si distingueva nell'uniformità cromatica.

Le genti del posto cominciarono ben presto a fantasticare, narrando assurde leggende su quella strana nave e alcuni predicatori locali cominciarono a spargere voce sul sopraggiungere d'eventi nefasti.

Mai, come allora, le superstizioni avrebbero indovinato l'imminente futuro, sebbene le cause sarebbero state completamente avulse dalla comparsa di quella strana nave.

Si sapeva ben poco anche del suo capitano e del suo equipaggio: nessuo era sbarcato da quella nave, perciò le notizie giunte alle orecchie delle genti non potevano essere altro che pure fantasie; eppure qualche luogotenente dell'ammiraglio Long Jhon era riuscito a far trapelare, almeno, il nome del condottiero del vascello. Lord Dess.

Molti pensarono che il capitano Dess fosse un temerario proveniente dai mari del sud, dal momento che, nelle regioni settentrionali, quel nome non era molto diffuso e non apparteneva a nessuno dei capitani conosciuti: molti pirati, corsari e perfino mercanti, si conoscevano almeno per fama, per le loro imprese eroiche e per le rotte commerciali aperte o seguite, di questo capitano, invece, non s'era mai sentito nominare in nessuna ballata e in nessun poema.

Tuttavia era facile immaginare che Dess fosse giunto al Teschio Sdentato per unirsi ai famigerati pirati appartenenti al Ministero Oscuro, oramai divenuti il terrore dei sette mari.

L'ospite si trattenne per diverse settimane sull'isola e si vociferava facesse spesso visita alla dimora di Long Jhon, ma l'equipaggio non fu mai visto scendere dalla nave, così la popolazione della cittadina cominciò a scommettere sulla loro identità, sulla loro provenienza e sulle motivazioni che li avrebbero spinti fino al Teschio.

Lord Dess, nella dimora di Long Jhon, s'accomodò sedendosi su una poltrona e riscaldandosi al calore del fuoco scoppiettante, in compagnia del padrone di casa.

- Spero che l'ospitalità sia stata di vostro gradimento.

L'arrivo inaspettato del suo ospite, fece sentire Long Jhon a disagio; Lord Dess, al contrario, sembrava manifestare soltanto comodità e sicurezza:

teneva il bicchiere di vino in una mano e, nell'altra, rigirava fra le dita un buon sigaro:

- Non mi posso certo lamentare.

Dess aspirò, godendosi il sapore del tabacco in bocca, poi espirò avvolgendosi in una cortina di fumo.

Long Jhon riprese il dialogo:

- Dunque, penso che siamo d'accordo in merito ad Ascher?

Long Jhon apparve bisognoso di conferme; Lord Dess lo degnò appena di uno sguardo:

- Non ci sono problemi. Baron, in merito, è stato fin troppo chiaro.

Long Jhon si mosse, agitandosi sulla poltrona:

- Ottimo, ottimo; sì, ottimo...

Lord Dess finì di bere il vino e appoggiò il calice sul tavolino accanto alla sua poltrona:

- Non ho dubbi che farete il possibile per non deludere la Zele. Dal canto mio, avrete tutto l'aiuto necessario.

Esattamente le parole sperate da Long Jhon:

- Molto bene, convocherò i miei affiliati e scatenerò la caccia su Ascher.

Dess colse nella voce di Long Jhon una fievole incertezza e rincarò la dose:

- Tutto dev'essere fatto a tempo debito.

Long Jhon sospirò:

- Certamente. Come la Zele comanda...

Un sorriso sprezzante apparve sul volto di Lord Dess ed un pensiero gli balenò nella mente: gli eventi, dall'incontro con Baron, avevano decisamente preso una piega favorevole per lui.

Alejandro Espano

Alejandro Espano portava il nome di tutti coloro che provenivano dalla regione Espania, un territorio che s'estendeva ai confini settentrionali dell'ovest: tutti i nativi di quella regione portavano lo stesso cognome, tramandando, generazione dopo generazione, l'appartenenza alla loro terra.

Come tutti i nativi della regione, anche Alejandro aveva i tratti distintivi tipici di quell'area goegrafica, caratterizzati da una carnagione scura e da capelli color rosso rubino, sebbene gli anni li avessero privato da tempo della loro lucentezza, del loro naturale volume e del loro numero, compensati da una folta barba rosso intenso.

Alejandro era giunto all'isola del Teschio Sdentato sotto espressa richiesta del suo ammiraglio, Long Jhon; era riluttante a presenziare alle riunioni indette dal suo capo, ma non poteva esimersi dagli ordini.

Alejandro era un noto e malfamato mercante che, prima d'entrare a far parte del Ministero Oscuro, si cimentava nel contrabbando delle merci più disparate.

Erano passati quindici anni da quando la Marina Militare aveva messo in scacco la pirateria, prima di quel tempo Alejandro venne contattato personalmente da Er Prototipo.

Alejandro conosceva di fama Ernest Prototipo, un noto anziano marinaio che, vistosi scaricato dal Ministero della difesa con un prepensionamento dalla retribuzione ridicola, aveva ceduto all'avarizia: nella sua ultima missione in seno alla Marina, aveva saputo del suo congedo illimitato; Ernest, furibondo, prese la decisione più incredibile di tutta la sua vita: voltare le spalle alla Marina Militare e requisire il proprio Galeone. Dopo aver sbarcato chi, fra i suoi uomini, non fosse d'accordo con il suo cambio di bandiera, si dedicò alla pirateria. Essendo un ottimo conoscitore dei metodi e dell'addestramento della Marina Militare, per molti anni fu la spina nel fianco dello Stato Maggiore, fondando il Ministero Oscuro e portando idee innovative nell'arte della pirateria.

Alejandro fu entusiasta del progetto di Ernest e non si fece certo pregare per prenderne parte: aderire a quella confraternita di pirati gli avrebbe permesso di contrabbandare mercanzie senza il timore di essere costantemente depredato del carico delle sue navi, garantendogli un illecito ed un profitto senza pari. Pirati per alleati; decisamente lucrativo.

Alejandro, ora, rimpiangeva i tempi in cui a governare il Ministero era Ernest: un buon comandante, a volte ferreo, a volte anarchico, ma che riusciva a mantenere a galla l'alleanza; da quando Long Jhon lo aveva sostituito al comando, invece, le cose avevano a poco a poco cominciato a decadere.

Nonostante il suo astio per Long Jhon, Alejandro capiva il cambiare dei tempi: la Marina Militare, negli ultimi dieci anni, aveva preso le proprie contromisure al fenomeno Ministero Oscuro; dopo l'ammutinamento di Ernest e di molti altri capitani di vascello come lui, il Ministero della difesa aveva deciso di rilasciare la missiva di corsa, autorizzando ogni capitano che volesse richiederla a commettere atti di pirateria, al fine esplicito d'affondare altri pirati. In questo modo, molti capitani di Marina giunti in età da pensionamento, potevano prolungare la loro carriera diventando dei Corsari.

I Corsari, col trascorrere degli anni, s'erano organizzati, unendosi nella corporazione denominata i Fratelli della Costa, diventando, in breve, la più pericolosa minaccia per il Ministero Oscuro, sotto la guida del valoroso e ingegnoso Tralen Zumarth, meglio conosciuto come il capitano Trazum.

Alejandro si riscosse dai propri pensieri e rilesse la missiva di convocazione: Long Jhon non ne aveva specificato il motivo, rimanendo vago sul motivo dell'incontro. Alejandro era divenuto, da tempo, uno tra i maggior esponenti del Ministero Oscuro, quindi non rimase eccessivamente sorpreso dalla convocazione, ma le motivazioni lo lasciavano dubbioso.

Qualcosa all'interno del Ministero stava rapidamente cambiando e lui ne era all'oscuro.

Cercasi Alleati

Jared Valar stava comodamente seduto nella Locanda del Frutteto, a Caradras, immerso nei propri pensieri. Era trascorso più di un mese da quella notte e non era ancora riuscito a trovare Daeva, sembrava si fosse volatilizzata nel nulla; Jared aveva perlustrato l'intera isola, senza successo.

La locanda era affollatissima essendo una delle più rinomate della città, ma Jared Valar non si curava minimamente del continuo vociare che aleggiava intorno a lui; aveva già speso un patrimonio in mance, per poter raccogliere ogni tipo d'informazione possibile, per carpire il più misero indizio sul probabile rifugio utilizzato da Daeva, senza riscontrare il minimo successo. Era decisamente scoraggiato.

Continuava a rimuginare sulle informazioni a lui note, giungendo continuamente alle solite ed ovvie conclusioni: sapeva che la Zele era sulle tracce sia di Daeva che di Ascher e lui era decisamente combattuto; non capiva il motivo di tale accanimento nei loro confronti, nonostante facesse parte della fratellanza. Della Vicenda Moonroi, accaduta quindici anni prima, aveva solamente sentito raccontare e le informazioni a sua disposizione erano poche e frammentarie, ma non doveva essere molto lontano dalla verità. In cuor suo iniziava ad albergare un sospetto.

A complicare le cose era giunto l'innamoramento per Ascher, per la quale avrebbe dato ogni cosa, si trattasse anche della stessa vita. Jared era convinto di non essere corrisposto, ma non per questo i suoi propositi sarebbero cambiati: avrebbe fatto di tutto per lei, anche solo per permetterle di stare al sicuro.

Seduto da solo coi suoi pensieri, in quella locanda affollata, Jared iniziò a riordinare le proprie idee ed a stabilire una strategia per contrastare le azioni della Zele. Non poteva tollerare che, proprio coloro che reputava fratelli, avessero deciso di eliminare Ascher e Daeva.

Innanzitutto doveva capire se tutto il consiglio della Zele fosse d'accordo sull'eliminazione delle sorelle Moonroi e chi dei membri avesse votato a favore. Jared Valar alzò il calice di vino, sorseggiandolo, mentre un pensiero gli attraversò la mente: "Di chi mi posso fidare?". Sicuramente non di Ludvik Von Baron: il Gran Maestro era l'unico in grado di porre un qualsiasi veto, su qualunque decisione del Consiglio, quindi lui doveva essere decisamente a favore per l'eliminazione delle due donne, altrimenti la decisione sarebbe finita sotto veto.

Rimanevano l'Oscuro, il King e, infine, il Principe Mercante.

Jared Valar rifletté sul King: stava con Baron da troppo tempo e per troppe volte l'aveva visto sottomettersi al volere del Gran Maestro, sicuramente anche lui aveva votato a favore della condanna.

L'Oscuro era un uomo troppo subdolo e votato al potere: se qualcuno osava intromettersi tra i suoi interessi personali, lo eliminava senza pietà, probabilmente anche l'Oscuro aveva appoggiato la sentenza di morte su Ascher e Daeva.

Rimaneva solo Torenescu: avevano più o meno la stessa età, Jared sapeva quanto il Principe Mercante fosse caparbio e quanto non si lasciasse manipolare facilmente da Baron o da altri all'interno della Zele; più d'una volta l'aveva visto contrastare le decisioni di Baron e di tutto il Consiglio. Inoltre, Jared e Torenescu, potevano vantare stima e fiducia reciproche, qualità che si rispecchiavano nella loro sincera amicizia. Jared decise di sondare il terreno in quella direzione: se ci fosse stato qualcuno tanto audace da votare contro quel provvedimento, questi poteva essere solo il Principe Mercante.

Posando il bicchiere sul tavolo, Jared Valar si soffermò a pensare ai suoi probabili alleati: non era sicuro di potersi completamente fidare di Long Jhon, anch'egli era un affiliato della Zele; se lo avesse messo al corrente delle sue intenzioni, probabilmente, si sarebbe ritrovato la gola tagliata.

Avrebbe potuto rivolgersi alla Marina Militare, magari contattando Keilina Winsor e passandogli informazioni in anonimato, come già aveva fatto in passato. Jared Valar incrociò le braccia al petto e s'adombrò: anche quella soluzione non era plausibile, la famiglia Winsor era stata a lungo legata alla Zele.

Si sarebbe dovuto avvalere, ancora una volta, della rete d'informazioni a disposizione di JK e, in ogni caso, gli sarebbero serviti dei valorosi combattenti, pronti a schierarsi al fianco di Ascher.

Decise d'iniziare dai piccoli passi, per attuare i suoi intenti: prima d'ogni altra cosa avrebbe parlato a Torenescu, successivamente avrebbe messo all'opera JK ed avrebbe arruolato altri sostenitori della sua causa.

Jared Valar finì d'un fiato il vino rimasto nel boccale, s'alzò e si diresse al banco; pagò il conto al locandiere e con passo sicuro uscì dalla locanda, raggiungendo il molo per cercare un mercantile che l'avrebbe condotto al nord, da Torenescu; se fosse stato fortunato si sarebbe potuto imbarcare su un mercantile affiliato proprio all'amico.

Jared Valar decise di muovere guerra proprio a coloro che credeva suoi fratelli... e tutto per amore.

Vicende Nefaste

Fu Osiryx a portare la nefasta novella. La notizia dell'affondamento dell'Elisabeth giunse all'isola di Ascherath come un uragano, spazzando via ogni speranza dal cuore dei cittadini.

Al Puledro Impennato, le congetture sulla sconfitta di Ascher, rimbalzarono di voce in voce, lasciando esterrefatti e increduli gli animi; ma non tutte le orecchie in ascolto rimasero scettiche.

In un tavolo nell'angolo più remoto del locale, tre uomini stavano seduti lanciandosi occhiate, apparentemente sconcertati dalle notizie giunte; in realtà, per loro, la notizia dell'affondamento era un segnale atteso da tempo: la Zele, infine, aveva colpito e lo aveva fatto col pugno duro, come sua abitudine. Era giunto, anche per loro, il momento di mettersi all'opera.

Vennero assoldati dalla Zele poco tempo prima, per entrare nelle file comandate da Ascher; il loro principale compito consisteva nell'eliminare tutti coloro i quali, facenti parte della ciurma d'élite della Tigre, potessero tentare una rappresaglia per vendicare la morte del proprio comandante.

Le voci circolanti non chiarivano lo svolgimento del combattimento e molti sostenevano che Ascher fosse stata ingannata e tradita proprio da coloro che l'erano alleati, ma non vi era tempo per indugiare: la sola comunicazione dell'affondamento stava dando adito a sospetti, nel cuore dei sottoposti di Ascher già serpeggiava il desiderio di vendetta.

Un nome su tutti destò sospetto e pettegolezzo: il mercante Torenescu. A detta di molti era stato proprio lui a convincere Ascher ad imbarcarsi al suo fianco.

La situazione precipitava, i tre uomini avrebbero dovuto mettersi all'opera il prima possibile, secondo il loro piano: prima di tutto avrebbero eliminato David Beltar, rimasto sull'isola per volere della stessa Ascher; l'eliminazione di Beltar avrebbe smorzato le fiamme della rivalsa e depistato l'attenzione focalizzata sul mercante.

Sapevano che, non appena ricevuta la notizia nefasta, David Beltar aveva fatto preparare il suo Veliero: una nave veloce, con la quale raggiungere il prima possibile il tratto di mare in cui si presupponeva fosse affondata l'Elisabeth, sicuro di poter ritrovare Ascher viva, dal momento che il bollettino della Marina Militare non aveva dato la sua morte come certa, a causa del mancato ritrovamento del corpo.

Una vana speranza, tuttavia: la Zele non aveva mai fallito.

Sicari

I tre personaggi, seduti al Puledro Impennato, erano raccolti e concentrati nei loro discorsi.

Uno di loro, posando il boccale sul tavolo, disse:

- Sono venuto a conoscenza del fatto che David Beltar si è recato a casa di Ascher.

Il più alto dei tre, soprannominato il Lungo, prese la parola:

- Sarebbe un buon momento per tendergli un agguato; la residenza di Ascher è fuori dal borgo, vicino ad una scogliera.

I tre si guardarono l'un l'altro con un gesto d'assenso.

Tutti conoscevano l'abilità in combattimento di David Beltar, il compito che si erano prefissati non era certo dei più semplici: con la spada egli era ritenuto secondo solo ad Ascher; un silenzio imbarazzato calò sui presenti al tavolo, mentre i loro pensieri iniziarono a vagare.

L'uomo dal collo taurino scolò d'un fiato la birra, si pulì dalla schiuma abbondante rimastagli sulle labbra col braccio, ruttò fragorosamente e affermò:

- Dobbiamo colpirlo insieme, altrimenti non avremmo alcuna possibilità!

Un altro accenno del capo dei suoi compagni gli diede coraggio, quindi proseguì:

- Bene, questa sera lo attenderemo sul declivio che dal borgo porta alla dimora di Ascher; è un luogo in cui la strada passa attraverso un'insenatura naturale nella roccia. Il sentiero è stretto e scosceso.

Il guercio chiese scettico:

- Come facciamo ad essere sicuri che David Beltar si trovi effettivamente alla dimora di Ascher?

La risposta dell'uomo dal collo taurino non si fece attendere:

- Questa mattina ho origliato il discorso avvenuto tra Osiryx e David Beltar, - un altro fragoroso rutto uscì dalla sua gola, tossì raschiandosi la laringe e riprese. - Beltar sosteneva che se avesse frugato tra le carte nautiche di Ascher, forse sarebbe riuscito a trovare dove lei era diretta.

Il Lungo lo interruppe:

- Dunque vuole cercare delle prove, per avere una minima idea su dove cominciare le ricerche.

Contemporaneamente un sorriso sinistro apparve sul volto dei tre uomini. Il Lungo strappò un tozzo di pane e, alla faccia del buon costume, parlò con la bocca piena:

- Siamo sicuri che Beltar sia solo?

L'uomo dal collo taurino ordinò un altro boccale di birra, poi si voltò ad osservare il suo interlocutore:

- Sì, sono sicuro! Osiryx ha fatto vela per il sud e Beltar ha messo tutti gli uomini alla preparazione del suo Veliero.

Il Guercio, che sino a quel momento era stato zitto ad osservarli, alzò il suo boccale ancora pieno, lo finì in un sol sorso, lo ripose con dolcezza sul tavolo ed in un sussurro disse:

- Bene, non ci resta che agire!

Venti di Ribellione

Rudolf Pesmerga, in arte l'Oscuro, sin dalla più tenera età dimostrò di possedere astuzia, propensione al comando, avidità e superbia; Ludvik Von Baron notò queste doti e decise di prendere quel ragazzo sotto la sua ala protettrice. Rudolf ebbe così l'opportunità d'affinare le sue abilità combattive e diventare una delle armi più micidiali nelle mani della Zele.

Rudolf, all'epoca, era un giovane aitante di bell'aspetto: alto quasi due metri, dalla carnagione chiara e i capelli corti, biondissimi, che incorniciavano un viso affilato e sicuro, nel quale erano incastonati come diamanti, due occhi color ghiaccio.

In quegli anni Rudolf diede prova più volte delle sue abilità, dando fondo a tutte le sue doti, confermando le aspettative di Ludvik Von Baron e, in breve tempo, si trovò a far parte del più alto incarico all'interno della Zele.

L'Oscuro era rinchiuso nel suo castello, a meditare sul colloquio avuto col suo Maestro. Aveva scoperto la bravura di Ascher e, non appena venne contattata dal Ministero Oscuro, s'era attivato personalmente per introdurla nella Zele.

Ora non si capacitava del perché Ludvik ne volesse la morte: era certo che il suo Maestro fosse mosso da motivazioni personali e questo non giovava alla crescita della Zele. Qualcosa in quell'uomo era cambiato: lo aveva seguito e aveva sostenuto sempre il Consiglio, ma ora la sua fedeltà veniva messa a dura prova.

L'Oscuro sapeva che il Consiglio non approvava del tutto la mozione: era giunto il momento di decidere da che parte schierarsi.

Entrambe le parti, però, non promettevano particolari vantaggi: unendosi alla Zele, l'Oscuro si era arricchito, aveva acquistato un notevole prestigio e un'incredibile notorietà, tuttavia rimaneva un subalterno, in balia dei capricci del Gran Maestro che, da uomo pragmatico e sicuro nelle decisioni prese, stava rapidamente cadendo vittima della storia della famiglia Moonroi, divenendo succube alla sua stessa furia vendicatrice.

L'Oscuro s'alzò dalla sua comoda poltrona, s'avvicinò al camino, prese l'attizzatoio e rianimò il fuoco.

Furono sufficienti pochi colpi ai tizzoni e la fiamma tornò a divampare fulgida; le iridi fredde dell'Oscuro si restrinsero, per l'eccessiva luce prodotta dalla fiamma. Era perplesso, immerso nei propri pensieri.

Poco dopo, quando depose l'attizzatoio, un sorriso nefasto gli apparve sul volto tirato.

L'agguato

David Beltar aveva impiegato tutta la giornata per mettere a soqquadro l'intero studio di Ascher, nel tentativo di trovare un minimo indizio sulla rotta seguita da lei e dal mercante Torenescu.

Aveva perfino implorato Maryha di dargli qualche dettaglio, sperando avesse origliato la conversazione avvenuta la sera prima di salpare. Tutto era stato vano; non aveva trovato nessuna risposta alla sue domande: non poteva certo salpare, così alla cieca.

Improvvisamente venne colto da un'illuminazione:

"Il rapporto della Marina Militare!"

Nella concitazione causata dalla notizia dell'affondo dell'Elisabeth, aveva tralasciato il particolare più ovvio: la Marina Militare era solita divulgare i bollettini degli affondamenti da loro effettuati, sia per far sapere alla popolazione che loro vegliavano sui mari, sia nel tentativo di scoraggiare altri eventuali atti di pirateria. Con questi bollettini venivano rese pubbliche anche le coordinate degli affondamenti e degli scontri avvenuti.

Beltar salutò Maryha e la ringraziò per l'aiuto offerto, ella ricambiò il saluto e con fievole voce aggiunse:

- Se Nial è ancora viva, ti prego, riportala a casa!

David Beltar la guardò, sorridendo:

- Farò anche oltre il possibile. Vi prometto che la riporterò a casa, sana e salva: non ho alcun dubbio che sia ancora viva.

Terminate queste parole, David lasciò alla porta Maryha, speranzosa, dirigendosi a passo spedito giù dal declivio, per raggiungere il borgo.

David Beltar era immerso nei propri pensieri quando imboccò il sentiero che, dalla dimora di Ascher, s'immetteva in un'insenatura naturale tra le rocce. La sua attenzione fu riportata al presente, quando si scontrò con una figura dalla stazza tarchiata che gli bloccava la strada.

L'uomo, con voce ferma, gli intimò:

- David Beltar, qui si ferma il tuo viaggio!

Appena terminate le parole, l'uomo estrasse la sua arma.

David Beltar impiegò una frazione di secondo, per armarsi a sua volta: non era certo il tipo da farsi intimorire alla leggera.

Fissando l'uomo dalla grossa stazza, l'ammonì:

- Cedi il passo, immediatamente, o non rivedrai la luce del mattino!

Come tutti i migliori spadaccini, anche lui peccò per un attimo di presunzione e non s'avvide delle due figure, posteglisi alle spalle, a bloccare ogni possibile via di fuga: un'imperdonabile distrazione per l'uomo navigato qual era David.

Lo scontro era inevitabile: in gioco c'era la sua vita e l'avrebbe venduta a caro prezzo.

David Beltar attaccò senza esitazione l'uomo innanzi a lui, poiché, di tutti e tre, lo identificò come quello più impacciato; s'avvide presto del suo errore di valutazione: l'uomo tarchiato gli teneva abilmente testa, anche se con qualche difficoltà.

I due uomini alle spalle di Beltar non attesero oltre e l'attaccarono all'unisono, mettendo il loro avversario in seria difficoltà. David riuscì a parare con disinvoltura i loro attacchi, ma si rese ben presto conto di non poterli controllare tutti e tre contemporaneamente: doveva eliminarne almeno uno e alla svelta.

I tre uomini, non essendo degli sprovveduti, attaccarono con metodo, tenendo il loro avversario sempre alle strette: non avevano fretta ed usufruivano al meglio della loro supremazia, data dal numero.

Dopo poche stoccate, David aveva subito un paio di ferite leggere: una ad un braccio, l'altra sulla coscia; si stava stancando, ma l'adrenalina immessa nel suo corpo lo sorreggeva e lo spronava a dare il meglio di sé.

Per una stoccata troppo impulsiva, il Guercio si sbilanciò leggermente, lasciando scoperto il fianco; quell'imprecisione gli fu fatale: Beltar parò di lato, mandando l'affondo del suo avversario a vuoto, poi, con una rapida torsione del busto, passò tra le difese del Guercio; in una frazione di secondo David passò la spada da una mano all'altra e, ruotando il polso, colpì mortalmente, facendo penetrare l'arma fino all'elsa, nel torace dell'avversario.

Quell'azione, per quanto vantaggiosa e rapida, non gli permise di coprirsi a sua volta; David lasciò le sue difese sguarnite e venne anch'esso trafitto, al quadricipite femorale.

Un gemito di dolore gli sfuggì dalle labbra; Beltar indietreggiò immediatamente di qualche passo, estraendo la lama dal corpo inerte del Guercio.

David assunse la posizione di difesa; era stato ferito seriamente: il sangue colava, imbrattandogli le brache e lo stivale.

I due sicari si guardarono per una frazione di secondo, poi entrambi osservarono il loro compagno, a terra, privo di vita. Erano a conoscenza dell'abilità del loro avversario e sapevano che, almeno uno di loro, avrebbe potuto incontrare la morte; ma David Beltar era stanco e ferito, sarebbe stato molto più facile sopraffarlo; le loro voci s'unirono in un urlo, che ruppe il silenzio della notte, mentre si scagliavano contro la loro vittima.

Beltar riuscì a parare il primo affondo, ma il secondo giunse troppo rapido: la lama dell'uomo tarchiato gli perforò la milza. Colto da un furore cieco, David sferrò un colpo dal basso verso l'alto. La lama compì un arco, infrangendosi nel mento del tarchiato, conficcandosi a fondo nel suo cranio.

L'ultimo assalitore, a quel punto, ebbe un attimo di esitazione, ma vide David Beltar barcollare e lasciare la propria spada infilata nel cranio del tarchiato: era il momento propizio.

- Vendicherò la morte dei miei compagni! Muori, dannato!

L'affondo fu violentissimo e rapidissimo. David Beltar era allo stremo e disarmato, la sua arma giaceva in compagnia del suo secondo avversario, oramai privo di vita.

Le abilità percettive di David cominciarono a diminuire. Il mondo iniziò a girare su se stesso, lentamente; le sue membra divennero pesanti. Voltandosi, per tentare di mantenere l'equilibrio, David s'avvide dello spuntare di un'elsa dal suo fianco: con un ultimo gesto disperato estrasse la spada dal ventre del tarchiato, per intercettare la lama che gli avrebbe tolto la vita.

Lo scontro l'aveva completamente spossato: David Beltar non fu sufficientemente veloce e riuscì a deviare il colpo solo leggermente; la lama gli penetrò la spalla.

Sentì le ossa rompersi sotto l'impatto dell'arma; il dolore gli si strozzò in gola, mentre il suo assalitore rise di scherno:

- Salutami Caronte. Con gli omaggi della Zele, cane bastardo!

Il sicario commise un errore imperdonabile che gli costò caro: la sicurezza della vittoria.

Beltar approfittò di quella piccola pausa nel combattimento, spostò nuovamente la presa dell'elsa da una mano all'altra e, con le ultime forze, sferrò un calcio ben assestato, sbilanciando pesantemente il suo avversario. Fulmineo, David gli trafisse il ventre.

Mentre l'uomo agonizzava a terra, David Beltar gli si avvicinò.

Gli sollevò il capo e, in un sussurro, gli disse:

- Vai avanti tu, carogna!

Maryha stava spegnendo le ultime luci in casa, quando un rumore sordo la fece sobbalzare. Con passo lento si diresse alla porta e l'aprì.

Le sue labbra si strinsero e la mano salì alla bocca per soffocare un gemito di sgomento: riverso a terra, in una pozza di sangue, giaceva un uomo che riconobbe subito.

Resa Dei Conti

La fortuna non aveva voltato le spalle a Jared Valar: era riuscito a trovare un Mercantile che, in una sola settimana, l'aveva portato a destinazione.

Jared affittò una camera nel quartiere commerciale e prese le dovute precauzioni, nel caso fosse seguito o controllato da qualcuno.

Prima d'incontrare Torenescu decise di schiarirsi le idee: avrebbe usufruito al meglio del loro colloquio.

Sistematosi comodamente nella sua camera, cominciò a scrivere una missiva indirizzata a JK.

In poche righe cercò di comunicare all'amico la situazione senza dare riferimenti troppo precisi: non che temesse della sua fedeltà, ma decise di stare attento alle parole usate, nel caso la missiva fosse caduta nelle mani sbagliate.

Finito di scrivere la lettera si recò dall'oste, pagò il compenso per il recapito della busta e si diresse nelle stradine affollate di Kabras, da lui conosciuta perfettamente, non essendo quella la sua prima visita a quel luogo.

Il mercato era fiorente e le genti erano cordiali e calorose, gli era sempre piaciuta quella cittadina. La prima volta che vi mise piede, accompagnato proprio da Torenescu, rimase sorpreso dalla ricchezza della città.

L'abitazione di Torenescu stava al di fuori delle mura di cinta, il mercante aveva comprato un appezzamento di terra particolarmente esteso e vi aveva fatto costruire la sua dimora, poi aveva fatto piantare intorno all'abitazione un sorprendente numero di ciliegi; in primavera, quando erano in fiore, lo spettacolo del paesaggio lasciava letteralmente a bocca aperta.

Jared Valar impiegò diverse ore prima di raggiungere l'entrata della tenuta di Torenescu; dall'ingresso della cinta muraria alla dimora vi era un lungo viale costeggiato da cipressi; il lastricato era in arenaria, di color viola intenso: uno sfarzo incredibile.

Torenescu non lasciava nulla al caso, qualsiasi visitatore ch'entrasse per la prima volta, avrebbe dovuto rendersi conto immediatamente delle ricchezze e della potenza economica del padrone di casa. Una sorta d'onnipotenza permeava tutto quel luogo.

Jared percorse il viale con passo lento e sicuro; tutto quello sfarzo non aveva il benché minimo più effetto su di lui, sebbene, la prima volta che giunse lì, anche lui non poté esimersi dal provare una certa soggezione, nei confronti del mercante.

Jared, giunto in prossimità della villa, aggirò l'immensa fontana antistante l'ingresso; ricordando perché il mercante eresse quella fontana, un sorriso apparve sulle sue labbra, mentre un nome venne rievocato dalla sua memoria: "Ludmilla".

Qualche anno addietro, Torenescu s'era perdutamente innamorato di Ludmilla, una ragazza di stirpe zyngana: un popolo nomade, originario della regione dello Zyngan che non posseggono terreni e sono fedeli ad un unico capo, ogni cinque anni incoronato come re degli zyngani; non possono avere dimora fissa e non possono sposare nessuno che non faccia parte della loro tradizione.

Jared Valar non si capacitava di come Torenescu fosse caduto nelle grinfie di una tale donna e come potesse pensare di sposarla, senza abbandonare tutto e abbracciare l'ideale di vita degli zyngani.

Torenescu fece costruire quella fontana e la dedicò a Ludmilla, nel tentativo di convincerla del suo amore; Ludmilla, sebbene ricambiasse i sentimenti del mercante, non se la sentì di tradire la volontà del suo popolo, così, quando la carovana si dovette rimettere in marcia verso luoghi sconosciuti, lei prese la decisione di partire, spezzando il cuore del mercante.

Torenescu, però, non se la sentì mai di disfarsi della fontana, che ancora troneggiava nel suo giardino.

Jared Valar si soffermò ad osservare le due statue al centro della vasca, raffiguranti un uomo inginocchiato, scolpito nell'atto di baciare gentilmente la mano di una giovane donna in veste lunga; uno getto d'acqua costante sgorgava dalle statue e si riversava lungo tutta la scultura, ingentilendone i tratti.

Superata la fontana, Jared raggiunse l'entrata. Un servente aprì la porta facendo accomodare l'ospite, chiedendogli con voce gentile chi avrebbe dovuto annunciare.

- Il mio nome è Jared Valar.

Il messo lo fece immediatamente accomodare nel soggiorno:

- Messere, accomodatevi pure, nell'attesa che il padrone vi raggiunga.

Jared Valar ricordava molto bene lo studio di Torenescu, arredato con gusto e ricercatezza: un camino troneggiava nella parete nord, con due poltrone in pelle ai lati e un tavolino in mogano frammezzo; alla parete est vi era fissata una grandissima libreria, molto ben fornita, accanto a questa, una porta dava alla camera degli ospiti, dove Jared passò molte notti; nel lato ovest della stanza, una vetrata immmensa mostrava il tramonto mozzafiato sui ciliegi.

Il mercante fece il suo ingresso senza fare aspettare troppo il suo ospite, dirigendosi verso Jared, per dargli il benvenuto con un caloroso abbraccio:

- Jared! Vecchia canaglia, cosa ti porta da queste parti?

Il mercante, non visto dal suo ospite, gettò uno sguardo furtivo alla porta degli ospiti.

Jared ricambiò l'abbraccio:

- Sono tempi duri, Tore. Avevo bisogno di parlare con te.

I due uomini si guardarono per un lungo istante, poi Torenescu disse:

- Ma certo, ma certo. Accomodati pure, vecchio mio. Lascia perdere le formalità. Ti faccio subito servire dell'ottimo vino... un'inaspettata e così lieta visita va festeggiata!

Jared si adombrò:

- Tore, questa non è certo una visita di cortesia!

Il mercante sembrò preoccupato e la sua voce tremò leggermente:

- Devo ancora considerarti un amico?

Jared Valar rimase sorpreso da quella domanda, forse si era sbagliato a giudicare ferrea la loro amicizia:

- Dipende da ciò che mi dirai.

Torenescu non si aspettava una risposta del genere e si mise immediatamente sulla difensiva:

- Ebbene, allora avanti, dimmi cosa vuoi sapere!

Jared non indugiò oltre:

- Sono venuto per sapere a chi devi la tua lealtà.

Un pensiero oscuro avvinghiò lo stomaco del mercante:

- È davvero una domanda complicata, Jared. In quale veste vuoi che ti risponda?

- Innanzitutto, vorrei sapere cosa ha deliberato il Consiglio in merito ad Ascher.

Forse fu troppo precipitoso, ma Jared voleva delle risposte, a qualunque costo.

Torenescu rimase allibito, ma la risposta non si fece attendere molto:

- Sai benissimo che le questioni riguardanti il Consiglio non possono essere divulgate alla leggera, questa è una domanda che non può trovare risposta.

Jared era deluso e non lo nascose:

- Pensavo che fossimo amici e che tra noi non ci fossero segreti.

Torenescu gli voltò le spalle, dirigendosi verso la vetrata. Si prese qualche secondo per riflettere e poi rispose:

- Non ve ne sono, ma tu mi poni domande alle quali, come ben sai, non posso rispondere.

Jared Valar strinse i pugni e cercò di trattenere l'ira crescente:

- Tore, più di una volta tu mi hai messo al corrente delle decisioni prese dal Consiglio. Più di una volta abbiamo discusso sulle ripercussioni di tali decisioni. Perché, proprio ora, hai deciso di menar il can per l'aia?

Torenescu fece un lungo sospiro:

- Jared, io, in merito a questo discorso, non ho nulla da dirti.

Jared sentì il mondo crollargli addosso. Era incredulo e in preda ad una furia omicida:

- Allora ci siamo detti tutto ciò che dovevamo dirci!

Pronunciate queste parole si girò e prese la strada per uscire, Torenescu non si voltò a guardare l'amico andar via, né tanto meno lo richiamò, sentì solo il rumore della porta d'ingresso sbattere pesantemente con un rumore sordo.

Appena fuori dalla villa, Jared Valar si fermò. Il suo pensiero corse alle congetture da lui fatte nei giorni precedenti: anche Tore aveva votato a favore! S'incamminò lungo il viale, rimuginando sugli eventi.

Non appena Jared Valar uscì dall'abitazione, la porta della camera degli ospiti si aprì.

Torenescu si voltò a guardare Ascher: indossava una lunga camicia che, però, lasciava scoperte le sue lunghe gambe flessuose; era scalza e si massaggiava la testa, proprio dove aveva ricevuto il colpo che l'aveva tramortita; la sua chioma rossa era scompigliata, inconfondibile segno d'un risveglio frettoloso; appena alzò il viso per guardare chi vi fosse nella stanza, un raggio di sole le colpì le iridi, incendiandole lo sguardo.

Torenescu le si avvicinò e, con voce lieve, le disse:

- Non dovresti trascurarti. Il colpo che hai ricevuto non è da sottovalutare.

Ascher lo guardò con affetto:

- Ho sentito che parlavi con qualcuno.

Torenescu sorrise:

- Non preoccuparti, adesso l'unica cosa importante è che tu ti rimetta. Il dottore ha detto che devi riposarti, quindi, per favore, torna a coricarti.

Ascher si stizzì:

- Ho già dormito abbastanza, non credi?

Al mercante scappò una risata:

- Ma certo, ora però non fare la bambina capricciosa. Appena ti sarai cambiata farò preparare la cena.

Ascher osservò il mercante per un lungo istante, poi si girò e richiuse la porta alle sue spalle. Torenescu rimase ad osservare la porta chiudersi dietro Ascher. Un pensiero gli affiorò alla mente:

"Ho tradito la Zele per questa donna. Devo proprio essere impazzito..."

Effusioni

Ascher era sazia, la cena era stata abbondante ed appetitosa, le sembravano trascorsi anni da quando aveva fatto un pasto del genere l'ultima volta.

Torenescu, appositamente per lei, aveva fatto preparare il meglio della sua cucina: dai piatti più semplici a quelli più raffinati, antiche ricette a base di crostacei e molluschi.

Ascher non poté fare a meno che complimentarsi con il padrone di casa.

Seduto dall'altra parte del lungo tavolo, Torenescu si compiacque dell'apprezzamento della sua ospite:

- Ti ringrazio. Mi fa piacere vederti nuovamente in salute.

Avevano cenato sotto a un grazioso gazebo, all'esterno della villa, immerso fra i ciliegi in fiore; una brezza primaverile e gentile s'alzò, ad accarezzare morbidamente i due commensali seduti l'una di fronte all'altro; alcune lanterne poste sul tavolo illuminavano con una luce calda l'ambiente, reso ancora più incantevole da una splendida e grandissima luna piena.

Appena terminato il suo bicchiere di ottimo vino d'annata, Ascher chiese:

- Tore, raccontami un po', - Ascher si portò le mani al mento, appoggiando i gomiti sul tavolo e fissando il suo ospite; gli occhi della donna, illuminati dalla luce dalle lanterne, assunsero un riverbero smeraldo. - Cos'è successo là fuori? Mi è rimasto solo un vago ricordo dello scontro. Devo aver perso i sensi cadendo in mare.

Torenescu non fu colto alla sprovvista: con Ascher convalescente, nei giorni addietro, ebbe sufficiente tempo per rimuginare su quale sarebbe stata la sua risposta a quella domanda.

Con estrema calma il mercante sorseggiò il vino, poi alzò il bicchiere per osservare i riflessi rubino del liquido e rispose:

- È stato un brutto scontro. Anche io, come te, sono rimasto basito: nessuno s'aspettava un dispiegamento tale di navi avversarie.

Ascher si sistemò più comodamente sul bordo del tavolo e con voce ferma lo spronò nel racconto.

Torenescu cercò di tenere a freno il tremito della sua voce e parlò con la massima disinvoltura di cui fosse capace:

- Ho visto la tua nave affondare. Io e i miei uomini ci siamo disimpegnati, non senza difficoltà, per soccorrere te e il tuo equipaggio.

Ascher attese di catturare lo sguardo di Torenescu, fissandolo come a volergli scrutare l'anima:

- I miei uomini, dunque?

Torenescu si prese altro tempo prima di rispondere. Estrasse lentamente dal taschino il pacco di tabacco e l'occorrente per preparare la sua pipa; il rituale impiegò qualche minuto, dopodiché Torenescu accese con un fiammifero il contenuto del fornello, trasse qualche boccata e, avvolto in una voluta di fumo, riprese il discorso:

- Molti dei tuoi uomini sono sopravvissuti, Ascher. Ho dato disposizioni a una mia caravella, affinché fosse messa alla fonda per ovviare alla perdita della tua ammiraglia. Gli uomini da noi salvati la stanno armeggiando sotto il comando di un tuo ufficiale, Benjamin, mi pare, - Ascher si rilassò e sorrise, mentre Torenescu continuò. - È davvero un ottimo ufficiale, un giorno non lontano diventerà un ottimo comandante di vascello.

Continuarono a bere avvolti nel silenzio, poi Ascher d'improvviso si alzò, fissò il mercante negli occhi col suo sguardo smeraldino dicendo, semplicemente:

- Grazie.

Detto questo Ascher lasciò il gazebo e si diresse alla villa.

Mentre percorreva il viale, Ascher pensò al debito di gratitudine contratto con quell'uomo: gli doveva molto di più di un semplice ringraziamento.

Torenescu osservò la sua ospite abbandonare il tavolo e ne seguì le movenze sino al suo rientro in casa.

Ripensò ai sentimenti che provava per lei e si versò un altro bicchiere di vino.

Con un tono talmente basso da risultare un sibilo, pronunciò il nome della donna. Nessun suono gli parve più dolce di quello.

La Vittoria su Raven

Alcuni anni prima

Daeva era sfinita. Le doleva tutto il corpo. Le mani, livide e piene di contusioni, legate in una stretta fasciatura macchiata del suo stesso sangue, reggevano a malapena la spada.

Non si capacitava del perché il suo maestro continuasse ad obbligarla a prendere lezioni di scherma: lei non era una combattente!

Innanzi a Daeva, perfettamente ritto, torreggiava Karnak, il suo maestro di spada: un vero e proprio archetipo del guerriero, in grado d'incutere paura solo a guardarlo.

Da un paio d'anni Karnak era diventato, a tutti gli effetti, il maestro d'armi di Daeva: una decisione unilaterale del suo vero maestro, che l'aveva obbligata a sottoporsi a quegli allenamenti, tanto futili quanto difficoltosi. Era la prima volta che veniva obbligata a cimentarsi in una materia per la quale non avesse interesse, però Daeva non poteva certo deludere o contraddire il Maestro.

Daeva riuscì a sollevare l'arma per difendersi da un affondo, in cuor suo sperava fosse l'ultimo: erano già passate diverse ore dall'inizio di quell'ennesimo allenamento, nel quale, come sempre, cercava di dare il meglio di sé; ma come ogni volta il suo meglio non era sufficiente.

La voce di Karnak, la colse impreparata:

- Tieni in movimento quelle gambe! Sei un bersaglio troppo facile e troppo prevedibile, altrimenti!

Daeva digrignò i denti e maledisse mentalmente il suo istruttore: come poteva pensare quell'uomo che, così minuta, lei potesse tenergli testa. Tuttavia non si diede per vinta: cercò dentro se stessa le forze necessarie a fendere un colpo, abbastanza potente e preciso da tirarla fuori da quella situazione e si scagliò contro Karnak.

L'attacco fu debole e prevedibile per un abile spadaccino come Karnak, il quale schivò velocemente l'attacco, sbilanciando Daeva; con un calcio ben assesstato al fondo schiena, la fece cadere bocconi.

Al contatto col terreno Daeva perse la presa sull'elsa, rovinò al suolo con impeto, graffiandosi il viso. Affaticata, dolorante, affranta e incapace di muovere un singolo muscolo; dai suoi occhi cominciarono a sgorgare, irrefrenabili, lacrime di frustrazione. Non riusciva a darsi pace.

Karnak, dal canto suo, non ebbe alcuna pietà per lei: non era pagato per averne e cominciò a pensare di aver già perso fin troppo tempo con quella ragazzina viziata; per ben due anni aveva tentato d'insegnarle l'arte del combattimento, senza aver ottenuto il minimo risultato.

In preda alla collera, Karnak si rivolse all'allieva:

- Alzati, bamboccia frignante! Non abbiamo ancora finito, a meno che tu non voglia continuare a versare le tue stupide lacrime!

Alcune decine di metri addietro, discosto dal luogo dell'allenamento, Ludvik Von Baron assisteva, assieme al suo ospite, all'allenamento della sua protetta.

Ludvik, completamente assorto dalla scena, rimase in silenzio, mentre Karnak offendeva e spronava la sua protetta. Al contrario, il suo ospite lo incalzò:

- Baron... non credi ne abbia avuto abbastanza? Per tutti gli dei, ha solo quindici anni, - Ludvik lo fulminò con lo sguardo e l'uomo cercò immediatamente di correggere la sua protesta. - Non voglio certo dire che tu non ci abbia provato, ma credo che Daeva non sia tagliata per la scherma...

Ludvik rispose, col tono ferreo di chi non ammette repliche:

- Ti sbagli! Vedi, amico mio, in lei arde il desiderio di diventare un'efferata piratessa. Io riuscirò ad afferrarlo e tirarglielo fuori!

Artur non sembrò del tutto convinto:

- Non vorrei contraddirti, ma è il tuo desiderio o il suo? - Ludvik spostò nuovamente l'attenzione alla piazzola, senza curarsi di rispondergli. - Penso che tu stia sprecando il tuo tempo!

- Io non ci giurerei. Inoltre ciò che faccio con lei non ti dovrebbe riguardare, o sbaglio?

La voce di Ludvik risuonò tagliente ed effimera, ma la veridicità delle sue parole toccò Artur sul vivo:

- Forse hai ragione, ma credo che un giorno, tutto questo potrebbe ritorcersi contro di te.

Ludvik era troppo sicuro di sé per poter cogliere appieno l'affermazione del suo sottoposto:

- Sai Arthur, non temo così gli eventi futuri. Tutto andrà secondo i miei piani.

- Ludvik, sappiamo entrambi perché Daeva è qui; non è certo perché diventi una piratessa che la stai tenendo con te!

- Questo è vero, ma perché privarmi della totale vittoria su Raven?

- Pensi che crescere sua figlia , sotto la tua ala, non sia già una rivalsa sufficiente?

La risata di Baron risuonò imperiosa:

- Senti da che pulpito... sbaglio o sei stato proprio tu a consegnarmela?!

Artur fu nuovamente colpito sul vivo: forse quello era il suo più grande rimpianto, un errore impossibile da riparare. Ora poteva solo restare a guardare.

Ludvik si accorse che nella mente di Artur stava affiorando l'incertezza circa le sue gesta passate e volle rincarare la dose, perpetrando la totale sottomissione del suo sottoposto:

- Devi sapere, caro Artur, ch'è meglio avere una valorosa guerriera al tuo fianco, piuttosto che una debole fanciulla!

Artur intese perfettamente il volere di Baron: egli pensava che Daeva le sarebbe rimasta vicina e fedele per sempre; aveva già potuto constatare di persona che la ragazzina non riusciva più a ricordarsi chi erano effettivamente i suoi genitori; era cresciuta senza il loro ricordo e nella più totale ignoranza delle sue origini.

Artur non poté più assistere alla scena, il rimorso continuava a roderlo dentro e Daeva era la persona in grado, più di chiunque altro, di ricordargli quanto fosse stato vile il suo comportamento.

Decise di andarsene, ma fu immediatamente bloccato dalla voce di Baron:

- Aspetta un attimo, caro amico. Osserva coi tuoi occhi...

Nel piazzale, Daeva, dolorante, si rimise in piedi a fatica: con una postura decisamente malferma, si diresse a passo incerto a raccogliere la sua spada. Si chinò con tutto il peso della propria fatica sulle ginocchia; afferrò l'elsa, puntellando il peso del corpo sulla punta affilata dell'arma, conficcandola a terra; si voltò verso Karnak. I suoi occhi erano iniettati di un'ira repressa, le lacrime avevano lasciato il suo bel viso, sostituite da un'innaturale fermezza; una nuova consapevolezza le era affiorata nello sguardo.

Recuperata la posizione eretta sollevò la spada puntandosela alla fronte, di piatto, come le aveva insegnato Karnak, nel saluto cortese al rivale innanzi a lei, poi proferì le parole che da tanto tempo Baron voleva che pronunciasse:

- Fatti sotto, cane bastardo. Qui troverai pane per i tuoi denti!

Udite queste parole, sul volto di Ludvik apparve un feroce sorriso.

Sentenza di Morte

Alejandro stava comodamente seduto nelle stanze private del castello di Long Jhon che, come sempre, s'era rivelato un ospite eccezionale.

Alejandro aveva degustato un'ottima cena e, prima ancora, gli era stato concesso il privilegio di farsi un bagno: non capitava tutti i giorni un lusso del genere. Long Jhon aveva fatto in modo che nel suo palazzo non mancasse nessuna comodità.

Perdersi in tutta quella lussuria non era certo difficile.

Long Jhon, una volta a capo del Ministero Oscuro, non amava privarsi di nulla.

Alejandro non era uno stolto: si chiese a quale prezzo avrebbe dovuto ripagare l'ospitalità del vecchio pirata.

Long Jhon non aveva alcuna fretta di esporre i fatti al suo ospite, così cercò di intrattenerlo il più a lungo possibile con incovenevoli qualunque; egli sapeva che l'appoggio di Alejandro era essenziale per i suoi piani e doveva giocarsi bene le sue carte: se avesse portato al Consiglio la decisione di abbattere Ascher senza l'appoggio di Alejandro, molti pirati non lo avrebbero seguito, mettendo in crisi la sua posizione all'interno della confraternita e questo non poteva permettere che accadesse.

Alejandro, appurato che Long Jhon non aveva nessuna intenzione di metterlo al corrente del motivo della sua convocazione, prese l'iniziativa:

- Allora, Long. Mi vuoi dire il motivo della mia presenza qui?

Il camino posto innanzi alle due poltrone scoppiettò leggermente; Long Jhon, con calma, posò il suo calice sul bracciolo della poltrona e, con altrettanta calma, andò a sistemare le braci con l'attizzatoio.

Alejandro era fortemente preoccupato dall'atmosfera creatasi nella stanza e la reticenza di Long Jhon lo rendeva ancora più nervoso; cercò di calmarsi, ma non riuscì a scrollarsi di dosso quell'atmosfera pesante.

Dopo un lungo minuto, per Alejandro durato una vita, Long Jhon si decise a parlare:

- Scusami, amico mio, se temporeggio così a lungo, ma quando ti metterò al corrente di ciò che so, capirai il perché di tutto questo mistero.

Le parole pronunciate dal suo ammiraglio misero in allarme Alejandro: non aveva mai visto Long Jhon così preoccupato e schivo, lo conosceva come un uomo franco e schietto, quel comportamento non era certo da lui.

Alejandro si schiarì la gola dopo aver sorseggiato il suo vino, dicendo:

- Avanti, allora: sono tutt'orecchi.

Long Jhon depose l'attizzatoio e si mise di fronte ad Alejandro, ma rimase in piedi, fissandolo dall'alto durante il colloquio:

- Ho deciso di radunare il Consiglio. Ho assoluto bisogno del tuo appoggio, in una decisione terribilmente, terribilmente difficile.
- Volevi mettermi al corrente direttamente all'incontro?
- La questione di cui vorrei discutere è veramente delicata, capiscimi... volevo prima avere il tuo parere. Personalmente.
- Bando alle ciance, Jhon. Vieni al dunque!
- Purtroppo non so come dirlo... si sta parlando di alto tradimento nei confronti della Confraternita.

Alejandro fu scosso da un brivido che gli percorse tutta la spina dorsale; era un'affermazione decisamente delicata. Sapeva benissimo di non aveva nulla da temere da questa accusa, ma su chiunque fosse calata non vi sarebbe stata altra soluzione che la morte.

Con un filo di voce domandò:

- Chi si sarebbe macchiato di tale atto, dunque?

Long Jhon prese un lungo respiro, infine le sue labbra cedettero e pronunciarono il nome:

- Ascher.

La reazione di Alejandro fu incredibilmente scomposta: si levò in piedi e, per poco, non si mise a urlare.

- Impossibile! Non è vero! Come può essere, lei?!

Long Jhon si aspettava una simile reazione, sarebbe stata quella di tutto il Concilio. Doveva muoversi con estrema cautela. La sua risposta fu neutra:

- Non volevo crederci nemmeno io, amico, ma è la pura verità.
- Non ci credo, è una menzogna!

Alejandro era fuori di sé: si sarebbe aspettato chiunque, tranne Ascher. Era un'accusa inconcepibile: ella aveva dato prova del suo valore in molteplici scontri contro la Marina Militare ed era una delle più famigerate piratesse in circolazione.

- Calmati, amico mio, - Long Jhon cercò di mitigare la furia di Alejandro.
- Purtroppo ho prove certe contro di Ascher! Siediti e ascolta...

Alejandro non sembrò volere spiegazioni:

- Questa accusa è talmente fuori da ogni senso logico, che non ho intenzione d'aspettare un minuto di più!

Long Jhon fece valere il suo grado all'interno del Ministero:

- Invece mi dovrete ascoltare, Alejandro! Il vostro ammiraglio vi sta parlando!

I pugni di Alejandro si serrarono tanto da far divenire le nocche bianche; la notizia l'aveva sconvolto a tal punto da non poter più sopportare la permanenza in quella stanza che, improvvisamente, gli parve diventata troppo piccola e troppo calda; alcune gocce di sudore avevano cominciato ad imperlargli il volto e la fronte.

Long Jhon non aveva altra scelta che scoprire tutte le sue carte scopribili: era essenziale portare dalla sua parte Alejandro:

- Scusami per il tono brusco. Ora, ti prego, siediti. Voglio presentarti una persona che confermerà l'accusa.

Long Jhon si diresse alla porta, mentre Alejandro tentò di calmare la sua crescente ira; tornò a sedersi in poltrona e, nel breve tragitto del suo ammiraglio, vuotò d'un fiato il contenuto del calice, ma nemmeno ciò mitigò il suo stato d'animo.

Dopo pochi secondi, Long Jhon fece ritorno assieme ad un uomo, il cui viso recava scolpita un'espressione di ghiaccio. Alejandro non ricordò di averlo mai incontrato prima di allora.

Long Jhon prese la parola, introducendo il suo ospite:

- Alejandro, ho l'onore di presentarti Lord Dess!

Scelte Obbligate

Infine, il piano di Daeva le si ritorse contro: non fu una brillante idea spacciarsi per Ascher; Daeva non aveva considerato che, all'interno del monastero, nessuno avrebbe parlato della sorella avendola di fronte, motivo per il quale Daeva non riuscì a cogliere la minima informazione. Come se non bastasse, in quasi un mese di permanenza all'interno del monastero, non era riuscita ad incontrare il priore.

Dapprima la trovò un'ottima cosa per la sua copertura, ma, rendendosi conto della solidità del suo inganno, pensò che anche il priore sarebbe caduto nello scambio di persona, quindi cercò di chiedere udienza; purtroppo, le dicevano, egli continuava ad avere impellenti impegni e non poteva ancora accoglierla.

Daeva non dubitava che il priore avesse buoni motivi per non volerla ricevere, ma, oramai, era giunto il tempo di andarsene: Daeva vagliò attentamente e a lungo i passi da compiere, per sfuggire al pericolo che, n'era sicura, continuava ad attenderla fuori dal monastero. Jared Valar l'aspettava da qualche parte sull'isola, ne era certa; non riuscì a trovare altra soluzione: abbandonare quel luogo, il più in fretta possibile e senza lasciare la benché minima traccia del suo passaggio.

Ma dove andare?

Daeva scartò a priori la possibilità di recarsi dalla sorella: Jared Valar non le avrebbe permesso di giungere da Ascher per avvisarla e per smascherarlo come l'assassino del Faina.

Pensò d'inviare una missiva per informare la sorella, ma l'idea le morì in mente immediatamente: non era difficile corrompere qualcuno per intercettare una lettera e, per uomini potenti come Jared, poteva risultare facile anche interrompere le comunicazioni portuali.

Quella strada le era preclusa.

Si chiese se potesse far affidamento sul Ministero Oscuro, ma Jared Valar, in quanto membro, all'interno vi aveva sicuramente esponenti al seguito.

Iniziò a riflettere su quanto, quella cospirazione, poteva essere estesa.

Le probabili implicazioni potevano essere numerose: il Faina doveva essere venuto a conoscenza d'un segreto troppo pericoloso perché lui ne potesse parlare con qualcuno e per questo era stato eliminato; l'artefice dell'assassinio era Jared Valar, doveva per forza esserci l'implicazione del Ministero Oscuro, se non addirittura essere, proprio quello, il mandante.

La sconcertante illuminazione atterrì l'animo e il cuore di Daeva: non v'era scampo, se l'intero Ministero si fosse schierato contro di lei, avrebbe avuto bisogno di nascondersi e di trovare un luogo più che sicuro, per farlo; all'interno del monastero, prima o poi, sarebbe stata scoperta.

Mentre tutti questi pensieri affollavano la mente di Daeva, generando un vero e proprio marasma logico, un pensiero iniziò a farsi strada, silenziosamente, fino a divenire una voce chiara e cristallina che, con forza e dolcezza, le diede la soluzione: il suo Maestro. Lui sarebbe stato la salvezza.

Tradimenti Svelati

Ludvik Von Baron non rimase sorpreso. Comodamente seduto nel suo Sancta Sanctorum, terminò di leggere la missiva, recapitatagli da un sottoposto proveniente dalla città di Kabras.
Ogni dubbio fu fugato: la Zele andava rifondata; dalle fondamenta.
Torenescu l'aveva tradito, salvando la vita di Ascher!
Ludvik Von Baron, dotato di spiccata lungimiranza, grazie alla quale poté mantenere il titolo di Gran Maestro della Zele, aveva pensato bene di non fidarsi ciecamente dei suoi sottoposti; non in quella delicatissima e cruciale missione; fortunatamente, Ludvik, poteva vantare una fittissima rete di spie e contatti, costituita da quasi tutti i marinai al soldo dei capitani da lui introdotti nella Zele; senza contare l'unità segreta d'élite, arruolata e comandata direttamente da lui: una fazione segreta nata all'interno della Zele, una sorta di setta nella setta, denominata Le Mante.
Lo scopo e il metodo operativo delle Mante, consisteva nel farsi reclutare a bordo dei vascelli, capitanati da aspiranti o membri della Zele; una volta arruolati, passavano informazioni a Von Baron delle attività dei loro capitani; in rari casi, quando le azioni dei capitani andavano direttamente e irremediabilmente contro gli interessi della Zele, Ludvik poteva autorizzare l'ammutinamento o, in casi estremi, l'eliminazione del comandante: le Mante erano esperte nel creare scompiglio, carpire informazioni, sobillare il malcontento e assassinare a sangue freddo.
Fu proprio una Manta a redigere la missiva letta da Von Baron:

> *All'attenzione del Gran Maestro,*
> *la serpe getta veleno nel suo stesso nido.*
> *L'Aspide ha salvato la Tigre, dopo l'affondamento.*
> *Mi atterrò al mio dovere.*

Baron ripiegò la lettera; i suoi pensieri cominciarono ad infittirsi. Doveva essere prudente: i nemici non erano più solo all'esterno, ma anche in seno alla sua stessa organizzazione.
Sebbene non fosse del tutto sorpreso non riusciva a comprendere completamente il motivo di tale tradimento, da parte del suo più fidato confratello: come poteva, Torenescu, aver smesso di condividere le intenzioni, assolutamente comprensibili e completamente motivate della Zele? La setta, nella persona del Gran Maestro, aveva il preciso dovere di ritrovare l'oro sottratto da quel traditore di Raven Moonroi!
Ludvik non comprendeva quale forza mistica riuscisse a frapporsi così

prepontemente, tra lui e i suoi scopi; non capiva perché la vita di Ascher stesse diventando così importante per i suoi sottoposti.

Von Baron cominciò a pensare che uccidere Ascher, forse, non fosse poi così necessario per far parlare Raven: avrebbe potuto cominciare con l'eliminare la sorella più giovane.

Ludvik poteva giocare sulla cieca fiducia che Daeva provava per lui: lo considerava come un padre e non aveva mai scoperto i suoi segreti; probabilmente, invitandola per un colloquio, avrebbe potuto eliminarla con tranquillità. Sarebbe bastata una piccola dose di arsenico, versata in un bicchiere: conosceva bene le doti combattive della sua allieva, sarebbe stato poco saggio affrontarla direttamente; il veleno gli parve la soluzione migliore.

Ora doveva solo trovarla.

Baron si alzò, quasi claudicante; era esausto: la sua spossatezza non era data tanto da un'eccessiva fatica fisica, quanto dallo sforzo mentale a cui si era sottoposto negli ultimi tempi.

Trazum

Il capitano Trazum e il comandante di vascello Sirio, dopo l'affondamento dell'ammiraglia della piratessa Ascher, fecero rotta verso est. La loro destinazione, il Quartier Generale della Marina Militare, situato nell'arcipelago delle Sette Sorelle.

Dovevano fare rapporto ed erano già in ritardo: avevano perso ben due giorni nel tentativo di recuperare il corpo di Ascher caduto in mare, inutilmente.

Ad attenderli, al Ministero, c'era il loro comandante in capo: Keilina Winsor; a lei avrebbero fatto rapporto.

Sirio era abituato a svolgere tale compito, invece per Trazum era in assoluto la prima volta: il capitano Trazum era giovane ed aveva ricevuto il foglio di corsa solo da pochissimo tempo, in via del tutto eccezionale per un ragazzo della sua età, dal momento che, solitamente, il foglio di corsa veniva rilasciato esclusivamente a marinai in via di pensionamento. Trazum era un cadetto inscritto all'accademia Militare, più volte distintosi per le sue notevoli abilità nelle arti della scherma e del governo delle navi.

Il capitano Trazum era un ragazzo dal viso pulito, aveva biondi capelli cortissimi e i morbidi baffi gli incorniciavano le labbra rosee e carnose; il fisico asciutto e atletico e la statura, leggermente sotto la media, gli permettevano una notevole mobilità sulle gambe ben tornite. Il suo angelico aspetto, il suo sguardo glaciale e magnetico, il suo talento innato e la sua fama di Corsaro, cresciuta in brevissimo tempo, affascinavano molte donne, oltre al far presupporre una sua folgorante carriera all'interno della Marina Militare; cosa che non avvenne. Al secondo anno di accademia, mentre si stava svolgendo un addestramento tra due Fregate, un increscioso incidente costò la vita a quattro marinai; la colpa di tale sventura ricadde proprio a Trazum, che se ne assunse a pieno titolo tutta la responsabilità e le ripercussioni. Dovette abbandonare l'accademia e, di conseguenza, la possibilità di una promettente carriera.

Trascorsi più di due anni da quell'increscioso incidente, gli venne consegnata la lettera di corsa, proprio da Keilina Winsor. Negli ultimi anni Keilina Winsor aveva notato come la pirateria stesse raggiungendo dimensioni intollerabili; la vera spina nel fianco della Marina era una piratessa che si faceva chiamare La Tigre dei Mari. Keilina Winsor maledisse il sistema di congedo del Ministero della Marina e tutti quei dannati ministri che ne erano a capo, secondo lei troppo grassi e corrotti: essi non si rendevano conto, dall'alto della loro carica, che in mare c'era necessità di uomini talentuosi che andassero a rimpinguare le fila dei comandanti, rese sempre più esigue dai sempre più frequenti affondamenti.

Per questi motivi, Keilina decise di richiamare in servizio, grazie al foglio di corsa, tutti i cadetti che, per un motivo o per l'altro, non avessero terminato il corso di addestramento, ma che avessero continuato la vita in mare; primo fra tutti, il capitano Trazum.

La Caccia

Keilina Winsor era chinata a studiare una carta topografica, in compagnia dei capitani di corvetta Ian Nob e White Fate, quando la porta s'aprì interrompendo il loro diverbio.

Keilina riconobbe immediatamente le due figure che varcarono la porta.

Il capitano Sirio, fermatosi leggermente dopo la soglia, si portò rapidamente una mano alla fronte, esibendosi in un perfetto saluto militare, mentre Trazum, superando Sirio ed entrando nella stanza, fece solo un leggero movimento col capo.

Risposto al saluto di Sirio, Keilina Winsor domandò:

- Dunque, che nuove mi portate?

Sirio prese immediatamente la parola:

- Signore, due settimane or sono abbiamo intercettato la rotta della piratessa Ascher. Nello scontro siamo riusciti ad affondare la sua ammiraglia, signore!

Sia Nob che White Fate si complimentarono, mentre Keilina non poté celare un sorriso di maliziosa soddisfazione. Il comandante Winsor fece un segno ai capitani di corvetta ed ordinò a Sirio di continuare:

- Purtroppo, signore, non siamo certi della sua morte. Non siamo riusciti a ritrovarne il corpo, fra i flutti.

I toni di giubilo si spensero e nella stanza regnò un tetro silenzio.

Trazum si schiarì la gola, poi intercesse:

- Sappiamo che nei paraggi vi era un mercantile appartenente al mercante Torenescu. Ho riconosciuto il suo vessillo. Purtroppo si è dileguato poco prima della fine della battaglia, ma potrebbe aver fatto in tempo a trarre in salvo qualche naufrago!

Keilina Winsor osservò per qualche secondo Trazum, in modo da capire le eventuali ripercussioni di tale eventualità, poi prese la parola:

- Non avete visto, dunque, se il mercantile sia riuscito a soccorrere qualcuno?

Sirio fu lesto nella risposta:

- No, signore! Era notte e l'abbiamo intravisto solo poco prima dello scontro e poco prima del termine.

Trazum confermò la versione.

Nob si intromise:

- Come ci dovremmo comportare, nell'eventualità che tale situazione possa essersi verificata?

Keilina Winsor, dopo un intenso ragionamento, irruppe nel discorso:

- Non scarteremo questa ipotesi, ma vorrei che tutti noi tenessimo conto delle ripercussioni. Non possiamo accusare Torenescu, o chi per lui, senza avere prove certe!

Tutti gli astanti annuirono: era inconcepibile anche solo pensare che, uno tra i più noti e importanti mercanti dei sette mari, potesse aver violato la legge in maniera così plateale, salvando naufraghi durante uno scontro navale, senza mettere al corrente coloro che erano preposti a difendere le acque dalla pirateria.

White Fate aveva sempre nutrito dei dubbi sull'impiego dei Corsari, non fidandosi di Trazum cercò di far contraddire la versione di Sirio con quella del corsaro:

- Comandante di vascello Sirio, spiegateci meglio come si sono svolti i fatti.

Siro li elencò di nuovo:

- Signor sì. Ho preso contatto con un fidato informatore, del quale non posso rivelare il nome, per ovvi motivi, signore. Egli è stato preciso in merito a ciò che sarebbe avvenuto. Mi ha informato sulla rotta da seguire per poter intercettare la navigazione della piratessa, - Keilina fece una smorfia che non passò inosservata. Sirio si soffermò un secondo ad osservare il suo ammiraglio; deglutì e riprese. - Preso nota delle coordinate che l'informatore mi ha fornito, ho contattato immediatamente i Corsari, essendo quel tratto di mare molto al di fuori della nostra giurisdizione...

White Fate, con un ampio gesto della mano sulla carta nautica, interruppe Sirio:

- Fammi vedere dove avete avuto questo scontro.

Trazum puntò un dito ad indicare il punto preciso:

- Qui. A nord. Vicino l'isola di Idas!

Tutti i presenti osservarono con attenzione la carta.

Dopo qualche istante di silenzio, Keilina Winsor fece il punto della situazione:

- Ricapitoliamo. In zona vi erano solo le navi di Ascher e... un mercantile di Torenescu?

Sirio deglutì, gli capitava sovente di essere particolarmente nervoso al cospetto di Keilina; cercò di calmarsi, per potersi spiegare al meglio:

- No, signore... ammiraglio...

White Fate andò su tutte le furie:

- Bisogna cavarvi le parole di bocca, capitano di vascello?

Siro si scusò:

- Mi dispiace, cercavo giusto di spiegarvi gli eventi...

Questa volta fu la voce di Keilina, sterile di ogni gentilezza, ad interrompere il balbettante tono di Sirio:

- Allora vedi di muoverti, marinaio! La mia pazienza ha un limite.

Sirio fece un segno d'assenso e continuò:

- Oltre ad Ascher e Torenescu, o chi per lui, vi erano altre navi non identificate; ma non hanno ingaggiato, limitandosi ad una leggera azione di disturbo. Si sono ritirate e dileguate appena Trazum ha speronato l'ammiraglia pirata.

Keilina, Nob e White si osservarono reciprocamente; probabilmente pensavano tutti la stessa cosa: qualcuno li stava aiutando, nell'impresa di catturare Ascher.

Tempi Bui

Maryha fece il possibile per salvare la vita di David Beltar. Appena scorta la sua figura, riuscì a trascinarlo faticosamente nella propria stanza; gli bendò le ferite, nel tentativo di fermare l'emorragia. Appena David parse stabilizzato, Maryha corse al villaggio, in cerca di Dok.

Beltar aveva poche speranze di salvarsi, ma Maryha, pur capendolo subito, non si dette per vinta; giunse in prossimità dell'alloggio del dottore senza più fiato in corpo e bussò con tutte le sue forze al portone; gli istanti che la separarono dall'apertura della porta, le sembrarono eterni.

Maryha apparve a Dok veramente scossa.

La donna aveva visto gli attentatori alla vita di David riversi lungo la strada, proprio in prossimità del promontorio. Il destino di Beltar era in bilico e Maryah ne soffriva, mentre non provava assolutamente nulla per i cadaveri degli attentatori: nonostante fosse una credente, per la quale la vita rappresentava un dono irrinunciabile e sacro, nel cuore di Maryah, per loro tre, non v'era nemmeno un briciolo della pietà che si sarebbe aspettata di trovare.

Maryha, persa nei suoi pensieri, farfugliò qualcosa d'incomprensibile, turbando notevolmente il dottore che aveva tirato giù dal letto.

- Calmati, Maryha. Spiegami che succede.

Maryha fece ricorso a tutta la sua calma, prese un lungo respiro, poi nuovamente cercò di parlare:

- David! David è stato aggredito!

Dok rimase una frazione di secondo esterrefatto, cercando di afferrare il senso delle parole della donna e metabolizzare l'informazione, poi le disse solo:

- Aspettami un attimo qui: prendo le mie cose.

Dok si vestì il più rapidamente possibile, afferrò la sua borsa controllando che vi fosse il necessario, poi come un lampo si precipitò fuori, nell'oscurità della notte, dirigendosi a passo spedito verso il limitare del paese, insieme a Maryha.

Lungo il tragitto la donna cercò di spiegargli gli avvenimenti della serata, della quale, Dok, conosceva solo una parte: sapeva che David stava cercando informazioni utili su dove Ascher fosse diretta e che aveva fatto preparare una nave sotto il suo comando, per salpare appena possibile. Maryha confermò, aggiungendo che David era passato da lei, per cercare nello studio di Ascher un indizio e che, non trovando nulla di utile, si era diretto in paese. Si erano salutati da poco, quando lei sentì un rumore alla porta e incuriosita l'aprì e uscì per capire cosa stesse succedendo, trovando, poco distante, David immerso nel suo stesso sangue.

Appena raggiunsero la scogliera, Dok si fermò ad osservare la malcapitata sorte toccata ai tre aggressori.

- Per loro non c'è più nulla da fare.

Non persero altro tempo: lasciarono i corpi al loro funesto destino e si diressero a passo svelto verso la casa di Ascher.

Le condizioni in cui versava David Beltar erano decisamente disperate, Dok poteva fare ben poco per lui, ma ci provò lo stesso. David era suo amico: doveva tentare il tutto per tutto.

Sia Dok che Maryha gli prestarono tutte le cure possibili; rimasero a vegliarlo tutta la notte.

Mentre Dok s'affannava al capezzale di David Beltar, Maryha pregava in un angolo della sala.

David aveva perso troppo sangue, ma Dok non volle darsi per vinto: era per quello che aveva cambiato vita; allora perché il fato continuava a farsi beffe di lui? Dok non poteva accettare di perdere un altro amico affidato alle sue cure. Doveva riuscire, in qualche modo, a cambiare gli eventi che lo circondavano! I pensieri di Dok cominciarono a volare troppo distanti, giungendo fino al lontano giorno in cui il suo amore morì tra le sue braccia.

A quei tempi Dok era aitante, impavido come tanti ragazzi, per i quali la giovinezza è sinonimo di scelleratezza. Anche lui era convinto d'essere invincibile e immmortale: giovane, bello, forte e con un promettente futuro, essendo uno degli uomini più fidati di un noto pirata. All'epoca era facile arruolarsi sotto il comando di quei briganti e la vita in mare significava soldi facili, donne e sbronze: tutto ciò che un giovane uomo potesse desiderare. Quelle illusioni si spezzarono quando Dok incontrò Luis. Mai, in anni di navigazione, Dok aveva incontrato una figura tanto angelica: alta almeno quanto lui, dalle gambe lunghe e ben tornite, il viso pulito e gli occhi risplendenti di un intenso verde smeraldo. A perfezionare quella visione idialliaca, una chioma di capelli ricci che le dava un'aria sempre imbronciata.

In breve s'innamorarono e iniziarono a vivere insieme. Luis sapeva benissimo che Dok non avrebbe mai rinunciato a navigare, ma non lo mise mai alle corde: sapeva perfettamente che il mare era la passione del suo amato e Luis preferiva aspettare con ansia il suo rientro, che negargli la sua più forte passione.

Un giorno, però, tutto ciò finì drasticamente: la Marina Militare scoprì che l'isola di Tyre fungeva da porto franco e che, spesso, i pirati vi accedevano per rifornire le proprie navi. La Marina assediò il villaggio, per prenderne il controllo. La battaglia che ne seguì fu drammatica, i militari non ebbero pietà per nessuno. La nave in cui era reclutato Dok, quel giorno, era attraccata nella baia e tutto l'equipaggio era a terra.

Quando l'attacco avvenne, nel bel mezzo della notte, Dok era in compagnia di Luis. S'avvidero subito di ciò che stava avvenendo: dovevano mettersi in salvo.

Si precipitarono fuori casa, mentre i bombardamenti dei cannoni dei galeoni della Marina mietevano già le prime vittime. Per le strade si scatenò un vero macello.

Lo sbarco dei soldati fu repentino e la tragedia si consumò rapidamente; nel tentativo di sottrarsi a quella carneficina Dok e Luis s'imbatterono in un drappello militare; svicolarono, cercando riparo nella locanda vicina. Appena varcata la soglia si avvidero del loro errore: all'interno della locanda un manipolo di Militari aveva già fatto razzia; appena si accorsero della loro presenza un ufficiale gli intimò l'alt, puntandogli il moschetto. Dok rimase impietrito, indeciso sul da farsi e prese la decisione più assurda di tutta la sua vita: mise mano alla sua spada. L'ufficiale non aspettava altro, senza pensarci due volte premette il grilletto, ma la sua mira fu alquanto imprecisa: invece di colpire Dok, colpì in pieno petto Luis.

Un fievole lamento colpì l'attenzione di Dok, riportandolo al presente.

David era cereo e completamente inzuppato del suo sudore, una lacrima gli rigò il viso.

Dok s'avvicinò all'amico, prendendogli la mano tra le sue:

- Sono qui, amico mio!

David girò il viso, cercando di mettere a fuoco la vista. Poi, con un filo di voce, provò a dire qualcosa, senza che Dok potesse capire.

David Beltar spirò alle prime luci dell'alba, portandosi via il rammarico di un amico, che fece l'impossibile per lui.

Prossimi alla Partenza

Erano trascorse oramai diverse settimane da quando Ascher era ospite del mercante Torenescu.

Come ogni mattina, per riprendere la tonicità, Ascher si esercitava con la spada nel giardino accanto alla dimora; fra i ciliegi in fiore cercava di ritrovare vigore e serenità.

In lei ardeva la rabbia nei confronti di quel dannatissimo Corsaro che era riuscito a farla cadere in trappola. Probabilmente più che maledire Trazum, Ascher malediceva se stessa; la sua troppa sicurezza l'aveva portata a commettere un errore che le sarebbe costato troppo caro se non fosse stato per Torenescu.

Si fermò ansante, il sudore le aveva imperlato il volto e gli arti erano indolenziti dall'acido lattico.

Ascher piantò la spada a terra e vi si appoggiò. Era esausta, rivolse lo sguardo al cielo che, quella mattina, aveva assunto una tonalità di un azzurro intenso. La primavera era inoltrata e nell'aria aleggiava il piacevole profumo dei ciliegi.

Non mancava molto alla sua partenza: alcuni giorni prima, assieme a Torenescu, era andata ad osservare al porto i lavori in corso sulla sua nuova nave.

- Sei soddisfatta?

Ascher si voltò ad osservare Torenescu, il quale, a sua volta, la osservava con un sorriso benevolo.

Erano fermi sulla banchina, i manovali di Torenescu avevano portato in secca una caravella ed erano indaffarati nella sua modifica. Aldium, l'ingegnere più fidato del mercante aveva apportato notevoli migliorie all'imbarcazione, solitamente deputata al trasporto d'ingenti quantità di merci, con pochissimo spazio disponibile per l'armamento. Aldium aveva stravolto l'intera linea dell'imbarcazione: aveva sostituito il ponte di carico con una fila di bocchettoni per potervi inserire cinque colubrine per lato, così che la nave potesse avere più bocche da fuoco poste su due livelli. Ovviamente, avvertì Aldium, il natante ne avrebbe perso in velocità, alla quale avrebbe compensato la prua, resa più affusolata, in modo da fendere meglio l'acqua per attutirne la resistenza.

Torenescu, molto fiero del lavoro di Aldium, sperava di vedere irrompere sul volto di Ascher, quel sorriso del quale si era perdutamente innamorato, ma Ascher, pur visibilmente colpita, non accennò il minimo trasporto.

- Non ti vedo molto entusiasta.

- Al contrario, Tore. Ti ammiro e sono molto riconoscente, per tutto ciò che stai facendo per me.

- Ma qualcosa ti turba... dove stai vagando con la mente, Ascher?

Ascher rimase in silenzio per qualche istante, osservando da vicino la caravella e sfiorandone lo scafo:

- Potrei cambiarle il nome?

La risata del mercante scaturì limpida:

- Non è educato rispondere con una domanda, ma questa nave ora è tua. Puoi darle il nome che più t'aggrada!

Ascher, per la gioia di Torenescu, non poté far a meno di sorridere.

D'un tratto il loro discorso fu interrotto da un ufficiale:

- Capitano! Bentornata!

Il giovane Benjamin s'avvicinò ai due, allungando una mano verso Ascher, in segno di benvenuto.

- Mi fa piacere rivederti, Benjamin. Come procedono i lavori?

- Tra non molto saremo in grado di salpare.

Il volto di Benjamin rispecchiava la felicità di rivedere il proprio comandante finalmente rimesso, dal volto del ragazzo traspariva tutta la sua emozione.

- Ottimo lavoro. Oltre a te, Benjamin, su quanti posso fare affidamento?

Ascher sapeva che della sua ciurma si erano salvati in venti e voleva sapere quanti di loro avrebbero ripreso il mare assieme a lei.

- Non siamo molti, purtroppo. Alcuni di noi hanno riportato pesanti lesioni. Saremo poco più di una decina, capitano.

Lo sguardo di Benjamin si oscurò, anche lui sapeva che una nave del genere non poteva salpare con un equipaggio così ridotto.

Ascher rimase pensierosa per qualche istante, poi fissò Benjamin e gli ordinò:

- Bene! Dunque, comincia da subito l'arruolamento.

Un sorriso apparve sul volto di Benjamin:

- Ai vostri ordini!

Torenescu ed Ascher rimasero ad osservare il giovane ufficiale che chiamava a rapporto alcuni pirati, poi di buona lena s'incamminarono nella prima locanda del porto.

Un sospiro di Ascher attirò l'attenzione di Torenescu:

- Ho molti uomini fidati al mio seguito, se non troverai degli affiliati sarò lieto di affidare ai tuoi comandi qualcuno dei miei.

Ascher s'innervosì e il suo tono di voce tradì il suo stato d'animo:

- Seriamente, Tore, pensi che qualche comunissimo marinaio sarebbe disposto a divenire un pirata? Affidandosi al mio comando, per giunta?

Torenescu sembrò non accorgersi della riluttanza di Ascher, e replicò:
- Seriamente, Ascher, pensi che i miei più fidati marinai siano così comuni?
Ascher ribatté prontamente:
- Non sto dicendo che non siano bravi marinai, ma come tu ben sai c'è una notevole differenza fra condurre una nave e assaltare una nave, almeno tanta quanto fra trasportare carichi e rubare carichi.
- Dico solo che non dovresti essere così prevenuta e sottovalutare i miei uomini.
- Non li sto sottovalutando. Sono semplicemente obiettiva.
- Ascher, come pensi che io sia diventato uno dei più grossi mercanti del regno, se non avvalendomi di persone che fossero in grado di condurre una nave da un porto all'altro, almeno tanto quanto fossero in grado di mettere mano alla spada e difendere loro stessi e la nave?
Il dubbio s'insinuò nella mente di Ascher; Torenescu lo lesse attraverso i suoi occhi e tagliò corto:
- In ogni caso, se avessi bisogno, non dovrai far altro che chiedere.
Chiuso l'argomento, Torenescu s'avviò verso Aldium, chino su di un tavolo ricolmo di progetti, note e schizzi, intento a spiegare ai lavoratori le ultime modifiche da apportare. Ascher rimase ferma sul pontile, assorta nei suoi pensieri.
Un rumore alle sue spalle, riportò la mente di Ascher al presente; si voltò di scatto mettendo mano all'elsa.
- Scusami se ti disturbo.
Il volto di Torenescu esprimeva una bonarietà, smorzata dai dissidi interiori.
- Non ti preoccupare, anzi, scusami tu per la reazione, - Ascher sorrise, sistemò una ciocca di capelli ribelli nella sua lunga coda, poi con calma rinfoderò la spada. - Ero sovrappensiero.
- Sono qui solo per dirti che la tua nuova nave, questa mattina, è stata messa in mare.
Il volto di Ascher s'illuminò:
- Allora serve un brindisi!
Con una certa riluttanza, Torenescu assentì:
- Sì... serve un brindisi.

Animo Perduto

Jared Valar era salpato con La Gorgone, un mercantile partito da Kabras, il giorno seguente la sua visita a Torenescu.

Non aveva altre mete se non tornare dal suo amico JK.

Col morale a terra, Jared si rese conto che gli eventi l'avevano trascinato in una terribile situazione. Purtroppo a bordo non vi erano molti alcolici, così si recò dal capitano del Mercantile, pregandolo di dargli qualcosa da bere; annegare nell'alcool il suo disappunto gli parve la migliore delle soluzioni, al momento. Il comandante del vascello riuscì a procurargli una bottiglia di rum, che gli costò un occhio della testa.

Jared Valar si trovava da solo nel suo alloggio: non era insolito che i mercantili mettessero a disposizioni delle cuccette private per i pochi viaggiatori, purché paganti. In quella situazione, Jared era stato particolarmente fortunato: solitamente i mercantili allestivano sotto coperta un alloggio comune, mentre quello della Gorgone era ricavato da una parte dalla stiva di carico; al contrario dei soliti standard, il capitano aveva tolto parte della stiva e invece di ricavarne una sala comune l'aveva suddivisa in ben dieci cuccette private; Jared benedisse quel piccolo lusso, innaffiandolo col sacro nettare etilico.

Seduto sulla sua branda, Jared beveva il contenuto della bottiglia, a canna; non aveva bisogno di bicchieri, sapeva già la fine che avrebbe fatto quella bottiglia.

Nonostante l'alcool, Jared non riusciva a fare a meno di pensare a quanto fosse disperata quella situazione: la sentenza di morte di Ascher da parte della Zele era stata presa all'unanimità e, non ne dubitava, la stessa sorte sarebbe toccata anche a lui.

Non vi erano molti posti in cui potersi nascondere, le file della Zele contavano su molti adepti; avrebbe dovuto prendere serie precauzioni nei suoi passi futuri.

Vuotò oltre mezza bottiglia, prima che i fumi dell'alcool cominciassero a incendiargli le tempie ed accarezzargli il capo; lentamente perse il controllo dei suoi pensieri, fin quando, stremato, crollò in un sonno pesante, senza pensieri né sogni.

Jared Valar varcò la porta della locanda, avvedendosi subito del giubilo in essa dilagante.

Era la prima volta che sbarcava sull'isola di Ascherath, non la conosceva molto bene ed era veramente lontano da casa. La sua curiosità era stata attratta da un galeone ormeggiato nella baia, ma non avrebbe mai pensato di trovare addirittura una piccola cittadina, in quegli estremi tratti di mare orientale.

L'euforia nel locale avvolse Jared, che non poté far altro che alzare un calice offertogli e brindare per qualcosa di cui non era a conoscenza, assieme a tanta gente mai vista prima d'allora.

Jared, benché raramente avvezzo a lasciarsi andare a simili euforie, non poté fare a meno di provare una fortissima curiosità.

Fermò un marinaio, nel tentativo di ottenere qualche informazione su cotanto motivo di giubilo:

- Scusatemi, sono appena giunto su quest'isola... posso sapere a cosa stiamo brindando?

Il marinaio si voltò verso il suo interlocutore con in volto un'espressione di sgomento; Jared pensò che la sua domanda fosse fuori luogo, oppure che quel marinaio fosse rimasto sorpreso nel riconoscere un noto pirata in quelle terre.

- Certamente, signore. Tutto il Puledro Impennato, quest'oggi, festeggia il nostro capitano!

- E, di grazia, vorreste essere così gentili da dirmi chi sia il vostro capitano? Vorrei porgergli i miei omaggi.

Jared alzò lo sguardo sugli astanti, sottolineando la sua curiosità in merito.

- Ma certo, - il marinaio, particolarmente alticcio, s'alzò dalla sedia barcollando, per indicare ciò che a Jared interessava. - Eccola là. Vicino al bancone. Lei è il nostro capitano, nota a tutti col nome di Ascher: la Tigre del Mare!

A fior di labbra Jared Valar ripeté quel nome:

- Ascher...

Ascher era addossata, di spalle, al bancone; il suo splendido sorriso le illuminava il volto; i denti, bianchissimi, risaltavano sulla sua carnagione abbronzata; una lunga treccia fasciava i suoi capelli ramati. Jared fu rapito dai suoi occhi verdissimi, temeva e, al contempo, desiderava ardentemente che quello sguardo smeraldino, anche se solo per una brevissima frazione di secondo, si potesse posare su di lui.

In tutti gli anni trascorsi in mare, mai aveva sentito parlare di donne pirata, immaginarsi addirittura comandanti!

Jared Valar rimase in piedi in mezzo alla folla festante, immobile. Quando gli occhi di Ascher si posarono su di lui, gli sembrò che all'interno della locanda non vi fosse nessun altro al di fuori di loro due.

Infine alzò il calice e brindò a quella stupenda donna, inneggiando, assieme a tutti gli altri, il suo nome.

Il giorno era finito da un pezzo, quando i postumi della sbronza cessarono; nella sua bocca, riarsa e priva di salivazione, persisteva un sapore tremendo; la bottiglia, più vuota che piena, giaceva in un angolo del pavimento, muovendosi per l'ondulazione della nave. Il rumore prodotto dal vetro nello spostamento, rimbombava nella testa di Jared come pugni continui.

Aveva un mal di testa tremendo e, in fondo, se l'era cercato.

S'alzò dal letto con qualche difficoltà e cercò di raggiungere la porta. Lentamente si diresse nuovamente dal capitano della Gorgone.

Giunto agli alloggi personali del capitano bussò energicamente alla porta. Trascorse qualche minuto prima che un brontolio di disappunto si facesse sentire all'interno dell'alloggio:

- Che diamine! Siete peggio di cozze sugli scogli! Cosa c'è, ora?

Evidentemente il capitano non aveva avuto una notte lieta sino a quel momento; dopo alcuni secondi, che a Jared sembrarono interminabili, l'uomo aprì la porta e riconobbe Jared:

- Ah, sei tu. Che accidenti vuoi ancora?

Il tono del capitano non lasciava illusioni sul suo stato d'animo: era decisamente furente.

Jared non si perse certo in chiacchiere inutili:

- Per altri dieci dobloni mi daresti un'altra bottiglia?

Il volto del capitano non nascose la sorpresa, a vedere Jared in quelle condizioni e non si fece pregare due volte, pur sbuffando:

- Uhm. Aspetta un attimo qui, - entrò nella stanza e poco dopo si ripresentò allo stipite, porgendo al suo ospite ciò che desiderava. - Ecco. Tieni! Ora lasciami riposare, perfavore.

Jared prese con mano malferma la bottiglia di rum e con l'altra porse un sacchetto di monete in cambio.

La porta del capitano si chiuse subito dopo, lasciando Jared sulla soglia per il quale, l'unico pensiero era quello di bere: non gli importava di quello che il capitano del mercantile potesse pensare di lui, né tanto meno aveva voglia di dare spiegazioni.

Non appena ritornato nella sua cuccetta, Jared Valar stappò la bottiglia portandosi il collo alla bocca.

Il gusto del liquore scaldò immediatamente la gola riarsa e una sensazione di benessere invase il suo animo.

Un Indicibile Dolore

Maryha vegliò tutta la notte innanzi al camino crepitante, contemplando attraverso i suoi occhi castani le fiamme che ardevano vivide.

La mattina la colse infreddolita; seduta sulla poltrona preferita di Ascher, Maryha stringeva un panno per scaldarsi, ma né il fuoco né la coperta erano in grado di scaldarle il cuore: fin sulla sua pelle affiorò il freddo interiore, causato dagli eventi ai quali, ogni giorno, doveva assistere.

Continuava imperterrita a pregare il Signore perché potesse salvare la vita di David Beltar e, in un angolo remoto della sua anima, malediceva il giorno in cui prese l'impegno di allevare Nial.

A quei tempi Maryha era un'energica donna che aveva appena varcato la soglia della mezza età. Prestava servizio al convento sull'isola di Caredras: come molte sue consorelle, Maryha aveva preso i voti, non per scelta, ma per rispetto a coloro che l'avevano accudita e cresciuta.

Non erano tempi di cui gioire: la dottrina del tempo aveva divelto dalle fondamenta il rispetto per le infanti e per le loro madri, soprattutto in quelle famiglie che, malauguratamente, non avevano figli maschi. Molti, per evitare il disprezzo della società o il pubblico ludibrio, decidevano di abbandonare le neonate o ripudiare le madri, nei migliori dei casi, ma erano molto frequenti i casi in cui le povere creature venivano lasciate morire di stenti, soffocate nel sonno o lanciate giù dalle scogliere.

Maryha fu una delle fortunate: appena in fasce, fu abbandonata sul portone del convento; cresciuta dalle consorelle, non appena adulta iniziò a ricambiare le cure ricevute, prestando servizio nell'orfanotrofio del convento. Era una fra le tutrici più meritevoli.

Il Priore Salazar amministrava e gestiva, sia il convento delle consorelle dove prestava servizio Maryha, sia il vicino monastero; consorelle e frati non potevano vivere a contatto in un'unica struttura e alle consorelle non era permesso avere una guida spirituale di sesso femminile, perciò Salazar, ogni mattina, si recava al convento per sbrigare le pratiche spirituali e amministrative.

Un giorno come tanti altri Maryha fu convocata dal Priore.

Alle consorelle non era permesso incrociare lo sguardo del Priore, quindi ogni consorella aveva preso l'abitudine, in segno di totale sottomissione, di osservarsi la punta dei piedi; Maryha entrò proprio così, nello studio di Salazar.

- Accomodatevi, consorella.

La sua voce del Priore era decisa e profonda, tale da avvolgere l'interlocutore e non ammettere repliche.

La voce di Maryha uscì fievole dalle sue labbra:

- Se non vi dispiace, Priore, preferirei stare in piedi.

Salazar rimase qualche secondo in silenzio, osservando Maryha che, imperterrita, continuò a rimanere in piedi e fissare il pavimento. Il priore s'accomodò sul proprio scranno:

- Come preferite. Vi ho fatto convocare per discutere con voi un fatto che, al momento, parrebbe increscioso.

Maryha fu scossa da un brivido, era sicura di non aver commesso nessuna colpa, ma sapeva che molte consorelle per svariati motivi venivano punite: le regole del convento erano talmente tante e contraddittorie fra loro, da risultare impossibili da rispettare.

Con grande calma, datale dalla certezza di avere l'animo pulito, rivolse la sua domanda:

- Di cosa si tratta?

- Non vi preoccupate sorella, non sono venuto qui per darvi una punizione, se è questo che state pensando.

Il tono di voce del Priore, ammorbidito in modo studiato, la tranquillizzò.

- Dunque ditemi pure. Sono al vostro servizio.

Salazar sorrise soddisfatto: riporre la sua fiducia in quella donna, gli avrebbe permesso di ottenere esattamente ciò che desiderava.

- Bene, consorella. La faccenda è questa: vorrei che vi prendeste cura di una fanciulla.

Maryha alzò d'istinto lo sguardo, ma lo riabbassò immediatamente, replicando:

- Certamente, sarò ben lieta di accudire un'altra innocente nel nostro orfanotrofio.

Il priore si sistemò sullo scranno e si schiarì la gola:

- È giusto di questo che volevo parlarvi personalmente, - Maryha rimase lievemente attonita e un po' confusa a quelle parole, quindi attese che il priore continuasse. - Non desidero che cresciate questa fanciulla all'interno del convento.

Dalle labbra di Maryha uscì la Costernazione fatta suono:

- Ah no?!

Il priore s'alzò dallo scranno, iniziando a camminare avanti e indietro per la stanza, la sua voce tornò ad assumere il suo tono deciso:

- Prenderete casa non lontano dal monastero, in una piccola tenuta sotto il priorato; stiamo predisponendo tutto affinché possiate prenderne possesso entro la fine del mese.

- Signore, ma io...

La replica di Maryha fu smorzata all'istante:

- Potrà sembrarvi una richiesta eccessiva, ma siamo molto preoccupati per questa giovane anima: ha subito una pesante tragedia e voi dovrete occuparvi della sua persona. A tempo pieno!

- Questo significa che dovrò abbandonare le mie consorelle... e tutte le mie bambine!

Maryha non sapeva come poter uscire da quella brutta situazione: non poteva abbandonare il convento ove era cresciuta e non conosceva assolutamente il mondo esterno; quelle mura erano tutto ciò che lei avesse mai conosciuto.

- Esattamente. Ma sono sicuro che capirà l'urgenza e la gravità della situazione e che non vorrà offendere la mia persona, rifiutando tale compito, - Maryha non aveva nessun'altra scelta. Rimase in silenzio, mentre il priore continuò. - Il monastero vi recapiterà ogni mese una lauta rendita, per mantenere voi e la vostra protetta. Non dovrete preoccuparvi di nulla.

Maryha, rattristata, dovette accettare quell'ordine, che gli era stato presentato come richiesta:

- Sarà fatto come desiderate, Priore.

La donna si voltò prendendo la direzione della porta, con gli occhi velati di lacrime, quando la voce di Salazar la congelò:

- Un'ultima cosa, consorella, - Maryha si premette le mani contro al ventre, temeva esattamente ciò che le parole seguenti del Priore le dissero. - D'ora in poi vorrei che smettesse d'indossare l'abito monacale.

Il rumore della porta che si chiudeva, avvertì Maryha della presenza alle sue spalle del dottore; non aveva le forze per alzare il capo, ma sentì il calore delle mani di Dok posarsi sulle sue esili spalle.

Un sussurro lacerò il silenzio che regnava fino a quel momento nella stanza e alle orecchie di Maryha giunse come un urlo insopportabile.

- Mi dispiace. Ho fatto tutto il possibile...

Le Mante

La locanda Il Cormorano, situata all'ingresso del porto di Kabras, offriva pasti decenti, del buon grog e, talvolta, perfino piatti raffinati o difficilmente reperibili, come la carne cotta; il tutto a prezzi molto ragionevoli. Nonostante questo, il Cormorano non vantava un alto numero di frequentatori e ben pochi marinai s'intrattenevano nella locanda, se non il tempo necessario per rifocillarsi: l'assenza di camere dove passare la notte e la totale mancanza di offerta di compagnia femminile, rendevano poco appetibile la permanenza nel locale ai marinai, più del tempo necessario.

Anche quel giorno, all'interno del Cormorano, non vi era molto movimento: alcuni marinai erano intenti a desinare, qualcuno al bancone sorseggiava bicchieri di grog e, in un angolo, lontane da occhi indiscreti, due figure parlavano sommessamente:

- Hai sentito le novità, Raduciojov?

Raduciojov, un uomo dall'aspetto torbido e dagli occhi porcini, smise di guardarsi intorno e fissò il suo interlocutore; Raduciojov era stato arruolato fra le fila delle Mante fin dalla giovane età, cresciuto in quell'ambiente era diventato un uomo senza alcun scrupolo, preciso e metodico nei compiti affidatigli.

Innanzi a lui sedeva Nautis, un distinto ragazzo, di qualche anno più giovane, che prestava servizio come valletto nella residenza del mercante Torenescu.

- Sì, Nautis. Sono al corrente dei recenti sviluppi.

Nautis si passò una mano sui capelli, scompigliandosi leggermente la chioma chiara; a Raduciojov, il ragazzo sembrava un po' troppo teso per quell'incontro.

Nautis, fissando la porta, fingendo di essere intento ad osservare gli astanti entrare e uscire dalla locanda, chiese con un filo di voce:

- Come dovremmo comportarci, dunque?

Raduciojov si portò il boccale alle labbra e bevve un lungo sorso di grog, prima di rispondere:

- Qualche settimana fa ho recapitato la missiva al Gran Maestro. Nessuno ha comunicato cambi nei nostri piani, quindi procederemo come previsto.

Nautis fissò negli occhi il suo interlocutore, catturandone lo sguardo e parlò con tono serioso, parco dell'apprensione che sembrava mostrare fino a quel momento:

- Se è così, dovremo muoverci con la massima cautela.

- Calmati, fratello. Tutto andrà per il meglio.

- Ne sono certo, Radu. Sono pronto.

Raduciojov estrasse dalla sua sacca un'ampolla e la porse al suo interlocutore:

- Tieni. Questo ti servirà, - Nautis osservò il liquido all'interno del flacone, gli sembrò normalissima acqua, sebbene sapesse esattamente di cosa si trattasse; Raduciojov continuò. - Ti basterà versarne alcune gocce all'interno di un liquido per provocare la morte istantanea a chiunque ne bevva un sorso.

Nautis controllò che il tappo fosse chiuso adeguatamente, poi infilò l'ampolla all'interno della tasca del soprabito:

- Agirò domani sera.

- Esatto. Aspetta che Ascher prenda il mare, poi elimina Torenescu.

- Mentre tu...

- Imbarcato ai comandi della piratessa, la ucciderò una volta raggiunto il mare aperto.

- Fai attenzione, Radu: non è una donna comune!

Raduciojov sorrise perfidamente, distogliendo lo sguardo da Nautis:

- È pur sempre, solo, una donna!

Il tono di Nautis divenne, se possibile, ancor più serioso:

- Radu! Cerca di non sottovalutarla.

L'uomo, contrariato, riportò lo sguardo sul giovane, poi gli si avvicinò tanto da sfiorargli la fronte con la sua:

- So benissimo come uccidere. Ci sono mille modi per farlo, prima che il bersaglio se ne accorga. Dovresti saperlo meglio di me.

A Nautis non sfuggì il velo d'ironia nel tono del compare:

- Certo... quindi cerca un modo rapido.

Raduciojov, irritato, ribatté:

- Sarò rapidissimo. Tu, piuttosto, vedi di portare a termine il tuo compito. Senza esitazioni!

- Certo, spero solo di non essere riconosciuto.

- Puoi stare tranquillo, ragazzo. Domani sarà il tuo giorno libero e in quella casa ognuno si fa gli affaracci propri.

Nautis cercava di ostentare il più possibile sicurezza in se stesso, ma sapeva perfettamente che Torenescu non era uno stupido. Doveva essere cauto, anche più di Raduciojov.

Passarono qualche minuto in silenzio, finendo la bottiglia di grog che avevano ordinato appena entrati, poi l'uomo tornò a parlare:

- Ascoltami, Nautis, ora vai a casa e rilassati; l'alcool ti rende nervoso.

Il ragazzo si scompigliò nuovamente i capelli:

- Sì. Forse hai ragione.

Nautis finì il suo bicchiere di grog, s'alzò e si diresse fuori da quel luogo.

Raduciojov rimase tranquillamente a finire la bottiglia, pensando che sarebbe stato un gioco da ragazzi eliminare quella donna: Ascher era un'impavida schermitrice, non v'era alcun dubbio, ma l'arte dell'assassinio era tutt'altra cosa. Il suo piano sarebbe riuscito alla perfezione.

Il Battesimo di Ascher

Come ogni mattina degli ultimi dieci anni, il frate si recò alla piccola tenuta governata da Maryha, per accompagnare Ascher al monastero. Quel giorno, però, non era come tutti gli altri: era il giorno in cui Ascher, oramai maggiorenne, avrebbe dovuto affrontare la sua ultima prova e dimostrare il suo valore, per poter finalmente abbandonare il monastero ed intraprendere la sua sacra missione.

L'ansia attanagliò lo spirito del frate, mentre, a passo lento, attraversò il piccolo boschetto di betulle che separava la tenuta di Maryha dal monastero. Tutto l'impegno profuso nell'allevare la piccola Ascher stava per essere messo alla prova; se la ragazza avesse superato magistralmente quell'ultima sfida, il suo piano sarebbe giunto alla fase più delicata: presto si sarebbe potuto sbarazzare del priore, assumendo il diretto controllo del monastero e di tutte le proprietà del priorato.

Giunto alla dimora si diresse a passo svelto verso il fienile, dove, ogni mattina, poteva trovare Ascher intenta nei suoi esercizi di scherma quotidiani; la ragazza, in anni di allenamento, aveva guadagnato una maestria impareggiabile nell'arte della spada, anche grazie a Tenebrae, un giovane spadaccino commissionato dal priorato per aiutarla nel perfezionare le sue tecniche di combattimento.

Ascher manifestò, fin da piccolissima, qualche problema ad accettare l'autorità, pertanto i rapporti con Tenebrae, nei primi anni, furono abbastanza burrascosi; col trascorrere del tempo, invece, iniziò a capire che, grazie al supporto dello spadaccino, avrebbe potuto apprendere i segreti di un'arte indispensabile per vendicare la morte dei suoi genitori; grazie a questa illuminazione, il rapporto fra Ascher e Tenebrae migliorò sempre di più, fino a giungere a una profonda complicità.

Vedendo giungere il frate, Maryha uscì dalla casa per farglisi incontro:

- Buona giornata!

La voce di Maryha giunse come un sussurro leggiadro, capace di accarezzare l'udito come un alito di vento primaverile accarezza la pelle.

- Buona giornata a voi, consorella.

- Oramai non sono più una consorella.

- Nell'amino lo sarete sempre, cara Maryha.

Un sorriso schiuse le labbra di Maryha, stridendo con l'espressione tesa della donna:

- Dunque è giunto il fatidico giorno...

Inizialmente Maryha non capì come mai, invece di far prendere i voti a Nial, la ragazzina fosse sottoposta a duri allenamenti di scherma; quando cercò di capirne di più, il priore del convento la liquidò malamente, dandole ad intendere che il suo compito era crescere la ragazzina, non farsi domande su come il priorato intendesse usare la sua fedeltà e le sue capacità

- Ebbene sì. Sono qui per accompagnare Ascher nel suo ultimo giorno di apprendistato.

- Bene. Aspettate qui, allora. Andrò a chiamarla immediatamente.

Alcuni minuti dopo, il frate e Ascher presero la via per il monastero. Entrambi, lungo il tragitto, rimasero chiusi nei propri pensieri.

Giunti a destinazione il frate prese la via per il piano superiore, mentre Ascher si diresse nel giardino interno, come ogni giorno.

Il giardino interno del monastero era una grande piazzola, circondata da un fitto colonnato ricco di panche; grossi vasi di pietra contenenti piante e fiori di svariate specie fungevano da ornamento. Lì, ogni mattina, Ascher prendeva lezioni di scherma e di tecniche di combattimento.

Anche quel giorno, seduto su una delle panche accostate al colonnato, vi era il suo compagno di allenamento e istruttore, Tenebrae.

L'uomo osservò la sua prediletta entrare nel giardino, attraverso il suo tipico sguardo imperscrutabile.

Tenebrae era un giovane uomo, ancora sotto i trent'anni, alto più di un metro e ottanta; portava i capelli lunghi, nerissimi, legati in una coda di cavallo; i suoi occhi emanavano riflessi ambrati, risaltando sulla sua carnagione olivastra; il fisico era asciutto e i muscoli dei suoi avambracci guizzavano sotto le sue vesti.

Nell'adolescenza Ascher provava un tripudio di emozioni nel competere col suo maestro, pensò addirittura di essersene infatuata, ma la severità e l'apparente freddezza di quel ragazzo l'aveva sempre tenuta a distanza, dissolvendo quei sentimenti.

Ascher, a passi lenti e solenni, s'avvicinò a Tenebrae, mentre il frate che l'aveva accompagnata raggiunse il priore sulla balconata, dalla quale si poteva osservare l'intero cortile interno.

Salazar, visibilmente teso, si voltò verso il suo sottoposto e gli si rivolse in tono austero:

- Oggi sapremo a tutti gli effetti di che pasta è fatta la tua prediletta!

Le parole del priore suscitarono nel frate un brivido di gelo, la sua voce gli uscì smorzata dalla gola:

- Sono sicuro che ella non vi deluderà.

La risposta del priore lo gelò:

- Lo spero. Per entrambi voi.

Tenebrae s'avvicinò ad Ascher, porgendole una spada e una

raccomandazione:

- Qualsiasi cosa uscirà da quel portone, ricorda che devi combattere unicamente per la tua vita!

Ascher rimase immobile, impietrita.

Tenebrae tornò sulla panchina. Tutti gli astanti rimasero in trepida attesa; qualche istante dopo, lentamente, le porte dal lato sud del giardino s'aprirono.

Innanzi ad Ascher si stagliarono tre figuri: due grossi energumeni dalla pele scurissima, entrambi più alti di Tenebrae, con un giustacuore, bracciali e gambali in cuoio; una di queste due montagne umane impugnava una mazza ferrata, mentre l'altra teneva in mano un'enorme spada, dalla lama nero lucente.

La terza figura, a malapena visibile fra le altre due, era molto più esile ed alta un po' meno di Ascher; il suo volto, pallidissimo, era perfettamente liscio e dalle linee dolci; il suo aspetto poteva definirsi quasi adolescenziale, se non addirittura infantile, ma i suoi occhi, più freddi del ghiaccio dei mari dell'estremo nord, lasciavano intendere una crudeltà consapevole estremamente rara negli esseri umani. A differenza dei due uomini, il ragazzo portava legata in vita una coppia di spade corte e nessuna protezione.

Il frate sul balcone non credette ai suoi occhi: il priore doveva essere impazzito. Aveva deciso di uccidere Ascher? Quella non si sarebbe potuta definire una prova, sarebbe stato un massacro!

- Priore?

Le sue parole vennero immediatamente interrotte:

- Se, come dici tu, ella merita di portare il nome del prescelto, dovrà darne prova!

Il frate abbassò lo sguardo sul cortile e, forse per la prima volta in vita sua, pregò sinceramente.

Ascher si riscosse dalla sorpresa iniziale e cercò di valutare la preoccupante situazione: se quei tre avessero attaccato tutti insieme, probabilmente non avrebbe avuto nessuna possibilità; certo, avrebbe venduto cara la propria pelle, ma sarebbe stata macellata in pochi colpi. Tra lei e l'inizio della sua vendetta si paravano solo quei tre individui: doveva vincerli ad ogni costo.

L'uomo con la mazza ferrata, fece qualche passo verso la giovane parlando con tono sprezzante:

- Bene, bene, bene; guarda un po': pagati in tre per mettere fuori combattimento una ragazzina!

Dalle sue labbra scaturì una risata incontrollata e si rivolse ai suoi compagni:

- Tranquilli. Basterò solo io. Sarà fredda prima che io mi sia scaldato.

Ascher assunse la posizione di difesa, alzando la spada del suo maestro:

- Allora forza, stupida balena. Fatti sotto e finiamo alla svelta!

L'uomo dalla mazza ferrata non se lo fece ripetere e, con la furia di una tempesta, si scagliò contro Ascher.

L'enorme stazza dell'uomo permise alla ragazza di osservarne i movimenti: egli alzò la mazza a picco, sollevandola oltre la sua testa, con l'intenzione di farla calare con forza su di lei, il che avrebbe lasciato completamente sguarnita la propria difesa. Mai lasciare varchi per il torace, era uno degli insegnamenti di Tenebrae più importanti, ripetuto e provato fino alla nausea. Evidentemente quell'energumeno non aveva ricevuto un'istruzione adeguata o, più probabilmente, aveva pensato di portare a termine immediatamente lo scontro, sottovalutando l'agilità di Ascher che, in una frazione di secondo, ridusse la distanza che li separava. Con un repentino affondo la spada della giovane s'infilò fra le coste dell'uomo, ancor prima ch'egli potesse calare la sua arma.

Gli occhi del guerriero s'offuscarono, la mazza gli cadde dalle mani, ancora protese all'indietro sul suo capo; chinò leggermente la testa spostando lo sguardo attonito, dal braccio proteso di quella fanciulla, all'elsa che gli usciva dal petto; un singulto gli salì alla gola assieme ad un fiotto di sangue. La sua vita finì in quell'istante, portandosi via con essa tutta la sua incredulità.

Con uno slancio all'indietro, Ascher si riportò immediatamente in assetto di difesa, proprio come il suo maestro le aveva insegnato: oramai era divenuta un'arma micidiale.

Il priore osservò attonito la scena, mentre un sorriso maligno e compiaciuto comparse sul volto di Tenebrae.

- Che tu sia maledetta! Hai ucciso mio fratello!

Il secondo guerriero strinse a sé la spada, furente di rabbia. Senza pensarci due volte si precipitò contro Ascher. Il primo affondo fu tremendo: al contrario del fratello, quell'uomo era pratico nell'arte della scherma e non si sarebbe fatto cogliere impreparato.

Ascher parò con facilità i suoi attacchi, essendo fendenti potenti, ma troppo lenti e troppo prevedibili.

Decise di mettere in pratica un altro degli insegnamenti ricevuti: aspettare il momento propizio; combattendo con troppo vigore ci si sarebbe stancati troppo facilmente e troppo in fretta, correndo il rischio di lasciare scoperta la guardia. Proprio ciò che fece il suo avversario.

In un incontrollato impeto di rabbia, costatando che i suoi colpi venivano abilmente schivati, parati o deviati, il guerriero iniziò a mettere tutta la sua energia negli affondi, finché non si sbilanciò troppo, permettendo ad Ascher di approfittarne: appena il suo avversario affondò quel colpo, la ragazza lo schivò rapidamente, roteando su se stessa, in modo da avere accesso al fianco del guerriero, lasciato completamente libero; la lama di Ascher penetrò in profondità nel costato dell'aggressore, trafiggendogli il cuore.

Sul volto di Ascher comparve un sorriso compiaciuto: gli allenamenti con Tenebrae l'avevano trasformata in una belva; in una tigre. Si sentiva entusiasta e invincibile.

Appena il corpo del guerriero toccò terra, un battito di mani rimbombò nel cortile. L'ultimo avversario di Ascher si fece avanti:

- Mi congratulo con voi, madamigella. Erano vere le lodi tessute sulla vostra bravura. Peccato che sia stato pagato per togliervi la vita, saremmo stati una coppia di assassini imbattibile.

Ascher, passandosi un braccio sulla fronte per asciugare il sudore, si rimise immediatamente sulla difensiva:

- Io? In coppia con te?! Ma che accidenti stai dicendo? Poi, maledizione, ma quanti anni hai? La tua prima vittima è stata la tua nutrice questa mattina?

Il ragazzo sembrò non volersi curare minimamente delle offese di Ascher, celando l'offesa nel suo tono:

- Non preoccupatevi, ho più anni di quelli che dimostro. Il mio nome è Soria. Prima di uccidervi mi piacerebbe sapere il vostro...

- Ascher. Il mio nome è Ascher!

Il giovane uomo estrasse le sue daghe; fece l'inchino, dicendo:

- Preparatevi, signorina Ascher: è giunta l'ora di morire!

Un altro sorriso si dischiuse sul volto di Ascher. Un sorriso che non aveva nulla di umano:

- Sono pronta a darti la morte da quando hai varcato quel portone, Soria!

Un'altra lezione che il suo maestro le aveva insegnato era quella di schernire e provocare il suo avversario, in modo da istigare l'impulso ad uccidere, irrefrenabile, tanto da spingere l'avversario a commettere un errore. Anche in questo Ascher era divenuta un'esperta.

Soria non riuscì più a mascherare l'ira suscitata dalle parole e dai comportamenti di quell'impudente ragazzina. Come gli altri due s'avventò furiosamente contro Ascher, la quale si trovò immediatamente in difficoltà: Soria, sebbene furente, era dotato di grande tecnica e agilità; inoltre combatteva con due armi contemporaneamente, uno stile completamente sconosciuto ad Ascher.

Ma gli insegnamenti di Tenebrae l'accompagnavano: non doveva avere fretta, ma valutare bene l'avversario, nel tentativo di trovare il suo punto debole; perché tutti avevano un punto debole.

Ascher, fra una parata e una schivata, studiò le movenze di Soria: si accorse che i suoi attacchi venivano parati con la sinistra, quindi era sempre pronto ad affondare un attacco con la destra; Ascher era decisamente in difficoltà contro quel metodo di combattimento, doveva agire rapidamente, altrimenti non sarebbe riuscita a sopraffare il suo avversario e si sarebbe stancata per l'eccessivo sforzo nel difendersi da ben due spade. Infatti le sue forze iniziarono a venir meno, provate anche dai combattimenti precedenti. Ascher utilizzò svariate tecniche, ma Soria era troppo abile e sembrava capire in anticipo dove lei avrebbe tentato di colpire.

- Maledetta mocciosa! La tua ora è giunta!

Ascher cominciò ad avere paura, ma non ne era sconvolta: sapeva benissimo che la paura, opportunamente indirizzata, poteva essere un pregio e non una debolezza; essa, infatti, la poteva mettere in allerta ed acuirgli la mente. Così fu, finché un'intuizione non la colse: Ascher cominciò a tempestare di colpi Soria, in modo da farlo indietreggiare, indirizzandolo verso il corpo riverso a terra di uno dei due fratelli.

Soria volse il capo per constatare ciò che il suo piede aveva urtato, avvedendosi del guerriero esanime; avrebbe dovuto scavalcarlo con un balzo, o col prossimo affondo di Ascher sarebbe inciampato; il corpo, però, non si mosse rapido come il pensiero.

Ascher portò il suo attacco con un fendente, dal basso verso l'alto, con tutte le forze che le erano rimaste. Soria incrociò le spade per arrestarne l'impeto: proprio ciò che Ascher sperava.

Con incredibile rapidità Ascher fermò il colpo, trasformandolo in una finta; lasciò cadere la spada a terra, afferrò con entrambe le mani le vesti di Soria, puntellò col piede l'elsa della sua spada, facendola inclinare verso il suo avversario, poi si lasciò cadere, trascinandoselo con sé.

Con l'inclinazione ricevuta, la punta della lama penetrò in profondità nel ventre di Soria; il loro stesso peso fece sì che la penetrazione fosse possibile.

Per una frazione di secondo i loro occhi s'incrociarono ed Ascher poté notare tutta l'incredulità di Soria.

Il fiato di Ascher si condensò in nuvolette di vapore; il suo cuore le martellava in petto e il peso del suo avversario gli comprimeva la cassa toracica. Con un ultimo sforzo smosse il corpo del ragazzo, oramai privo di vita e, lentamente, si alzò in piedi. Era completamente inzuppata di sudore e sangue. Chinò il capo per verificare che Soria fosse fuori combattimento, poi alzò lo sguardo ad incrociare quello del suo maestro.

Sopra la balconata, il frate ascoltava la voce del suo superiore:

- La prova è superata. Ora può andare.

Il frate si voltò ad osservare il priore prendere la via per le sue stanze. Gli parve ancora incredibile come Salazar avesse voluto mettere alla prova Ascher. Si ammonì, ricordandosi che, in futuro, avrebbe dovuto fare molta più attenzione.

Tenebrae s'avvicinò alla ragazza. Non disse nemmeno una parola; si chinò sul corpo di Soria, ne estrasse la spada e la porse ad Ascher.

I due s'osservarono per un lungo istante.

In lei c'era la voglia di potergli dire quanto gli fosse grata e in lui albergava un sentimento che avrebbe dovuto lasciar chiuso per sempre nel suo cuore.

Nefandezze

Daeva si voltò indietro, guardando il monastero. Non era riuscita a scoprire nulla, il passato di sua sorella era avvolto ancora nell'ombra. Quelle mura nascondevano un mistero a lei precluso.

Nonostante lo scarso successo delle sue ricerche, aveva comunque deciso di abbandonare rapidamente Caredras. Il giorno precedente la partenza, aveva mandato frate Thomas al borgo, perché verificasse se vi fossero mercantili in procinto di salpare: almeno in questo era stata fortunata; Thomas si offrì di accompagnarla al porto, dove avrebbe trovato una nave disposta ad imbarcarla.

Temendo di avere ancora Jared Valar alle calcagna, Daeva chiese una tonaca in prestito ai suoi ospiti e si travestì da monaca; utilizzò quella richiesta anche come ultimo tentativo per vedere il Priore, ma dei monaci molto zelanti le dissero che non sarebbe stato necessario disturbarlo e che avrebbero provveduto a tutto loro.

Mentre si allontanava dal monastero, assieme a frate Thomas, Daeva ignorava di essere osservata: dall'alto della torre, affacciato ad una finestra, il priore osservava le due figure allontanarsi dal Monastero; un sospiro di sollievo uscì dalle sue labbra.

Sirius si sentì sollevato nel vedere Ascher, finalmente, andarsene.

Erano trascorsi ben cinque anni dall'ultima volta in cui s'erano visti, eppure il tempo sembrava non averla segnata minimamente, mentre per lui, gli anni iniziavano a pesare come macigni.

Il priore ringraziò il fato per avergli permesso di evitare gli incontri così insistentemente richiesti da quella donna: aveva messo in gioco troppo per raggiungere quella posizione e non sarebbe mancato molto al successivo passo del suo piano.

Sirius seguì con lo sguardo le due figure, finché non scomparsero fra le fronde dei boschi, poi si recò alla sua scrivania e i pensieri nefasti del suo passato gli tornarono alla mente, tormentandolo.

Sin da piccolo si abituò a fare i conti con una vita opprimente: era stato abbandonato in fasce alle porte di quel luogo e, come gli altri ragazzi dal destino simile, passata l'adolescenza era stato costretto a prendere i voti. Diventare un frate lo salvò dalla morte per stenti, o da una vita in strada, ma in lui albergava un profondo odio verso i monaci: alcuni di loro, quando era più giovane, lo seviziarono e lo minacciarono in più di un'occasione; se avesse rivelato quegli avvenimenti, l'avrebbero ucciso o, peggio, cacciato dal monastero, lasciandolo senza una dimora e senza un futuro. Sirius ricordava perfettamente ogni notte in cui, poco più che bambino, cercava di nascondersi dai suoi aguzzini e pregava con tutte le sue forze di non essere trovato, nascosto sotto la sua branda o nel suo armadio: preghiere mai esaudite; la sua stanza era troppo piccola e angusta per trovarvi un rifugio sicuro e, ben presto, scoprì che, nell'intero monastero, non vi sarebbe mai stato un posto dove potersi nascondere dalla bestialità di quegli uomini.

Resosi conto di questo, non gli rimase che subire; e subì. Subì e attese; crescendo assieme al seme della vendetta, custodito nel suo cuore.

Le sorti della sua vita cambiarono, quando il priore lo mandò in missione, a predicare il verbo nelle terre a sud. Lì iniziò a piazzare i primi tasselli che avrebbero composto l'intricato mosaico della sua perfetta vendetta e del suo immenso potere: apprese l'arte dell'erboristeria e dell'alchimia, venendo in possesso delle armi con le quali avrebbe ucciso quelle bestie e tutti coloro che gli si sarebbero opposti.

Sirius apprese e iniziò a rispettare anche il potere del denaro: tutto poteva avere un prezzo; il denaro era il mezzo più comodo e rapido per ottenere ogni cosa.

Con tutte queste nuove cognizioni, nelle terre del sud, il giovane frate Sirius iniziò a tessere il piano al quale avrebbe dedicato la sua intera esistenza; gli mancava solo la chiave di volta, quando la fortuna, finalmente, gli sorrise, presentandosi con l'aspetto della piccola Nial. Sirius ne ignorava la causa, ma in quella bambina vide ardeva vivida la stessa luce di odio e bramosia di vendetta che irradiava la sua anima.

Curarsi di quella bambina fu la scelta determinante.

Tornato con Nial al Monastero, Sirius cominciò ad avvelenare tutti coloro che riteneva colpevoli delle atrocità subite, dai seviziatori agli omertosi. Per loro aveva scelto una morte lenta, da gustare in ogni suo istante: ogni mattina somministrava loro una piccola quantità di mercurio, per causare una morte apparentemente naturale. Impiegò anni e, per il suo ego martoriato, furono anni spesi decisamente bene.

La vittima di Sirius che visse maggiormente fu proprio il priore Salazar, colui che organizzava e copriva tutte le violenze all'interno del monastero; ma, infine, anche il suo decesso fu inevitabile.

Al seguente concilio, Sirius impressionò favorevolmente i suoi confratelli, al punto di guadagnare la loro massima fiducia e da farsi nominare priore.

Il suo piano era vicino alla conclusione.

Sirius ottenne tutto quello per cui lavorò instancabilmente un'intera vita: proprietà, terreni e ricchezze sufficienti per potersi ritirare dalla vita monastica.

Avrebbe lasciato una lauta donazione a suo nome al monastero e avrebbe convocato il concilio, per comunicare il suo intento a ritirarsi a vita privata e per nominare un nuovo priore.

Non si pentì nemmeno un istante per aver manipolato tante vite e averne spezzate anche di più.

In fondo, anche la sua anima era stata spezzata. Da molto tempo.

Indecisioni

Keilina era chiusa nel suo studio. Si era appartata in solitudine, congedando i suoi capitani, per potersi concentrare meglio.

La situazione era drammaticamente complicata: se i fatti narrati da Sirio e Trazum corrispondevano a verità, avrebbe radicalmente cambiato la posizione fidata di Torenescu.

Keilina ripassò mentalmente le informazioni possedute sul mercante: era uno stimato uomo d'affari, al servizio del regno, seguiva rotte anche molto lunghe e fuori dalla giurisdizione della Marina, ma mai prima di allora aveva assunto comportamenti che potessero dare adito a sospetti di combutta con i pirati. Se così fosse stato, si sarebbe trattato senza alcun dubbio di alto tradimento.

La situazione andava ponderata con cautela: innanzitutto andava verificato che tale soccorso fosse effettivamente avvenuto, necessitava di prove certe; per quanto ne sapesse lei, Torenescu avrebbe anche potuto capitare per caso fra due fuochi e, agendo di buon senso, avrebbe cercato di mettere in salvo la propria flotta.

Nel caso in cui il capitano Ascher, o qualunque uomo, marinaio o pirata poco importava, fosse stato tratto in salvo in quel lembo di mare, il Mercantile avrebbe dovuto recarsi immediatamente al porto più vicino, previsto dalla sua rotta di viaggio.

Keilina conosceva personalmente Torenescu, gli era stato presentato da suo padre, l'ammiraglio Winsor, non appena uscita dall'accademia della Marina. Winsor e Torenescu erano amici di lunga data e, a detta dell'ammiraglio e di buona parte degli ufficiali, il mercante era sempre in prima linea quando si trattava di passare informazioni al regno che potessero proteggere le imbarcazioni della corona.

Per lei era impossibile riuscire anche solo a concepire l'idea che un uomo del genere potesse aver tradito e avesse aiutato e coperto dei volgarissimi e squallidi pirati.

Keilina aprì un cassetto della sua scrivania ed estrasse una carta nautica, poi richiuse il cassetto con un tonfo impetuoso.

L'accusa che Sirio e Trazum avevano insinuato in lei l'aveva toccata sul vivo, ma Keilina aveva perso da tempo la sua innocenza e sapeva benissimo che non poteva fidarsi ciecamente di nessuno.

Fece un profondo respiro e, ripresa la concentrazione, stese la carta nautica sul tavolo, osservandola attentamente. Puntò il dito in corrispondenza del tratto di mare in cui ebbe luogo lo scontro tra Ascher e i suoi capitani, poi con calma cominciò a tracciare le possibili rotte che il Mercantile avrebbe potuto percorrere. Keilina conosceva perfettamente le rotte commerciali che i Mercantili della corona seguivano, non sarebbe stato un grosso problema rintracciarne la destinazione.

Dopo una mezz'ora di studio, aveva selezionato le cinque più probabili destinazioni, tra le quali la più importante era Kabras.

Keilina si alzò in un moto di stizza, dirigendosi alla credenza degli alcolici posta affianco al camino, l'aprì e prese la bottiglia di scotch preferita da suo padre, se ne versò due dita nel bicchiere, poi si affacciò alla balconata portandosi il bicchiere alle labbra.

La fresca brezza le accarezzava piacevolmente la folta chioma bionda, mentre l'alcool le riscaldava le membra. I suoi occhi scrutarono il mare calmo.

Grazie a quel rituale, Keilina distese la tensione e continuò ad analizzare mentalmente gli elementi di cui disponeva.

Non avrebbe potuto e, forse, nemmeno voluto, accusare pubblicamente un così importante esponente del regno; avrebbe potuto utilizzare l'amicizia che legava le loro famiglie per richiedere un incontro privato, oppure avrebbe potuto inviare qualche spia o richiedere ufficialmente un interrogatorio. Qualunque cosa avesse deciso di fare, in ogni caso, avrebbe dovuto appurare l'estraneità ai fatti, oppure la colpa del mercante.

Keilina chiuse la finestra e si sedette alla scrivania, calcolò la distanza da Kabras alle Sette Sorelle.

E fece qualche calcolo: "Quattro settimane... due settimane di navigazione dal punto in cui avvenne l'attacco, essendo questo precisamente a metà sulla rotta per il porto di Kabras"

Kabras era il porto più importante e più vicino tra le rotte tracciate: se Torenescu avesse avuto dei feriti a bordo, avrebbe fatto rotta per il porto più vicino, il più rapidamente possibile.

Keilina convenne che avrebbe dovuto aspettare almeno altre quattro settimane, per avere una conferma. Se Torenescu avesse consegnato Ascher alle autorità militari di Kabras, solo nel mese successivo ne avrebbe avuto notizia. Le sarebbero serviti, in tutto, almeno due mesi, prima di riuscire ad avere quella donna al suo cospetto.

Decisamente troppo. Keilina doveva agire. Subito.

Arper

L'Oscuro si era preparato ad attuare il suo piano contro Von Baron. Avrebbe preso il potere, a capo della nuova confraternita che avrebbe creato dalle ceneri della Zele che, oramai, stava precipitando, trascinata verso la rovina proprio dal suo Gran Maestro. L'Oscuro non si sarebbe fatto travolgere, non aveva la minima intenzione di appoggiare la vendetta personale di quel pazzo di Ludvik.

Aveva deciso di colpire e avrebbe colpito duro.

Fu così che l'Oscuro fece vela verso le isole del sud, dove avrebbe trovato Artur.

Le isole in questione facevano parte dell'arcipelago denominato le Terre del Fuoco: isole di origine vulcanica, scarsamente popolate.

Quando l'Oscuro venne introdotto nel consiglio della Zele, aveva ammirato l'audacia di Artur, per aver utilizzato come rifugio per sé e la sua famiglia uno di questi isolotti, talmente remoti e fuori da ogni rotta commerciale, da essere perfino ignorati dalla maggior parte delle carte geografiche.

Il covo di Artur sorgeva in un piccolo villaggio, dove l'unica sussistenza per i suoi trentacinque abitanti, era la pesca. Oltre al consiglio della Zele e gli abitanti dell'isola, nessuno conosceva l'ubicazione del covo, fatta eccezione per l'ammiraglio Jhonatan Winsor, il quale portò quel segreto con sé, nella tomba.

Dopo diverse settimane di navigazione, l'Oscuro e la sua ciurma diedero fondo all'ancora nell'isola più a nord dell'arcipelago: il punto più sicuro in cui ormeggiare.

Raggiungere l'isola dove avrebbero trovato Artur avrebbe richiesto un'imbarcazione resistente e di piccole dimensioni, ma in quella stagione il mare s'adirava in maniera imprevedibile e repentina, pertanto l'Oscuro dovette aspettare qualche giorno, prima di riuscire a trovare un trasporto adatto.

L'equipaggio trovò comunque dimora al Porco Sgozzato, una squallida taverna, apparentemente l'unica in tutta l'isola di Salganis. Nonostante la scarsa igiene del luogo e il pessimo cibo, i suoi uomini si lamentarono poco, consolati da pesantissimi alcolici e disponibilissime donne.

La permanenza alla taverna e il trasporto attraverso l'arcipelago, sarebbero costati un'ingente somma di denaro: probabilmente gli abitanti di Salganis, raramente visitati da stranieri, avevano deciso di salassare l'Oscuro e i suoi uomini.

Se Artur poteva muoversi attraverso, giungere e lasciare l'arcipelago senza tanti problemi logistici, allora anche loro avrebbero trovato un modo: l'Oscuro decise di comprare viveri e riempire le stive del suo veliero, per poi circumnavigare l'arcipelago in cerca di approdi possibili.

Così fece: il periplo dell'arcipelago impiegò alcune settimane, ma infine permise di tracciare una carta con tutte le isole delle Terre dei Fuochi. Durante quel viaggio, l'Oscuro passò innanzi ad Arper svariate volte, per poterne definire le coste e per trovare un approdo: l'unica insenatura per un possibile ancoraggio era la baia nella quale sorgeva la dozzina di casupole che costituiva il villaggio.

La natura dell'isola era evidentemente impervia: tutta la costa era sormontata da una scogliera impenetrabile e il basso fondale non permetteva un approdo sicuro. Ancorando il veliero al largo sarebbe stato possibile accedere all'isola con una lancia, ma il mare, ancora troppo agitato, costituiva un rischio: al minimo errore avrebbero cozzato contro gli scogli, che spuntavano a fior d'acqua, come funghi nei boschi.

Raggiungere Arper sarebbe stata un'impresa, senza l'aiuto di qualcuno che conoscesse bene quei luoghi.

L'Oscuro maledisse l'arcipelago e soprattutto Arper: sembrava che l'unica possibilità che avesse fosse quella di raggiungerla a nuoto, ma la potenza della corrente l'avrebbe vinto, trascinandolo e sbattendolo contro gli scogli dopo poche bracciate.

Dovette cedere all'inevitabile: prendere a noleggio un'imbarcazione dagli indigeni di Salganis avrebbe dato fondo a tutte le sue risorse economiche, ma era l'unico metodo possibile.

Mentre il timoniere virava di bordo, facendo rotta verso Salganis, un'imprecazione uscì dalle labbra serrate dell'Oscuro:

- Ti verrò a prendere, Artur. Stanne certo, maledetto!

Il tradimento di Jhonatan Winsor

Quindici anni prima degli eventi che noi conosciamo

Jhonatan Winsor percorse tutto il ponte del veliero, dal castello di poppa sino a giungere a prua.

La nave era stata ancorata poco distante dalla costa, all'orizzonte il sole stava calando e le prime ombre di una fredda notte cominciavano a lambire il paesaggio.

Il veliero era l'ammiraglia del noto pirata Ludvik Von Baron; mentre percorreva il ponte per raggiungere il pirata a poppa, Jhonatan Winsor provò un brivido di freddo. Quella nave, completamente rivestita di vernice nera, procurava a chiunque una certa inquietudine.

Von Baron stava vicino alla balaustra, impugnando un monocolo, intento ad osservare l'isola di Arper: sorrise fra sé e sé, soddisfatto. Il suo piano stava procedendo come previsto: a breve sarebbe riuscito a mettere le mani su Raven Moonroi.

- Allora, Baron! Mi vorresti spiegare una volta per tutte cos'è questa buffonata?

- Buffonata? - il tono di Ludvik Von Baron era carico di superbia, al punto da risultare quasi canzoniero. - Ti assicuro, amico mio, che di buffo non vi è assolutamente nulla in tutto questo.

- Divi davvero? Allora come mai i tuoi uomini stanno indossando le uniformi della Marina?

- Direi che sia ovvio, amico carissimo.

- Qui di ovvio non c'è proprio nulla, Ludvik! Dimmi cos'è questa pagliacciata!

- Caro ammiraglio, - Ludvik calcò sul titolo, sottolineandone l'importanza. - Non dimenticare che il tuo grado all'interno della Marina Militare ti è stato conferito per merito della Zele! Stai attento ad elargire giudizi.

Winsor accusò e moderò il tono:

- Non è mia intenzione giudicare. Voglio solo capire.

- Ti devi attenere solo ed esclusivamente ai miei ordini. Tutto qui.

- Certamente. Sono qui per questo, ma mi piacerebbe essere trattato con un minimo di rispetto.

- Ah, Jhon, il tuo grado ti ha abituato fin troppo bene, amico mio.

Jhonatan Winsor si maledisse mentalmente per aver accettato di unirsi alla Zele: cosa se ne sarebbe fatto del successo della sua carriera, se proprio chi glielo aveva permesso, ora lo metteva in serio pericolo?

- Il mio grado in questo momento non c'entra nulla. Vorrei solo sapere che cos'hai in mente di preciso.

Ludvik Von Baron passò il monocolo ad un suo marinaio e si volse ad affrontare l'ammiraglio:

- E sia! Come ben sai, la Zele è stata tradita dal pirata noto come Raven Moonroi.

- Sì, certo. Ne ho sentito parlare. Continua...

Von Baron si prese un paio di secondi prima di continuare la spiegazione dei fatti, era sua intenzione far capire a Winsor chi comandasse ed accertarsi che l'ammiraglio avesse capito di essere una pedina; preziosissima, certo, ma solo una pedina, nelle mani della potentissima Zele.

- Dunque; sono venuto a sapere da fonti certe che, proprio su quell'isola, si trova l'uomo che cerchiamo da tempo.

Von Baron accompagnò le sue parole con un ampio gesto con la mano, in direzione di Arper.

Jhonatan osservò il punto indicato da Ludvik, domandandogli:

- Vorresti che io facessi irruzione e catturassi per te quest'uomo?

- La tua perspicacia mi sorprende!

Un largo sorriso snaturò i lineamenti del pirata, conferendo un tono demoniaco al suo volto.

- È per questo che i tuoi uomini si stanno vestendo da militari!?

- Sempre più perspicace, amico mio.

Il tono di Von Baron divenne fin troppo canzonatorio; a Jhonatan non sfuggì:

- Piantala di usare quel tono da viscida serpe con me. Non sono certo venuto qui per farmi insultare, Ludvik!

Il sorriso di Von Baron si spense immediatamente; non poteva sopportare di essere ripreso così da qualcuno che gli doveva tutto, qualcuno che doveva tutta la sua gloria alla Zele:

- Ora ascoltami bene, stupido e ignobile cane del regno. Io posso fare qualunque cosa. La Zele può fare qualunque cosa! Ti è chiaro il concetto?

L'ammiraglio dovette cedere, non avrebbe mai potuto affrontare ad armi pari il Gran Maestro della Zele: come l'aveva aiutato a scalare la vetta del potere militare, avrebbe potuto affondarlo in un solo istante.

Jhonatan Winsor non disse nulla e distolse lo sguardo da Ludvik Von Baron, il quale se ne avvide immediatamente:

- Molto bene. Vedo che ci siamo intesi, finalmente!

- Dunque, come agiremo?

- Lasceremo che la sera s'inoltri, poi caleremo le scialuppe in mare.

- Ho capito.

- Mi raccomando, Jhon. Voglio Raven Moonroi. Vivo!

- Sarà fatto.

Jhonatan Winsor si congedò e andò a prepararsi per lo sbarco; intanto Baron, ripreso il suo monocolo, osservò l'isola innanzi a lui, parlando al vento:

- Il tuo più grosso errore, caro Raven, è stato quello di fidarti troppo dei tuoi amici. La Zele non ha amici: ha solo sottoposti... e vittime!

Tutta la Verità

Jared Valar giunse alla Sula Spennata completamente ubriaco. Spese tutti i suoi risparmi nel perseguire il raggiungimento di quello stato impietoso. L'unico suo desiderio era continuare a bere, senza sosta, fintanto che l'alcool non lo avesse portato in un luogo di quiete assoluta. Sentì il venire meno dell'utilità della sua esistenza e le colpe di cui si era macchiato divennero macigni insostenibili; inoltre tutta la Zele gli era contro e ben presto qualche sicario gli avrebbe fatto certamente visita, se lo avessero trovato in quelle condizioni, probabilmente non si sarebbe nemmeno accorto della vita che gli veniva sottratta. Jared giunse ad anelare la pace per il suo spirito; possibilmente definitiva.

Quando Jared Valar varcò la soglia della locanda, svenne.

James Kavin Arlong stava pulendo il bancone, quando la porta della locanda si aprì, riversando il corpo di Jared all'interno della sala vuota. Il locandiere s'affrettò a soccorrere Jared, sollevandone il corpo in posizione seduta, in maniera da evitare che ingoiasse la lingua o che si strozzasse col suo stesso vomito.

Con un'imprecazione, James maledisse il suo amico:

- Come diamine ti sei conciato, razza di spugna marcia? Non sei una rana! Smettila di vomitare lo stomaco sul pavimento che ho appena pulito!

Jared bofonchiò qualcosa d'incomprensibile e il taverniere imprecò di nuovo:

- Alzati, imbelle di un pirata! Altrimenti ti userò come straccio per ripulire questo schifo!

JK si accorse che per sollevare la mole di Jared avrebbe dovuto farsi aiutare, se avesse chiesto aiuto a sua moglie sarebbe scoppiato il caos, ma non aveva altra scelta.

- Ehi, donnaccia! Esci da quel tugurio e vienimi a dare una mano!

Le parole che uscirono dalla cucina non sorpresero affatto l'uomo:

- Insomma! Non si può stare in pace un secondo con te. Che c'è ora, sbronzone storpio? Sei caduto ancora?

- Frena quella velenosa lingua, maledetta vipera e porta qui quel tuo enorme sedere, più flaccido delle tue melanzane fritte!

Eleonor uscì con disappunto dalla cucina, riconoscendo Jared:

- Guarda cosa succede ad ospitare qui i tuoi amici!

- Ma se qualche buon dio ti togliesse l'uso della parola, farebbe un piacere all'umanità!

- Senti da che pulpito. Vuoi che me ne torni in cucina e ti lasci lì a rotolarti insieme al tuo amico?

- Dai, donna! Ora basta. Dammi una mano.

Con estrema fatica riuscirono a portare Jared in una camera; lo svestirono, lo misero a letto e gli prepararono l'occorrente per smaltire la sbronza: un otre di legno per svuotare lo stomaco e un catino colmo d'acqua pulita, per sciacquarsi il viso; poi lo lasciarono riposare in pace.

Il giorno seguente, dopo aver trascorso l'intera notte a subire le lamentele di sua moglie, James si diresse nella camera di Jared, molto preoccupato per lo stato in cui versava il suo amico.

Jared si era ridestato alle prime luci dell'alba; non riconobbe il posto in cui albergava, la sua mente era annebbiata e i suoi ricordi troppo confusi; sentì la testa come fosse stata spaccata in due e le tempie pulsare a ogni minimo rumore. Mancandogli le forze per alzarsi dal letto, decise di rimanere lì, disteso, ad attendere qualunque cosa sarebbe successa.

Quando la porta si aprì, Jared non fece nessun movimento e, solo quando la voce del suo amico si fece udire, capì di essere giunto proprio dove voleva arrivare:

- Come va, spugnaccia? - Jared non riusciva ad articolare le parole, aveva la bocca impastata e il sapore di vomito in gola e sul palato; l'amico, sorridendo di compassione, continuò. - Ah, bene! Come al solito direi. Non esce mai nulla di comprensibile dalle tue labbra.

Jared si mise una mano sul capo e il mal di testa si fece sentire con tutti i suoi artigli; riuscì comunque a sorridere, mentre il locandiere continuava il suo monologo:

- Hai una cera che fa spavento, amico mio. E io ne ho viste di cose spaventose. Ecco, ti lascio una bevanda che ti aiuterà a star meglio. Bevila finché è calda; tornerò più tardi a vedere come te la passi.

Quando la porta si richiuse e i passi di JK si furono allontanati, Jared si sforzò ad alzarsi e a bere l'intruglio che il suo amico aveva lasciato sul comodino.

L'intruglio, sgradevole sia al gusto che al profumo, fece effetto in brevissimo tempo nel suo stomaco, portando Jared a recere, finché nell'otre non si versarono solo succhi gastrici.

Sul calar della sera le condizioni fisiche di Jared erano notevolmente migliorate: il mal di testa era cessato e, completamente svuotato, il suo stomaco reclamava del cibo.

Affianco al letto James gli aveva lasciato un cambio d'abiti; Jared si vestì e il suo amico fece nuovamente ingresso nella stanza:

- Molto bene, strofinaccio. Vedo che hai bevuto il mio rimedio.

- Era una brodaglia, non un rimedio!

- Qualsiasi cosa fosse, mi pare ti abbia rimesso in piedi.

- Non credo che sia stato quello schifo a giovarmi.

- Beh, allora ti aspetto di sotto, con cinque barili di rum, poi ti lascio senza quello schifo, come lo chiami tu...

Jared non poté fare a meno di provare un conato di vomito a sentire parlare di rum:

- No grazie, ho bevuto abbastanza.

- Quindi ti sei ridotto in quello stato per tua iniziativa? Jared, che ti succede? Hai fallito nel trovare la tua bella?

Le parole del locandiere evocarono i ricordi di Jared, che si chiuse nei suoi pensieri.

Rimasero un buon quarto d'ora, così, nel silenzio; l'uno incatenato delle sue ansie, l'altro intento a capire come spezzare quelle catene.

Infine JK fece per congedarsi:

- Vedo che non sei ancora pronto per parlarne. Sappi comunque che io sono qui. Sarò sempre qui.

Jared capì l'intento dell'amico e gliene fu grato: era l'unico amico che gli rimanesse, l'unico del quale potesse fidarsi. Sarebbe stato in debito con lui, per la vita.

- Appena avrò messo qualcosa sotto i denti, sarò lieto di aggiornarti sugli ultimi avvenimenti.

Sul volto di James si aprì il più sincero dei sorrisi:

- Certo, certo. Ti faccio subito preparare qualcosa dalle amorevoli manine di Eleonor, sempre che il tuo stomaco ora sia in grado di reggere i suoi pasticci.

Jared sorrise, pensando quanto Eleonor fosse una persona apparentemente orribile, sotto tutti i punti di vista, ma in grado di cucinare ottimi piatti, apprezzati da ogni palato:

- Credo di riuscire a resistere; scendiamo. Grazie, JK. Grazie davvero.

I due amici decisero di cenare in cucina: ciò che Jared doveva dire a James era e doveva rimanere strettamente personale.

Al termine della cena, Jared cominciò il suo racconto:

- Devo fare i complimenti a tua moglie. La cena era ottima.

- Dai! Bando alle ciance. Figurati se quella megera accetterebbe un complimento. Da te, poi... inizierebbe a vomitare più di te ieri notte.

Jared sorrise, era bello essere nuovamente in compagnia di James Kavin Arlong: riusciva sempre a prendere la vita con ironia ed a trasmettere leggerezza a chiunque.

Jared Valar raccontò all'amico, per filo e per segno, tutto ciò che gli era accaduto, da quando aveva ottenuto l'ubicazione di Daeva. Dopo il racconto aggiunse:

- La situazione in cui ci troviamo è unicamente da attribuire a me! Nessuno dovrà collegarci e dovrò pagare solo io per i miei errori.

- Errori? Cosa avresti fatto di tanto orrendo, rispetto a quello che fanno tutti quelli che cercano di sopravvivere in questo mondo violento e malsano?

- Sono a conoscenza di troppi segreti in seno alla Zele.

- E quali sarebbero tali segreti?

- Ho promesso di raccontarti tutto e lo farò, ma sappi che ciò che sto per dirti potrebbe metterti in pericolo, più di quanto io non abbia già fatto, - Jared attese il cenno di assenso di James, poi continuò. - Il vero problema è che per la Zele ho fatto cose orribili. Ho perfino ucciso il Faina!

- Ah! Non so neppure chi sia, questo Farina.

- Faina, JK, non Farina. Era un fidato informatore di Ascher.

- Oh... e perché la Zele voleva che lo uccidessi?

- Il Faina era venuto a conoscenza del fatto che Raven Moonroi sia ancora in vita e prigioniero della Zele.

James faticava a seguire Jared, non capiva dove volesse arrivare:

- E con ciò?

- A quel tempo pensavo che la Zele fosse nel giusto. Se Ascher avesse saputo che suo padre è ancora in vita e prigioniero della fratellanza di cui lei stessa fa parte, si sarebbe rivoltata contro la Zele intera e, soprattutto, contro il Gran Maestro Von Baron. Dovevo evitarlo.

- Capisco: sarebbe stata vittima dell'ira e si sarebbe fatta ammazzare.

- Già. Ora, però, la Zele vuole l'eliminazione di Ascher e, purtroppo, per colpa della mia ingenuità, non sono in grado di proteggerla. Per quello cercavo Daeva, perché così avrei potuto fare quello che il Faina, per colpa mia, non è riuscito a fare.

James, avendo la situazione più chiara, capì quello che aveva passato l'amico e capì anche i sentimenti contrastanti che albergavano nel cuore di Jared:

- No, vecchia spugna. Non tutto è perduto. Hai ancora tempo per sistemare le cose... se la pianti di assorbire alcool come una stradannatissima pianta grassa assorbe l'acqua!

- Dici bene, ma presto verranno a cercare anche me. Non ho più molto tempo.

- Cosa te lo fa pensare?

- Sono stato troppo avventato e mi sono scoperto al cospetto di un alto membro del consiglio della Zele.

- Senti, Jared. Che io sappia, Ascher fa parte del Ministero Oscuro, forse Long...

Jared batté un pugno sul tavolo, interrompendo le parole dell'amico:

- Mi spiace, JK, ma anche Long Jhon fa parte della Zele.

Questa affermazione lasciò James esterrefatto:

- Figlio di una cagna zoppa e rognosa! Che sia maledetto!

- Ora sai tutto.

Jared sembrò esausto. Ammettere le sue colpe non l'aveva aiutato a calmare i demoni racchiusi nel suo animo.

- Sì. Ora capisco. Se vuoi il mio parere, Jared, non sono certo fiero di te: entrare a far parte della Zele non è stata la più brillante delle tue scelte!

Jared non poté fare a meno che manifestare assenso alle parole di James:

- Se vuoi che abbandoni la tua casa, ti basta dirmelo; lo capirò.

Il locandiere rimase sorpreso da tale affermazione e non lo nascose:

- Niente da fare, amico! Le tue mani sono macchiate di sangue, ma le mie non sono da meno. Non ho intenzione di giudicarti; né tantomeno di abbandonarti, ora che hai bisogno di me!

Un lieve sorriso increspò le labbra di Jared.

I due amici rimasero ad osservarsi, indecisi sul da farsi.

Il vento, fuori della locanda, cominciò ad alzarsi: il segno evidente del cambiamento atmosferico in atto.

A breve, una tempesta si sarebbe abbattuta su di loro.

Un Addio Involontario

Ascher, entusiasta, salì a bordo della caravella che Torenescu aveva fatto preparare per lei; i lavori erano terminati e, finalmente, la Tigre del Mare avrebbe potuto tornare a casa.

Torenescu s'offrì di accompagnarla sino al porto, facendo predisporre due cavalcature; quando la giovane donna uscì dalla sua dimora, il mercante ne rimirò la figura, estasiato.

Torenescu avrebbe voluto che Ascher non partisse, d'altro canto era consapevole di non poterla trattenere oltre: le condizioni della piratessa erano migliorate e la nave era pronta, non avrebbe mai trovato una scusa sufficiente per tenerla lontana dal mare, così come non si sarebbe mai perso un solo istante in sua compagnia. I sentimenti di Torenescu si erano rafforzati, giorno dopo giorno; pur sapendo di non essere ricambiato, sperava che, col tempo, qualcosa potesse cambiare.

Col tono di voce più dolce possibile si rivolse alla piratessa:

- Milady è pronta?

Ascher alzò lo sguardo verso il mercante, già in sella ad uno stallone color grigio fumo; un mesto stalliere le porse le briglie di una bellissima giumenta dal manto bianco, Ascher ringraziò con un sorriso sincero e luminoso, montando in sella.

Durante il tragitto che portava al borgo, sia Ascher che Torenescu non furono di molte parole: il mercante era racchiuso nei propri pensieri, i quali spaziavano dallo sconforto di perdere la compagnia della sua ospite, al futuro incerto che lo attendeva.

Ludvik Von Baron sarebbe venuto a sapere del suo tradimento, se già non ne fosse stato al corrente; lo avrebbe cercato sicuramente, per fargli incontrare il proprio destino.

Ascher, invece, non vedeva l'ora di salpare: in lei ardeva il desiderio di riprendere l'unico vero scopo della sua esistenza e bramava con ansia di rivedere la sua casa, di ritornare al suo mondo.

Giunti al borgo, Torenescu e Ascher si diressero immediatamente al porto di Kabras; essendo periodo di fiera, le vie cittadine erano gremite; i barrocci e i tavoli dei venditori si estendevano in ogni rione e non fu facile farsi largo tra le bancarelle che fiancheggiavano le strette strade, invase da acquirenti, infanti e saltimbanchi.

Finalmente giunsero a destinazione, Ascher pensava che qui avrebbe trovato un po' di respiro, ma si sbagliava; il porto era completamente in subbuglio. Molti mercantili avevano messo l'ancora nei moli e un nugolo di facchini scaricava le mercanzie dalle stive delle navi.

Un'imprecazione giunse alle orecchie di Torenescu:

- Maledizione, Tore! Potevi dirmi che oggi ci sarebbe stata questa orrenda baraonda!

Senza poter frenare il suo giubilo, Torenescu irruppe con una fragorosa risata:

- Baraonda? Ascher, questa è Kabras: la città più ricca del regno! Pensa che questa non è nemmeno una delle fiere maggiori.

Ascher rimase incredula:

- Stai scherzando? Come diamine fai a vivere in un posto tanto caotico?

Torenescu, continuando a ridere di cuore, rispose:

- Un tempo non era così. Vieni, è meglio se ci appartiamo e aspettiamo un orario migliore.

- No, Tore. Vorrei andarmene il più presto possibile.

Il mercante spense lentamente il suo sorriso:

- Sì. Me ne sono accorto. Ma un paio d'ore in più o in meno non credo che facciano molta differenza, o mi sbaglio?

Ascher sembrava irremovibile:

- Ad essere sincera, Tore, vorrei levarmi di qui. Alla svelta.

Torenescu sospirò:

- E se ti dicessi che, in tutto questo caos, sicuramente ci sono anche dei gendarmi? Non sarebbe il caso che qualcuno ti riconoscesse, soprattutto qui al porto, dove difficilmente puoi confonderti fra la folla

Con riluttanza, Ascher acconsentì:

- Va bene, mi hai convinta. Però, perfavore, portami in un posto tranquillo.

Torenescu si diresse verso una taverna, seguito da Ascher che, influenzata dalle sue parole, cominciò a guardarsi intorno con circospezione.

Impiegarono una buona mezz'ora per giungere alla taverna della Pepita d'Oro: una delle più rinomate locande di Kabras, dove solo i mercanti più ricchi potevano permettersi di alloggiarvi, o semplicemente di degustare le ottime pietanze offerte dalla casa.

Giunti innanzi alla Pepita d'Oro, uno stalliere prese in consegna le loro cavalcature, in cambio di un lauto compenso.

Non appena entrata, Ascher fu colpita dai dolci effluvi di violetta, che aleggiavano nell'aria e dall'arredo, incredibilmente sfarzoso per una taverna, completamente costruito in mogano e rifinito in oro, di gran lunga il legno e il minerale più rari e preziosi.

Torenescu la ridestò dallo stato di fascinazione in cui era caduta:

- Vieni, mia cara. Prendiamo un tavolo. Qui sicuramente staremo tranquilli.

Pranzarono serenamente, conversando amichevolmente come sino a quel giorno avevano fatto, parlando del più e del meno, senza toccare argomenti sgraditi. Le ore passarono e, giunta sera, lasciarono la lussuriosa locanda, per dirigersi alla loro meta.

Sebbene non fossero ancora completamente sgombre, ad Ascher le strade apparvero vuote e immense.

Giunsero in breve al molo, dirigendosi all'attracco della nave che avrebbe portato Ascher lontana da Kabras.

Benjamin, vedendoli arrivare, li accolse:

- Don Torenescu, Capitano, finalmente! Cominciavo a preoccuparmi.

Ascher non si perse in chiacchiere:

- Dimmi Benjamin, è tutto pronto?

Benjamin non si scompose, rispondendo risoluto:

- Sì, signore. Ovviamente, signore.

- Molto bene. Fai mollare le cime, dunque. Ti raggiungo sul ponte.

Benjamin raggiunse e salì rapidamente la passerella, comunicando gli ordini di Ascher:

- Uomini! Mollate le cime!

Ascher si voltò verso il mercante, non era abituata a ringraziare qualcuno, sapendo che non si sarebbe mai potuta adeguatamente sdebitare:

- Non so proprio come ringraziarti, Tore. Hai fatto veramente troppo per me.

Torenescu si sentì peggio di un adolescente impacciato al suo primo appuntamento, ma riuscì a mantenere il controllo sufficiente per non balbettare e parlare chiaramente, col tono più dolce che potesse avere:

- Non mi devi ringraziare, Ascher. Ho fatto quello che avrebbe fatto chiunque.

Ascher si ritrovò d'accordo con quella affermazione e, probabilmente, anche Torenescu non era convinto della sua sincerità, ma Ascher decise di non contraddire il suo benefattore:

- Allora grazie, Tore. Ti auguro ogni bene.

Torenescu si sentì ardere, ma non si mosse; non avrebbe dovuto muoversi: se avesse messo Ascher al corrente dei suoi sentimenti, si sarebbe reso solo ridicolo.

- Fai buon viaggio, Tigre del Mare... e stai in guardia!

Ascher sorrise un'ultima volta, nella maniera più solare e leggera possibile; poi fece un leggero movimento del capo, in segno di saluto e, senza ulteriori preamboli, voltò le spalle al mercante e si diresse verso la nave.

Ascher prese posto accanto al timoniere, ignara che, fra gli uomini addetti alle cime, ci fosse qualcuno ad osservarla, con un sorriso malevolo sul volto.

Il Concilio del Ministero Oscuro

- No! È assolutamente inaccettabile!

Osirux si alzò, urlando la sua assoluta protesta.

Alejandro cercò di calmare la sua collera:

- Non è necessario alterarsi. Purtroppo ciò che dico è la pura verità!

Nella sala del castello tutti gli astanti caddero in un profondo silenzio, atterriti dalle parole pronunciate da Alejandro.

Al concilio erano presenti tutti i capitani del Ministero Oscuro, convocati personalmente da Long Jhon.

Dopo aver convinto il mercante, Long Jhon aveva fatto recapitare a tutti una missiva per indire la riunione e per votare l'eliminazione di Ascher, accusata pubblicamente di alto tradimento. Il consiglio si era radunato all'isola del Teschio Sdentato; ora che Alejandro aveva esposto i fatti si attendeva una votazione.

Long Jhon aveva giocato bene le sue carte, ma sapeva che non sarebbe stato facile.

- È un'accusa completamente insensata e voi lo sapete benissimo.

Osiryx recuperò una parvenza di calma, ma non demorse: per lui era inconcepibile che si potesse muovere un'accusa simile ad un membro del Ministero così importante e rispettato.

Alejandro ribadì la sua tesi:

- Non è così sconsiderata. Ti ripeto: abbiamo prove certe.

Dal lato opposto del tavolo, Devil Facchy si rinchiuse in una silenziosa riflessione; anche lui, come molti altri dei presenti, faticava a credere alle parole del mercante Alejandro.

Osiryx riprese la parola e il fervore:

- Come possiamo credere alle vostre parole, senza aver sentito personalmente l'accusata?

Long Jhon capì che era arrivato il momento di far valere la sua parola:

- Anche ad Ascher è stata inviata la missiva per presenziare a questo concilio. Il fatto stesso che lei non si sia presentata è un'ammissione di colpa.

Long Jhon mentì spudoratamente, pensando che molti capitani, dando importanza alla sua carica, sarebbero caduti nel dubbio.

Il pirata Trent Reznov prese la parola, dopo qualche secondo di silenzio che la notizia di Long Jhon provocò fra gli astanti:

- Ascher potrebbe aver incontrato qualche imprevisto, magari non è riuscita a raggiungerci pur volendo presenziare; oppure è veramente un'ammissione di colpa, ma, anche ammetendo questa atipica eventualità, come mai non è presente nemmeno Daeva?

Long Jhon non fu minimamente preoccupato da tale intervento:

- Chiaramente le sorelle Moonroi sono in combutta, mi pare ovvio.

Osiryx insistette:

- Assurdo! Lo sappiamo tutti; nessuno lo può negare: Ascher è completamente estranea alle accuse che, in questa sede, le si stanno rivolgendo. Senza darle possibilità di ribattere!

Alejandro ribatté, cominciando ad alterarsi anche lui:

- Cosa stai insinuando? Pensi che noi non fossimo rimasti assolutamente basiti e sconcertati innanzi alle prove del tradimento? Lo siamo stati, eccome! Almeno il doppio di quanto non lo siate voi adesso!

Alcuni mormorii di assenso si levarono dagli astanti, ma vi era anche un forte gruppo di sostenitori a favore di Ascher; uno tra questi ultimi era il mercante di nome Alesanco Mayer, il quale alzò la sua voce, sovrastando il brusìo:

- Quindi, ditemi se ho capito bene, sostenete che Ascher abbia venduto le coordinate dei nostri covi alla Zele, la quale ha influenti amici nelle fila della Marina?

Long Jhon assentì:

- Questa è l'accusa!

Sul volto di Alesanco comparve un sorriso beffardo:

- E, dunque, ditemi: per quale motivo questa traditrice continuerebbe imperterrita ad affondare, più di chiunque altro, galeoni della Marina Militare?

Altri mormorii di assenso si fecero sentire all'interno della sala. Long Jhon sembrò per un attimo preoccupato, poi s'alzò e iniziò a vagare per la sala, fissando negli occhi ogni convocato e replicò con enfasi:

- Ma vi sentite? Guardatevi! Continuate ad abbaiare assurdità, come una muta di cani rognosi e troppo stupidi per capire che stanno per crepare sotto la minaccia di un morbo che hanno coltivato in seno! Qui è in pericolo tutto ciò che noi, - Long Jhon calcò molto la parola 'noi'. - Tutto ciò che noi abbiamo costruito, con tanta fatica. Il Ministero non può permettersi, per l'avidità di un singolo membro, di rischiare la propria stessa esistenza, lasciando impunita un'onta di tale portata!

Fiordiluna, una piratessa conosciuta e stimata all'interno del Ministero Oscuro, che fino a quel momento aveva assistito alla discussione senza intercedere, a quelle parole non poté assolutamente trattenersi:

- Moderate i termini e i toni, Long Jhon. Capiamo perfettamente quali sarebbero le conseguenze, ma spero sia altresì chiaro di quanto possa essere difficile prendere una decisione simile...

Fiordiluna non riuscì a terminare il suo discorso che molte voci sovrastarono la sua, in un subbuglio generale. Ci vollero molti minuti prima che la riunione potesse finalmente riprendere in toni civili.

Nel frattempo, Long Jhon cominciò a valutare le sue possibilità: su venti esponenti del Ministero poteva contare sull'appoggio sicuro di appena la metà di essi; il gioco si stava facendo pericoloso e avrebbe potuto portare ad una scissione del Ministero stesso, cosa da evitare assolutamente.

Long Jhon fece un breve calcolo; a favore di Ascher vi erano: Osiryx, Trent Revnor, Devil Facchy, Fiordiluna, Alesanco e Astax. Alcuni di questi avrebbero sicuramente fatto in modo che altri si unissero a loro. Erano troppi, doveva giocare altre carte a suo favore.

La voce di Long Jhon si fece udire su tutte:

- Calmatevi! Calmatevi e ascoltate, - seguendo il tono pacato, ma risoluto di Long Jhon, pian piano gli animi si sopirono e le accuse reciproche cessarono. - È vero: non è una decisione facile, ma dobbiamo arrivare ad un accordo.

Long Jhon attese sin quando i mormorii si dileguarono, affinché l'attenzione potesse essere interamente concentrata sulla propria persona.

Una volta ottenuto il risultato desiderato, in tolo solenne e imperativo dichiarò:

- Il Ministero non ha altra soluzione: chiunque sosterrà l'innocenza di Ascher, verrà considerato a sua volta un traditore!

A queste parole, l'ira iniziò a serpeggiare e ad avvinghiare l'intero concilio.

Alejandro tentò di riportare l'ordine nella sala:

- Silenzio! Silenzio! Ascoltate, signori!

Le sue parole non sortirono alcun effetto, ma i pugni che con fervore sbatté sul tavolo attirarono l'attenzione di tutti; Alejandro riprese:

- Se non volete credere alle nostre parole, forse è giunto il momento di presentarvi colui che fugherà ogni vostro dubbio.

Long Jhon si diresse in fondo alla lunga sala, aprì una porta e fece entrare un uomo; lo accompagnò sino al tavolo, sotto lo sguardo attento di tutto il concilio e, con voce solenne, lo presentò:

- Signori! Ho l'onore di presentarvi Lord Dess!

Devil Facchy accarezzò i suoi folti baffi: aveva già visto quell'uomo, anche se non si ricordava bene dove. Mentre Devil Facchy rimuginava sui propri pensieri, Long Jhon continuò:

- Lord Dess è giunto a noi per confermare e per dar prova certa dell'accusa che noi perpetriamo nei confronti di Ascher.

Osiryx non poté far a meno di ribattere:

- E chi sarebbe costui? Perché dovremmo dar credito alla sua parola?

Altri mormorii seguirono le parole del pirata e Lord Dess lo fulminò con lo sguardo, poi rispose:

- Porto con me la prova che vi convincerà.

Dicendo queste parole, Dess estrasse dalla sua veste una pergamena, ancora sigillata dalla ceralacca, sulla quale era inciso un simbolo oramai noto a tutti.

Con estrema calma, Lord Dess ruppe il sigillo e lesse il contenuto della missiva.

Al termine di tale lettura nella sala cadde un tetro silenzio, mentre un sorriso di vittoria apparve sul volto di Long Jhon.

Osiryx, dopo aver tentato di trattenere invano la sua rabbia, esplose con vigore:

- Menzogne! Queste sono solo menzogne!

Long Jhon montò su tutte le furie e non lo nascose:

- Che tutte le tempeste di Nettuno ti fulminino, Osiryx! Quante altre prove ti servono?

Osiryx non si fece intimorire:

- Non crederò a nessuna prova portatami da chicchessia! La lealtà di Ascher non può e non deve essere messa in discussione, a meno che lei non si dichiari colpevole!

Long Jhon non volle capitolare, Osiryx stava mettendo in discussione la sua autorità:

- E sia, allora! Chiunque pensi che Ascher sia innocente può benissimo abbandonare questo luogo, assieme ad Osiryx... e farebbe bene a guardarsi le spalle!

Osiryx non se lo fece ripetere due volte. S'alzò immediatamente e abbandonò l'assemblea.

Dopo alcuni secondi di attonito silenzio, altri presero la stessa via.

Mentre usciva, Devil Facchy passò innanzi a Lord Dess. I due si osservarono per alcuni secondi; il pirata cercò conferme del suo pensiero e, uscendo, sembrò averle trovate.

Sia Trent Reznov che Astax s'alzarono ed abbandonarono la sala; in cuor loro sapevano che non avrebbero più messo piede al Teschio Sdentato: la loro prossima destinazione sarebbe stata l'isola di Ascherath. Volevano sapere da Ascher la verità.

Fiordiluna espresse con parole brevi da che parte si sarebbe schierata:

- Non so cosa vi spinga a voler incolpare Ascher, senza che lei si possa difendere. Cercherò la verità altrove.

Anche Alesanco avrebbe voluto unirsi al fianco di Ascher, ma appena tentò di alzarsi venne trattenuto da Alejandro:

- Aspetta, amico; non essere precipitoso. Sarebbe meglio se ne parlassimo a quattrocchi.

Alesanco, indeciso sul da farsi, diede un riluttante assenso.

Appena Fiordiluna varcò la porta, Long Jhon prese la parola:

- Molto bene, dichiariamo Ascher e tutti coloro che la sosterranno dei rinnegati. Essi meritano la morte per aver infranto il principio di vicendevole protezione del Ministero Oscuro!

Con questa sentenza, la riunione terminò e i preparativi per assaltare il rifugio di Ascher cominciarono ad aver luogo.

Alejandro prese da parte Alesanco; egli sapeva che Alesanco era un abile mercante, quasi al pari suo, anche lui arricchitosi molto grazie al Ministero Oscuro: averlo come nemico non avrebbe giovato a nessuno, doveva convincerlo della colpevolezza di Ascher.

- Ascoltami bene, Alesanco. Non ci guadagneresti nulla a schierarti a favore di Ascher.

Alesanco si schiarì la gola:

- Devi ammettere, mio buon amico, che le accuse nei suoi confronti sono sterili e prive di credibilità.

- Questo è il tuo giudizio personale; non vedi ciò che accade intorno a te.

- Può essere vero, ma credo che queste accuse celino un fine strettamente personale.

- Per quanto mi riguarda, l'unica cosa che importa è il tornaconto personale!

- Ne sei così sicuro?

- Senza alcun dubbio! Che altro giovamento ne potresti ricavare da questa faccenda?

- Mi sentirei onesto o, sicuramente, non mi sentirei un venduto, né un burattino nelle mani del Ministero!

Alejandro accusò:

- Non credere che io abbia preso questa decisione a cuor leggero.

- Sicuramente non a cuor leggero, ma dovrai avere il coraggio di guardarti allo specchio domattina.

- Le prove contro Ascher sembrano concrete, non credi?

- Lo stai dicendo a me o lo dici per convincere te stesso?

Alesanco sembrò aver colto nel segno.

- Amico mio, hai sentito Long Jhon? Se ti schiererai dalla parte di Ascher, anche tu ne condividerai il destino.

Le ultime ammissioni di Alejandro, sedimentarono Alesanco sulle proprie convinzioni:

- Dunque, che avvenga!

Alejandro non poté far altro che osservare, con rammarico, l'amico prendere l'uscita.

Gli astanti, intorno al tavolo, s'avvidero del fallimento del mercante solo quando la porta della sala si richiuse con un fragoroso rumore.

Anche il mercante Alesanco aveva deciso di voltare le spalle al Ministero Oscuro.

La Fine

La notte aveva avvolto tutto col suo velo oscuro, nelle strette vie una figura ammantata scivolava guardinga tra le ombre. L'Oscuro riuscì finalmente a trovare un capitano disposto a trasportarlo fino ad Arper, ovviamente dietro lauto compenso. L'odore di salsedine e di pesce, proveniente da innumerevoli reti da pesca appese fuori dalle case, gli stuzzicava l'olfatto, mentre a passi svelti percorreva il centro del borgo. Intorno a lui il buio regnava sovrano; solo una fievole luna rischiarava il suo cammino, affacciandosi ogni tanto attraverso le nuvole dense e cariche di pioggia.

L'Oscuro non aveva perso tempo a Salganis: era riuscito a trovare informazioni utili sull'ubicazione della casa di Artur da un piccolo mercante della zona col quale faceva affari; stando a quanto affermava, Artur viveva in una casa appena fuori dal piccolo rione dei pescatori ed aveva avviato una piccola azienda vinicola. L'Oscuro, spacciandosi per un intenditore di vini pregiati, aveva raccolto parecchie notizie: Artur viveva in una casa, difficile da raggiungere, ma non impossibile, riconoscibile poiché costituita da un'unica unità abitativa, ad un piano, accanto alla quale vi era un vecchio fienile, riadattato per adibirlo alla vinificazione. Il mercante gli disse che Artur era una persona particolarmente nota ad Arper, non avrebbe avuto troppa difficoltà a trovarlo.

Il piano dell'Oscuro era particolarmente semplice: avrebbe trovato Artur e, prima di eliminarlo, lo avrebbe costretto a rivelare l'ubicazione in cui veniva tenuto prigioniero Raven Moonroi. Una volta eliminato Artur, avrebbe escogitato un piano per liberare Raven Moonroi, con l'obiettivo di mettere le mani sul tesoro tanto bramato da Von Baron. Solo allora avrebbe eliminato Ludvik, per poi rifondare la Zele, incoronandosi come Gran Maestro. L'intero mondo conosciuto sarebbe stato, finalmente, nelle sue mani.

L'Oscuro raggiunse facilmente il limitare del rione dei pescatori, fino a giungere ad una stradina di ghiaia che s'addentrava in un folto vigneto. Impiegò quindici minuti di cammino sostenuto per attraversare quel vigneto; giunto al margine dei filari, s'acquattò ad osservare la proprietà di Artur. Riconobbe immediatamente il fienile: una struttura imponente e chiusa da ampie pareti, ideale per la conservazione delle botti per l'invecchiamento del vino; a pochi metri di distanza, come il mercante aveva detto, sorgeva una piccola casa di campagna ad un piano. Gli attrezzi per la vendemmia erano sparsi perfino sul prato, probabilmente Artur aveva al suo seguito molti braccianti. Dal luogo in cui si era nascosto, l'Oscuro si avvide di una cuccia: nelle vicinanze doveva esserci un cane da guardia, strano che non lo avesse ancora fiutato; decise di muoversi.

Costeggiò il vigneto fino a giungere in prossimità del fienile e proseguì lungo le pareti di questo, sino a trovarsi sul retro della casa. Tutto era spento, segno evidente che gli inquilini dormivano sonni tranquilli. L'Oscuro non si avvide, però, di alcune incongruenze che lo avrebbero dovuto mettere in avviso: nessun segno di fumo usciva dal comignolo della casa e ancora nessuna avvisaglia del cane; era troppo preso dai suoi scopi per rifletterci sopra.

Aggirò furtivo la casa, per cercare un'altra entrata: tutte le imposte erano socchiuse, fermate da pesanti catenacci; l'unica via d'accesso sembrava essere la porta principale.

Chinando la schiena, l'Oscuro si diresse a passo svelto verso l'entrata. Una volta giuntovi, estrasse dalla sottoveste un involto, contenente un grimaldello; con quello strumento la serratura avrebbe ceduto in pochi istanti, ma con sua gran sorpresa, non appena mise mano alla porta, con un fievole cigolìo quella si aprì.

Uno strano senso di inquietudine colse la mente dell'Oscuro; solo una flebile sensazione che, come arrivò, subito svanì. Con la grazia di un felino, l'Oscuro varcò la soglia.

La prima sensazione che avvertì fu l'odore. All'interno della casa permaneva un fortissimo odore di marcime e putrefazione. S'addentrò nella sala, arredata modestamente: il camino sulla destra era spento, il lungo tavolo era ancora apparecchiato, alla sua sinistra, un divano tappezzato faceva capolino sotto la finestra socchiusa, un corridoio innanzi alla porta d'entrata conduceva ad una libreria con pochi tomi consunti.

Gli apparve chiaro che non avrebbe trovato Artur, ma, dopo tutta quella fatica, l'Oscuro voleva capire cosa fosse avvenuto tra quelle mura.

Superò il lungo tavolo, dove residui di cibo giacevano oramai marcescenti nei piatti; oltrepassato il soggiorno, s'incamminò lungo il corridoio ed aprì la porta alla sua sinistra.

Lo spettacolo che si trovò innanzi fu terrificante: nel letto a due piazze giaceva un corpo legato da strette corde, senza vesti e con pesanti segni di lacerazione; il suo volto, o ciò che ne rimaneva, era contratto in una smorfia di dolore e di terrore; la gola era stata recisa di netto, il sangue aveva coagulato imbrattando tutto il lenzuolo e buona parte del pavimento antistante il letto; appeso all'asse centrale del soffitto, pendeva un altro corpo, in uno stato simile a quello sul letto, legato per le caviglie; la testa e gli arti superiori erano gonfi di sangue rappreso.

L'Oscuro, a stento, riuscì a trattenere un conato di vomito.

Non riusciva a credere ai propri occhi, mentre una fievole luce lunare investì la camera, attraversando la fessura delle imposte e fugando i suoi dubbi: le due figure riverse in quella camera altri non erano che Artur e sua moglie.

A denti stretti gli sfuggì un'imprecazione:

- Maledizione! Dannati cani bastardi.

Appena terminò la frase si rese conto di non essere il solo in quella casa. Si voltò di scatto, avvedendosi di una figura scura appoggiata allo stipite della porta. Una voce gutturale si rivolse a lui:

- Ero certo che saresti venuto.

L'Oscuro riconobbe immediatamente quella voce:

- Karnak! Dannato cane con la rogna nel cervello, è opera tua, questa?

Karnak, il fidato sicario di Ludvik Von Baron, rispose in tono orgoglioso.

- Certamente... e di chi altri potrebbe mai essere un'opera d'arte tanto accurata?

L'Oscuro aveva sempre pensato che Karnak, con le sue tendenze verso il macabro, la luce di follia che gli brillava negli occhi e la sua voce cavernosa, non avesse nulla di umano.

Cercò di prendere tempo: sapeva perfettamente che in gioco, adesso, c'era la sua vita; Von Baron doveva aver deciso anche per la sua eliminazione; Ludvik, probabilmente, aveva intuito le intenzioni dell'Oscuro, o voleva prevenirle, così gli aveva sguinzagliato contro quel folle maniaco di Karnak.

- Se è la mia vita che vuoi, dovrai sudartela, dannato spirito maligno travestito da essere umano!

Si guardò intorno febbrilmente, non aveva alcuna possibilità di uscire vincitore da uno scontro diretto con quell'assassino, ma le vie di fuga erano davvero esigue: la finestra della camera da letto era socchiusa da catenacci, come le porte; l'unica uscita dalla camera era preclusa dalla mole di Karnak e aveva a malapena due metri di spazio utile, troppo poco per una manovra elusiva e tentare di guadagnare l'ingresso della casa.

Karnak non emise un fiato, si limitò solo a ridere, anche se all'Oscuro parve più il rantolo di qualche creatura mostruosa.

L'Oscuro prese a malincuore l'unica alternativa possibile, ma non fece in tempo a sguainare la spada: Karnak fu più lesto.

Due lame corte gli vennero scagliate contro con inaudita potenza, l'Oscuro fece appena in tempo ad abbassarsi, mentre i due pugnali si conficcavano, in profondità, nel montante della porta. Fu una mossa elusiva e l'Oscuro se ne avvide troppo tardi: mentre lui era intento a schivare le due lame, Karnak aveva colto l'occasione per ridurre le distanze tra loro; con un calcio in pieno petto scagliò l'Oscuro contro un piccolo armadio addossato alla parete. L'impatto fu tremendo e, oltre a provocare la rottura del mobile, provocò pure quella di alcune costole dell'Oscuro, che gli perforarono un polmone.

Il dolore fu insopportabile e il respiro si strozzò fra le labbra dell'Oscuro. Non fece in tempo a reagire in alcun modo, la lama affilata di Karnak penetrò in profondità nella sua clavicola, trapassandogliela fino a conficcarsi nel legno retrostante.

L'Oscuro cercò invano di urlare, non aveva più fiato, tentò inutilmente di afferrare la spada che lo inchiodava con la mano sinistra, cercando di estrarla, ma Karnak fece forza sull'elsa, ruotandola di novanta gradi.

Un fiotto di sangue imbrattò la mano dell'Oscuro. Oramai il dolore aveva raggiunto una tale intensità, da non permettergli nemmeno di rendersi conto che il movimento della lama gli aveva sottratto tre dita della mano.

Karnak sorrise tra sé, poi si rivolse con calma alla sua vittima:

- Pensavi davvero che il padrone fosse così stupido? Che il Gran Maestro della potentissima Zele potesse farsi ingannare così facilmente?

L'Oscuro non sentì le parole che gli venivano rivolte, le ferite riportate lo stavano lentamente dissanguando e pian piano la concezione del tempo e dello spazio divennero per lui un fattore superfluo; dopo pochi secondi perse conoscenza.

Con un'espressione quasi delusa, Karnak estrasse la spada dal corpo inerte dell'Oscuro; lo perquisì, impossessandosi del poco denaro che gli era rimasto e del suo anello: gli era sempre piaciuto conservare un ricordo delle proprie vittime, dopodiché abbandonò quel luogo, avendo concluso con successo l'ennesima missione.

Le prime luci della nuova alba salutarono il corpo dell'Oscuro, appeso per le caviglie, accanto a quello di Artur. La Zele aveva lanciato, forte e chiaro, il proprio mònito.

Il Prezzo della Prigionia

Quindicesimo anno di prigionia

Raven Moonroi si alzò dal suo giaciglio, con le membra completamente intirizzite dal freddo. L'artrite lo stava consumando inesorabilmente, incalzata dal freddo umido e pungente della cella.

Si scostò una ciocca di capelli dal volto e claudicando si diresse al lavabo, come ogni mattina.

La cella nella quale, da quindici anni, era rinchiuso, era arredata col minimo indispensabile per poter sopravvivere: un giaciglio di paglia, un lavabo, un catino in cui riversare i fluidi corporei; gli unici oggetti di cui poteva disporre in quello squallido buco erano una ciotola in latta per il cibo e uno specchio, lasciatogli appositamente dai suoi aguzzini per permettergli di osservare il tempo che, implacabilmente, scorreva.

Raggiunto il lavabo, Raven si sciacquò il viso, quando alzò lo sguardo incontrò la propria immagine riflessa: la sua giovinezza era svanita da un pezzo, ciò che rimaneva altro non era che un uomo dai lunghi capelli grigi e una folta barba, ormai bianca; solo i suoi occhi, sebbene flebilmente, brillavano ancora della determinazione di un tempo remoto. Le vesti lacere e incrostate dalla polvere e dallo sporco ricoprivano un corpo esile e privo del vigore che lo aveva caratterizzato molti anni addietro. Non era rimasto più nulla del famigerato pirata che fu Raven Moonroi.

La sua decisione gli era costata molto di più di qualunque prezzo avesse mai potuto immaginare.

In cuor suo sperava che la morte lo accogliesse tra le sue braccia e che giungesse rapida.

Nonostante questo desiderio, però, il suo orgoglio non era stato completamente dissolto dalla prigionia: non poteva permettersi il lusso di togliersi la vita, così come non avrebbe mai ceduto al ricatto perpetrato da Von Baron.

Ludvik gli aveva tolto tutto: oltre a prendersi la vita di sua moglie e di suo figlio, gli aveva sottratto anche la possibilità di veder crescere Nial e Daeva, rinchiudendolo all'interno di quelle mura gli aveva rubato la giovinezza e aveva tentato di annientare ogni briciolo di onore radicato nel cuore di Raven. No, non gli avrebbe mai concesso di provare soddisfazione dalla sua morte; questo era l'unico pensiero che ancora lo teneva legato ad un'inutile esistenza e gli impediva di togliersi la vita.

Raven non avrebbe mai rivelato il nascondiglio in cui giacevano l'Elisabeth e il suo tesoro: era l'unica arma rimastagli per soggiogare l'orgoglio di Von Baron.

L'unica possibilità che aveva di sopravvivere era proprio non rivelare quell'informazione: se avesse parlato la sua vita non avrebbe più avuto alcun valore.

Le torture subite, negli ultimi anni gli avevano lasciato segni indelebili, sia nel corpo, sia nello spirito: il braccio destro gli pendeva inerte e la recisione del tendine del polpaccio gli impediva di utilizzare al meglio la gamba sinistra.

Oltre ai danni fisici, la prigionia aveva minato alle fondamenta la sua salute mentale, sorretta esclusivamente da una tenace forza di volontà. Sulla sua psiche pesavano gli anni di totale isolamento da una qualsiasi forma di vita, le uniche persone che venivano in contatto con lui erano le guardie carcerarie e, di tanto in tanto, la visita di Artur, il suo vecchio amico di un tempo, il quale molti anni addietro lo tradì per consegnarlo nelle mani di Von Baron.

Raven si accorse dell'ingresso dei suoi carcerieri, solo dopo che la grossa porta in ferro sbatté fragorosamente contro la parete della cella.

Come ogni volta Raven chinò immediatamente il capo in segno di sottomissione, aveva appreso subito che osservare i carcerieri negli occhi era considerato un segno di sfida ed ogni volta che commetteva quell'errore la tortura era più dura e determinata.

Un pugno allo stomaco gli fece capire che non era di certo un buongiorno. Raven si piegò in due per la mancanza di fiato.

- Alzati, storpio!

Il tono di voce dell'ufficiale carceriere non permetteva repliche.

Sforzandosi di trovare aria per i suoi polmoni, Raven si raddrizzò il più possibile, tenendosi una mano sul ventre dolorante.

- Oggi è il tuo giorno fortunato, feccia! Il comandante vuole vederti.

Due secondini entrarono, si posizionarono al fianco di Raven e lo scortarono fuori dalla cella.

Mentre percorrevano il lungo corridoio mal illuminato delle segrete, Raven si domandò come mai il comandante avesse bisogno di parlare con lui; mai in tutta la sua permanenza in quella prigione aveva avuto l'onore di sapere chi egli fosse.

Salirono la rampa di scale che conduceva alla guardiola, superarono gli alloggi dei carcerieri, infine si fermarono innanzi ad una porta dal doppio battente. L'ufficiale più anziano la percosse con vigore e, quando una voce ordinò di entrare, senza ulteriori convenevoli, varcarono l'ingresso di gran lena.

La stanza in cui Raven si ritrovò era arredata con gusto: ampi e pregiati arazzi appesi ai muri, un grande camino occupava quasi interamente una parete, un grosso tavolo in mogano rifinito in oro troneggiava al centro della stanza e le finestre, disposte ad est, lasciavano intravedere la scogliera e il mare. Era da tempo immemore che Raven non vedeva più quello spettacolo e, per un attimo, il suo pensiero varcò le mura della prigione, sognando di poter nuovamente solcare quel mare così azzurro.

La sua mente venne riportata al presente, quando la figura del comandante della prigione gli si stagliò innanzi. Con voce melliflua si rivolse al suo prigioniero.

- Moonroi, è un piacere fare la vostra conoscenza, finalmente!

Raven ricambiò quel saluto con un'espressione basita sul volto; non aveva la minima idea di chi egli fosse, non lo aveva mai visto prima e non sapeva bene come reagire, riuscì solo ad emettere un gemito di dolore per il colpo ricevuto in cella.

- Ma certamente, vogliate scusarmi, - un sorriso beffardo fece capolino sul volto del comandante. - Sono stato molto scortese a non presentarmi...

Raven mosse impercettibilmente le labbra, nel tentativo di rispondere. Il comandante non gli lasciò il tempo di proferire parola e continuò la sua presentazione:

- Il mio nome è Celden.

L'ultimo Asso

Steve Celden era un uomo robusto, dai capelli color nero notte e gli occhi bruni che lasciavano presupporre un'astuzia al di fuori del comune. Aveva raggiunto il grado di comandante della Marina servendosi unicamente delle sue abilità politiche, piuttosto che per i mieriti conquistati sul campo.

Celden era un giovane ufficiale quando s'imbarcò sul Galeone di Jhonatan Winsor. Il giovane Celden aveva sempre ammirato quel comandante e, grazie alle proprie conoscenze, riuscì a farsi reclutare sotto il suo comando. Da quel giorno cominciò la sua ascesa all'interno della gerarchia militare.

Jhonatan Winsor non poté ignorare le abilità di quel giovane ragazzo: stimato ed ammirato dai marinai, riusciva a farsi obbedire anche impartendo i compiti più duri.

Ben presto Jhonatan lo investì della carica di suo vice, nutrendo per lui un affetto quasi paterno; il passo successivo fu brevissimo. Jhonatan ebbe modo di notare altre caratteristiche interessanti, nel carattere di Celden: oltre che a farsi benvolere dai suoi sottoposti egli era disposto a qualunque cosa pur di raggiungere i propri propositi. Fu allora che Jhonatan prese in seria considerazione l'ipotesi di poter mettere al corrente il suo secondo della confraternita della Zele. Giunto in procinto di abbandonare la Marina Militare per prendersi un lungo e meritato riposo, Jhonatan parlò di Celden a Ludvik Von Baron ed insieme presero la decisione di farlo entrare nell'ordine.

Celden non impiegò molto a capire la convenienza di poter far parte della confraternita e, con altrettanta speditezza, accettò di buon grado l'offerta.

In breve tempo, Celden diventò uno dei più grandi condottieri del Regno, grazie alle informazioni che riceveva dalla Zele, collezionando un gran numero di affondamenti.

Negli anni venne insignito con la carica di Tutore del Regno, la sua fama crebbe a dismisura e si arricchì enormemente. Poco gli importava se i suoi introiti non provenissero esclusivamente dalla Marina Militare o da vie legali: doveva solo chiudere un occhio su qualche mercantile, oppure non ingaggiare battaglia contro alcuni velieri; la sua carica gli permetteva di far attraversare la dogana a qualunque materiale e merce, il che gli permise di percepire enormi tangenti da contrabbandieri incalliti. Il gioco valeva la candela, di questo Celden era convinto.

La Zele non aveva mai fatto troppe pressioni su di lui e non lo aveva mai messo in difficoltà, anzi, Celden non si pentì mai della sua decisione.

Mentre Raven Moonroi veniva scortato nuovamente nella sua cella, Celden si soffermò a pensare al suo nuovo incarico: alcuni mesi prima, una missiva che recava il sigillo della Zele gli era stata recapitata nella sua dimora; non era strano ricevere notizie e, lì per lì, Celden non vi prestò molto interesse, pensando fossero nozioni di poco conto, come al solito.

Aperta la lettera, si avvide che, per la prima volta, la Zele gli imponeva un incarico che andava oltre le sue solite mansioni.

Quando finì di leggere la missiva, Celden sentì il bisogno di sedersi e bere un bel bicchiere di rum.

Lasciò la sua comoda poltrona rinchiudendosi nello studio; non diede spiegazioni nemmeno alla moglie, Letizia, la quale osservò Celden lasciare la sala in un tetro silenzio.

Letizia era una bellissima donna, dai capelli folti e mori, gli occhi azzurri le davano un'aria solenne e austera, la sua silhouette non venne alterata nemmeno dalla triplice maternità: era una caratteristica congenita e non passava giorno che non se ne rallegrasse.

Letizia sapeva tutto di Celden: era a conoscenza della confraternita, era a conoscenza dei soldi che affluivano grazie alle attività poco lecite di suo marito, essendo sempre stata lei a gestire il denaro; Celden poteva avere tante qualità, ma l'abilità contabile esulava da queste.

Oltre che gestire il patrimonio familiare, Letizia era riuscita anche a crescere le tre figlie e governava la casa con la stessa parsimonia con la quale governava gli interessi di suo marito.

Osservando il volto contrito di Celden, Letizia ebbe il presentimento che i giorni sereni stessero per terminare o, almeno, per sospendersi.

Fu così che Celden si ritrovò lì, a capo della prigione situata nell'arcipelago denominato l'Obelisco, nel tentativo di persuadere un prigioniero a rivelare il nascondiglio nel quale giaceva il tesoro della Zele. Chiaramente Von Baron si era guardato bene da rivelargli tutte le informazioni di cui era a conoscenza, chiarendo solo alcuni aspetti della vicenda.

Il compito assegnatogli gli sembrò particolarmente facile: sebbene per ben quindici anni il prigioniero si ostinava a non rivelare le informazioni di cui era a conoscenza, Celden aveva qualche idea su come risolvere la situazione. Sapeva benissimo che con le maniere forti non si sarebbe mai ottenuto nulla, come del resto i suoi predecessori fecero e ottennero, perciò decise di mostrarsi amichevole nei confronti di Raven, tentando di guadagnare la sua fiducia, demolendo a poco a poco il muro di omertà dietro al quale si nascondeva quell'uomo.

Celden era fermamente convinto che sarebbe riuscito nel compito che la Zele gli aveva commissionato e, in ogni caso, non si sarebbe potuto tirare indietro.

Il Tradimento di Raven Moonroi

Molti anni prima degli eventi che noi conosciamo

Raven Moonroi osservava i flutti dalla prua del suo Galeone, immerso nei propri pensieri, mentre la sua imbarcazione solcava a vele spiegate i mari del nord.

Aveva da poco appreso la notizia che, a breve, sarebbe divenuto padre; quell'evento avrebbe radicalmente cambiato la sua vita e, probabilmente, non solo la sua.

La decisione di abbandonare la pirateria per dedicarsi completamente alla famiglia germogliava nella sua mente da parecchio, forse dal giorno stesso che aveva per la prima volta incontrato Elisabeth; ora, però, non poteva più rimandare tale eventualità, al contrario: doveva assolutamente predisporre il suo futuro nel migliore dei modi.

Nel corso degli anni non era riuscito a mettere da parte un sostanzioso vitalizio per la vecchiaia: sebbene la pirateria non fosse poco lucrativa, un giovane uomo come lui raramente non sperperava i proventi delle sue imprese in lussi, alcool e donne.

L'idea di Raven, per potersi garantire un futuro prospero, ripiegò sul piano più ambizioso che un pirata potesse immaginare: impadronirsi del tesoro della Zele.

Raven sapeva benissimo che tradire la Zele avrebbe scatenato le ire di Ludvik Von Baron, ma non riusciva a vedere altre soluzioni o, per lo meno, nessuna così immediata.

Raven non era certo uno sprovveduto: era stato nominato da poco Tesoriere della Zele, un incarico di altissimo valore; tutti i suoi confratelli si fidavano ciecamente della sua fedeltà, sino a quel momento ben dimostrata; ma le cose erano cambiate, così come le priorità. Nella mente di Raven, l'unica volontà era quella di essere fedele alla sua compagna.

I pensieri di Raven furono interrotti dal suo secondo:

- Capitano, siamo giunti in prossimità dell'isola di Ferres.

Raven impiegò qualche secondo ad uscire dai suoi pensieri e ritornare al presente.

Si voltò, osservando per qualche secondo il suo subalterno, lo sguardo si perse nei tratti del viso del suo secondo, come volesse studiarli a fondo; dopo qualche istante rispose:

- Molto bene, Jeffri. Vai pure.

Jeffri sembrò non sentire l'ordine e rimase ad osservare il suo capitano: erano diversi giorni che aveva notato in lui un forte cambiamento, sembrava assorto e oppresso da un pensiero continuo e assillante, che lo distaccava dal mondo circostante.

Visto e considerato che Raven non sembrava intenzionato a metterlo al corrente dei propri pensieri, a Jeffri non rimase altro che abbandonarlo.

Dal canto suo Raven sentiva quella decisione consumarlo lentamente. Non si rese conto nemmeno di essere giunto a destinazione, che ciò che sentiva era la voce della vedetta, che dal pennone annunciava:

- Terra in vista!

La situazione gli stava sfuggendo di mano e, prima che i suoi uomini potessero presagire ciò che aveva in mente, dovette riprendere il controllo delle sue emozioni.

Oramai tutto era pronto, non poteva permettersi il lusso di sbagliare o tergiversare.

Sapeva perfettamente che, da lì a pochi giorni, il più importante mercantile della Zele avrebbe transitato in quelle acque.

Aveva organizzato tutto nei minimi particolari: essendo il tesoriere, aveva predisposto uno spostamento di tutto l'oro in possesso della Zele; nessuno ebbe da obbiettare, anche perché Raven fece trapelare, da fonti anonime, la notizia sull'attuale ubicazione del bottino, così fu più facile convincere il Consiglio a dargli retta; infine, per non destare sospetti, aveva imposto al mercantile una livrea anonima, senza che issassero i contrassegni prefissi: di solito, i mercantili in seno alla Zele, portavano delle particolari insegne per farsi identificare dai pirati, i quali avrebbero opportunamente cambiato rotta. Al contrario, Raven aveva predisposto di non affiggere nessun contrassegno identificativo, con la scusa che, sapendo dove fosse ubicato il tesoro, alcuni pirati avrebbero aspettato il momento opportuno per attaccare la prima imbarcazione con affissi i vessilli della Zele.

In realtà lo scopo era di non far sapere ai propri uomini ciò che avrebbero assaltato quel giorno: se alcuni di loro avessero visto le insegne della Zele, si sarebbero potuti verificare episodi spiacevoli.

Il lavoro svolto per portare a termine il suo piano era stato laborioso e meticoloso, Raven non aveva alcun dubbio sulla sua riuscita, sapeva anche perfettamente come poter nascondere il bottino, senza che nessuno potesse minimamente venirne a conoscenza: sull'isola di Ferres, Raven trovò un'insenatura naturale che faceva al caso suo. Piazzò dei barili di polvere da sparo sulla cresta dell'insenatura: una volta fatti esplodere, avrebbero nascosto nelle profondità della caverna l'intera nave col suo tesoro.

L'unica nota dolente era che non avrebbe dovuto permettere a nessuno

del suo equipaggio di sopravvivere, dopo aver nascosto la nave.
Un sospiro uscì dalle labbra di Raven, in cuor suo non vi erano dubbi, avrebbe sacrificato chiunque, pur di poter vivere serenamente assieme alla sua famiglia.

Il Manto delle Ombre

Dok aveva lasciato Maryha da sola, nella dimora di Ascher, a vegliare il corpo ormai senza vita di David Beltar; percorse a passo lento il declivio, in direzione del borgo.

Aveva fatto tutto il possibile per il suo amico, ma le sue cure si erano rivelate completamente vane, le ferite riportate da Beltar erano troppo gravi per poter sperare di salvarlo.

Dok si sentiva tremendamente afflitto e inerme, le sventure che in quei giorni avevano colpito le persone a lui care lo stavano inesorabilmente trascindando verso un abisso senza fine. La scomparsa in mare di Ascher e la morte di Beltar, erano sicuramente presagi di tempi nefasti, per tutti loro.

Non aveva neppure la forza di consolare una donna indifesa come Maryha e non aveva la minima idea di come si sarebbe potuto muovere in futuro.

Tutto ciò che conosceva, pian piano, si stava sgretolando sotto i suoi occhi, senza che lui fosse minimamente in grado di affrontarne le ripercussioni. Poteva, però, onorare il suo amico, porgendogli l'ultimo saluto e pagando le relative spese; per questo motivo si era diretto al borgo, per parlare con un sacerdote e organizzare gli estremi onori a Beltar.

Giunto in prossimità dell'insenatura, Dok si avvide dei corpi di coloro che avevano teso l'imboscata a David; si chinò su uno di loro per constatarne il decesso, un sorriso beffardo apparve sul suo volto tirato ed un pensiero gli attraversò la mente:

"Vi ha portato assieme a lui, vigliacchi".

Dok indugiò alcuni istanti in quel luogo, maledicendo gli assassini del suo amico e, lentamente, ogni dubbio si dissolse: gli ultimi avvenimenti dovevano essere collegati tra loro; il suo pensiero corse immediatamente ad un'altra persona a lui cara, seguito dal suo nome, che Dok pronunciò a fior di labbra: "Daeva".

Anche lei era in pericolo, qualcuno stava tentando di cancellare definitivamente Ascher e tutti coloro che le fossero fedeli.

Riscuotendosi dai propri pensieri, Dok s'accinse a scendere dal declivio, lasciandosi alle spalle i corpi senza vita dei tre sicari.

Sentì di doversi assumere un altro compito, oltre a quelli di preparare la funzione per David e di prendersi cura di Maryha: doveva avvisare Daeva della minaccia che incombeva su di lei, ammesso che fosse ancora in vita. Dok non volle soffermarsi sull'eventualità che Daeva avesse incontrato prematuramente la morte, il viaggio che aveva intrapreso l'aveva sicuramente preservata da questo funesto fato; ma questo costituiva anche un problema, per Dok: come avrebbe potuto rintracciare la sorella di Ascher e avvertirla del rischio?

Un'altra questione importante da porsi era l'identità del mandante di tali atti; Dok non aveva dubbi che dietro a tutto ciò vi fosse una persona, o un'organizzazione, potente, ben preparata e pronta a tutto... ma, oltre alla Marina Militare, chi avrebbe avuto motivi sufficienti per muoversi contro Ascher?

Dok si rese conto di non aver assolutamente nessuna idea in proposito, per quanto ne sapesse lui, la Marina Militare avrebbe anche potuto semplicemente assoldare sicari pronti a tutto e scagliarli contro Ascher e tutti i suoi seguaci. Doveva assolutamente cercare informazioni.

Dok si fermò di colpo, come folgorato da un'illuminazione e ritornò precipitosamente sui suoi passi.

Raggiunse nuovamente il declivio e cominciò a perquisire a fondo i tre corpi esanimi, in cerca di eventuali indizi. Frugò freneticamente nelle vesti dei cadaveri, soffocando un conato di vomito: l'odore della morte, misto al sangue rappreso, gli inondava le narici e gli bruciava in gola; si sforzò nella sua febbrile ricerca, senza però trovare alcuna prova utile.

Finito di perquisire l'ultimo cadavere e fortemente esausto per lo sforzo richiesto, Dok si sedette vicino ad una scogliera, cercando di alleviare il lancinante senso di soffocamento. Rimase ad osservare il mare quieto, il fruscio delle onde calmò i suoi sensi e pian piano Dok riprese il controllo del proprio corpo, oltre a quello del suo animo. La fretta non è mai buona consigliera, così placato il suo senso d'impotenza cominciò a formulare eventuali soluzioni.

Un'idea lo colse nuovamente, come un fulmine a ciel sereno:

- Di certo questi vigliacchi devono aver alloggiato in qualche taverna, se non in una locanda. Qualcuno deve averli notati, al borgo!

Il ragionamento, pronunciato ad alta voce, lo aiutò a focalizzare l'ipotesi.

Dok non poteva perdere altro tempo: la ricerca dei colpevoli era solo all'inizio, ma giurò a se stesso che chiunque si fosse macchiato di tale atto, l'avrebbe pagata. A caro prezzo.

Ultimi Preparativi

Nella dimora di Long Jhon, sull'isola del Teschio Sdentato, la riunione del Ministero Oscuro si era appena conclusa. Il Cosiglio aveva dato l'approvazione per l'eliminazione di Ascher e Daeva, accusandole di alto tradimento nei confronti del Ministero.

Long Jhon era riuscito a convincere i suoi capitani ed ora si crogiolava baldanzoso per l'impresa appena ottenuta, l'aiuto di Alejandro e l'accusa riportata da Lord Dess si erano rivelate fondamentali. Nonostante alcuni capitani si fossero schierati contro di loro, non ritenendo Ascher colpevole delle accuse mosse a suo carico, Long Jhon sapeva di poter disporre di forze sufficienti per liquidare anche loro.

Non era, però, dello stesso parere Alejandro, il quale gli fece visita nelle sue stanze.

Alejandro entrò nello studio di Long Jhon come una furia, la sua preoccupazione andava oltre alla sua normale compostezza.

- Ti rendi conto di ciò che è successo?!

Long Jhon alzò il capo, era intento a versarsi un brandy d'annata per festeggiare, ma guardando in volto il suo amico, poggiò riluttante il bicchiere sul tavolo.

Con voce calma cercò di far ragionare il mercante:

- Siediti e calmati, perfavore.

- Calmarmi?! Dì un po', Long Jhon, ti ha per caso dato di volta il cervello?

Alejandro non sembrava aver alcuna intenzione di calmarsi per permettere a Long Jhon di spiegarsi.

- Non è certo urlando che imporrai la tua volontà al Ministero!

- Dimmi che stai scherzando, Jhon!

- Niente affatto, amico mio. Non sono mai stato più serio.

- Allora, forse, non ti rendi conto che molti membri del Consiglio non hanno assolutamente creduto alle parole di Dess!

- Questo non ha più alcuna importanza, Alejandro. Il Consiglio si è espresso.

- Allora sei davvero uscito di senno! Non si tratta più di una cosa tra noi e Ascher.

- Al contrario. La situazione è esattamente come da previsione.

- Jhon! Sei cieco o cosa?

- Te lo ripeto solo un'altra volta... calmati e siediti!

Alejandro fissò dritto negli occhi Long Jhon, non sapeva cosa pensare: o il capo del Ministero Oscuro era del tutto impazzito, oppure era a conoscenza di dettagli a lui oscuri.

Long Jhon riprese in mano il suo boccale e, con un ampio cenno della mano, invitò Alejandro a sedersi; anche se evidentemente riluttante, Alejandro, infine, si accomodò.

- Ecco, prendi questo: un bicchiere di buon brandy non potrà che giovarti.

Alejandro prese il bicchiere gentilmente offertogli, non era del tutto sicuro di poter controllare la paura e l'ansia che albergavano nel suo cuore, però era sicuro che, a breve, Long Jhon lo avrebbe messo al corrente delle future mosse che il Ministero avrebbe dovuto svolgere.

Long Jhon con calma riprese il discorso:

- Ora che ti sei calmato, mio buon amico, ti spiegherò come ci muoveremo, - Alejandro sorseggiò il brandy e tese le orecchie. - Avevo già previsto che alcuni capitani si sarebbero schierati dalla parte di Ascher...

Alejandro tentò invano di prendere la parola, ma fu interrotto prima di poter aprire bocca.

- Aspetta con le obiezioni, lasciami finire, - Long Jhon prese la bottiglia, si versò due dita di brandy, portò il boccale alle labbra sorseggiando il liquore, assaporandone la squisita fragranza; poi s'alzò e cominciò a girovagare per la stanza, mentre proseguiva nella delucidazione. - La Zele voleva la testa di Ascher, a tutti i costi.

Long Jhon fece una pausa per osservare la reazione di Alejandro, per accertarsi stesse seguendo. Al contrario delle sue aspettative, il mercante era ben lontano dalla comprensione ed esclamò:

- Allora? Vai avanti!

- Vedo che non hai capito sino a che punto sia in grado di spingersi la Zele, quindi vedrò di illuminarti al meglio.

Spazientito, Alejandro incalzò il suo comandante:

- Forse, Long Jhon, sarebbe meglio che venissi al dunque!

Long Jhon attese alcuni istanti, per rimarcare la supremazia del suo ruolo, poi continuò:

- Alcuni uomini fidati in seno alla Zele sono già stati imbarcati in molti vascelli.

Le parole appena pronunciate da Long Jhon ebbero un effetto disarmante sul coraggio di Alejandro, al quale non sfuggì il fatto che, probabilmente, se non avesse accettato l'eliminazione di Ascher, anche lui ora sarebbe stato in pericolo di vita.

Imperterrito, Long Jhon continuò:

- Nessuno di coloro che oggi si sono schierati dalla parte di Ascher vedrà mai l'alba di domani!

Un Amaro Ritorno a Casa

Appena Daeva posò il piede sul molo, il battito del suo cuore accelerò di colpo. Era riuscita a sfuggire a Jared Valar. Nel suo animo sentì una piacevole sensazione di sicurezza.

Il molo le ricordava i tempi in cui, da piccola, per la prima volta prese il mare assieme al suo maestro; dopo tanto tempo, finalmente, era ritornata a casa. Baron l'avrebbe abbracciata con calore e aiutata nel migliore dei modi. Mancava da quel luogo da diversi anni, quindi la prima cosa che volle fare, fu assicurarsi che nulla fosse cambiato in quella città, durante la sua assenza.

L'odore della salsedine trasportata dal vento le riempì le narici, trascinandola nei ricordi più piacevoli della sua infanzia. Un nugolo di marinai e scaricatori era intento a sbarcare il materiale che il mercantile portava nelle sue stive, in quella confusione Daeva non si accorse che, vicino a lei, qualcuno invocava il suo nome, o meglio, qualcuno invocava il nome di Ascher. Quando la udì, Daeva capì di chi fosse quella voce: frate Tomas la osservava, attonito e infreddolito. Daeva sapeva perfettamente che il frate si era invaghito di lei, non voleva più continuare il suo viaggio con lui, né tanto meno illuderlo oltremodo, così decise di essere franca:

- Tomas, vi ringrazio, il vostro compito finisce qui.

Il frate rimase completamente interdetto da quelle parole, non intendeva assolutamente abbandonare Ascher in quella città, da sola: l'avrebbe seguita anche in capo al mondo.

- La vostra incolumità mi è stata affidata!

Daeva sorrise calorosamente:

- Non vi dovete preoccupare, Tomas. Qui sono a casa, non vi è nulla che possa nuocermi.

- Milady, io l'accompagnerò sin dove sarà necessario.

Fu un vano tentativo di dimostrarle la sua devozione e i suoi sentimenti, che in quelle settimane lo avevano accompagnato ed erano accresciuti.

La risposta di Daeva non lasciò alcun dubbio:

- Non ho più bisogno del vostro aiuto, Tomas; potete imbarcarvi sul primo mercantile per tornare al monastero.

Non era un ordine diretto, ma aveva tutto il tono per esserlo. Tomas tentò una replica, ma la mano alzata di Daeva lo interruppe immediatamente:

- Non fatevelo ripetere...

Tomas abbassò lo sguardo, oramai la decisione era stata presa e, probabilmente, non vi era altro che lui potesse fare per far cambiare idea ad Ascher.

- Come volete; mi recherò alla capitaneria di porto per verificare il primo Mercantile in partenza.

Daeva sorrise, soddisfatta; poi, prima che lei potesse voltarsi per dirigersi al borgo, Tomas aggiunse:

- Prima, comunque, gradirei accompagnarvi almeno in una locanda, per mangiare e ristorarci entrambi dopo il lungo viaggio.

Daeva dovette rassegnarsi: non poteva sbarazzarsene improvvisamente, senza un buon motivo; emise un sospiro:

- E sia! Accompagnatemi pure.

Esattamente le parole che Tomas avrebbe voluto sentir dire, s'affrettò a rimettersi il fagotto da viaggio in spalla e s'apprestò a seguirla.

L'abito talare che entrambi vestivano li fecero passare tranquillamente, attraverso le fila dei gendarmi che sorvegliavano l'entrata al porto, così di gran lena riuscirono a trovare ristoro in una taverna chiamata 'La Razza'. Questa era un posto confortevole, situato al limite del borgo; qui molti marinai sostavano, dopo un lungo periodo trascorso in mare. La locanda era gremita, ma il taverniere, un uomo robusto e dai modi gentili, riuscì a trovargli un tavolo dove potersi sedere.

Daeva e Tomas mangiarono di buon gusto; sebbene il cibo non fosse dei migliori, era sempre meglio della sbobba che avevano dovuto trangugiare sul mercantile.

Finito il pranzo, Daeva tornò sul discorso lasciato a metà al porto.

- Tomas, ascoltatemi bene...

Tomas sapeva perfettamente quello che Ascher voleva dirgli; non aveva voglia di tornare su quell'argomento, però non poteva ignorarla.

- Vi ascolto.

- Io non ho più bisogno del vostro servizio. Vi lascerò qualche doblone, in modo che possiate pernottare per qualche giorno in taverna, sin tanto che un mercantile non vi riporti a casa.

Nemmeno questa volta si trattava di una richiesta, Tomas capì che la sua presenza non era più gradita e che tentare un ulteriore diniego ad un ordine di Ascher, non avrebbe avuto alcuna utilità. Decise di non rispondere: gli avevano insegnato che accogliere un ordine in silenzio è un segno di protesta e così fece.

Daeva aspettò per qualche secondo la risposta, poi, visto che Tomas si ostinava a guardarla e a rimanere cocciutamente in silenzio, decise di soprassedere.

Lasciò cadere sul tavolo un involto di pelle, contenente sufficiente denaro per un alloggio e per pagare il viaggio di ritorno; si trattava, comunque, di soldi del Monastero, quindi per Daeva non fu un grosso dilemma lasciarne un po' al frate.

- Con questi potrete pagare tutte le spese.

Tomas non si mosse, non fece neppure un minimo segno, rimase ad osservare Ascher in totale silenzio, sperando che lei potesse cambiare idea. Quando la vide allontanarsi dal tavolo ed uscire dalla taverna, gli fu chiaro di averla persa per sempre.

Ludvik Von Baron era intento a vestirsi. La camicia color rosso sangue gli calzava a pennello, i muscoli ben torniti risaltavano sotto la leggera stoffa.

Von Baron si rimirò nel grande specchio della sua camera: nonostante avesse passato i cinquant'anni, era ancora in ottima forma, grazie al continuo esercizio fisico; a tradire la sua età erano sopraggiunte alcune ciocche grigie nei capelli, in gran parte neri come la notte.

Ludvik s'avvicinò maggiormente allo specchio, per affondare lo sguardo nei penetranti occhi color ghiaccio; anche questi iniziavano a tradire la sua età, non certo per lo sguardo, ancora feroce e determinato, bensì da piccole rughe che gli incorniciavano gli occhi.

Si sentì fortunato, quei piccoli particolari, anziché manifestarsi come decadenza del tempo, avevano contribuito ad alimentare il fascino di cui già disponeva e che, quella sera, avrebbe dovuto sfoderare senza esitazione, dimostrando tutta l'audacia della quale fosse capace: Ludvik, infatti, era atteso ad una cena di gala con alti funzionari del regno; non si poteva permettere il lusso di sbagliare, quella sera avrebbe gettato le basi per rifondare la Zele.

Tutto andava secondo i suoi piani ed aveva ricevuto alcune missive che lo rallegrarono: la prima proveniva dal Ministero Oscuro, redatta dal pugno stesso di Long Jhon, il quale annunciava la sentenza di morte a carico di Ascher; la seconda missiva proveniva da Arper, redatta dal suo fidato sicario, stando alle sue parole anche il problema Artur era stato risolto.

Von Baron era soddisfatto: aveva tessuto la sua trama e tutto si stava chiudendo nel migliore dei modi; a breve anche Torenescu sarebbe stato sistemato e l'Oscuro non era di certo un problema, visto che ne aveva intuito le mosse. Un sorriso malevolo comparve sul volto di Ludvik, mentre finiva d'allacciare i bottoni dorati della giacca più elegante del suo guardaroba.

Daeva si diresse a passo svelto lungo i meandri del borgo, doveva raggiungere la casa di Von Baron il più in fretta possibile; pià s'avvicinava alla sua meta, più sentiva l'urgenza di un posto familiare dove potersi finalmente rilassare.

Si guardò ossessionatamene intorno, più per abitudine che per paura d'incontrare colui che da mesi la braccava, quel luogo era il più sicuro che lei conoscesse.

Al calar del sole giunse a destinazione: percorse rapidamente gli ultimi gradini che la separavano dal portone e, giunta al pianerottolo della villa, bussò con impeto il battente.

Quando il maggiordomo aprì la porta, la suadente voce di Daeva lo colpì ancor prima di pronunziare alcuna parola.

- Salve, Albert.

Il maggiordomo rimase qualche secondo impietrito innanzi alla monaca, poi Daeva si scoprì il viso e la sorpresa si dipinse sul volto Albert.

- Signorina, è un piacere rivedervi! Entrate pure.

- Il maestro è in casa?

- Certamente, è nelle sue stanze in questo momento.

- Albert, vogliate essere gentile e informarlo del mio ritorno.

- Certamente signorina, ma entrate. Il cielo non promette nulla di buono.

Daeva non si era resa conto che, fin dal suo approdo, il tempo era volto al peggio: nuvole cariche di pioggia si stavano avvicinando molto rapidamente ed un forte vento aveva cominciato a levarsi, spazzando le strade quasi deserte.

Albert fece accomodare Daeva nello studio di Ludvik, mentre lui, disse, sarebbe andato ad avvertire il suo signore:

- Sarà molto lieto di rivedervi, signorina.

Daeva rivolse ad Albert il suo più splendido sorriso.

Mentre Albert s'accingeva a salire le scale, Daeva si diresse nello studio del suo maestro; non appena entrò nella stanza, i ricordi riaffiorarono vividi. Da piccola amava entrare di soppiatto in quella stanza e osservare il maestro, chino su innumerevoli tomi; non era cambiato nulla da allora: l'ambiente era accogliente e ben illuminato, la libreria ricopriva un'intera parete, nel mezzo della stanza un tappeto rosso fuoco troneggiava e, sopra di esso, la scrivania in mogano sorreggeva fieramente una gran quantità di volumi. Daeva si avvicinò a questa, sfiorando le copertine e le costine dei libri: alcuni di essi erano delle vere reliquie e lei ricordava ancora in maniera vivida, quante volte il maestro l'avesse redarguita per la mancanza di delicatezza con la quale trattava i libri.

I pensieri di Daeva vennero interrotti bruscamente dallo sbattere delle imposte, una folata di vento spalancò la finestra, al di fuori della dimora la tempesta iniziò a soffiare furente, penetrando nella stanza; alcune carte volarono dalla scrivania in tutte le direzioni, il vento, intrappolato fra le pareti, ululò e ringhiò feroce, come un lupo imprigionato in una gabbia di cemento e legno.

Daeva cercò di raccogliere le carte, per tentare di riordinare quel disastro e, proprio mentre recuperava uno di quei papiri, il suo sguardo colse ciò che mai avrebbe dovuto vedere.

Riconobbe immediatamente la calligrafia e il sigillo con cui era stata rilegata: ciò che teneva nelle sue mani altro non era che una condanna a morte, che il Ministero Oscuro aveva elargito ai danni suoi e di Ascher, firmata da Long Jhon che si rimetteva al volere del Gran Maestro della Zele.

Albert bussò alle stanze di Ludvik ed attese il permesso del suo signore, prima di varcare con prudenza la porta:

- Signore, da basso vi è una persona che gradirebbe la vostra presenza.

Ad Albert piaceva giocare col suo signore, così quando veniva una persona di alto rango a richiedere di Von Baron, egli non mancava mai di lasciarlo un po' sulle spine. Ludvik, conoscendo Albert, solitamente stava al gioco, ma quella sera non sembrava averne molta voglia:

- Oggi vado di fretta per questi giochini, Albert. Venite al punto.

Albert sorrise:

- Signore, la persona che gradisce vedervi, altri non è che vostra figlia!

Dopo un breve attimo di sbigottimento, la risata di Ludvik echeggiò in tutta la stanza:

- Veramente? Beh, in questo caso, non facciamola aspettare!

Si diressero entrambi giù per le scale e il rumore del vento giunse possente alle loro orecchie; si guardarono per un attimo, attoniti, poi, giunti innanzi alla porta dello studio, entrambi capirono la causa di tale rumore. Quando Von Baron varcò la soglia dello studio, il vento lo investì con una furia cieca e dovette coprirsi gli occhi con un braccio, per intravedere il proprio studio, completamente rivoltato dall'ira degli elementi: una marea di fogli giaceva in maniera sparsa sui mobili e sul pavimento, molti libri erano caduti dagli scaffali e la pioggia imperversava attraverso la finestra aperta. Di Daeva non vi era alcuna traccia.

In tutto quel caos, una pergamena svolazzò ai piedi di Ludvik Von Baron, mentre un pensiero gli attraversò la mente: "Ha letto le missive!"

La Ribellione di Osiryx

Osiryx attese qualche minuto fuori dal castello di Long Jhon, nella speranza che altri membri del Ministero Oscuro lo seguissero. Qualcosa nei suoi conti non tornava: sembrava che nessuno fosse a conoscenza del fatto che Ascher fosse dispersa in mare e che potesse essere già morta; eppure la notizia del suo affondamento avrebbe dovuto essere di dominio pubblico, a meno che Long Jhon ne sapesse molto di più. Osiryx non aveva accennato minimamente al Consiglio ciò che a lui era noto, anche perché sarebbe stato completamente inutile, visto il motivo per il quale era stato indetto quell'incontro.

Doveva fare qualcosa, ma doveva aspettare di conoscere contro chi avrebbe dovuto combattere, nel caso in cui Ascher fosse riuscita a sopravvivere all'attacco subito da parte della Marina Militare.

Il pirata non dovette attendere molto, dopo pochi minuti uscirono dal castello: Astax, Trent Reznov, Devil Facchy e Fiordiluna.

Osiryx rimase costernato, constatando che solo loro avevano deciso di non aderire alla mozione.

- Solo voi quattro vi siete opposti?

Osiryx cercava conferme alle sue preoccupazioni.

Devill Facchy gli si avvicinò e rispose in tono secco:

- Siamo solo noi. Gli altri si sono tutti rimessi alle volontà del Ministero Oscuro.

Fiordiluna rincarò la dose, contrariata per gli sviluppi avvenuti al Consiglio:

- Solo noi. Gli altri si sono schierati e sottomessi a Long Jhon.

Trent Reznov e Astax fecero un cenno di rassegnato assenso col capo.

Osiryx emise un lungo sospiro: si sarebbe aspettato qualcosa di meglio, ma fece buon viso a cattivo gioco; in fondo non tutto il Ministero si era schierato a favore della mozione.

- E sia. Qui non possiamo parlare liberamente. Seguitemi!

Detto ciò, Osiryx s'incamminò nelle strette strade del borgo, seguito di pari passo dagli altri quattro, tutti legati dalla convinzione che il Ministero Oscuro fosse stato contaminato e che, probabilmente, ciò che il Consiglio aveva deciso per Ascher, sarebbe accaduto anche a loro.

Osiryx accompagnò la compagnia in una taverna; giunti innanzi a questa, Fiordiluna espresse ad alta voce il suo dissenso:

- Non c'erano luoghi meno squallidi del Procione dovevi portarci?

Effettivamente il Procione era nota, oltre che per la pessima cucina, per la più ampia offerta di meretrici di tutta l'isola. Gli avventori di ritorno da un lungo viaggio, qui non trovavano solo un umile ristoro, ma tutto ciò che potesse servire loro, per divertirsi a buon prezzo, o, per i più facoltosi, dilettarsi nelle più perverse pratiche amatorie.

Osiryx si scusò per la scelta indelicata, ma si giustificò spiegando che, proprio per le sue particolarità, quello era uno dei pochi posti dove gli avventori passavano completamente inosservati.

La combriccola entrò al Procione e si sedette in un tavolo, abbastanza vicino all'ingresso secondario e che permettesse di controllare l'entrata principale.

Appena si sedettero Trent Reznov prese la parola:

- Avanti, Osiryx. Il tempo stringe. A breve il Consiglio voterà anche per il nostro destino.

Osiryx ignorò le parole pronunziate dal pirata, intento ad osservare ciò che accadeva nella locanda: tutta la taverna era gremita da marinai in cerca di donne, molti erano ubriachi e il vociare sovrastava il dolce suono di un'arpa. Il locandiere, un uomo rubicondo dal viso marcato e dal ventre rigonfio, s'avvicinò al loro tavolo, per servirli.

La sua voce irruppe al di sopra delle voci che aleggiavano all'interno del locale:

- Benvenuti al Procione, amici! Ditemi pure, cosa desiderate?

Ci pensò Fiordiluna a liquidare alla svelta l'uomo:

- Un doppio giro di Grog per tutti, grazie.

La sua voce, troppo esile per il frastuono nel locale, le costò lo scherno del taverniere:

- Milady, la vostra voce è come quella di un fringuello, cosa avete detto?

Fiordiluna non amava particolarmente gli uomini, in generale e, di certo, non amava particolarmente quell'oste: con un movimento fluido e rapidissimo estrasse la sua sciabola, puntandola alla guancia dello sprovveduto locandiere.

- Credo che tu abbia capito benissimo!

Il locandiere sbiancò di colpo, tentò un'improbabile scusa e si diresse al bancone a passo svelto.

Il piccolo screzio avvenuto al tavolo non catturò l'attenzione degli astanti, né alterò quella di Trent Reznov, il quale incalzò Osiryx:

- Allora! Ci vuoi dire perché siamo qui, invece che sulle nostre navi, allontanandoci da questo maledetto buco di isola?

- Sì, vogliate scusarmi. Vi metterò immediatamente al corrente di ciò che so, - colta l'attenzione dei compagni, Osiryx cominciò la sua spiegazione.

- Ero giunto all'isola del Teschio Sdentato per mettere al corrente Long Jhon dell'affondamento di Ascher, da parte della Marina Militare.

Astax sembrò invecchiare improvvisamente, di almeno dieci anni:
- Vuoi dirci che Ascher è stata uccisa?!
- Questo non lo so per certo.
Osiryx scosse il capo, in segno di assoluto sconforto.
- Era dunque una trappola organizzata da Long Jhon, per verificare coloro che erano fedeli al Ministero Oscuro...
L'affermazione di Astax avrebbe anche potuto essere veritiera. Osiryx alzò una mano, riprendendo la parola nel tentativo di soffocare le allusioni, fin troppo precipitose:
- Non essere così precipitoso, Astax. Secondo me Long Jhon sa qualcosa che noi non sappiamo.
Trent Rezov si intromise bruscamente:
- E cosa mai potrebbe sapere più di noi... più di te, che sei venuto a portare questa notizia al Ministero?
- Questa è un'altra domanda alla quale non so rispondere.
Fiordiluna era molto preoccupata e il suo tono di voce non tradì il suo stato d'animo:
- Beh, prima di rispondere a qualunque domanda e prima di porcene altre, forse dovremmo tornare e schierarci dalla parte giusta...
Osiryx fu perentorio:
- Noi siamo la parte giusta!
Devil Facchy prese in mano la discussione:
- Io posso solo dirvi che quello che si fa chiamare Lord Dess, non è chi dice di essere!
Al tavolo tutti si ammutolirono. Appoggiando i gomiti sul tavolo, cercando di avvicinarsi il più possibile agli altri, Astax sussurrò:
- E chi diavolo sarebbe, Devil?
Senza indugio, Devil Facchy rispose:
- Un losco trafficante. Ho avuto il dispiacere d'incontrarlo, molti anni fa.
- Perché non lo hai screditato innanzi a tutto il Consiglio?!
Fiordiluna era inferocita, non era plausibile che Long Jhon si fosse permesso il lusso di manipolare il Ministero Oscuro.
Devil Facchy, nonostante l'ira della compagna, fu posato nella risposta:
- Non l'ho riconosciuto subito e, in ogni caso, mi sembrava già tutto deciso.
Osiryx trovò terreno fertile nelle parole di Devil:
- Questa è la prova che Long Jhon è il vero traditore del Ministero, che lui sapesse già dell'affondamento e, soprattutto, è la prova che lui è a conoscenza del fatto che Ascher è viva. Forse sa perfino dove si trova!
Trent si rivolse ad Osiryx:

- Come hai intenzione di agire?

- Dobbiamo essere molto cauti. Abbiamo contro più di dieci capitani, con l'ordine di uccidere Ascher; la loro prima mossa, probabilmente, sarà salpare alla volta del suo covo.

- Allora non c'è tempo da perdere!

Astax lasciò trasparire tutta la sua urgenza. Osiryx si strofinò il volto, per riordinare i suoi pensieri. Infine rese noto a tutti ciò che avrebbero dovuto fare: Devil Facchy sarebbe partito col suo veliero, la nave più veloce della loro flotta, alla volta di Ascherath; Tren Reznov e Astax si sarebbero diretti ai loro covi, per reclutare il maggior numero di pirati, avrebbero avuto bisogno di tutti coloro in grado d'impugnare una spada e che avessero poche pretese; Fiordiluna, invece, si sarebbe diretta a nord, oltre l'isola di Ferres, sul luogo in cui la Marina Militare aveva affondato l'ammiraglia di Ascher, al fine di scoprire la verità sull'accaduto. Osiryx avrebbe navigato verso nord, seguendo Devil Facchy.

- Il ritrovo avverrà tra due settimane all'isola di Ascherath. Vi è tutto chiaro?

Osiryx osservò i suoi compagni, che annuirono con decisione.

Alesanco uscì dal castello di Long Jhon, ancora sconvolto dalle notizie apprese. Non si capacitava di come il Consiglio avesse emesso una così delicata soluzione nei confronti di Ascher, senza nemmeno prendere in considerazione il fatto di ascoltare l'accusata; soprattutto quando l'accusa cadeva proprio su colei che, in tutti quegli anni, aveva dato prova di un incredibile coraggio e di una cieca fedeltà.

Alesanco non sapeva che fare: non poteva accettare passivamente la decadenza del Ministero Oscuro e, allo stesso tempo, non era in grado di contrastarlo schierandosi dalla parte di Ascher.

Decise di riposarsi un po': a stomaco vuoto e senza riposo le sue idee non erano mai molto chiare.

Scelse una delle più rinomate taverne dell'isola: l'Ambra Dorata, una locanda ben curata, ottima sia nel cibo che nel servizio e una delle poche che metteva a disposizione degli ospiti perfino il bagno caldo in camera. Lussi a caro prezzo, ma che lui poteva permettersi.

Quella sera cenò tranquillamente, in solitudine; finita la cena si diresse nella sua stanza, si svestì e si concesse un bel bagno, immergendosi sino al torace nel catino di acqua riscaldata; una stufa a legna teneva l'ambiente caldo e i vapori dell'acqua inumidivano la stanza, permeandola di una dolce nebbiolina.

Finito il bagno si preparò per la notte e, senza che lui se ne accorgesse, Morfeo lo rapì in pochi minuti. Purtroppo per il mercante, le Mante della

Zele erano già sulle sue tracce. Alesanco quella sera chiuse gli occhi, ma non li riaprì mai più.

Luna Piena

La notte sopraggiunse, senza recare con sé alcuna novella; la navigazione procedeva nel migliore dei modi e gli uomini che Ascher aveva ingaggiato a Kabras lavoravano di buona lena, senza troppe lamentele. Benjamin si era dimostrato all'altezza del compito affidatogli: diligente e scrupoloso nell'impartire ordini all'equipaggio, era il miglior secondo che Ascher potesse desiderare.

Dal canto suo, Ascher non vedeva l'ora di giungere a destinazione: era da molto tempo che non rivedeva i suoi amici, ma colei che le mancava di più di chiunque altro, era senz'altro Maryha.

Diede le ultime indicazioni per la notte, ordinò i turni di guardia assieme a Benjamin, poi si diresse al castello di poppa per riposarsi un po'; era decisamente stata una lunga giornata ed Ascher sentiva il bisogno di qualche ora di sonno.

La cabina era confortevole e calda, decisamente più grande di come se l'era immaginata: un grande tappeto si estendeva per tutta l'ampiezza del pavimento, un tavolo rotondo troneggiava all'interno della stanza, sulla paratia di babordo un letto a due piazze l'attendeva, con la promessa di essere comodissimo; dal soffitto pendeva un lampadario a dieci candele, il quale riusciva ad illuminare gran parte del locale; dalla vetrata di poppa si poteva osservare la scia che la nave lasciava al suo passaggio, un'immagine del mare che affascinò e rapì Ascher.

Sul tavolo trovò la cena pronta, mangiò con delizia i manicaretti che il cuoco le aveva preparato, accompagnando il tutto con un ottimo vino d'annata.

Il suo sguardo si soffermò per un istante su di un piccolo cofanetto portasigari, un sorriso apparve sul suo volto e gli occhi le s'illuminarono, nella speranza di trovarvi all'interno ciò che desiderava. Aperto il cofanetto, la sorpresa si manifestò sul suo bellissimo viso. Torenescu era un uomo davvero eccezionale, le aveva fatto trovare ciò che lei amava di più. Ascher li riconobbe immediatamente: sigari di Lenvers, i suoi preferiti. Non perse altro tempo, prese un sigaro e lo preparò con cura, proprio come ricordava fare da suo padre. Una volta preparato, osservando il mare dalla vetrata, lo accese, gustandosi quel sigaro come mai prima di allora avesse fatto. La sera si era inoltrata, ormai, se avesse voluto riposare almeno un paio d'ore, Ascher avrebbe fatto bene a mettersi a letto; così fece.

Sul ponte tutto era quieto, una manciata di pirati montavano la guardia, mentre, appollaiato sul castello, il timoniere teneva la rotta osservando di continuo la bussola e l'oscurità del mare col suo sguardo rapace.

Navigavano a vele ridotte, dato l'esiguo equipaggio; il vento era basso e la navigazione procedeva lenta e tranquilla, ma, nell'ombra di quella notte quieta, una figura minacciosa si preparava ad adempiere al suo compito omicida.

Complice la concentrazione scarsa delle sentinelle, annoiate da quel clima calmo ed il fatto che nessuno si sarebbe mai atteso un attacco dall'interno, Raduciojov attese il momento propizio: aspettò che la notte s'inoltrasse e, quando gli sembrò che l'attenzione intorno a sé si fosse mitigata, decise di agire.

Con calma e impassibilità, si diresse al castello di poppa; parlò con disinvoltura con alcuni pirati che montavano la guardia, offrendo loro una bottiglia di liquore, considerato sempre un dono ben accetto.

Raduciojov lasciò poco dopo la combriccola, con la scusa di coricarsi; i pirati lo salutarono con calore e continuarono a bere tranquillamente.

La scala che portava sotto coperta, agli alloggi dell'equipaggio, era situata proprio di fronte all'entrata della cabina di Ascher. Per Raduciojov sarebbe stato un gioco da ragazzi entrarvi senza che nessuno se ne accorgesse. Una volta arrivato alla scala, si voltò ad osservare i suoi compagni, per accertarsi che la loro attenzione fosse rivolta all'alcool e non alla sua persona, quindi si mise all'opera.

Ascher si agitò nel sonno, come sempre il suo riposo era tormentato dai ricordi più oscuri della sua infanzia: quella maledettissima sera in cui, un solo uomo della Marina, le aveva portato via tutta la sua famiglia. L'incubo la fece scattare, liberandola dalle spire di Morfeo; mentre tentava di cancellare il ricordo ancora vivido che il sogno le aveva lasciato, Ascher sentì un lieve rumore alla sua porta.

La stanza era completamente avvolta nell'oscurità, solo la luce della luna faceva capolino all'interno della cabina, dalla grande vetrata a poppa.

Ascher, colta da un presentimento, non si mosse: al suo fianco giaceva la sua spada e, con movimenti lenti e precisi, ne impugnò l'elsa.

Con gli occhi socchiusi e con i nervi tesi, s'impose l'assoluta immobilità, quando, tutto ad un tratto, le sue paure si materializzarono: la porta della cabina s'aprì lentamente facendo cigolare leggermente i cardini; qualcuno si stava intrufolando nella stanza e le sue motivazioni non erano certo pacifiche.

Raduciojov chiuse la porta alle sue spalle ed estrasse la lama che portava al fianco; impiegò alcuni secondi per abituarsi all'oscurità della cabina, poi, con passo felpato, si diresse verso il letto, dove la sagoma di Ascher era coricata immobile.

Sarebbe stato un gioco da ragazzi, un sorriso tirato si materializzò sulle labbra dell'attentatore. Ascher aspettò sino all'ultimo momento, voleva prendere il suo aggressore completamente alla sprovvista, un movimento troppo repentino avrebbe messo in allarme l'assassino. Non poteva permetterselo. Voleva prendere vivo quel maledetto.

Raducijov alzò la lama per infierire sul corpo di Ascher, un raggio di luna gli illuminò il volto e, in quell'istante, i suoi occhi luccicarono di pura gioia nell'estasi di ciò che stava per compiersi.

Avvenne tutto molto rapidamente: mentre la lama affondava nel materasso, la sorpresa si dipinse sul volto della Manta; Ascher balzò giù dal letto, con un movimento rapido e fluido, sguainando la lama; la situazione si era pericolosamente complicata.

Ascher non attese, il suo attacco fu veloce e potente; appena toccò terra, si scagliò contro il suo aggressore, infierendo una micidiale stoccata. Dal canto suo, Raduciojov era un vero esperto delle tecniche di combattimento: lasciò immediatamente la presa sulla spada, lasciandola conficcata nel letto e, con una torsione del busto, evitò il colpo che sarebbe stato fatale. Con una capriola ben eseguita, Raduciojov si rimise in posizione di guardia; la spada non era l'unica arma che aveva portato con sé, un assassino esperto come lui aveva sempre qualche arma di riserva, come il pugnale che s'apprestò ad afferrare.

Ascher rimase per qualche secondo basita, nessuno avrebbe potuto evitare il suo attacco con tale rapidità, il suo avversario non era da sottovalutare; il pensiero di doverlo affrontare la preoccupò.

- È giunta l'ora della tua morte, Ascher!
- Preoccupati che non sia quella della tua!

Ascher non era certo pavida e, sicuramente, avrebbe venduto cara la pelle.

Raduciojov ridusse la distanza: sapeva di essere in svantaggio col pugnale, doveva metterla in difficoltà e cercare di raggiungere la spada, altrimenti lo scontro non avrebbe avuto esito positivo per lui.

Ascher, sapendo di disporre di quel notevole vantaggio, non poteva permettere al suo aggressore di riprendersi la spada, ma l'attacco di questi fu troppo veloce.

A causa della densa penombra, Ascher non riuscì a scrutare con chiarezza le movenze del suo aggressore, il quale, con una finta, la ingannò: ad Ascher parve di essere attaccata direttamente e, quando tentò d'impedire l'avanzata dell'avversario, questo si ritrasse immediatamente, scagliando il pugnale.

Ascher non lo vide neppure partire, così non fu in grado di scansarsi: il pugnale le si conficcò a fondo nella spalla sinistra. Un grido le sfuggì dalle labbra.

Raduciojov non attese oltre, si precipitò immediatamente sul letto per estrarre la sua spada, purtroppo per lui Ascher aveva intuito sin dall'inizio le sue intenzioni.

Il colpo inferto alla spalla le acuì la mente ed il tempo le sembrò scorrere a rallentatore: Ascher vide il sicario recarsi verso il letto, stringendo i denti per il dolore raccolse tutte le sue forze e sferrò il suo attacco. Fece una rapida torsione del busto, impiegando tutta la potenza dei suoi muscoli; il dolore che Ascher provò fu lancinante, ma l'adrenalina, circolando nel sangue, anestetizzò i suoi nervi. Con entrambe le mani impugnò l'elsa della sua spada, portandosela dietro il capo e scagliandola contro il suo avversario.

Raduciojov venne raggiunto al ventre, la lama lo colpì in profondità; la sorpresa si dipinse nei suoi occhi, mentre un fiotto di sangue gli salì in gola. Non fece in tempo ad estrarre la sua lama dal materasso, non riuscì neppure a formulare il suo ultimo pensiero. Il suo corpo cadde ai piedi del letto, privo di vita.

Ascher s'inginocchiò posando una mano sul pugnale, ancora conficcato nelle sue carni; la fronte e il volto erano imperlati di sudore e il respiro affannoso: mai in vita sua aveva dovuto affrontare un'esperienza del genere.

La porta della sua cabina si spalancò: l'urlo che le era sfuggito dalle labbra aveva messo in allerta i pirati di guardia sul ponte; l'allarme venne divulgato rapidamente sulla nave e, in breve, l'intera cabina fu sovraffollata.

Benjamin era decisamente il più preoccupato di tutti: non si era preso neppure la briga di vestirsi, precipitandosi al cospetto del suo capitano con solo le brache alla vita e a torso nudo.

- Come vi sentite, capitano? State bene? Siete ferita?

La voce di Benjamin sembrava ovattata e lontana da Ascher, la testa le girava e la nausea la tormentava. Ascher non riuscì a pronunciare parola, osservava attonita il volto preoccupato di Benjamin, fisso davanti al suo.

A poco a poco la sua mente cominciò a vacillare e il buio calò su lei, avvolgendo tutti i presenti.

L'addio ad un Amico

Dok era riuscito a preparare tutto. Non volendo lasciare sola Maryha si era trasferito a casa di Ascher, per tenere compagnia alla donna nel periodo, forse, più duro della sua vita.

Maryha appariva invecchiata oltremodo e repentinamente. I suoi occhi celavano tutta l'amarezza della perdita. Ciò che preoccupava Dok, non erano tanto le condizioni fisiche della donna, ma le colpe che lei stessa sentiva gravare sul suo cuore.

Molte volte Maryha aveva cercato di riportare alla ragione Ascher, senza mai riuscirci; ora Maryha portava in seno quel rammarico che la stava a poco a poco divorando.

L'unica cosa che Dok potesse fare per lei era starle vicino, in modo che non commettesse qualche pazzia e per cercare di condividere il più possibile il suo dolore.

Per quanto riguardava la ricerca che si era prefissato, Dok non ottenne alcun risultato: sembrava che i tre assassini di David Beltar non si fossero mai fermati ad Ascherath. Eppure non potevano certo essere sbucati all'improvviso dal buio della notte. Aveva perfino affisso innumerevoli locandine, con disegnate sopra le facce dei sicari, nel tentativo di raccogliere maggiori informazioni, ma nessuno si presentò alla sua porta. Dok setacciò ogni taverna, e chiese informazioni ad ogni imbarcazione che attraccasse o fosse in partenza, ma invano.

Mentre la bara di David Beltar veniva calata nella buca, il pianto di Maryha e di molti altri uomini a fianco a lui lo riportarono al presente. Quel giorno, nel cimitero di Ascherath, tutti i presenti erano afflitti dalla perdita subita. Nessuno avrebbe mai potuto immaginare che, proprio colui che ritenevano il più forte spadaccino nato su quell'isola, potesse aver incontrato una morte così prematura.

Vi era quasi tutto il borgo alla funzione, tutti stretti in un comune dolore.

Dok appoggiò il braccio sulla spalla di Maryha, stringendola a sé, cercando in qualche modo di alleviare le sue pene. Maryha si voltò ad osservare il dottore e, con una voce rotta dal dolore disse:

- Sto bene, Dok. Grazie.

Non era assolutamente vero, Dok sapeva che Maryha non piangeva solo per David Beltar, ma anche e soprattutto per Ascher. Il medico si sentì impotente innanzi alla tragedia che stava allungando le spire su tutto il loro mondo, però sapeva quanto, tutto ciò, fosse inevitabile.

Le prime palate di terra cominciarono a ricoprire il sepolcro, mentre alcune persone lasciavano il cimitero; l'indomani la vita sarebbe ricominciata a scorrere nella sua tranquillità e, a poco a poco, il ricordo e il dolore provato per la perdita di David Beltar sarebbe sfumato, fino a svanire completamente.

Anche questo rientrava nella normalità delle cose.

Terminato il riempimento della fossa, Dok s'avvicinò al parroco, lo ringraziò per la funzione, si accordarono per il compenso e si salutarono cortesemente.

Dok accompagnò Maryha a casa e si prese cura di lei, preparandole una squisita cena. Alla fine della serata la convinse a coricarsi. Era stata una lunga e sofferta giornata, Maryha non obbiettò, nonostante fosse ancora presto.

Si salutarono cortesemente e, mentre Maryha raggiungeva le sue stanze, Dok rimase alzato ancora per lungo tempo, nella sala, al tepore del camino.

Ripensò all'amico perduto. Sarebbe potuta accadere anche a lui la stessa fine, ne era consapevole.

Alcune lacrime rigarono il viso di Dok, scendendo fino alle labbra. Il medico ne assaporò la salinità: il sapore di cui era intrisa la sua stessa vita.

L'incubo di Jared

James Kevin Arlong non era mai stato un maratoneta, neppure prima di perdere la sua gamba, tanto meno poteva esserlo ora: il rumore prodotto dalla sua gamba di legno lo accompagnava ovunque andasse, ma raramente aveva di che maledire la sua goffaggine, come quel giorno.

James Kevin salì le scale che conducevano al piano superiore della Sula Spennata, non vi era tempo da perdere, doveva avvisare Jared delle sue ultime scoperte. Il tempo stringeva.

Quando JK aprì la porta della stanza nella quale, da parecchie settimane, albergava Jared, rimase senza parole. Il suo vecchio amico era sprofondato in un'incuria senza pari: la stanza era completamente in subbuglio, gli abiti erano sparsi ovunque, accompagnati da decine di bottiglie di rum. JK si meravigliava sempre della capacità di assimilazione d'alcol di Jared e, vedendo quella stanza, pensò che il pirata non avesse alcun fondo; il suo fegato era peggio di una spugna.

L'intera camera era impregnata di urina e vomito, JK si dovette tappare il naso per non svenire a causa di quel fetore; si diresse alla finestra, spalancandola per areare il locale.

Quando la luce colpì l'interno della stanza JK si avvide delle impietose condizioni del suo amico: Jared Valar giaceva sul letto in maniera scomposta, con un braccio penzoloni; una delle tante bottiglie giaceva per terra, a pochi centimetri dal suo palmo; aveva la camicia completamente inzuppata di fluidi corporei. Era solo l'ombra dell'uomo forte e vigoroso che Arlong conosceva.

Jared pareva non avere altre forze, se non quelle impiegate per bere e per compiangersi.

JK, dopo anni di pirateria e ancor più anni passati da oste, non provava alcuna pietà per coloro che, come Jared, si riducevano a tal punto. James non lo aveva mai fatto, neppure nel momento peggiore della sua vita, quando un dottorino gli aveva annunciato la possibilità di dovergli amputare la gamba e il braccio.

Per JK non vi erano scusanti per ridursi in uno stato così pietoso, nonostante avvesse visto molti avventori ridursi allo stesso modo e, puntualmente, James li sbatteva fuori dalla locanda, invitandoli a non tornare.

Quella volta, però, non lo fece. Non poteva sbarazzarsi del suo amico, proprio quando quello aveva più bisogno di lui.

JK si avvicinò a Jared, cercando di farlo riprendere:

- Maledizione a te, amico! Ma come accidenti ti sei conciato?

James non pensava che il pirata potesse sentirlo, ma gli sembrò l'idea migliore, muoverlo e parlargli per tentare di squoterlo.

- Accidenti a te. Ma quanto pesi, cagnaccio di un pirata?

Un grugnito comparve tra le labbra secche di Jared, ma Arlong non si fece intimorire.

- La prossima volta che decidi di ucciderti, stupido topo di fogna che non sei altro, faresti prima a gettarti dalla finestra, invece di bere come una spugna!

Jared continuò a bofonchiare, mentre l'amico lo trascinava giù dal letto.

JK riuscì a trascinare l'amico nel bagno antistante la camera da letto, qui lo lasciò giacere per terra, sin tanto che non ebbe preparato tutto: con estrema calma riempì il catino più grande, dove vi si poteva comodamente fare il bagno, con brocche di acqua gelata. Una volta pieno, usufruendo di tutte le proprie forze, Arlong sollevò Jared e lo catapultò dentro.

- Vediamo se così ti torna un po' di buon senso!

Il contatto con l'acqua gelata ebbe un effetto immediato, imprecando contro tutto e tutti, Jared parve riprendersi improvvisamente dallo stato catatonico nel quale vessava da giorni.

- Maledizione! Che accidenti significa questo?!

Jared s'issò in tutta la sua statura, con gli abiti che grondavano e i lunghi capelli appiccicati al volto, respirò rapidamente, sbuffando, affannato dal contatto con l'acqua gelida.

James proruppe in una grassa risata, che risuonò freddamente fra le pareti del piccolo ambiente.

- Mi vuoi dire che accidenti succede, invece di ridere?!

Jared era inferocito, ma non aveva abbastanza forza per colpire JK, anche se avrebbe voluto: alcuni scherzi non facevano parte del suo repertorio, tanto meno subirli.

- Se non ti avessi svegliato in questo modo, probabilmente non ci sarei mai riuscito.

- Beh, magari se t'impegnavi potevi trovare altri modi, un po' più... garbati!

- Oh, poverino, il feroce pirata Jared Valar si è offeso per un bagnetto nell'acqua gelata. Non credo vi fossero modi migliori, visto quanto hai bevuto e quanto puzzavi!

- Ouh ouh, piano, usa meno parole che ho la testa che mi scoppia!

Jared si portò una mano al volto, nel goffo tentativo di lenire il dolore al capo. Arlong continuava a ridere.

- La testa nemmeno ce l'hai, come potrebbe scoppiarti?

- Piantala di ridere! Io non sto affatto ridendo!

Jared cercò di uscire dal catino, i suoi movimenti erano goffi e lenti, non riusciva neppure a coordinarsi.

JK smorzò le risa ed aiutò l'amico.

- Vedi di darti una ripulita. Alla svelta. Dobbiamo parlare.

Jared cercò di asciugarsi il volto con la manica della camicia, senza accorgersi che anch'essa era fradicia:

- Cosa accidenti è successo di così urgente?

- Viste le tue condizioni, è meglio se prima ti riprendi.

- James, l'aria da mammina non ti si addice. Sto benissimo!

- Sei sicuro? Allora il mio aiuto non ti serve per stare in piedi.

Dette queste parole, JK lasciò la presa e Jared Valar scivolò, ricadendo nel catino, accompagnato da una nuova fragorosa risata dell'amico.

- D'accordo, dannato cane di un oste. Hai vinto tu. Dammi una mano ad uscire da qui!

James sostenne Jared, permettendogli di uscire dal catino.

- Se ti lascio da solo, sei sicuro di non addormentarti come un vecchio cane bastardo con la pancia piena?

Jared barcollò fino al letto, mugugnando qualcosa che l'oste non riuscì ad afferrare.

- Dannazione a te, Jared! Sembri più vicino alla morte di un appestato! Vuoi ritornare in te, o dobbiamo fare un altro salto nel catino?

Per qualche secondo Jared sembrò rinsavire completamente: non aveva assolutamente voglia di immergersi nuovamente nell'acqua gelata; in realtà non voleva far altro che dormire, in santa pace. James capì le sue intenzioni, quindi decise di passare alle maniere forti: lasciò l'amico giacere nuovamente a letto, si recò in bagno, prese una tinozza, la riempì con altra acqua gelida, poi, con calma, raggiunse l'amico e rovesciò l'intero contenuto del secchio sul volto di Jared.

- Che tu sia maledetto, James Kevin Arlong! La vuoi piantare? Non mi sarei bagnato così nemmeno se avessi naufragato!

- Ma tu hai naufragato, amico mio; solo che era alcool e non il mare aperto. In ogni caso, ti conviene svegliarti, perché la tua dolce Ascher è in grave pericolo!

Forse sarebbe bastato che James pronunciasse prima quelle parole, le quali ebbero l'effetto del miglior dopo sbornia che avesse mai visto: allarmato, Jared s'alzò di colpo e strinse le spalle del suo amico con impeto, tanto da provocargli dei lividi che durarono diversi giorni.

- Non scherzare con me, James! Dimmi cosa è successo!

- Calmati, Jared. Ancora non è successo nulla.

- Non mi avresti detto quello che mi hai detto, se non fosse successo nulla!

La stretta delle forti mani di Jared era ancora chiusa sulle spalle dell'oste, che cercò di divincolarsi, ma inutilmente.

- E sia, mi sembri abbastanza lucido da capire bene la situazione: il Ministero Oscuro ha votato l'eliminazione di Ascher, accusandola di alto tradimento.

Jared sbiancò. Rimase ammutolito per parecchi secondi. Il suo sconforto era tale che le mani gli ricaddero lungo i fianchi.

- Come accidenti è potuto accadere?

Lo stupore lo aveva colto alla sprovvista e, più che una domanda rivolta all'amico, sembrava essere una domanda rivolta al destino beffardo.

- Non so risponderti, Jared. Ma il Consiglio si è radunato e ha votato a favore dell'accusa mossa da Long Jhon.

Jared rimase completamente basito:

- Long Jhon ha formulato l'accusa?!

- Senti, Jared, devi ritornare in te. Dobbiamo metterci subito all'opera per aiutare Ascher!

Jared bofonchiò qualcosa e fece un segno affermativo col capo.

L'ora del compiacimento era finita. Doveva raggiungere Ascherath. Al più presto.

Un Amaro Destino

Daeva aveva trovato riparo sotto un porticato. Era completamente fradicia: la pioggia incessante aveva inzuppato completamente i suoi abiti e, oltre al freddo che provava nel corpo, il gelo del tradimento le mordeva lo stomaco e le invadeva l'anima. Era stata ingannata, proprio da colui che considerava come un padre. Come poteva essere stata così cieca? Come poteva non essersene mai accorta prima? La soluzione era sempre stata innanzi a lei, ma non aveva mai voluto vederla.

- Che tu sia maledetto! Che la tua perfidia ti porti alla tomba!

L'imprecazione le uscì dalle labbra, con tutto il disprezzo di cui fosse capace. Era giunta sino a lì per cercare riparo e protezione, mai avrebbe pensato che il posto da lei considerato il più sicuro, fosse il nido della serpe più velenosa di tutte.

Il borgo a quell'ora era deserto e gli scagnozzi di Von Baron ormai dovevano essere sulle sue tracce.

Il Gran Maestro della Zele non avrebbe impiegato molto a ritrovarla, Daeva doveva assolutamente trovare un riparo sicuro per la notte e imbarcarsi il più in fretta possibile, ma, data l'ora tarda, la capitaneria di porto sarebbe stata sicuramente chiusa; inoltre, finché avrebbe imperversato quella tempesta, nessuna nave avrebbe osato salpare.

La situazione si faceva sempre più complicata e pericolosa.

Daeva scartò l'idea di ripararsi in qualche taverna, Von Baron le avrebbe fatte perquisire una ad una.

Perché Ludvik voleva la loro morte? Quella domanda continuava a ronzarle nella mente, senza che potesse trovarvi risposta o concentrarsi pienamente sul trovare una soluzione alternativa all'addiaccio.

Si rimise in cammino. L'abito talare era completamente inzuppato; mentre avanzava faticosamente per le strade del borgo, Daeva faticava a guardare davanti a sé, data la pioggia incessante.

Non aveva meta, non aveva nessuna idea di come sarebbe riuscita a cavarsela, conosceva perfettamente quella città, però adesso le sembrava un cupo e freddo labirinto.

L'unica alternativa era liberarsi di quell'abito e tentare d'imbarcarsi come clandestina su di un mercantile attraccato al porto. Non le interessava la meta, bastava che si fosse allontanata da quel luogo e dalle spire di Ludvik. Ancora una volta era braccata, erano diversi mesi che viveva in quel modo. Maledisse il giorno in cui, litigando con Ascher, aveva preso l'incarico di cercare l'assassino del Faina: Jared Valar! Un altro uomo che, non solo aveva tradito Ascher, ma era riuscito ad ingannare tutti.

Un tendone di una bancarella del mercato, lasciato ancora montato, le offrì un minimo riparo dove fermarsi qualche minuto. I pensieri continuarono ad affollarle la mente; Daeva cercò di riordinare le proprie idee, valutando ciò che le era successo: quasi senza accorgersene, stava mettendo all'opera ciò che il suo maestro le aveva insegnato. Col senno di poi, quella era una lezione che non avrebbe mai voluto ricevere.

Il nervosismo, l'ansia e la frustrazione presero il sopravvento sulla ragione di Daeva. A poco a poco lo sconforto cominciò a salirle, dallo stomaco sino alla gola ed infine agli occhi, proromendo in un lungo pianto. Accovacciata sul suolo molle, sotto quel vecchio telone ammuffito, Daeva pianse tutte le sue lacrime.

Ci volle parecchio tempo, prima che Daeva potesse riprendere il controllo di sé. Una volta scaricata tutta la tensione accumulata, fece ricorso a tutto il suo coraggio e si rimise in marcia.

Con la mente più lucida, capì che la cosa più importante da fare sarebbe stata raggiungere la sorella ed avvertirla del pericolo che correvano; forse non l'avrebbe ascoltata, ma doveva essere al suo fianco, prima che il Ministero Oscuro potesse attaccare il covo di Ascher.

Daeva si liberò dell'abito talare, abbandonandolo in mezzo ai rifiuti; fu una scelta obbligata: se quel vestito era in grado di ripararla, almeno un minimo, dal freddo e dalla pioggia, sarebbe stato comunque troppo appariscente per poter passare inosservata, in qualunque nave si fosse imbarcata.

Doveva trovare un cambio d'abiti: Daeva sapeva che molti marinai erano soliti trascorrere la sera nelle taverne, per ingollarsi litri di grog, avrebbe potuto aggredire uno di quei marinai, prenderne le vesti e imbarcarsi quella stessa notte, passando inosservata.

Avrebbe anche dovuto modificare leggermente il suo aspetto, quindi raggiunse la locanda, fermandosi nei pressi di questa; imboccò un vicino vicoletto ed estrasse il pugnale, tagliando con poco garbo i capelli.

Infine attese presso le latrine l'avvento della sua vittima. Il grog aveva effetti devastanti sui marinai: più ne bevevano, più dovevano servirsi delle latrine e più i loro sensi si attuenavano. Questo avrebbe agevolato le intenzioni di Daeva, che non dovette attendere molto: il primo marinaio claudicante si fece vedere dopo appena dieci minuti. Non appena il malcapitato aprì la porta della latrina, si trovò innanzi un sgradita sorpresa. Daeva non impiegò molto ad avere la meglio sul povero marinaio, stordendolo con l'elsa del pugnale: diede un colpo preciso alla fronte dell'uomo, chiuse rapidamente la latrina e si mise immediatamente all'opera. Il tempo stringeva e la preoccupazione che potesse sopraggiungere un altro marinaio la spronò nella sua opera.

Impiegò una manciata di minuti. Ultimato il travestimento, al buio sarebbe sicuramente passata per un uomo. Rovistando nelle tasche, Daeva trovò la carta d'imbarco della sua vittima, che indicava il mercantile dove quel poveretto prestava servizio.

Doveva solo nascondere la vittima. Daeva rivestì il marinaio coi propri vecchi abiti, alla bene e meglio, poi lo sorresse a fatica mettendogli un braccio alla vita e, di peso, uscì dalla latrina.

L'avvento di tre marinai la sorprese.

- Come al solito, c'è chi non tiene l'alcool.

La risata gutturale invase il piccolo vicolo, ma l'oscurità celava le vere sembianze di Daeva, la quale, con voce gutturale, rispose:

- Già, ma lui è fatto così.

Un marinaio, dal volto innaturalmente cereo, rincarò la dose:

- Chi non tiene almeno sei pinte di grog, non dovrebbe neppure imbarcasi!

Altre risate irruppero fra i tre amici.

- Lo dico anch'io. Sarà meglio che lo riporti a bordo. Questa figuraccia gli costerà una settimana umiliante.

Nessuno sembrò essersi accorto della sua voce cammuffata, così Daeva, sicura, cominciò a dirigersi verso il molo.

Le battute di scherno continuarono fin tanto che non svoltò l'angolo del vicolo, ma non era più tanto chiaro se l'oggetto dello scherno fosse il marinaio svenuto, o loro stessi.

Deava sudava copiosamente, sia per lo sforzo che era intenta a svolgere, sia per lo scampato pericolo; se fossero sopraggiunti anche solo un minuto prima, si sarebbe sicuramente trovata in un mare di guai.

Giunta in prossimità del pontile, verificato che nessuno fosse di guardia, la ragazza si mise all'opera per sbarazzarsi del marinaio. Non vi erano molte possibilità e l'unica che le venne in mente non le piacque per nulla. Tuttavia, sacrificare la vita di quel poveraccio avrebbe aiutato a preservare la proprio. Daeva si fermò vicino ad una piccola imbarcazione da pesca: soventi erano gli incidenti che portavano la morte sulle navi, o sui moli, nessuno vi avrebbe fatto troppo caso.

Per nascondere meglio il corpo, Daeva optò per una soluzione leggermente più sopraffina: prese una cima che serviva per tenere l'imbarcazione ormeggiata al molo, la pioggia e il vento che sferzavano non le davano tregua; con mani tremanti riuscì a tagliare la corda con la quale legò i piedi e le mani al marinaio ancora privo di sensi; al corpo della vittima assicurò un peso di tribordo, questo lo avrebbe fatto affondare, senza dargli la possibilità di una eventuale risalita. Infine lo spinse in acqua.

Senza perdere ulteriore tempo, Daeva si diresse alla sua meta, imbarcandosi senza destare il minimo sospetto.

Omicidi

Appena terminato il colloquio, gli esponenti del Ministero Oscuro a favore di Ascher si salutarono, dandosi appuntamento sull'isola di Ascherath.

Devil Facchy si diresse immediatamente al suo veliero: doveva raggiungere Ascherath in fretta, per avvertire Ascher del pericolo che incombeva su di lei, che incombeva anche su tutti loro.

Devil era sicuro che Long Jhon avesse predisposto tutto già da tempo, prendendo le dovute precauzioni, nell'eventualità che alcuni capitani del Ministero Oscuro si fossero schierati contro di lui.

Devil conosceva bene Long Jhon, sapeva benissimo con chi avevano a che fare e, soprattutto, sapeva benissimo quanto l'uomo chiamato Dess fosse un ignobile soggetto, di basso rango ed ancor più bassa moralità: avrebbe attentato alla loro vita con ogni mezzo messogli a disposizione dal Ministero.

Devil non ignorava neppure la possibilità che, fra i suoi uomini, potessero esserci dei traditori, al soldo di Dess o di Long Jhon, perciò, non appena giunto a bordo, iniziò ad indagare per scoprire eventuali spie nel suo equipaggio.

Innanzitutto diede disposizioni per lasciare l'isola del Teschio Sdentato, il più celermente possibile e, quando l'isola fu sufficientemente distante, Devil chiamò a rapporto il suo secondo:

- Antone! Riunisci sul ponte l'intera ciurma: ho alcune cose da dire.

Antone, un ragazzo dal viso pulito, nonostante non avesse nemmeno raggiunto i vent'anni d'età, si era distinto tra le fila dell'equipaggio, grazie al suo notevole coraggio e alla totale devozione per il suo capitano: Devil non aveva alcun dubbio sulla lealtà di Antone.

- Subito, signore! Come desiderate, signore!

In meno di cinque minuti, tutto l'equipaggio aveva raggiunto il ponte, fra mormorii e bisbigli interrogativi.

Il capitano attese che il brusìo cessasse e prese la parola:

- Come alcuni di voi già sanno, stiamo facendo rotta per l'isola di Ascherath. Navigheremo a vele spiegate fin tanto che potremo, senza soste sino all'approdo. Manterremo una velatura forzata anche di notte, - alcuni mormorii, questa volta palesemente di dissenso, si levarono dalla ciurma, ma Devil sapeva gestire il suo equipaggio. - Non temete, una volta giunti ad Ascherath, sarete liberi di svagarvi come meglio vi aggrada. Rimarremo in attracco diversi giorni.

Il sorriso e l'euforia contagiarono l'intera ciurma, Devil lasciò che questi dilagassero per alcuni secondi, poi sollevò una mano per riprendere la parola.

- Prima d'iniziare questa traversata, però, vorrei sapere chi, fra voi, si è aggiunto alla ciurma recentemente.

Senza sospettare la benché minima minaccia, un pirata fece un passo avanti:

- Signore! Sono io l'ultimo ad essermi unito all'equipaggio!

Devil lo osservò con cipiglio, quel marinaio non aveva nulla di particolare ai suoi occhi: non era né troppo alto, né troppo basso, un uomo come tanti altri, che si sarebbe confuso tranquillamente tra la ciurma; proprio per questi motivi sarebbe stato la minaccia più improbabile, per chiunque.

Sul ponte calò un gelido silenzio. Nessun altro, a bordo, sembrava riuscire a muoversi. Devil, senza pensarci due volte, estrasse dal cinturone la pistola e, con un preciso colpo alla fronte, mise fine alla vita del pirata.

L'intera ciurma rimase impietrita per il gesto del capitano, così inconsueto, ma nessuno osò pronunciare parola o accennare un movimento, sebbene il dubbio e il malumore fossero palpabili.

Devil riprese il discorso, caricando con enfasi le parole.

- Vi starete chiedendo perché abbia fatto una cosa del genere. Ebbene, quell'uomo non era chi diceva di essere. Da oggi il Ministero Oscuro è nostro nemico. Alcune spie, come quello sterco di balena, attenteranno alla nostra vita, - Antone cercò di chiedere ulteriori spiegazioni, ma fu interrotto bruscamente dalla voce del suo capitano, sempre più perentoria. - Ascoltatemi tutti! Nessuno di voi correrà il benché minimo pericolo stando al mio fianco. Io non nuocerò a nessun altro dei miei uomini. Ora sbattete in pasto ai pesci quel cane rognoso, prima che imputridisca sul nostro ponte!

Appena Osiryx prese il mare, subito dopo l'imbarcazione di Devil Facchy, sulla sua scia si profilò il galeone di Elendik, uno dei capitani inviati dal Ministero Oscuro, col compito di affondare il galeone di Osiryx.

- Capitano. Come intendete procedere?

- So che Osiryx cercherà di raggiungere l'isola di Ascherath.

Neshat, il capitano in seconda di Elendik, parve molto scettico in merito:

- Ne siete sicuro, signore?

Elendik piantò uno sguardo feroce sulla figura di Neshat.

- Metti forse in dubbio le mie parole?

Rassegnato, Neshat si ritirò, non era saggio far infuriare il suo capitano:

Elendik era noto per la sua spietatezza e la sua mancanza di compassione, anche per i suoi stessi uomini. Di nobile estrazione e con un passato da militare, Elendik era uno dei più feroci pirati, completamente leale alla causa del Ministero Oscuro, sin dai tempi in cui era capitanata da Er Prototipo. Aveva superato la cinquantina da un pezzo, sebbene il suo fisico e la sua agilità con la spada lo rendessero ancora un abile combattente.

Elendik si diresse a poppa dal timoniere, impartendogli gli ordini che avrebbe dovuto eseguire.

- Tieniti a distanza, orzando, in modo da dar l'impressione di non seguire la stessa rotta. A tempo debito gli piomberemo addosso, senza che loro se ne accorgano.

- Sì, signor capitano! Ai vostri ordini!

Presagi di Morte

Keilina Winsor salpò assieme a Sirio e a Trazum, ognuno al comando delle rispettive fregate. Mentre i due uomini avevano il compito di dirigersi a Kabras, per verificare se il mercante Torenescu desse rifugio alla piratessa Ascher, Keilina si sarebbe diretta a Port Narrow, situato nell'arcipelago delle isole Chinta: il porto più vicino al luogo dello scontro.

Mentre la fregata solcava lenta i mari, Keilina ripensò agli avvenimenti che l'avevano portata sino a quel punto: se solo suo padre non avesse incontrato una morte prematura, avrebbe potuto vederla ora, all'apice della sua carriera e sarebbe stato veramente orgoglioso di lei. La morte in battaglia dell'ammiraglio Lapadia e la pericolosità crescente della flotta di Ascher, le avevano apianato la strada per raggiungere le alte gerarchie militari. Certo, non era un compito facile amministrare il Ministero della Marina: ogni giorno doveva combattere contro i ministri corrotti del Regno, i quali imponevano restrizioni e leggi, al solo scopo coprire i loro loschi traffici, mentre capitani di valore e molti marinai perdevano la vita tutti i giorni, nel tentativo di tenere a freno la pirateria. Keilina si chiedeva se quei ministri tenessero veramente a liberare i mari da tutti quei pirati, oppure se avrebbe fatto loro più comodo il contrario.

I suoi pensieri sfumarono alla vista di quello che sembrava essere un mercantile. Il sottufficiale Roger corse immediatamente dal suo capitano:

- Signore! Nave a dritta!

Keilina impugnò immediatamente il monocolo, per osservare quella figura indistinta all'orizzonte; non vi erano dubbi: si trattava di un mercantile. Tuttavia il comandante non poté fare a meno di notare lo strano scafo, troppo affusolato rispetto alla norma, uno scafo del genere non avrebbe permesso alla nave di pescare a sufficienza; Keilina osservò meglio e s'avvide che, effettivamente, la nave viaggiava troppo a filo d'acqua, rispetto ai normali mercantili. Il dubbio la colse e, alzando lo strumento, lo puntò sul vessillo.

- Uomini! Ai remi! Issate tutte le vele! Timoniere, orza di venti gradi. Dobbiamo raggiungere quella nave!

Keilina non aveva dubbi: era un mercantile della flotta di Torenescu; difficilmente, su quella nave, avrebbe trovato le risposte che cercava, ma non poteva permettersi il lusso di tralasciare nulla.

Benjamin raggiunse di corsa la cabina di Ascher:

- Capitano! Abbiamo in coda una fregata della Marina Militare.

Ascher non si era ancora ripresa completamente dallo scontro avuto col suo assassino, stava distesa sul suo letto, leggermente febbricitante, ma le parole di Benjamin ebbero l'effetto di una panacea.

Con un balzo felino Ascher saltò fuori dal letto e si precipitò sul ponte, per verificare la notizia portatale da Benjamin.

Arrivata al castello di poppa osservò attraverso il monocolo: non vi era alcun dubbio, si trattava di una fregata, stava orzando per mettersi in scia; probabilmente voleva raggiungerli, oppure solo scortarli, in fondo erano imbarcati su un mercantile.

- Benjamin, prepariamoci. Fingeremo un'avaria per far avvicinare la fregata. Prepara i cannoni di prora. Appena saranno abbastanza vicini, li impalliniamo!

Benjamin sembrò riluttante e Ascher lo incalzò:

- Hai sentito quello che ti ho detto?!

- Sì, ho sentito; ma non credo sia una buona idea, signore.

Ascher era costernata: Benjamin non aveva mai disobbedito ad un suo ordine, né aveva mai messo in discussione la sua parola.

- Perché mai non dovrebbe esserlo, Benjamin?

Benjamin s'aspettava una sfuriata da parte di Ascher, invece il suo tono tranquillo lo prese alla sprovvista, ma dissimulò alla perfezione la propria sorpresa.

- Per due buone ragioni, signore: la prima è che non siete ancora in ottima condizione per combattere...

Ascher osservò il bendaggio che le copriva la spalla sinistra. Quella ferita aveva qualcosa di strano: erano già trascorsi diversi giorni da quando era stata assalita, ma il taglio sembrava non volerne sapere di cicatrizzarsi; inoltre la febbre la tormentava da un paio di giorni.

- Continua.

- La seconda è che pochi di questi pirati sono esperti combattenti e, ancora meno, sono quelli che hanno avuto modo di scontrarsi con la Marina. Li abbiamo arruolati a Kabras, da troppo poco per poterci fidare ciecamente. Non sono ancora l'equipaggio di Ascher, la Tigre del Mare. Non so se rendo chiaro quello che voglio intendere.

Il discorso di Benjamin non faceva una piega: prima di scatenare la ciurma contro una nave della Marina, sarebbe stato più opportuno muovere contro qualche mercantile, depredandolo e sperare che contenesse sufficiente oro da assicurare al capitano la cieca fedeltà dei suoi uomini. Nonostante questo, Ascher non mollò:

- Benjamin. A costo di ripetermi: hai sentito il mio ordine?

- Sì, signore. Ho sentito, ma...

- Allora procedi!

Interrotto dal tono perentorio di Ascher, Benjamin non poté fare a meno che chinare il capo e obbedire.

Sirio e Trazum raggiunsero Kabras, ormeggiarono le fregate al grande molo e, una volta sbarcati, si diressero tranquillamente alla tenuta di Torenescu.

Era una bellissima giornata estiva, il sole era alto e, come al solito, il mercato era gremito.

Affittarono due cavalli da un maniscalco, per poi recarsi fuori dal borgo: sapevano che la tenuta del mercante era situata a parecchie miglia dal cuore della cittadina.

Giunti a destinazione, sia Sirio che Trazum notarono una certa incuria: sembrava che da molto tempo nessun domestico ripulisse dalle foglie il selciato, la fontana non era in funzione, le finestre erano opache. Lì per lì non fecero troppo caso a questi dettagli, probabilmente, non aspettandosi ospiti, Torenescu non aveva fatto disporre i suoi servitori per tirare a lucido la sua dimora. Questi dubbi caddero, non appena i due uomini raggiunsero l'ingresso.

La porta era accostata, ma aperta.

Si scambiarono uno sguardo complice e, senza pronunciare una sola parola, si divisero. Mentre Trazum entrò dall'ingresso principale, Sirio fece il giro esterno della casa. Tutto era silenzioso ed immobile, Trazum non emise neppure un fiato estraendo la sua arma dal fodero.

Il ragazzo non impiegò molto a trovare il padrone di casa: nel salone, il corpo di Torenescu giaceva sul pavimento, riverso nel suo stesso sangue.

Vite Risparmiate

Keilina Winsor osservò per lungo tempo il mercantile, accorgendosi che qualcosa non andava; sembrava che avesse dei problemi con le vele e serie difficoltà di manovra.

Diede disposizione ai suoi uomini di accostare la nave. In quel tratto di mare era assai improbabile essere attaccati da pirati, ma il compito principale della Marina rimaneva quello di assicurare ai mercantili un viaggio sicuro e prestare soccorso, dove necessario.

Ascher ordinò ai suoi uomini di attendere sino all'ultimo, avrebbero dovuto passare per un normale mercantile e, solo quando la fregata si fosse affiancata, avrebbero potuto aprire il fuoco e gettare le cime fuori bordo, assaltando l'ignaro comandante.

L'attesa durò poco, la fregata s'avvicino da prora, come Ascher aveva previsto. Appena le due imbarcazioni furono affiancate, Ascher diede l'ordine di aprire il fuoco.

Keilina e il suo equipaggio rimasero basiti da quell'attacco così improvviso. Molti marinai vennero falciati dalle palle di cannone, nessuno era pronto ad un'eventualità del genere. In breve il panico si diffuse sull'intera nave.

La fregata di Keilina subì ingenti danni, già alla prima bordata: le assi di legno si ruppero producendo un incredibile frastuono, l'albero maestro cadde reciso alla base del ponte, non riuscirono neppure a fare in tempo a rispondere al fuoco che molti pirati avevano già invaso il ponte.

La voce di Keilina risuonò stridula, sovrastando la furia dell'attacco:

- Uomini! A me!

A bordo regnava il caos, molti ufficiali, in preda al panico, si gettarono in mare in cerca di una remota possibilità di salvezza: si trovavano in alto mare, non vi era alcuna possibilità di raggiungere un approdo a nuoto.

Ascher giunse sul ponte della fregata: non le importavano gli ufficiali, come sempre lei puntava unicamente al comandante, quindi si osservò intorno, alla ricerca di quest'ultimo. Non riuscendo ad individuarlo, Ascher iniziò a farsi strada, nella battaglia che infuriava sul ponte, respingendo con agilità i colpi degli sventurati marinai che gli si paravano innanzi; il combattimento scorreva cruento, assieme all'adrenalina e alla gioia di Ascher: ogni volta che spezzava la vita di uno di quei cani del Regno, per lei era come aggiungere un pezzo al mosaico della vendetta, per tutto il dolore procurato alla sua famiglia.

Come un potente ruggito, un grido sovrastò il clangore e il frastuono:

- Parlo al comandante di questa nave. Sono Ascher, la Tigre del Mare.

Affrontami!

I pirati al suo fianco si batterono come leoni, molti di loro, come Benjamin aveva annunciato, non avevano mai avuto l'audacia di attaccare una fregata militare, ma al contrario di quanto pronosticato dal ragazzo, l'euforia di poter combattere vicino a quel comandante, così carismatico e spietato, aveva avuto l'effetto di un potente eccitante.

Keilina cercò, per quanto le fosse possibile, di radunare i suoi uomini; non credeva ai suoi occhi, quella piratessa era riuscita a metterla in scacco come una principiante, tendendole una trappola tanto semplice quanto efficace. Nonostante questo Keilina non si sarebbe data per vinta. Decise di raggiungere e affrontare Ascher: se l'avesse battuta, la sua ciurma si sarebbe arresa.

In quel marasma, fra uomini che tentavano la fuga, marinai ingaggiati a duello con pirati e la nave che iniziava a dare segni di cedimento, Keilina riuscì, infine, a intravedere Ascher: scrutava fra la folla anche lei, stando ferma, ritta e sicura, proprio vicino all'albero maestro... o a quel poco che rimaneva di quello.

Prima di gettarsi nella mischia, Keilina diede l'ordine di recidere le cime che trattenevano le navi, sperando che i danni riportati dalla sua fregata non le impedissero di navigare, almeno fino al porto più vicino. Il comandante Winsor non udì il diniego del suo sotto ufficiale: Keilina non aveva calcolato che, anche nel caso in cui la fregata si fosse liberata, le probabilità di fuga, senza l'albero maestro, erano ridotte a zero.

Nemmeno Ascher udì la voce di Benjamin e si ritrovò improvvisamente a terra.

La spallata di Keilina la fece ruzzolare sul ponte, aggravando la situazione della ferita ancora aperta; Ascher iniziò a rialzarsi, sorretta dalla forza della volontà, ma la spalla le doleva e i suoi movimenti risultavano lenti ed impacciati.

- Così, voi sareste Ascher?

Ascher alzò lo sguardo, incrociando quello di Keilina.

Il comandante della Marina si ergeva su lei nella sua uniforme blu; la sua solita coda di cavallo si era sciolta per l'impeto dell'attacco ed ora i suoi bellissimi capelli color oro le ricadevano sul volto e sulle spalle, accarezzati dal vento; il suo volto era provato ed annerito dalla polvere da sparo, ma i suoi occhi azzurri brillavano vividi e sicuri.

Ascher si rimise in piedi:

- Sì. Sono io!

- Io sono Keilina Winsor, ammiraglio della Marina Militare e vi dichiaro in arresto!

Un sorriso apparve sul volto tirato di Ascher:

- Questa mi è nuova...

Keilina rimase per un attimo interdetta dalle parole pronunciate da Ascher, ma decise di non approfondire e riprese:

- Arrendetevi e risparmierò i vostri uomini!

Una risata irruppe dalle labbra asciutte di Ascher:

- Credo sia tu, Keilina, a doverti arrendere e, forse, deciderò di risparmiare i tuoi uomini!

Keilina non poté sopportare oltre lo scherno di quella donna e attaccò con impeto.

Le prime stoccate che si scambiarono misero in seria difficoltà Ascher: ben poche volte aveva avuto modo di scontrarsi con avversari degni di quel nome; la loro abilità nella spada si equivaleva e Ascher sapeva di essere in difficoltà per il suo stato fisico. La piratessa rimase sulla difensiva, lasciando che la foga combattiva di Keilina si affievolisse, dandole la possibilità di batterla con pochi colpi.

Ascher, in realtà, non intendeva togliere la vita a quella donna: non poteva essere stata lei ad attaccare Arper, nonostante fosse un ammiraglio della Marina, non era lei che cercava; a questi pensieri, la foga combattiva della Tigre cominciò a vacillare.

Keilina affondò una stoccata che Ascher parò con qualche difficoltà, scavalcando un barile di polvere da sparo; appena Keilina avesse varcato quello stesso ostacolo, Ascher avrebbe messo fine al loro combattimento.

L'ammiraglio, invece che scavalcarlo, diede un calcio al barile, facendolo rotolare addosso ad Ascher e mandando a monte la sua strategia. Ascher si scansò rapidamente, per evitarlo e si ritrovò senz'arma.

Keilina fu un fulmine: non appena Ascher si fece da parte per far passare il barile, le infierì un colpo preciso all'elsa della sua spada e un sorriso di compiacimento le apparve sul volto, mentre osservava l'arma della piratessa compiere una parabola, finendo il suo volo oltre il parapetto.

Il dolore alla mano e la frustrazione sopraffecero Ascher, che emise un grido.

Quella donna l'aveva disarmata, non era mai successo prima di allora.

Ascher sentì le forze venir meno: doveva mettere fine a quello scontro, subito, altrimenti avrebbe perso la vita.

Ascher scansò Keilina ed afferrò una delle cime usate per issare le vele, poi la recise abilmente col suo pugnale.

Keilina, non aspettandosi una mossa così repentina, non poté fare altro che rimanere ad osservare Ascher recidere la fune, lasciare afflosciare la grossa vela sul ponte, ricoprendo coloro che vi erano sotto e innalzarsi sopra le loro teste.

Una volta issatasi, Ascher fece leva con le lunghe gambe, spingendosi sul castello di poppa; appena toccò terra con una capriola evitò l'attacco di un ufficiale, raccolse una spada che giaceva lì vicino e trafisse al ventre l'uomo.

Keilina s'involò sulla scalinata che portava al castello, ma, appena fu sul cassero, un dolore bruciante la colse all'improvviso. Fu Ascher la più lesta questa volta: intuendo quali sarebbero state le intenzione di Keilina, appena l'ebbe sotto tiro, le scagliò contro il pugnale.

Keilina cadde in ginocchio, il pugnale le si era conficcato in profondità nella coscia, il sangue sgorgava rapido imbrattandole le brache blu.

Ascher le si parò di fronte e con un calcio scagliò lontano la spada che Keilina aveva abbandonato per terra.

- Arrenditi, Keilina. Non hai alcuna possibilità!

Keilina Winsor si strinse la ferita con entrambe le mani, poi alzò lo sguardo; i suoi occhi erano incendiati da un furente odio, ma non poté che piegarsi:

- Mi arrendo. Avete vinto voi, Ascher!

Gli ultimi gendarmi superstiti, a poco a poco, gettarono le armi a terra e i pirati presero il controllo della nave.

Ascher si rivolse nuovamente alla sua avversaria, col tono rassegnato di chi sa che sta ponendo una domanda alla quale non avrà risposta:

- Keilina Winsor, ammiraglio della Marina Militare, cosa sai dirmi dell'isola chiamata Arper?

Strozzando la rabbia che aveva in corpo Keilina rispose:

- Non ne so nulla. Non l'ho mai sentita nominare!

Nonostante anche la cattura di Keilina si fosse rivelata inutile ai propri scopi, Ascher non poteva uccidere quella donna. Non si sarebbe mai abbassata a compiere un atto di tale nefandezza.

- Ne sei proprio sicura? Non hai mai conosciuto nessuno che abbia attaccato quest'isola o abbia parlato di qualche ufficiale che abbia partecipato ad operazioni intorno ad Arper?

- Te lo ripeto. Non so nulla!

Il dolore era veramente troppo intenso e Keilina non riusciva ad ascoltare con attenzione le parole di Ascher.

La piratessa osservò per alcuni secondi quell'ammiraglio, prostrata innanzi a lei, carponi sul castello. Infine disse:

- E sia. Ti credo. Uomini! Prendete tutto ciò che volete! Poi lasceremo al loro destino questi marinai.

Keilina non poteva crederci: sapeva perfettamente che tutti i capitani che

Ascher aveva incontrato non erano stati risparmiati. Prima che Ascher scendesse la scalinata, Keilina volle togliersi quel dubbio dalla mente:

- Ascher! Perché mi risparmi?

La voce di Ascher le sembrò incredibilmente dolce quando le rispose:

- Semplice: sei troppo giovane. Non è possibile che sia stata tu ad uccidere la mia famiglia!

Le Ultime Trame

Karnak sopraggiunse alla dimora di Von Baron alle prime luci dell'alba, aveva svolto un ottimo compito eliminando Artur e ponendo fine anche al problema dell'Oscuro.

Riconoscendo Karnak, il maggiordomo umilmente lo fece accomodare nello studio.

Ludvik Von Baron era seduto alla sua scrivania e, immerso nei propri pensieri, si rivolse al suo sottoposto con fare distratto.

- Accomodati pure, Karnak. Quali nuove mi porti?

La voce di Ludvik era strisciante e grava di stanchezza, Karnak non vi diede troppo peso, pensando che il Gran Maestro avesse, come spesso accadeva, lavorato tutta la notte.

Karnak si accomodò in una poltrona affiancata alla scrivania:

- Buone nuove, Maestro.

- Deduco tu abbia risolto con l'Oscuro, dunque.

Von Baron appariva distante, fissando delle immagini che scorrevano in un punto preciso della stanza, invisibili a Karnak, il quale non poté fare a meno di notare una sorta di ansia, riflessa negli occhi del suo capo.

- Tutto risolto, signore. Ora è in compagnia del Traghettatore.

Sul volto di Von Baron, lievemente più rilassato, comparve un sorriso beffardo: finalmente avrebbe rifondato la Zele, sulle ceneri dei traditori e degli smidollati.

Il maggiordomo chiese ed ottenne di entrare, portando una missiva indirizzata a Von Baron.

Il dispaccio giungeva da Kabras e recava la firma di una Manta, la quale, con poche righe, informava il Gran Maestro dell'avvenuta morte del mercante Torenescu.

- Molto bene, dunque. Tutto procede come previsto.

Le parole uscirono sommesse dalle labbra di Von Baron.

Karnak attese qualche istante, cercando di scrutare fra i pensieri di Ludvik.

- Maestro, c'è un altro compito che volete affidarmi?

Ludvik sorrise, spingendo il proprio dorso contro lo schienale e posando il suo sguardo su quello di Karnak.

- In verità, mio fidato seguace, è sorto un piccolo problema, ma non credo sia così insormontabile.

Karnak si mosse leggermente sulla poltrona, con fare nervoso:

- Ditemi, Maestro.

- Si tratta di Daeva, - Baron s'interruppe volutamente, creando un'attesa per verificare la reazione del suo gregario; Daeva, in fondo, era stata l'allieva di Karnak e l'eventualità di eliminarla, forse, non sarebbe piaciuta neppure a lui. Karnak sembrò rimanere impassibile, così Ludvik continuò. - Purtroppo ha scoperto i nostri piani e si è schierata, ovviamente, dalla parte di Ascher.

- Non siete mai riuscito a tenerla a freno!

Era decisamente un accusa: seppure reverente nei confronti del Gran Maestro, Karnak non era privo di sentimenti.

- Forse hai ragione, ma ora non abbiamo altra scelta. Dobbiamo eliminarla.

- E vorreste che lo facessi io?

La domanda colse impreparato Von Baron, probabilmente doveva stare attento, altrimenti il suo piano sarebbe fallito.

- No! Assolutamente. Non sarà necessario un tuo intervento, - il silenzio scese tetro nella stanza, avvolgendo tutta la realtà in un tetro manto per qualche minuto; fu Ludvik a riprendere. - Tuttavia, c'è un'altra cosa che dovresti fare.

- Quale sarebbe, mio signore?

- Dovresti recarti alle Tre Sorelle e incontrare Celden.

Von Baron attese che il sicario cogliesse l'informazione e avesse qualche secondo per afferrare il concetto. La risposta di Karnak non si fece attendere troppo:

- Vi ascolto.

- Celden non è riuscito a far parlare Raven, quindi dovremo cambiare strategia. Quando egli verrà a sapere della morte delle sue figlie, sono sicuro che cederà.

- E come possono essere utili i miei servigi, in questo frangente?

- Se ti riferisci all'arte di uccidere, per questa volta sei dispensato.

- Dunque perché mi dovrei imbarcare per questo viaggio?

Quella domanda giunse inaspettata, probabilmente Karnak non aveva preso molto bene la notizia dell'eliminazione forzata di Daeva; Von Baron non poteva permettersi di perdere un fidato alleato come lui: era il comandante delle Mante, insuperabile in carisma e abilità con la spada e, soprattutto, fino a quel momento ciecamente fedele; senza di lui avrebbe perso il controllo della fazione, doveva giocarsi bene le sue carte o tutto sarebbe andato a monte.

- Dovrai solamente intercedere con Celden, farti rilasciare il prigioniero e scortarlo sino a qui, al mio cospetto.

- Non potete incaricare qualcun altro?

Ludvik si stizzì:

- No! Non incaricherò nessun altro! Se dico che andrai tu, ci andrai e basta! Non mi fido di nessun altro...
Karnak rimase in silenzio ad osservare Von Baron, poi alzandosi proferì:
- E sia. Lo farò!
Prima che il sicario varcasse la porta dello studio, Ludvik lo incalzò:
- Oltre a portarmi Raven, dovrai chiedere a Celden un favore.
Karnak si volse appena:
- Di quale favore si tratta?
- Devi chiedergli di contattare Keilina Winsor!

L'arrivo ad Ascherath

Devil Facchy era riuscito a raggiungere Ascherath in una sola settimana; i suoi uomini avevano dato prova di coraggio e valore, veleggiando come mai prima di allora, nonostante la traversata fosse stata più volte minacciata del tempo atmosferico.

Devil sapeva che i suoi uomini erano giunti in porto stremati dalla fatica e mantenne la sua promessa: lasciò la ciurma libera di scorrazzare per il borgo per qualche giorno, anche se lui fosse ben lontano dalla possibilità di potersi concedere del riposo.

Era passato diverso tempo da quando erano salpati dall'isola del Teschio Sdentato e Devil sperava che, da allora, la situazione fosse migliorata e di averne notizie al più presto; sperava che Ascher fosse sopravvissuta all'affondamento dell'ammiraglia e che, in qualche modo, fosse riuscita a ritornare a casa.

Vane speranze le sue, sicuramente, ma, come aveva detto Osiryx, il Ministero Oscuro possedeva conoscenze a loro precluse. Nonostante questo, Devil non poteva starsene con le mani in mano, ad aspettare notizie: le avrebbe cercate di persona.

In primo luogo si sarebbe recato al Puledro Impennato, sapeva che Ascher era solita frequentare quel posto; se la donna avesse fatto ritorno sull'isola, lì avrebbe trovato sue tracce, o avrebbe perfino trovato lei in persona, proprio come il loro primo incontro.

Devil non si era dimenticato del favore che Ascher gli aveva fatto: vero, aveva abusato dell'aiuto della donna ingannandola, ma l'eliminazione di Ereiser aveva tolto di mezzo un capitano di Marina che lo aveva sbeffeggiato e ostacolato non poco; era giunto il momento, per Devil, di ricambiare quel favore.

Raggiunta la locanda, l'uomo si diresse al bancone, dove trovò, come sempre, lo Sfregiato. Il locandiere parve non lo riconoscerlo, scambiandolo per un forestiero comune.

- Cosa vi posso servire signore? Abbiamo la migliore selezione di liquori, provenienti da tutto il Regno.

Devil tagliò corto, non era in vena di dare spiegazioni, aveva fretta:

- Non sono qui per bere. Sto cercando Ascher.

Il taverniere non si aspettava una reazione del genere, né tanto meno quella richiesta; da diverso tempo nessuno aveva più notizie di Ascher.

- Allora mi sa che avete sbagliato posto, signore.

Devil si stizzì al tono burbero dello Sfregiato:

- Non ho sbagliato posto, figlio di una cagna bastarda! Dimmi subito dove la posso trovare!

Lo Sfregiato si sporse con tutta la sua mole imponente sul bancone, portando il volto molto vicino a quello di Devil:

- Ti conviene darti una calmata, amico mio, - Devil sostenne lo sguardo minaccioso dell'uomo, ma appena avvertì uno scatto abbassò gli occhi; lo Sfregiato aveva estratto una pistola da sotto il bancone e la canna era puntata dritta dritta sul suo petto. - Ora, se non ti dispiace, vorrei che tu lasciassi la mia locanda!

Devil non si mosse e non fece una piega, ma abbassò il tono e, con sicura calma si spiegò:

- Avete ragione. Mi scuso per la mia insolenza.

Lo Sfregiato, pur essendo abituato a situazioni simili, rimase sulle sue:

- Bene. Vedo che ti è tornato il senno, amico. Ora non fartelo ripetere. Ti voglio fuori dalla mia taverna.

La scena non passò inosservata: alcuni ospiti dell'osteria si soffermarono a guardare lo screzio tra il locandiere e quell'individuo al bancone. Devil aveva avuto troppa fretta e sapeva di essersi comportato peggio di uno stupido ubriaco in cerca di rogne, ma la mancanza di sonno dovuta alla lunga traversata gli aveva annebbiato la mente, in maniera molto simile agli effluvi dell'alcool. Doveva assolutamente riprendere in mano la situazione e rimediare:

- So che Ascher è tua amica, oste. Sono qui per portarle una brutta notizia.

- O sei sordo, oppure sei cieco, o forse semplicemente stupido. Ascher non è qui!

Devil era impaziente e quella conversazione stava cominciando a durare troppo:

- Questo lo vedo da me. C'è qualcun altro a cui io possa rivolgermi? Magari un suo secondo?

Un ospite, meno piegato dal tempo e dallo spirito degli altri, si fece avanti appoggiando la mano sinistra sull'impugnatura di un coltellaccio che teneva legato in vita:

- C'è qualche problema, Sfregiato?

Devil s'infuriò:

- Nulla che ti riguardi, moccioso! Torna a bere!

L'avventore osservò il pirata, poi l'oste, finché quest'ultimo non parlò:

- Va tutto bene, Daryl. Torna tranquillamente a bere la tua pinta. Io e il signore stiamo solo conversando amichevolmente.

Il giovane marinaio tornò mesto al suo tavolo, mentre Devil Facchy cercava di far mente locale e formulare bene le parole:

- Ascoltami bene. Siamo tutti in pericolo e io devo avvisare qualcuno. So che Ascher aveva un fidato secondo, un certo Demi... qualcosa?

- Forse intendevi David, - lo corresso lo Sfregiato. - David Beltar. Mi spiace, ma è stato assassinato la scorsa settimana.

La notizia colse Devil come un fulmine a ciel sereno. Quei maledetti si erano mossi molto prima di riunire il Consiglio; le possibilità di uscirne vivi si stavano drasticamente riducendo.

Il taverniere si accorse dell'espressione del pirata: era fortemente provato e la notizia lo aveva pesantemente abbattuto. Lo sfregiato decise di riporre l'arma e, preso un bicchiere, vi versò del liquido ambrato che porse a Devil:

- Prendi. Offre la casa. Hai fatto un lungo viaggio e, invece di riposarti, ti precipiti qui con fare arrogante. Cos'è che ti angustia così tanto?

Devil raccolse tutto il suo coraggio, anche se gliene cominciava a rimanere ben poco:

- Il Ministero Oscuro, una potente confraternita dei più temibili pirati e dei mercanti con meno scrupoli di tutto il Regno, sta per giungere sull'isola, per eliminare Ascher e tutti coloro che si sono schierati dalla sua parte!

Lo Sfregiato non poté credere alle proprie orecchie, Devil aveva parlato a bassa voce, in modo che solo il taverniere potesse udirlo. Le labbra del locandiere si seccarono e il suo volto divenne tirato. Prese un altro bicchiere e, riempitolo fino all'orlo, lo trangugiò in un sol fiato:

- D'accordo. Riconosco un imbroglione o un mitomane al primo sguardo. Tu sei sincero, ragazzo. Forse posso aiutarti: cerca un medico; in città lo conoscono tutti, si fa chiamare Dok. Se vuoi informazioni, lui è l'unico che può dartene.

Devil non nutriva grosse speranze, ma almeno aveva un nome:

- Dove posso trovarlo?

Lo Sfregiato deglutì faticosamente, aveva la bocca completamente impastata. Si versò un altro bicchiere:

- Ultimamente bazzica la dimora di Ascher. Si trova fuori dal borgo, vicino alla scogliera. Cercalo lì e, se non lo trovi, chiedi in giro di Dok.

Devil Facchy non attese oltre, fece un cenno col capo per ringraziare l'oste e si precipitò fuori dalla taverna, fuori dal borgo, il più rapidamente possibile.

Vite Appese a un Filo

Keilina e il suo equipaggio, almeno coloro che erano riusciti a sopravvivere allo scontro contro i pirati di Ascher, trovarono rifugio a Porth Now. Lì l'attesa per la riparazione della Fregata avrebbe richiesto diverse settimane. Keilina era infuriata più con se stessa che con chiunque altro, si sentiva un animale in gabbia, trattenuta da sbarre invisibili. Doveva fare qualcosa. Purtroppo per lei, oltre che attendere le riparazioni alla sua nave, non poteva far molto. L'unica possibilità era avvertire il Ministero della Marina e attendere. Ancora non si capacitava del motivo per cui Ascher l'avesse risparmiata: la piratessa aveva parlato di un'isola, Arper; Keilina decise d'interessarsi a questa misteriosa isola, se non altro avrebbe avuto qualcosa da fare. Per iniziare si recò alla Capitaneria di porto, per verificare se sulle carte nautiche in possesso della Marina Militare vi fosse traccia di Arper. Ascher aveva detto che la sua famiglia era stata sterminata ed era convinta che l'attacco fosse opera della Marina Militare. Keilina Winsor possedeva pochissimi indizi su quella faccenda, ma non aveva dubbi: avrebbe scoperto qualcosa!

A dare manforte alle richieste di Devil Facchy, sull'isola di Ascherath giunsero a poche ore di distanza l'uno dall'altra, sia il veliero di Trent Reznov che la caravella di Astax: entrambi avevano reclutato un buon numero di pirati per la flotta di Ascher.

Karnak si era imbarcato per raggiungere l'Obelisco. Con lo sguardo duramente fisso verso l'infinito del mare aperto, i suoi pensieri cominciarono a vagare sull'incarico che Ludvik Von Baron gli aveva affidato.

La fortuna per Daeva giunse inaspettata: il mercantile in cui si era imbarcata aveva preso il mare il giorno seguente; giacché la tempesta si era placata durante le prime ore del mattino, il capitano del mercantile aveva imposto la partenza immediata. La conferma dello sfavillare della sua buona stella, piombò su Daeva quando venne a conoscenza della destinazione: la nave si sarebbe diretta all'isola di Ascherath; una fortuna del tutto inattesa. Le settimane di navigazione procedettero nel migliore dei modi e il suo camuffamento non venne scoperto: le sembrò decisamente troppo facile, ma in breve Daeva si tranquillizzò, ipotizzando che il marinaio al quale aveva dovuto togliere la vita fosse un nuovo membro dell'equipaggio e non avesse ancora legato con i suoi compagni. Il cuore di Daeva si alleggerì, soprattutto quando si rivolse al pensiero che, da lì a breve, avrebbe nuovamente riabbracciato la sorella.

Devil Facchy era riuscito a parlare con Dok e ad esporgli il piano di Long

Jhon. Dok, oltre a tutte le altre notizie nefaste piombategli addosso in quel periodo, doveva trovare le forze per affrontare anche quella difficoltà.

- Non credo che vi sia molto da fare, Devil.

- Non sono certo venuto qui per farmi ammazzare come un cane!

L'impeto di Devil Facchy era palpabile, ma Dok non sapeva proprio come agire. Lui non era altro che un medico.

- Che cosa credi che possiamo fare?

- Quantomeno combattere!

- Se Ascher non farà ritorno, nessuno si schiererà dalla nostra parte.

- Non rimarrà nessuno vivo in ogni caso, quando il Ministero Oscuro attaccherà!

Trent Reznov e Astax annuirono all'unisono.

Dok sospirò esausto, tuttavia assicurò:

- Se avete un'idea, io sono a vostra disposizione.

I tre pirati si osservarono a vicenda. Sapevano benissimo di avere miserrime possibilità a loro favore, ma si sarebbero difesi con tutte le forze. Anche se la morte li avesse cercati, li avrebbe trovati con le spade in pugno.

Osiryx si accorse troppo tardi delle intenzioni bellicose del galeone sulla loro scia: era appena giunto in prossimità dell'arcipelago di Ascherath, quando la minaccia gli si palesò innanzi.

- Capitano! Cosa intende fare?

Osiryx era pensieroso:

- Stai tranquillo, Will...

- Capitano! Ci saranno addosso prima di arrivare ad Ascherath!

- Lo vedo. Fai preparare le colubrine.

Will si diresse immediatamente dalla ciurma e impartì gli ordini consueti.

Osiryx aveva riconosciuto l'emblema che sventolava sul pennone del galeone che li stava intercettando: era capeggiato da Elendik, uno tra i più spietati pirati in forze al Ministero Oscuro. Da tempo conosceva quel corsaro e sapeva perfettamente che non avrebbe avuto scampo.

- Quanto ci vorrà per raggiungere quelle secche?

Il timoniere gli rispose, ma non fu la risposta che Osiryx sperava:

- Non credo le raggiungeremo mai, signore.

- Eppure sono la nostra unica possibilità. Loro pescano più di noi. Se riusciamo a raggiungere quel fiordo avremo una qualche speranza!

- Allora non ci resta che pregare, signore. E molto anche!

Osiryx si sporse dal castello di poppa e con voce tonante si rivolse ai suoi uomini:

- Forza cialtroni! Ai remi se vi è cara la pellaccia!

Mentre la ciurma di Osiryx s'affrettava ad eseguire l'ordine, il pirata gettò lo sguardo all'orizzonte: la notte stava per incombere; se non fossero riusciti a raggiungere la secca, il calar delle tenebre avrebbe dato loro un'altra possibilità di fuga.

Immolazione

Una notte come tante altre, una notte trascorsa a veleggiare verso casa, una casa che non sembrava giungere mai. Nessuno avrebbe mai creduto possibile che gli eventi, da lì a breve, sarebbero potuti mutare drasticamente. Dalla routine al disastro.

Ascher se ne stava a prua, intenta a godersi il vento sul volto. Non si sentiva assolutamente bene ed era salita sul ponte, cercando ristoro nella brezza fresca che soffiava sul mare insolitamente calmo di quella notte. Per la debolezza del vento la navigazione procedeva a rilento e, oltre all'indisposizione fisica, Ascher iniziava a sentirsi incredibilmente irrequieta, come da tempo non le accadeva. Il suo istinto la stava avvisando di un pericolo imminente. Mai come in quel caso avrebbe dovuto dargli retta e far vela, più celermente possibile, verso casa.

Improvvisamente la nave entrò in un banco di nebbia fittissima, che pareva esser spuntato dal nulla. Ascher recriminò tra i denti:

- Accidenti! Ci mancava solo la nebbia! Come se non fossimo già abbastanza lenti...

La tensione che invadeva l'animo di Ascher era palpabile e la sua ciurma cominciava ad essere nervosa quanto lei. Sguardi indagatori scrutarono fuori dai boccaporti, per osservare quella strana nebbia, che sembrava penetrare attraverso le narici, radicandosi nel cuore.

Il cartografo si avvicinò al suo capitano, facendole notare la rotta che stavano seguendo; nel suo tono di voce c'era una nota di allarmismo che non sfuggì ad Ascher:

- Capitano, ci troviamo vicino all'arcipelago di Ascherath, in prossimità di Zaphod. Qui il fondale è piuttosto basso; converrebbe, con questa nebbia, cambiare rotta.

Ascher conosceva a menadito quei fiordi:

- Non ti preoccupare, Tomàs: conosco perfettamente questa zona. Mantieni la rotta e diminuisci la velocità.

Detto ciò Ascher mise mano al monocolo, per tentare di orientarsi in mezzo a tutta quella foschia. Il cartografo si allontanò dal suo capitano rimbrottando contro la sua ostinazione.

Benjamin, al fianco di Ascher, sogghignò udendo il borbottìo del cartografo.

Di lì a breve le tenebre furono rotte da ampi sprazzi di luce ed il rumore delle colubrine fugò ogni dubbio. A non più di un miglio di distanza Ascher riconobbe le luci di navigazione solitamente usate dai galeoni pirata. Scrutando con maggior attenzione riuscì anche ad intravedere gli emblemi posti sui pennoni dell'albero maestro. Un urlo squarciò la notte sul ponte della caravella:

- Navi a tribordo! Navi a tribordo!

Ascher e Benjamin osservarono entrambi coi loro monocoli nella direzione indicata dalla vedetta: notarono prima il galeone che aveva aperto il fuoco, solo in un secondo momento s'avvidero della sua preda.

Benjamin attirò l'attenzione del suo capitano:

- Ascher, quelle sono le insegne di Osiryx!

Il capitano rispose digrignando i denti:

- Lo vedo Benjamin. Lo vedo!

Lo stupore colse entrambi quando si accorsero che il galeone aggressivo portava le insegne di Elendik.

- Cosa diavolo sta succedendo, capitano?

Lo stupore di Benjamin era visibile, così come quello sul volto di Ascher: entrambi sapevano che, sia Osiryx, sia Elendik, facevano parte del Ministero Oscuro. Era vietato attaccarsi fra confratelli.

Dopo qualche istante di stupore, Ascher prese una decisione. Gli ordini scaturirono dalla sua voce, perentori come sempre:

- Orziamo! Cerchiamo di frapporci tra quel cane vigliacco e la sua preda!

Ascher non poteva lasciare Osiryx in balia di Elendik: qualunque cosa fosse successa all'interno del Ministero Oscuro non la riguardava; solo una cosa era certa, non poteva permettere che un suo caro amico venisse attaccato. Soprattutto da un alleato.

Le manovre furono rapide e precise, i marinai al seguito di Ascher erano ottimi combattenti e uomini di mare: avevano dato già prova della loro abilità attaccando Keilina pochi giorni prima, ma in quello scontro non sarebbero bastati il coraggio e l'abilità.

In breve la battaglia prese furore. Fuoco e fumo riempirono il vuoto del cielo notturno.

Ascher tentò svariate tattiche evasive, ma il nemico poteva contare sul maggior numero di bocche da fuoco; in pochi minuti il panico cominciò a serpeggiare sulla caravella.

Una terribile bordata divelse completamente l'imbarcazione di Osiryx, che in pochi secondi cominciò l'inesorabile discesa nel tetro mare.

L'odio, nella sua forma più pura e tremenda, pervase il cuore di Ascher.

Quando il lato più oscuro dell'animo, una volta lasciato senza freni, porta inevitabilmente a compiere atti di pura irrazionalità.

Ascher diede l'ordine di orzare maggiormente e di speronare il Galeone di Elendik; mentre le due imbarcazioni entrarono in collisione, Ascher estrasse la spada dal fodero, incitando i suoi uomini con un grido di possente ira che squarciò la notte:

- Massacrate quei bastardi! Per Osiryx!

La mattina seguente, sulla spiaggia di Zaphod alcuni detriti fecero capolino tra le onde, segno evidente della battaglia svoltasi poche ore prima. Il silenzio era interrotto solo dal grido dei gabbiani. Alcuni granchi setacciavano la bianchissima sabbia in cerca di cibo, le onde sbatacchiavano sulla spiaggia casse divelte e frammenti di legno e ferro e tela e corda.

Tra questi resti, testimoni dell'inferno che infiammò quella notte, appena al largo di Zaphod, giaceva un corpo sul quale erano impressi i segni di una tremenda e violenta sconfitta: i capelli, dal rosso ramato, erano intrisi di sangue; una profonda ferita alla fronte aveva versato la linfa vitale macchiando la sabbia sottostante; il sottile e dolce volto, solitamente abbronzato e fiero, pareva ora cereo e tirato in una smorfia disperata.

Poco distante, un veliero gettò l'ancora nella baia.

Nel Posto Giusto al Momento Giusto

La Sula solcava i mari, come mai prima di allora aveva fatto: lo scafo sinuoso fendeva le onde con leggerezza, grazie al lavoro di Dominique Rupés, l'ingegnere che ne aveva disegnato il progetto, donandole una linea estremamente affusolata.

Per anni quella nave era stato il fiore all'occhiello della flotta del capitano James Kavin Arlong: con quel veliero aveva solcato tutti i mari conosciuti e non vi fu mai alcun mercantile in grado di competergli, in velocità e potenza.

Dopo tanti anni di riposo, la Sula era nuovamente salpata e al suo comando vi era salito Jared Valar, con l'intenzione di attraversare il mare, in direzione dell'isola di Ascherath.

Dopo due settimane di navigazione, Jared e il suo equipaggio erano prossimi all'arrivo. Il capitano intravide in lontananza l'isola di Zaphod: non mancava ancora molto per raggiungere il cuore dell'arcipelago.

Appena JK raccontò tutti i retroscena che avevano portato il Ministero Oscuro ad accusare Ascher di tradimento, Jared fu impaziente di riprendere il mare. James non solo fu d'accordo con il suo amico, ma fece molto di più: dopo il suo ritiro forzato dalla pirateria, James Kavin Arlong non riuscì mai a sbarazzarsi di quel veliero, né del suo equipaggio. Nonostante il molto tempo passato, in molti erano ancora lì, al suo fianco. La maggior parte di loro era diventata assidua frequentatrice della Sula Spennata, con la speranza che, presto o tardi, il mare reclamasse nuovamente la presenza del capitano Arlong.

James decise di prestare la Sula al suo amico, investendolo del titolo di capitano, a patto di poter restare al suo fianco, come secondo.

Ovviamente Jared accettò senza il minimo ripensamento, né il minimo rimorso.

In cuor suo, Jared sapeva benissimo che James non aspettava altro: una qualsiasi occasione per lasciare il suo esilio. Sapeva perfettamente cosa significasse non poter più navigare, il mare rapiva l'anima e non poterla inseguire era peggio della morte stessa.

Così i due lupi di mare si trovarono uno di fianco all'altro, JK al timone e Jared a dirigere le operazioni di bordo.

Giunsero nei pressi di Zaphod al levar del nuovo sole, quando la vedetta li avvertì:

- Signore! Vi sono molti detriti che affiorano sparsi!

Jared percorse tutta la lunghezza del Veliero, per posizionarsi a poppa e verificare la veridicità delle parole della vedetta.

Non vi era alcun dubbio: quel tratto di mare era stato testimone di un affondamento. Un'asse, trasportata dalla corrente, colse l'attenzione di Jared.

- Prendete una cima e issate a bordo quel relitto. Svelti!

Gli uomini si misero subito all'opera, per esaudire gli ordini del loro capitano.

Impiegarono diversi minuti per issare a bordo il relitto indicato da Jared. La curiosità per l'insolito evento radunò sul ponte tutto l'equipaggio. Una volta recuperato, il pezzo di legno fu portato alla vista di Jared, il quale impallidì all'istante.

JK si avvicinò all'amico:

- Perché ti sorprendi tanto? Si tratta solo di un pezzo di legno!

Jared osservò con cipiglio il suo secondo:

- No. Non è solo un pezzo di legno.

James sbuffò guardando distrattamente il detrito:

- A me sembra proprio un pezzo di legno. Non vedo cos'altro possa essere!

Jared ignorò l'amico e ordinò ad alcuni uomini di aiutarlo a rigirare l'oggetto, fino a rivelare l'incisione che recava il nome "Elisabeth".

James Kavin si grattò la barba folta:

- D'accordo, apparteneva ad una nave di nome Elisabeth... e con ciò?

JK mancava da troppo tempo sul mare, non poteva certo sapere che quello fosse il nome che Ascher dava alle sue navi.

Jared strinse il pugno attorno a quel relitto tanto convulsamente che le nocche sbiancarono mettendo in evidenza i capillari rossastri. Con voce lieve disse:

- È il nome della nave di Ascher.

Un'esclamazione troppo colorita uscì dalle labbra di James Kavin.

- Mettiamoci subito al lavoro! Dirigiamoci a Zaphod! Chiunque sia sopravvissuto, lo troveremo!

Jared deglutì tutto l'amaro che gli si era formato in gola. Era giunto troppo tardi.

Sebbene le possibilità di trovare Ascher ancora in vita fossero decisamente scarse, la speranza gli si aggrappò all'anima, tanto forte quanto leggere quel nome gliel'avesse svuotata.

L'ira di Daeva

Daeva era appena sbarcata sul pontile. Il viaggio era stato lungo e faticoso, il comandante del Mercantile aveva dato disposizione di sbarcare tutta la stiva prima di dare il permesso ai suoi uomini di poter festeggiare degnamente l'arrivo in porto. Dopo una lunghissima giornata di duro lavoro, Daeva assieme a tutto l'equipaggio poté finalmente dirigersi al borgo. Nei pressi di questo, senza dare troppo nell'occhio, si distaccò dal resto dei marinai: il suo compito era di raggiungere il cottage di Ascher e metterla in guardia di ciò che era venuta a conoscenza.

Non le parve vero di essere finalmente giunta a destinazione, gli eventi che si erano succeduti negli ultimi mesi l'avevano portata alla disperazione e l'ombra minacciosa del Ministero Oscuro non aveva migliorato la situazione; Daeva sentiva che, nonostante avesse raggiunto l'isola, il suo viaggio non era ancora finito.

Nella cittadina la vita procedeva regolarmente, ma a Daeva non sfuggì l'aumento del numero di pirati.

Mentre si dirigeva verso la dimora di Ascher, Daeva s'imbatté in Devil Facchy.

La donna osservò il pirata, quel volto ispido e burbero le rammentò in che circostanza si fossero incontrati in precedenza: un tempo molto lontano, quel pirata aveva ingaggiato la sorella per compiere una traversata molto difficile e pericolosa.

Daeva non fece in tempo a terminare i suoi pensieri, che Devil la anticipò:

- Sono lieto di vedervi ancora viva.

Il camuffamento di Daeva non era riuscito ad ingannare l'uomo.

- Dovrei esserlo anche io, forse, ma proprio non riesco a provare il vostro stesso sentimento.

Devil cercò di scherzare sulle parole della donna:

- Volete dire che non siete contenta di essere viva?

I nervi di Daeva, grazie all'odissea che aveva dovuto affrontare per raggiungere l'isola, erano troppo tesi e provati perché la donna potesse cogliere, o semplicemente accettare il sarcasmo del pirata:

- Sapete dirmi cosa sta succedendo?

Devil, comprendendo il nervosismo della donna, smise di sorridere, ma continuò a parlare in tono calmo e rassicurante:

- Sarà meglio che mi seguiate, se volete delle risposte. Non temete, gli altri saranno felici del vostro arrivo.

Daeva non fece neppure in tempo a rispondere che Devil Facchy, voltandole le spalle. aveva già preso la via verso il castello.

La sorpresa si dipinse sui volti incupiti di Trent Reznov e di Astax, a scorgere la figura snella e slanciata di Daeva, accanto a quella di Devil.

- Finalmente! Avevamo perso ogni speranza di riavere vostre notizie, capitano Daeva.

Alla donna sembrò eccessiva una tale manifestazione di affetto da parte di Trent Reznov e di Astax: li conosceva appena, sapeva solo che facevano parte del Ministero Oscuro, forse un paio di volte erano stati nella stessa taverna a dissetarsi, ma nulla di così intimo da giustificare tali emozioni. Nella mente di Daeva si profilò un bruttissimo presentimento: che l'isola di Ascherath fosse già caduta in mano a Long Jhon e che tutta quella messinscena fosse null'altro che una trappola. Sarebbe dovuta fuggire. E in fretta, anche. Poi, mentre vagliava ogni possibile via di fuga, l'apparizione di Dok la trattenne.

Daeva, dopo qualche istante di perplessità, si scagliò tra le braccia spalancate di Dok, piangendo lacrime di calda gioia.

Dok la strinse forte, accarezzandole i capelli finché non si fosse calmata, poi esalò un grande sospiro e, con voce grave, disse:

- Daeva, ascoltami. Da quando sei partita sono successe molte cose, delle quali tu sei all'oscuro...

Dok aveva un nodo alla gola, era difficile esporre i fatti quando davanti ai suoi occhi gli sembrava di avere Nial, proprio quella ragazza che lottava per la vita al piano superiore. Daeva le assomigliava in un modo quasi spietato: gli stessi lineamenti, gli stessi occhi verdi, le stesse labbra... sembravano gemelle!

Dok s'interruppe cercando le parole migliori da usare per descrivere la gravità della situazione, infine pensò che fosse meglio che Daeva vedesse ciò che l'aspettava piuttosto di esporre un banale resoconto.

- Vieni, piccola mia. Seguimi. C'è qualcosa che credo tu debba vedere.

Daeva non era certo una stupida: aveva capito dal tono del medico che qualcosa di grave fosse accaduto.

Percorsero in silenzio un lungo corridoio, salendo al piano superiore. Il castello era un luogo spartano e freddo per i canoni di Daeva; oltre a lei e Dok anche Astax, Trent Reznov e Devil Facchy si erano uniti. Nel tragitto nessuno emise un fiato, sembrava che tutti stessero salendo al patibolo. Giunti alla fine del corridoio si fermarono per un istante davanti ad una porta di legno a doppio battente.

Dok guardò Daeva, poi le annunciò:

- È molto debole, ma è ancora viva.

Il timore di ciò che avrebbe visto gelò il sangue nelle vene di Daeva, aveva capito che al di là di quell'entrata avrebbe trovato Nial.

Una volta aperta la porta, Daeva s'avvide di Maryha, seduta al capezzale di Nial e, sul grande letto a baldacchino, il corpo della sorella appariva più fragile che mai, riversato nella più assoluta immobilità. La luce nella camera era fioca e l'odore d'incenso permeava tutto l'ambiente.

Dok fece entrare solo Daeva, gli altri rimasero ad attendere in corridoio, nel più ossequioso silenzio. Maryha si alzò per abbracciare Daeva, la quale ricambiò con sincero affetto:

- È molto debole. Dok ha fatto il possibile per lei.

Con cautela Daeva si divincolò dalla stretta di Maryha e si diresse al letto. Non poteva credere ai propri occhi, quella sorella che aveva ammirato e creduto invincibile per la sua tenacia e la sua forza, ora sembrava perdersi in quell'immenso giaciglio, apparendo poco più di una bambina debole e gracile: un fiore spezzato, una bambola in sottilissima porcellana.

Le avevano rasato i capelli, una profonda ferita si apriva dal sopracciglio sin verso la cute, il pallore del suo viso rasentava quello lunare, un braccio era disteso lungo il fianco, le lunghe dita affusolate sembravano rinsecchite e sul punto di rompersi ad ogni istante.

Daeva toccò delicatamente la mano della sorella, fredda come le acque più profonde.

Il suo sguardo si posò su Dok:

- Cosa le è successo?

- Alcuni superstiti dicono che prima di giungere ad Ascherath, Nial abbia dovuto combattere non poche battaglie.

- È la ferita alla testa che l'ha ridotta in questo stato?

- No. Il problema non è la testa, è la ferita alla spalla. Non è stata curata con solerzia e si è infettata.

Daeva tornò ad osservare la sorella, come se attendesse che Ascher potesse riaprire gli occhi e ricambiare il suo sguardo.

- Si riprenderà?

Dok emise un altro sospiro, stringendo i pugni.

- Abbiamo fatto tutto il possibile... e continueremo a farlo! Ma, oramai, la sua guarigione è solo in mano agli Dèi, - Dok si voltò e aprì l'uscio, come per volere scappare da quella dolorosissima situazione, ma senza aver la forza di varcarlo. - Ti consiglio di pregare tutti quelli che conosci. Così come stiamo facendo noi.

Maryha proruppe in un pianto silenzioso, ma disperato e si precipitò fuori dalla camera.

Daeva strinse le lenzuola con impeto, tentando di sopprimere l'ira:

- Sono giunta troppo tardi. Troppo tardi ho scoperto ciò che stava accadendo!

Dok sospirò e si rivolse nuovamente alla donna, avvicinandosi e posandole una mano sulla spalla perché si voltasse a guardarlo negli occhi:

- Ascoltami bene, Daeva. Non è colpa tua se Nial giace in queste condizioni: non sei stata tu a colpirla, né a trascurare la ferita!

- Invece lo è. Se avessi capito prima quello che stava accadendo, adesso lei non sarebbe qui!

Dok capì di non essere in grado di alleviare le sofferenze di Daeva, quando la lasciò sfogare.

Attese qualche minuto, poi proferì:

- Vieni ora. Abbiamo molto di cui discutere, lasciamola riposare.

Daeva, riluttante, abbandonò il capezzale della sorella e seguì Dok fuori dalla stanza. Ritrovatisi tutti nel corridoio, Dok fece strada per raggiungere la Sala del Consiglio, lì avrebbero discusso sul da farsi.

Quando entrarono nella stanza, Daeva incrociò lo sguardo di colui che mai avrebbe avuto il piacere di rivedere. La sua reazione fu immediata: estrasse la spada puntandola direttamente alla gola di Jared Valar; al suo fianco, James Kavin Arlong fu altrettanto lesto, estraendo la lama e puntandola al petto di Daeva mentre, quasi contemporaneamente, Arlong trovò le armi di Trent Reznov e Astax, sfoderate ad incrociare la sua. Devil Facchy rimase ad osservare la scena con le braccia conserte ed un cipiglio sul volto, un sorrisetto canzonatorio apparve sotto i suoi baffi e non poté esimersi dal beffarsi della situazione:

- Proprio un bel quadretto di famiglia!

Daeva non staccò gli occhi di dosso da Jared, il quale rimase immobile a braccia alzate in segno di non beligeranza. L'ira pervase Daeva:

- Che tu sia maledetto! Cosa diavolo ci fai qui?

La voce di Dok sopraggiunse su tutti:

- Calmatevi tutti quanti! Daeva, è stato Jared a trarre in salvo Nial.

Le parole non sortirono alcun effetto su Daeva, la quale continuò con risolutezza:

- Questo maledetto ha ucciso il Faina... e voleva uccidere anche me, per averlo scoperto!

Gli astanti osservarono Jared, increduli dell'accusa appena rivoltagli contro.

Nessuno si mosse, ognuno mantenne la propria posizione, in attesa che Jared smentisse o confermasse tali accuse, poi dopo lunghi attimi di tensione, finalmente il pirata proferì parola:

- Vi sbagliate, Daeva. Al contrario, io vi ho salvato la vita.

La voce di Daeva rimbombò nella sala:

- Menti spudoratamente, vile cane assassino! Ti ho visto coi miei stessi occhi. Mi hai aggredita in taverna e mi hai seguita nel borgo di Caradras!

Jared non si mosse e con voce calma cercò di far capire a tutti i presenti, ma soprattutto a Daeva, le proprie ragioni:

- Vi ho cercata a lungo, Daeva, è vero... e il mio amico, JK qui con me, può testimoniarlo. Quando sono giunto a Caradras alcuni sicari erano già sulle vostre tracce, ma colui che vi ha assalita non ero io, né un mio compagno: era una Manta, un assassino al servizio di Von Baron. Sono riuscito ad eliminarlo in un vicolo, poi ho cercato di raggiungervi per offrirvi il mio aiuto, ma voi eravate sparita.

Daeva non poteva credere a quella storia:

- Menti sapendo di mentire, Jared Valar! Mi hai seguita, mi hai dato la caccia come il vile cane bastardo che sei e hai attentato alla mia vita.

Dok cercò di intervenire nella disputa:

- Daeva, ragiona: perché mai Jared avrebbe dovuto attentare alla tua vita se poi si è sempre schierato a difesa di tua sorella? Se lei è ancora in vita è solo grazie a quest'uomo!

La mano di Daeva cominciò a tremare e la presa sull'elsa della spada si fece fievole, sebbene cercasse d'ignorare le parole del medico: lei aveva visto Jared, era sicuramente lui in quel vicolo, non aveva dubbi in merito.

Jared la fissò negli occhi, perdendosi qualche istante in quel mare verde, così simile alle iridi di Ascher.

- Non farò nulla contro di voi, Daeva. Se credete che io sia colpevole, affondate pure la spada nel mio petto.

Detto ciò poggiò una mano sul braccio di James, facendogli rinfoderare la propria spada.

JK depose l'arma nel fodero, come fecero subito dopo Trent ed Astax.

Solo Daeva rimase con la spada in pugno, alzata contro Jared, tenuta sollevata dall'odio e dalla sete di sangue e vendetta.

Il Fato

Molti anni addietro

Raven Moonroi, una volta compiuto il suo piano e nascosta la nave con tutto il suo carico prezioso, aveva abbandonato l'isola di Ferres.

Diede il compito di sorvegliarla ad un giovane pirata, che un giorno avrebbe intrapreso una brillante carriera; Raven si guardò bene dal riferire al ragazzo ciò che l'isola nascondesse nelle sue viscere, ma confidava che il giovane Torenescu avrebbe mantenuto la sua parola.

Moonroi non si pentì neppure per un istante di aver dovuto sacrificare la vita di tutti i propri uomini: era l'unica soluzione per assicurarsi che il segreto non trapelasse.

Dedicò gli anni a venire a redarre due mappe, le quali, sovrapposte, davano l'esatta ubicazione del nascondiglio del suo tesoro.

Raven sperava di potersi godere tutto quell'oro, un giorno non lontano, ma sapeva anche che la Zele non si sarebbe mai fermata, fin quando egli non avesse pagato dazio per l'insensato, seppur remunerativo, gesto.

Raven sapeva che non sarebbe mai stato al sicuro, ovunque lui si fosse rifugiato, tuttavia confidava nell'aiuto del suo migliore amico, il solo che sapesse la verità.

Una volta eseguito il compito di scrittura delle pergamene, le diede in custodia a due persone a lui care: la prima era il sacerdote che aveva gentilmente preso in considerazione di porre in matrimonio lui e la sua amata, anche senza il consenso dei genitori di Elisabeth; la seconda persona che ricevette la mappa era un ragazzino che sovente prestava servizio nella dimora di Raven.

Ad entrambi disse che quella pergamena custodiva il lascito per suo figlio e che, a tempo debito, avrebbero dovuto, nel caso lui fosse venuto a mancare, porre quelle pergamene nelle mani dei suoi diretti discendenti, i quali avrebbe provveduto alla loro ricompensa.

Nel corso degli anni quelle pergamene vennero conservate dai custodi, proprio come fossero state sacre reliquie, ma nessuno di loro riuscì mai a compiere il volere di Raven e quelle carte cominciarono a passare di mano in mano, sino a giungere in quelle più improbabili che potessero mai coglierle.

Tra i ricercatori di tesori ve n'era una in particolare, considerata da molti una vera e propria autorità nel campo. Il suo nome era Daeva.

I Voleri di Baron

Karnak era giunto all'Obelisco, l'isola fortezza della Marina Militare.

Appena sceso dalla nave, rimase esterrefatto alla vista imponente che si parava innanzi a lui. La fortezza era stata costruita interamente nella roccia arenaria della scogliera, per questo tutti la consideravano inespugnabile. Un tempo quella roccaforte era il punto di forza della Marina Militare, ai tempi della colonizzazione, poi, una volta che la civiltà si era espansa e il Regno fu formato, fu dismessa per essere usata come prigione. Il lungo pontile portava direttamente all'entrata, un ampio portone in ferro battuto celava agli occhi del mondo i crimini più orrendi che avesse subito.

Karnak fu scortato da due ufficiali. Era insolito ricevere visite in quel luogo, soprattutto da parte di un civile. In ogni caso, una volta constatato che il suo lasciapassare fosse autentico, le guardie lo scortarono sino al cospetto del comandante direttore della prigione. Il comandante Celden fu lieto di dare ospitalità al più fedele sicario di Von Baron. I due si conoscevano da lunga data e, sovente, anche Celden favoriva delle prestazioni di Karnak. Appena il sicario fu entrato nelle sale di riunione, Celden gli si avvicinò con un enorme sorriso al volto:

- Mio caro amico, qual buon vento vi porta in questo angolo sperduto del Regno?

Il sicario rispose fermo:

- Sono qui su incarico di Von Baron.

Celden sapeva di essere troppo importante e potente perché Karnak avesse avuto ordine di eliminarlo e, anche ammettendo che fosse questo l'ordine, il modus operandi del sicario sarebbe stato molto diverso, pertanto continuò in modo pacato:

- Accomodatevi pure, allora. Avrete fatto molta strada, vi verso un ottimo Brandy.

- Sarei di fretta, direttore. Vorrei ripartire al più presto possibile.

Celden si preoccupò:

- Direi che fermarvi a prendere un drink, godendo dell'ospitalità di un caro amico, non sia una perdita di tempo.

Riluttante, Karnak si sedette. Voleva salpare assieme al mercantile col quale era giunto sin lì, il quale avrebbe impiegato almeno un paio d'ore per rifornire di viveri la fortezza; sebbene Karnak detestasse stare troppo tempo in quel posto, poteva permettersi accettare l'invito di Celden.

Dal canto suo Celden, per venire incontro agli interessi del proprio ospite, non perse tempo:

- Visto che avete così tanta fretta, volete mettermi al corrente su ciò che desidera Von Baron da me?

Karnak si allungò per prendere il bicchiere che Celden gli porse, sorseggiò il liquore, attese che l'Ammiraglio si fosse messo comodo e iniziò il suo discorso:

- Sono qui per due ragioni, – Celden tossì leggermente, mentre Karnak proseguì. – La prima è prendere in custodia Raven Moonroi.

Celden non poteva crederci, Von Baron voleva trasferire il prigioniero, probabilmente a causa dei suoi fallimentari interrogatori. Nonostante questa coscienza di colpa, Celden cercò di protestare:

- Io, veramente non...

Il sicario lo interruppe bruscamente:

- Non ho ancora finito!

- Sì... scusatemi. Continuate pure.

Celden si trovò particolarmente in difficoltà, quel colloquio non gli piaceva affatto.

- In secondo luogo: Celden, siete sollevato dall'incarico di comandante. Raggiungerete Keilina Winsor e intercederete con lei perché diventi affiliata alla Zele.

Quegli ordini erano inconcepibili per Celden, per quale motivo si era giunti ad una decisione del genere?

- D'accordo, basta scherzare. Ascoltami bene, Karnak. Come pensi che la prenderebbe il Ministero della Marina, se abbandonassi l'incarico su due piedi?

- Di questo non ti devi assolutamente preoccupare, Von Baron ha già pensato a tutto.

Celden era sempre più confuso:

- E per quanto riguarda il prigioniero? Non posso certo lasciare che se ne vada così, occorrono permessi e... una scorta!

- Anche di questo non ti devi preoccupare. Il permesso è qui nelle mie mani, già firmato. Per quanto riguarda la scorta, è l'ultimo ordine che darai da comandante: sei libero di darmi i soldati che vuoi.

Celden sapeva che, per chiunque egli avesse scelto per accompagnare Raven e Karnak, sarebbe stata una condanna a morte.

Piani di Difesa

Ci vollero due giorni, prima che Daeva riuscisse a smaltire l'ira che le attanagliava il cuore. Non poteva ancora credere di aver lasciato in vita Jared Valar: infine le parole di Dok l'avevano convinta dell'innocenza del pirata, ma in cuor suo sapeva che Jared fosse uno dei meccanismi principali degli intrighi che avevano portato la sorella a ridursi in quello stato. Nonostante questo, Daeva decise che per il momento non avrebbe mosso contro Jared, ma, alla fine di tutta quella storia, avrebbe chiuso i conti anche con lui.

I presenti si radunarono nel salone del castello, il tempo stringeva e dovevano mettersi d'accordo su come approntare le difese della cittadina. Disposte su di un lungo tavolo vi erano le carte topografiche dell'arcipelago di Ascherath e del borgo, intorno al tavolo vi erano Devil Facchy, Astax, Trent Reznov, Jared Valar, James Kavin Arlong, Dok e la stessa Daeva, la quale prese subito la parola:

- Allora, signori, chi altri si schiererà al nostro fianco?

I presenti si osservarono con cipiglio per qualche istante; fu Devil a prendere la parola:

- Siamo solo noi, Daeva.

Daeva guardò di sottecchi Jared:

- Allora siamo pochi.

Stizzito, Arlong si rivolse a lei:

- Siamo solo noi. E dobbiamo cavarcela!

Dok espresse la sua preoccupazione, precisando:

- In verità abbiamo molti pirati al seguito, ma essi sono qui per combattere al fianco di Ascher... e lei non è certo nelle migliori condizioni per guidarli.

Astax ribadì:

- Ha ragione Dok. Se nessuno vedrà scendere in battaglia Ascher, probabilmente il loro morale ne risentirà.

Tutti sapevano quanto le parole di Dok ed Astax corrispondessero a verità; il silenzio colpì la stanza come un macigno.

- Io un'idea l'avrei...

Le parole di Jared irruppero sugli astanti. Daeva lo fulminò:

- Se vuoi metterci al corrente te ne saremmo grati, salvatore!

L'ironia con la quale Daeva calcò la parola 'salvatore' non passò inosservata, ma Jared sembrò non farci caso:

- Sto parlando di te, Daeva!

L'illuminazione si avvertì sul volto di tutti. Astax fu il più lesto a rispondere:

- Ma certo! Siete identiche: chiunque non vi conosca benissimo s'ingannerebbe.

Daeva andò su tutte le furie:

- Siete forse impazziti? Non vestirò i panni di mia sorella per guidare i suoi uomini!

- Calmati Daeva, – la voce di Dok si fece lieve. – Non è certo una brutta idea.

- Ti sei forse ammattito anche tu? Sono un pirata, ma ho rispetto per me e per Ascher: non ingannerò gli uomini di mia sorella!

Dok cercò di temprare il suo tono, in maniera da risultare più fermo, anche se non abbandonò completamente la sua gentilezza:

- In verità, piccola mia, non mi sono ammattito; non più di quanto non lo sia da una vita, almeno. Pensaci bene: se tu scendessi in battaglia sotto le vesti di Ascher, daresti una speranza in più a coloro che combatteranno per lei!

Daeva sembrava non cedere:

- Non posso credere che tu sostenga questa stupida idea.

Dok non si arrese, le si avvicinò fissandola negli occhi e parlando quasi come se stesse parlando alla sua bambina:

- Daeva, rifletti: sarebbe così sbagliato un inganno, se fatto a fin di bene? Inoltre avremmo solo da guadagnarci in questa cosa!

Daeva ricambiò lo sguardo del medico, in maniera ferma:

- Allora, coraggio. Illuminami su questi vantaggi.

Come se non aspettasse altro, Dok rispose prontamente:

- Semplice, Daeva: Long Jhon e i suoi cani fedeli del Ministero Oscuro verranno a sapere che Ascher è ancora in vita e che sta arruolando una nuova ciurma che combatta per lei; questo li obbligherà a venire allo scoperto, dandoci la possibilità di vendicarci!

Dok non era mai stato così vendicativo, ma in cuor suo ormai albergava lo stesso sentimento che probabilmente albergava nei cuori di tutti i presenti e, in ogni caso, proprio come per Ascher, sperava che far leva sulla vendetta avrebbe convinto Daeva.

- Dite che possa funzionare?

La voce di Daeva, leggermente rotta, era fuoriuscita come un sussurro.

- Sì! Funzionerà risposero tutti all'unisono.

Daeva e Jared si scambiarono un lungo sguardo, carico di odio dell'una e di speranza dell'altro.

Dopo lunghi istanti di silenzio, Daeva deglutì, come per ingoiare un rospo vivo e disse, a voce ferma e chiara:

- E sia. Predisponiamo tutte le difese e le armi. Non dovremo lasciare nulla al caso.

I preparativi durarono tutta la notte: si decise di ancorare le navi lungo la costa settentrionale dell'isola; il fuoco nemico si sarebbe concentrato sul castello, nel tentativo di rendere inoffensive le colubrine, permettendo ai pirati capeggiati da Long Jhon di sbarcare senza essere colpiti dai cannoni.

- Una volta che lo sbarco avrà avuto inizio, attaccheremo con le nostre navi.

Arlong non era solo un abile pirata, quella sera si dimostrò anche un ottimo stratega.

- Metteremo all'opera intere squadre di pirati, per fabbricare delle palizzate lungo le strade cittadine. Questo dovrebbe rallentare la loro avanzata, permettendoci di attaccarli anche da terra.

Dopo aver studiato i piani, si divisero i compiti: Jared Valar, Astax e Trent Reznov avrebbero attaccato lo schieramento navale con le loro imbarcazioni, mentre James Kavin, Daeva e Devil Facchy avrebbero organizzato le difese a terra.

Con impeto Daeva batté un pugno sul tavolo:
- E sia! Prendiamo la nostra rivincita!

L'attacco ad Ascherath

L'attesa si fece estenuante. I preparativi per la resistenza erano ultimati, Arlong aveva dato l'ordine di evacuare coloro che non erano adatti al combattimento: donne, anziani e bambini erano stati raccolti all'interno della foresta antistante il borgo, dove vennero improvvisati degli accampamenti; tutti coloro che fossero in grado d'impugnare un'arma, invece, erano stati radunati per assistere al discorso di Daeva, nei panni della sorella Ascher. Ella parlò dell'imminente pericolo che incombeva su tutti loro e del compito che ognuno avrebbe dovuto svolgere. Incitò ogni uomo a combattere per la propria terra, per difendere la proprie case, la propria famiglia e il proprio capitano.

Al termine del discorso un urlo si levò nel piazzale sottostante il castello:

- Ascher! Ascher! Ascher!

Daeva deglutì a fatica tutta il nodo che le si formò in gola in quel momento. Tutta quella gente combatteva in nome di sua sorella, l'inganno che avevano teso a tutti loro pesava sulla sua coscienza.

Appena rientrò dalla balconata, ad attenderla vicino ad un arazzo vi era Dok:

- Stiamo facendo la cosa giusta. Non rammaricartene, Daeva.

La donna scrutò il dottore, con gli occhi velati:

- Stiamo mandando questi uomini a morire, nel nome di mia sorella. Mi spiace Dok, non sono del tuo stesso parere.

Dok non poté ribattere e, anche se l'avesse fatto, a poco sarebbe servito.

Jared Valar, Astax e Trent Reznov erano pronti da ore, ognuno nella propria imbarcazione, attendevano assieme ai rispettivi equipaggi il momento in cui la battaglia sarebbe cominciata. Avrebbero dovuto aspettare che le colubrine cessassero di sparare per mettersi alle vele.

Maryha continuava imperterrita a prendersi cura di Ascher, la quale in quei giorni non aveva mostrato il minimo miglioramento. Appena l'anziana depose una pezzuola bagnata sulla fronte della sua protetta, la porta si aprì, lasciando intravedere la figura di Daeva.

Nella semioscurità la sua voce risuonò limpida e chiara:

- Ti giuro che chiunque abbia ridotto Nial in quelle condizioni, la pagherà molto cara!

Maryha non fece in tempo a rispondere che la porta si richiuse, lasciandola nuovamente sola.

Devil Facchy e James Kavin erano già all'opera dalle prime ore della mattina, tra le fila delle difese: avevano fatto in modo che le palizzate, costruite con i materiali più svariati, venissero piazzate lungo tutte le strade; i due pirati s'intesero perfettamente da subito e i lavori terminarono molto prima delle loro aspettative.

L'intera isola non aveva altro da fare, se non aspettare.

L'attacco avvenne il giorno seguente. Lo schieramento di Long Jhon era a dir poco massiccio: al suo seguito vi erano ben dieci capitani del Ministero Oscuro e tutte le imbarcazioni avevano a loro disposizione una notevole capacità di fuoco.

Il piano era semplice: demolire la fortezza a protezione del porto, sbarcare con le scialuppe e non lasciare in vita nulla sul loro cammino.

Le vedette di Ascherath diedero l'allarme appena la flotta nemica si palesò all'orizzonte. Devil Facchy raggiunse Daeva alle prime luci dell'alba; non si prese neppure la briga di bussare, entrò nella stanza di Daeva come una tigre inferocita:

- Presto! Arrivano!

Le parole di Devil non colsero impreparata Daeva, la quale era già in veglia da qualche ora. I loro occhi s'incrociarono per un istante. Era dunque giunto il momento.

- Ti aspettiamo di sotto. Fai presto! insistette Devil.

Appena si richiuse la porta, Daeva finì di prepararsi: si legò la cintura alla vita, fissò adeguatamente la custodia della sua spada, si acconciò una bandana sul capo e s'incamminò verso il proprio destino.

Ascher era stata trasportata la sera prima nella sua dimora, lontano da sguardi indiscreti. Assieme a lei, con il compito di vegliarla, vi erano Maryha e Dok.

La fortezza fu lasciata deserta: nessuno avrebbe dovuto rispondere al fuoco. Il piano era di far cessare il bombardamento il prima possibile, in modo da far abbassare la guardia a Long Jhon, convincendolo della facilità di prendere possesso dell'isola.

I primi cannoni cominciarono a farsi sentire poco dopo lo spuntar del sole.

L'attacco ad Ascherath era cominciato.

Tetro Destino

Alejandro osservava dubbioso l'attacco ordinato da Long Jhon. Non si sarebbe mai aspettato di assistere alla disfatta di Ascher, per giunta perpetrata dal Ministero Oscuro. Mentre i galeoni aprivano il fuoco verso il castello di Ascherath, Alejandro rivolse lo sguardo verso Long Jhon.

Nel rumore prodotto dalle colubrine cercò d'intercedere col suo capitano:

- Sei sicuro di ciò che stiamo facendo?

Long Jhon fu imperterrito:

- È una traditrice e come tale va trattata!

Alejandro non ne era del tutto convinto, ma giunti a quel punto non ci si sarebbe potuti ritirare.

Il castello non resse molto al massiccio bombardamento e, quando il lato sud cedette sotto i colpi delle colubrine, Long Jhon diede ordine ai suoi uomini di cominciare lo sbarco. Proprio come previsto da James Kavin Arlong; senza rendersene conto, Long Jhon stava cadendo nella rete preparata appositamente per lui.

Dall'altra parte dell'isola, Jared diede l'ordine di prendere il mare. I cannoni avevano smesso di tuonare: era il segnale che aspettavano. I loro piani stavano procedendo nel migliore dei modi.

Ogni galeone del Ministero Oscuro era provvisto di una decina di scialuppe, ognuna in grado di trasportare venti pirati. Senza perdere ulteriore tempo Long Jhon diede l'ordine di calarle e assaltare la cittadina, la quale, a parer suo, era ormai inerte.

Daeva, Arlong e Devil Facchy erano appostati assieme ai loro uomini dietro le barricate, in attesa dello sbarco.

Le scialuppe impiegarono poco meno di un quarto d'ora per raggiungere il porto.

Appena sbarcato Long Jhon si accorse del suo errore di valutazione.

Due galeoni e un veliero, sopraggiunti da nord, cominciarono ad aprire il fuoco sulla sua flotta. I pirati rimasti a bordo vennero colti completamente impreparati, in più le navi ferme si rivelarono un bersaglio troppo facile per le imbarcazioni nemiche. Alla prima bordata ben tre galeoni del Ministero Oscuro cominciarono il loro lento inabissamento.

Un urlo irruppe sulle labbra di Long Jhon:

- Che tu sia maledetta, Ascher!

Giunti a quel punto Long Jhon non aveva altra scelta: doveva avanzare. Sperò che il resto della sua flotta potesse reagire a quell'attacco a sorpresa: erano ancora in superiorità numerica e, non appena fossero riusciti ad issare le vele, lo scontro avrebbe avuto esito positivo. Il capitano diede l'ordine di continuare l'assalto.

Lo scontro tra le vie del borgo si rivelò estremamente difficoltoso: la resistenza aveva posto delle barricate e, sopra di esse, vi erano appostati gli uomini di Ascher coi moschetti spianati.

Long Jhon si accorse troppo tardi di aver sottovalutato il nemico, ma non aveva intenzione di fermarsi. Qualunque cosa avessero architettato quei farabutti, i suoi uomini l'avrebbero rasa al suolo e quei vigliacchi traditori sarebbero annegati nel loro stesso sangue.

I pirati di Ascher, dal canto loro, combatterono come leoni; ma il nemico era troppo numeroso ed in breve molte palizzate cedettero il campo.

Fra i clangori della battaglia, l'odore della polvere da sparo che appesantiva l'aria e il sangue dei caduti che scuriva sul terreno, Long Jhon si trovò di fronte un vecchio amico.

- Finalmente! Ho il piacere di rivederti, amico mio.

James Kavin Arlong era completamente ricoperto di sangue, sudore e polvere da sparo, tanto che Long Jhon impiegò alcuni secondi prima di riconoscerlo.

- Arlong! Maledetto cane azzoppato. Pensavo saresti rimasto tutta la vita a leccarti le ferite. Bene, avrò il piacere di sgozzarti con le mie stesse mani!

Un sorriso maligno si formò sul volto di James:

- Sarò anche un cane azzoppato, Jhon, ma quello che abbaia assurdità sei tu!

Long Jhon non attese oltre e si precipitò contro l'avversario, si sarebbe sbarazzato rapidamente di JK, viste le numerose mutilazioni dell'uomo.

Intanto, in mare, la battaglia continuava a mietere vittime nello schieramento del Ministero Oscuro. La velocità del veliero di Jared aveva messo in ginocchio la flotta avversaria, ancora intenta a prendere il mare; non si poté dire altrettanto del galeone capeggiato da Astax, il quale, a causa di una brusca manovra, aveva evitato uno speronamento, ma si era ritrovato a subire i colpi incrociati di due galeoni avversari; assieme alla prima bordata, Astax ricevette una palla di cannone in pieno petto, che lo scaraventò fuori bordo, mentre la seconda bordata ruppe il timone e perforò lo scafo sotto la linea di galleggiamento. Il nome di Astax fu, in futuro, ricordato con onore.

Daeva, capeggiando le forze di terra, cercava d'infondere coraggio a coloro che combattevano al suo fianco, ma anche dalla sua parte le difese iniziavano a cedere.

Scambiando qualche colpo di spada nella mischia, Ascher-Daeva si ritrovò innanzi il capitano 'Rantolo'.

Era dura levarsi di dosso certi nomignoli quando ti venivano affibbiati e il capitano Carlin, da tutti conosciuto come 'Rantolo', provava un desiderio incommensurabile di poter uccidere Ascher: proprio colei che lo aveva un tempo canzonato, dandogli quel nomignolo assurdo.

Il capitano Carlin, acciecato dall'odio che provava per quella donna, nemmeno si accorse di trovarsi innanzi alla sorella di Ascher.

- Voglio vederti piangere dal dolore prima di toglierti la vita, maledetta meretrice!

Daeva si preparò allo scontro:

- L'unica meretrice che piangerà oggi sarà tua madre, quando saprà che ti ho ucciso come il cane che sei!

'Rantolo' sapeva quanto Ascher fosse abile con la spada, ma si era allenato molto e la donna sembrava provata: non aveva dubbi, il vincitore sarebbe stato lui.

Carlin, detto 'Rantolo', si gettò contro Ascher-Daeva con spaventevole impeto. Per fortuna Karnak le aveva insegnato bene, Daeva fu velocissima: parò l'attacco del pirata, sbilanciando il suo aggressore, afferrò la spada con entrambe le mani, poi con una torsione del busto la portò oltre le proprie spalle e, con inaudita forza, colpì la base del collo di Carlin, recidendogli la testa.

Sul mare, Alejandro valutò la situazione, mentre dava ordini ai suoi uomini: se fossero rimasti ingaggiati a lungo non vi sarebbe rimasto alcun galeone su cui fare affidamento; nell'attacco subito avevano già perso metà della flotta e l'altra metà faticava ad issare le vele sparando contemporaneamente. Se fosse perdurato, quello scontro li avrebbe affondati tutti. Alejandro rifletté attentamente su questa situazione, ma non riusciva a trovare altre soluzioni: diede l'ordine di prendere il mare, abbandonando Long Jhon al suo destino.

James Kavin era decisamente in difficoltà: Long Jhon era veramente un bravo spadaccino, ma Arlong sapeva che è l'astuzia a rendere gli uomini eroi. La gamba di legno gli impediva i movimenti e l'avversario poteva approfittarsi della sua menomazione, così decise di giocarsi il tutto per tutto.

Long Jhon portò un affondo, James lo evitò arrampicandosi sulla palizzata, in modo da esporre la gamba fasulla all'attenzione del suo avversario, il quale cadde immediatamente nel tranello. Appena Long Jhon s'accorse della potenziale vittoria ne approfittò subito: sferrò un colpo netto per recidere quel pezzo di legno; mozzando quell'arto avrebbe avuto in mano lo scontro. James Kavin attese fino all'ultimo, poi, avvedendosi delle intenzioni di Long Jhon, alzò la gamba appena in tempo per evitare il colpo, con estrema rapidità e precisione, Arlong fece calare il moncone sopra la spada dell'avversario, la quale si spezzò di netto.

Long Jhon rimase interdetto. Il suo sguardo cadde sulla spada di JK, puntata alla gola:

- Vuoi emettere un ultimo gauìto?

La flotta del Ministero Oscuro riprese il mare a vele spiegate, mentre urla di giubilo si levarono dal veliero di Jared e dal galeone di Trent Reznov.

Intanto, all'interno del borgo, i seguaci di Long Jhon cominciarono a deporre le armi, una volta catturato il loro capitano. Devil Facchy e James Kavin Arlong legarono Long Jhon, fra le grida gioiose degli isolani e dei loro alleati.

L'arrivo di Ascher-Daeva calmò gli entusiasmi per l'avvenuta vittoria; il silenzio si diffuse fra gli astanti. Con una maschera di odio fissata sul volto, Ascher-Daeva si fece spazio fra i suoi uomini, raggiungendo Long Jhon:

- Ora mi racconterai tutto ciò che sai. Poi, forse, potrai morire!

Patibolo

Affacciata al balcone del castello, Daeva scrutava il borgo che si estendeva sotto di lei; fra le mani stringeva una lettera giuntale solo poche ore prima: era un trattato di guerra.

Il suo vecchio comandante, Long Jhon, le aveva dichiarato guerra, a lei e a tutti coloro che l'avrebbero sostenuta.

Molti pirati si erano in pochi giorni uniti alla loro causa e molti altri continuavano a giungere, in cuor suo Daeva non poteva esserne più entusiasta, ma gli eventi erano decisamente imprevedibili. Daeva era a conoscenza della forza di coloro che aveva contro, ma non si sarebbe mai aspettata che tra le fila di coloro che la sostenevano si nascondesse un eroe.

Mentre i suoi pensieri vagavano tra felicità e tristezza, le giunsero le acclamazioni della folla nel borgo. A capo del corteo, sfilando per le vie della città, vi era colui che aveva avuto l'onore di catturare Long Jhon, nonché l'autore del piano che li aveva portati a vincere quella battaglia. La festa che ricevette era sicuramente degna di un eroe.

Subito dietro a James Kavin Arlong e al suo equipaggio, veniva un carro ingabbiato, di quelli utilizzati solitamente per trasportare da una segreta ad un'altra i prigionieri; anche in quel caso stava trasportando qualcuno.

Daeva era troppo distante per poterlo riconoscere, eppure un senso di inquietudine la invase. Pochi attimi dopo un corriere le recapitò una missiva. Daeva l'aprì con impazienza, gettò l'involucro sigillato nel camino, dove le fiamme lo divorarono immediatamente. Il corriere rimase ad osservare il capitano attendendo ordini, come tutti era impacciato alla presenza della figura di Ascher, tanto splendida quanto pericolosa e spietata. Finito di leggere, Daeva accartocciò con rabbia la lettera, con un gesto mandò via il corriere e si riaffacciò al balcone. La folla si era ammassata nella piazza antistante al castello, un patibolo rozzo fu eretto mentre la folla, ora ammutolita, osservava la scena.

La guerra sembrava essere finita in un lampo, non aveva fatto in tempo a lasciare strascichi nelle genti.

Daeva osservava in silenzio, ancora incredula a ciò che vedeva.

James Kavin Arlong aveva catturato l'uomo che aveva dichiarato guerra a tutti loro; colui che ora saliva, a passo lento e a capo chino, la scala che portava al palco del patibolo, era proprio il leader del Ministero Oscuro.

Quando il cappio ruppe il collo di Long Jhon, molti alzarono lo sguardo per non perdersi la reazione di Ascher, ma rimasero delusi nel constatare che lei non fosse più lì, affacciata ad osservare la fine del suo e del loro nemico.

Lontano dal borgo, in una piccola cappella utilizzata dai contadini locali, si stava svolgendo un'altra funzione.

Quando il sacerdote finì l'omelia, Trent Reznov, Devil Facchy, Jared Valar e Dok sollevarono la cassa, per recarsi nel luogo in cui Nial avrebbe riposato. I lamenti di una tormentata Maryha riecheggiarono in tutto il tragitto.

Nial non era riuscita a vincere la sua ultima battaglia, le sue condizioni negli ultimi giorni sembravano migliorate, poi invece l'infezione, ormai troppo estesa, ebbe la meglio su di lei.

L'ultimo pensiero che attraversò la mente di Nial, finalmente libera di poter aprire il suo cuore, fu verso colui che capì, troppo tardi, di amare: "Jared".

Daeva rientrò nel castello, ancora in via di riparazione, ripensando alla missiva appena letta. Il suo sguardo era perso nel vuoto e le lacrime cominciarono a rigarle il viso, il tempo del Ministero Oscuro era giunto al termine.

Al mondo esistono idee ed ideali perfetti, ma questi sono portati avanti dagli uomini che, in quanto tali, non sono perfetti.

Daeva non poteva far a meno di smettere di piangere: pianse per un ideale perso nell'odio, pianse per Nial, pianse per se stessa e per la propria vita, pianse per tutto ciò che aveva perduto... poi crollò, aggrappandosi al tavolo; cadde in ginocchio e, come una bambina che versa le sue lacrime, pianse sino alla spossatezza.

La Rivelazione dei Winsor

Al di là del mare, Celden cercò di mettersi in contatto con Keilina Winsor. Si diresse al Ministero della Marina, per sapere dove poterla rintracciare e la sua sorpresa fu grande, quando scoprì che la donna aveva richiesto un permesso illimitato, per potersi ritirare e trascorrere un po' di tempo nella casa paterna. Era incredibile che l'ammiraglio si fosse presa una pausa, illimitata, per giunta; come temporaneo sostituto era stato delegato Sirio. Non ci voleva! Se avesse voluto raggiungerla avrebbe impiegato non poche settimane. Celden maledisse tra sé e sé quell'ingrato compito.

Tahaka Island era il cuore di un arcipelago situato a sud. Quell'isola prendeva il nome dall'unica piccola cittadina, abitata da non più di cinquecento anime, che ne fungeva da capitale. Era un luogo di una bellezza indicibile, la vegetazione era lussureggiante e il clima mite. All'interno del piccolo borgo, la famiglia Winsor possedeva una tenuta dall'ampio giardino. Era il luogo dove Keilina era cresciuta ed ora, nel momento del suo peggior sconforto, dato dalla sconfitta subita contro Ascher e dall'infruttuosa ricerca dell'isola di Arper, Keilina cercava un po' di pace per ritrovare se stessa. Lì albergavano tutti i ricordi di un'infanzia trascorsa felicemente accanto al padre.

Un giorno, mentre si stava esercitando in cortile, una visita inattesa interruppe il suo addestramento. Il maggiordomo era accompagnato da una figura che ella riconobbe immediatamente. Keilina salutò cortesemente il suo ospite:

- Qual buon vento vi porta qui, sir Celden?

Celden era affaticato dal lungo viaggio, ma la sua risposta fu altrettanto cortese:

- Volevo vedere come se la passasse la figlia di un mio carissimo amico.

Keilina fece un cenno per congedare il maggiordomo, poi si rivolse al suo ospite:

- Seguitemi, andiamo al gazebo. Lì potremo discutere tranquillamente.

Celden seguì Keilina, prendendo posto accanto a lei all'ombra del gazebo. Il caldo era opprimente e a Celden non dispiacque l'idea di riposarsi un po'.

L'ammiraglio offrì all'ospite un dissetante bicchiere di limonata, perché si affrancasse dalla fatica del viaggio, poi si rivolse a lui:

- Ora, sir Celden, potete dirmi il vero motivo della vostra visita; per quanto siate affezionato a mio padre, dubito che avreste affrontato un viaggio simile solo per sincerarvi del mio stato di salute.

Celden ripose il bicchiere e sorrise:

- Ho appreso dal Ministero della Marina che siete fuori servizio.

- Sì. Ho pensato che un po' di riposo potesse giovarmi.

- Scusatemi ammiraglio se risulto inopportuno, ma spero non abbiate gravi problemi di salute.

Keilina sorrise a sua volta, tranquillizzando il suo ospite:

- No, Celden. Al contrario: come potete vedere, non sono mai stata meglio. Avevo solo bisogno di rilassarmi un po'.

Celden era insicuro sull'entrare in argomento, ma aveva raggiunto quell'isola per un motivo. Scostando lo sguardo dalla donna, continuò:

- Ho letto il vostro rapporto in merito all'attacco subìto da parte di Ascher ai vostri danni.

L'umore di Keilina mutò improvvisamente:

- Uno spiacevole inconveniente. Tuttavia non mi ha cagionato altro se non una leggera ferita, che già si sta rimarginando...

Celden lasciò passare qualche istante, prima di riprendere il discorso:

- Sono lieto che siate sopravvissuta, ammiraglio.

Keilina avrebbe considerato un'offesa il buonismo che Celden stava usando in quel discorso, se non avesse vissuto in prima persona la ferocia della Tigre del Mare; pertanto si limitò a rispondere con un cenno di assenso ed un sorriso sforzato.

Passarono altri lunghissimi istanti, nei quali nessuno dei due sembrava intenzionato a proseguire la discussione, o semplicemente guardare negli occhi l'ospite.

Fu Celden a riprendere la parola, l'importanza della missione che si era imposto era superiore al timore di offendere la donna:

- Non vorrei risultare sfacciato, ammiraglio, ma sono venuto fin qui per chiedervi qualcosa.

Keilina sospirò, versandosi un altro bicchiere di limonata:

- Avete deciso, dunque, di arrivare al punto, Celden?

Celden si mosse irrequieto sulla sedia in vimini, l'irritazione di Keilina era palpabile:

- In realtà, la questione è particolarmente delicata. Per questo vi pregherei di leggere prima questa missiva, – così dicendo l'uomo si alzò dalla sedia, porgendo un rotolo di pergamena a Keilina, la quale si avvide subito del sigillo impressovi sopra. – Questa missiva me la consegnò vostro padre, per darvela al momento opportuno. Credo che quel momento sia giunto.

Keilina, tremante, tolse il sigillo che rappresentava un'ancora dalla lunga catena, avvolta come un serpente attorno ad una grande 'W': l'emblema

della famiglia Winsor.
La donna iniziò a leggere.

Figlia mia,
quando leggerai queste righe, io non sarò più al tuo fianco.
Ci sono cose della mia vita di cui non vado fiero, ma i tempi in cui ho
vissuto e i quali tu ora vivi non sono segnati dall'onore; solo dall'onere.
Ti scrivo queste righe per metterti in guardia.
Gli errori commessi non si possono cancellare ed io, come uomo e come
padre, posso solo indicarti la strada.
Un tempo pensavo che essere il protettore del Regno fosse l'unico ideale
perseguibile, fintanto che non mi furono aperti gli occhi.
Ho consegnato questa missiva ad un uomo di cui io, in passato, ho
avuto fiducia e spero tu ne avrai altrettanta in lui.
I Winsor hanno sempre appoggiato la causa a cui si sono legati e, in
cuor mio, spero vivamente che anche tu voglia affiliarti.
Molto tempo prima che tu nascessi, il Gran Maestro della Zele
m'illuminò sul percorso da seguire ed io abbracciai la causa, per
fondare un ordine migliore. Un mondo migliore.
Ora che il tempo per me è finito, figlia mia, è iniziato il tuo tempo.
Il tempo di prendere atto del compito che ti lascio.
'Gloria imperitura all'ancora dei Giusti'
Tuo Padre.

Keilina non poteva credere ai propri occhi: la calligrafia era decisamente quella di suo padre, ma mai in vita sua avrebbe pensato che, proprio la persona che più di ogni altra amava e rispettava, si fosse venduta al servizio della Zele.
Lei sapeva perfettamente chi fossero quegli individui: esseri senza scrupoli che agivano nell'ombra, una cospirazione di uomini che ordivano in silenzio, tra le fila del Regno, piani per sovvertire l'ordine costituito e la giustizia, con la presunzione di poter manipolare le vite di ogni singolo essere umano. Fino a quel momento, Keilina era convinta che fossero solo dei pirati rinnegati, dei fuorilegge interessati esclusivamente al proprio profitto a all'eliminazione di ogni ostacolo che si sarebbe potuto frapporre fra loro e i loro obiettivi. Mai avrebbe pensato che le loro radici fossero così profonde da raggiungere uomini della caratura di suo padre. Ed egli, nella missiva, aveva addirittura osato applicare il motto della famiglia Winsor a quella combriccola di malfattori autarchici. Come poteva, veramente, il famoso ed onorevole

Jhonatan Winsor, credere che i 'Giusti' fossero quegli esseri orribili, invece che l'istituzione più potente di tutto il Regno?

Quella missiva non lasciava dubbi: anche suo padre si era macchiato di alto tradimento nei confronti del Regno ed ora, non contento, pensava di poter tramandare quel suo insensato lascito.

Era inaccettabile. Keilina osservò Celden. Doveva assolutamente prendere del tempo, una risposta avventata l'avrebbe messa in serio pericolo. D'altro canto, poteva saltare su quella nave: avrebbe potuto accettare, per poi tentare di liberare il Regno da quella macchia nefasta, lavorandovi all'interno come un tarlo famelico.

Con estrema disinvoltura arrotolò la missiva del padre e si rivolse al suo ospite:

- Avete ragione Celden. Questa è una situazione molto delicata.

Celden fece un cenno col capo:

- Non è necessario che mi rispondiate adesso, però voglio che sappiate che vostro padre era molto stimato all'interno della confraternita. Le nostre speranze, ora, sono completamente riposte in voi.

Keilina cercò di nascondere la rabbia e il fastidio che gli provocava quell'uomo, ora che ne conosceva la reale identità:

- Ovviamente vaglierò la vostra richiesta, ma vorrei ponderarla al meglio.

Celden si aspettava una risposta immediata, sapeva che Jhonatan per Keilina era sempre stato un punto di riferimento forte ed un esempio da seguire; la donna non avrebbe mai rifiutato quell'offerta. D'altro canto le recenti brutte esperienze vissute in mare, potevano aver offuscato il giudizio della donna.

Celden non aveva dubbi che Keilina avrebbe seguito le orme del padre, ma decise di lasciarla riflettere e metabolizzare l'intera faccenda.

- Prendetevi il tempo che vi occorre. Intanto cercherò una sistemazione nei paraggi, in attesa della vostra risposta.

- Ve ne sono grata, sir Celden.

L'uomo si voltò congedandosi:

- Ora vi lascio riflettere. Vi farò sapere dove potermi trovare. Non vi scomodate, conosco la via.

Keilina osservò il suo ospite abbandonare la dimora. La rabbia che nutriva in petto superava di gran lunga qualsiasi altro sentimento che avesse provato prima di allora; superava perfino l'amarezza per la sconfitta subita da Ascher. Il tradimento di cui si era macchiato Jhonatan Winsor non poteva passare impunito.

Piani Falliti

Ludvik Von Baron picchiò con tutta la forza i pugni sul tavolo. In preda ad un impeto di rabbia scattò in piedi, scagliando lontano da sé la sedia in cui era seduto con un calcio.

Non poteva credere che il destino fosse così beffardo nei suoi confronti. Dopo tutti gli sforzi compiuti, quella maledetta piratessa continuava imperterrita a mettergli i bastoni tra le ruote.

Ascher era riuscita a sconfiggere il Ministero Oscuro, respingendo l'assalto dei suoi migliori capitani.

Ludvik si avvicinò alla finestra, il sole all'orizzonte stava lentamente morendo, mentre la sua mente cominciò a raccogliere i pensieri sparsi.

Non aveva ancora avuto notizie da parte di Celden. Stando ai nuovi sviluppi, l'appoggio della Marina Militare gli era fondamentale: molto presto Ascher e Daeva, assieme a tutti i loro scagnozzi e mercenari, avrebbero cominciato la loro rappresaglia.

Probabilmente avrebbe anche dovuto recarsi altrove, quel luogo per lui non era più sicuro. Von Baron aveva saputo che Daeva aveva raggiunto la sorella e che Long Jhon era stato catturato e poi impiccato: sicuramente Ascher sapeva che la Zele fosse il mandante della cospirazione ai suoi danni; inoltre la sua ex–protetta aveva letto quella dannata missiva. Non vi era alcun dubbio: Ludvik avrebbe dovuto fare i bagagli e sparire, aspettando tempi migliori.

Almeno Karnak aveva adempiuto al suo compito portando con sé Raven Moonroi, avrebbe potuto rendere nota la sua esistenza ad Ascher e giungere ad un patto: la vita di suo padre in cambio del tesoro e della sua stessa vita.

Quel pensiero svanì rapido come era giunto: non se lo poteva permettere; in tutti quegli anni Von Baron era riuscito a piegare tutto e tutti, persino il destino si piegava al suo volere. Non vi era altro da fare, se non risolvere la situazione utilizzando la sua carta migliore.

Appena il pensiero gli fu chiaro una voce dietro le sue spalle si fece udire:

- Maestro, il prigioniero è al sicuro.

Von Baron si volse ad osservare il suo sicario per un istante, poi tornò a contemplare l'orizzonte:

- Molto bene, Karnak...

Karnak intuì le intenzioni del Gran Maestro della Zele, anticipando il suo pensiero:

- Avete altri compiti per me, Maestro?

Un sorriso tirato comparve sul volto di Von Baron:

- In verità sì! Vorrei che ti occupassi personalmente dell'eliminazione di Ascher.

Karnak non vedeva l'ora di ricevere quel compito: aveva desiderato a lungo misurarsi con quell'abile piratessa. Non impiegò molto a rispondergli, chinando il volto, sul quale si dipinse un sorriso soddisfatto:

- Sarà un onore, Maestro.

Ludvik Von Baron osservò dileguarsi il suo sicario. Era tempo di muoversi e di abbandonare quella dimora.

Scampoli di Vita Quotidiana

Era trascorso più di un mese dalla vittoria ottenuta nei confronti del Ministero Oscuro e sull'isola di Ascherath la vita aveva ripreso il suo lento e inesorabile trascorrere.

Per molti quel successo aveva aperto nuove speranze, per altri non era affatto così: Dok e Maryha vivevano assieme nella dimora di Ascher; di tanto in tanto si soffermavano accanto al camino a ripensare a Nial, sempre con un rammarico nel cuore.

Daeva non trovò mai il coraggio di andare a visitare il luogo della sepoltura di sua sorella, vedere la sua tomba le avrebbe inevitabilmente recato un dolore che non avrebbe potuto affrontare. Intanto, facendosi passare per Ascher, era riuscita a far cominciare i lavori di ristrutturazione del castello.

Non le piaceva affatto continuare quella pantomima ed ogni volta che qualcuno le si rivolgeva chiamandola Ascher una parte di lei sprofondava nel terreno, raggiungendo la sorella. Inoltre non aveva ancora risolto il problema con Jared Valar, il quale continuava a ronzarle intorno. Daeva sapeva benissimo che Jared era innamorato di Nial e non voleva che la loro incredibile somiglianza potesse in qualche modo trattenere Jared al suo fianco; prima o poi avrebbe dovuto prendere in seria considerazione quel pirata.

In più doveva mettere appunto un piano per poter vendicare la morte di Nial e di molte altre persone a lei care e sapeva che colui che avrebbe dovuto uccidere, il responsabile di tutto, altri non era che il suo vecchio maestro: Ludvik Von Baron.

Il problema era che attualmente in porto vi era solo un veliero, quello di Jared Valar e di certo lei non voleva chiedere il suo aiuto.

Tren Reznov era ripartito per portare le spoglie di Astax a casa: anche se i due non si somigliavano affatto in realtà erano fratelli, avevano avuto padri differenti, ma questo non aveva impedito ai due di volersi bene.

Devil Facchy aveva abbandonato Ascherath per seguire gli sviluppi del Ministero Oscuro, o almeno, di quel che ne rimaneva: aveva un conto in sospeso, cercare ed eliminare Lord Dess.

Le gesta di JK erano cantate nelle taverne di Ascherath, però solo una aveva il privilegio di ospitarlo: la taverna del Puledro Impennato.

Come ogni sera, da un mese a quella parte, una figura solitaria prendeva la via per raggiungere la sua meta; giunto sul promontorio si soffermava ad osservare il mare che si stagliava innanzi a lui, lo sguardo gli cadde, come ogni volta, sulla stele che si ergeva dal terreno. Con fare sicuro si chinava per deporre un fiore di lillà, sulla lapide di colei che aveva tanto amato e che, ora, aveva perso per sempre.

Visioni

La sera ad Ascherath stava calando rapidamente. Jared Valar era appena rientrato al borgo, come era solito fare a quell'ora, da un mese a quella parte.

La sua mente era pervasa dai soliti pensieri. Daeva aveva rivelato a tutti loro i retroscena che l'avevano casualmente messa a conoscenza di colui che, nell'ombra, aveva ordito il piano per uccidere Ascher. Oltre a quella rivelazione Daeva li aveva messi al corrente del suo passato e di quel Maestro che lei, un tempo, aveva amato come un padre. Per Jared era sicuramente una novità apprendere che Daeva fosse stata cresciuta da Ludvik Von Baron, in verità non Jared non aveva mai saputo nulla della vita privata del Gran Maestro della Zele.

Non aveva avuto il coraggio di rivelare a tutti che, un tempo, anche lui faceva parte di quella confraternita: già Daeva non nutriva una forte considerazione di lui, figurarsi se fosse stata a conoscenza anche di quel fatto. Non si sarebbe mai fidata di lui, scoprendo ciò che un tempo egli fece in nome della Zele.

Jared sapeva anche che, se dietro a tutta quella macchinazione c'era la Zele, doveva aspettarsi una ritorsione per la vittoria ottenuta. Per quel motivo non aveva ancora abbandonato Ascherath: se la Zele voleva a tutti i costi la morte di Ascher, avrebbe attentato ancora alla sua vita.

Jared rise fra sé e sé dell'ironia della sorte, ora che Daeva si faceva passare per Ascher: non era riuscito a proteggere colei che amava, ma era rimasto per proteggere colei che lo odiava. Jared si sentiva stupido, bloccato in quell'assurda situazione, ma Von Baron non avrebbe atteso a lungo, non poteva permettersi di fare diversamente.

Jared non sarebbe mai riuscito a cancellare il proprio passato, ma sentiva di poter fare qualcosa per il futuro, se non proprio per lui, poteva sicuramente farlo per Daeva, ancora ignara della verità che si celava nelle prigioni della Zele: Jared decise fosse giunto il momento di rivelarle che il padre della donna, Raven Moonroi, era ancora in vita; aveva agito in maniera stupida, tenendo segreta quell'informazione ad Ascher, con l'assurda convinzione che potesse servire per proteggerla e che lo costrinse ad assassinare il Faina. Se non si fosse macchiato di quel crimine, probabilmente le cose si sarebbero potute svolgere in altra maniera e, forse, perfino Daeva si sarebbe fidato di lui.

Era con quel pensiero che, quella sera, Jared si diresse al castello per rivelare a Daeva la verità su Raven Moonroi.

Il castello era ancora in fase di ricostruzione, ma il lato nord era agibile ed era lì che Daeva aveva deciso di alloggiare: non se la sentiva di vivere nella dimora appartenuta alla sorella, i ricordi erano ancora troppo vividi nella sua mente.

Il castello era sorvegliato da alcuni pirati fedeli ad Ascher, i quali, temendo per la sua vita, si prestavano volontari nel presidiare il castello.

Jared si avvicinò come altre volte e si fece riconoscere, di lì a poco fece il suo ingresso nella fortezza. Nemmeno si accorse che, nell'ombra, una figura osservava da tempo le sue mosse.

Karnak era giunto con tranquillità ad Ascherath, nei panni di un pirata qualunque che volesse entrare nelle file di Ascher: erano molti coloro desiderosi di affiliarsi alla grande piratessa che aveva ucciso il famigerato pirata Long Jhon; erano già trascorsi diversi giorni dal suo arrivo e, chiacchierando del più e del meno con altri pirati, era riuscito a sapere dove fosse ubicata la residenza di Ascher e, senza dare nell'occhio, si era recato al castello.

Jared, una volta entrato, si recò alla sala lettura. L'interno del palazzo era sempre deserto a quell'ora, ma l'uomo sapeva benissimo che Daeva s'intratteneva parecchie ore, da sola, assorta nella lettura.

Quando la porta della biblioteca si aprì, Daeva sollevò a malapena lo sguardo verso il pirata. La voce della donna non nascose l'amarezza e l'odio.

- Tu che cosa ci fai qui?

Jared rimase sulla porta: aveva l'impressione di doversi recare al patibolo e, invece di Daeva, innanzi a lui vedeva stagliarsi il boia pronto a colpirlo. Rimase in silenzio ad osservarla, per alcuni lunghissimi istanti, poi si fece coraggio:

- Scusa il disturbo, Daeva, ho bisogno di parlarti.

L'uomo era quantomeno nervoso, ma Daeva sembrava iniziare a sopportare di essere avvicinata da lui con un pronome meno "distaccato", almeno questo dava un po' di speranza a Jared sul loro rapporto di fiducia.

Daeva rimase in assoluto silenzio, in attesa di sapere il motivo della visita, aumentando di proposito la soggezione. Infine Jared si riscosse:

- Ecco, vedi... ci sono delle cose che sarebbe meglio tu sapessi.

Daeva si stizzì e chiuse frettolosoamente il libro che teneva fra le mani, emettendo un suono cupo e sordo:

- O ti muovi a riferirmele, oppure sparisci. Mi deconcentri e mi annoi!

Quelle parole pesarono sull'animo di Jared come un macigno, troppo difficili da accettare, così con voce lieve si scusò e abbandonò la stanza; avrebbe fatto bene a riprovare in una situazione meno intima.

Daeva emise un lungo sospiro, era stata troppo dura con Jared, eppure non se la sentì proprio di richiamarlo.

Jared ridiscese le scale che conducevano all'entrata, aveva nuovamente fallito nel suo intento, non riusciva davvero a parlare con quella donna. Sperava che col passare del tempo il loro rapporto sarebbe migliorato, forse doveva solo concederle più spazio ed aspettare fosse lei a fare il primo passo verso la riappacificazione.

Karnak sentì Jared oltrepassare la porta, poi una volta svanito il rumore dei suoi passi, aprì l'uscio recandosi velocemente al piano superiore; non aveva molto tempo, doveva sbrigarsi: appena scoperto che le guardie volontarie ora piantonavano il castello da cadaveri, Jared, o chi per lui, avrebbe dato l'allarme.

Quando la porta della libreria si riaprì, Daeva scattò immediatamente:

- Ti sei deciso a parlare, oppure andremo avanti così tutta la notte?

Quando Daeva si accorse di avere di fronte il suo vecchio Maestro di Spada, sentì il proprio cuore perdere un colpo.

Al contrario di molti altri, Karnak non si fece ingannare:

- Daeva? Non pensavo di trovarti qui.

La voce di Daeva uscì rotta dalla gola:

- Maestro... sei venuto per uccidermi?

Un sorriso apparve sul volto del sicario:

- Non è te che cerco, ma Ascher.

Non vi era alcun dubbio nel cuore di Daeva, Von Baron aveva incaricato il suo miglior uomo per quel compito, era giunta l'ora di battersi e superare il maestro.

- Allora dovrai prima uccidere me!

Il pensiero di dover uccidere la propria allieva sembrò non turbare Karnak:

- Se è questo che vuoi, figliola, questo è quello che avrai.

Daeva fu rapidissima, scansò la sedia ed estrasse la spada, proprio la stessa arma che, molti anni prima, aveva ricevuto in dono da colui che adesso voleva la sua vita.

Karnak chiuse la porta alle sue spalle ed estrasse la spada a sua volta, assumendo la posizione di difesa.

Daeva valutò le sue possibilità, proprio come Karnak le aveva insegnato: la stanza era grande non più di dieci metri quadri, al centro vi era il tavolo sul quale stava leggendo, la finestra era chiusa con le inferriate, il camino era dietro di lei, sulle pareti libere stavano due grosse librerie, alte sino al soffitto, ricolme di volumi: l'unica via di fuga era alle spalle di Karnak.

Jared raggiunse l'uscita della fortezza, quando un inconsueto presentimento lo colse, all'inizio non fece caso a ciò che il suo cervello aveva già registrato, poi, dopo attimi di riflessione capì cosa non tornasse: all'ingresso le guardie non erano presenti.

Daeva era nervosa, la spada tremava visibilmente tra le sue dita e ciò non sfuggì a Karnak:

- Arrenditi e dimmi dove posso trovare tua sorella! Non ho tempo da perdere con te, ragazzina.

Il coraggio crebbe nel petto di Daeva e, decisa a dimostrare al suo ex-maestro di non essere più la ragazzina impaurita ed insicura di un tempo, senza pronunciare alcuna parola si fiondò all'attacco.

Il sicario era pronto e vigile, conosceva bene la sua allieva e il suo modo di combattere; deviò con la spada il colpo della donna e, col dorso della mano sinistra, infierì su di lei colpendola in pieno viso.

Daeva barcollò per un istante, non fece neppure in tempo a pararsi che la spada di Karnak le trafisse leggermente l'avambraccio, il suo grido rimbombò nella sala.

Jared cominciò a correre verso la libreria, qualcosa dentro di lui gli diceva che Daeva era in pericolo.

Daeva ansimava, già in difficoltà: il braccio le doleva ancor più della guancia, gonfia per il tremendo colpo subito; cercò di radunare le forze per sferrare una finta, seguita da un affondo.

Karnak si accorse in anticipo della finta e, mentre lei tentava di coglierlo impreparato, la trafisse ad una coscia con un rapidissimo fendente.

La gamba non resse il peso di Daeva, la quale si stupì per il suo mancato supporto, ma appena si avvide del colpo che le era stato inferto, aprendole una profonda ferita, il dolore cominciò a graffiarle la mente.

Karnak non perse tempo: scagliò un calcio al petto di Daeva, facendola rotolare carponi contro il muro. L'urto fu talmente forte da toglierle il respiro, la presa sulla spada cedette, facendo carambolare quest'ultima fuori dalla sua portata.

Non passò nemmeno un secondo, che lo sguardo di Daeva si posò sulla punta della spada di Karnak, non più distante di dieci centimetri dal proprio volto.

Karnak guardò senza alcuna compassione la sua allieva, dicendole:

- È giunta l'ora di morire, ragazzina.

La donna chiuse istintivamente gli occhi, alle sue orecchie giunse solo il rumore prodotto dal suo grido, mentre il dolore le investì la guancia.

Daeva aveva paura di aprire gli occhi, però sentiva ancora il proprio respiro affannato e il battito del proprio cuore.

Quando trovò il coraggio di guardare, si ritrovò di fronte le lame incrociate di Karnak e Jared: quest'ultimo aveva deviato con la sua spada il colpo che le avrebbe tolto la vita, procurandole un leggero taglio alla guancia sinistra.

Tutti i migliori spadaccini, una volta nella loro vita, cadono vittime della loro spavalderia e quella volta era toccato a Karnak: non si era nemmeno reso conto dell'ingresso di Jared, aveva sottovalutato l'eventualità che qualcuno potesse giungere così presto.

Sul viso gli si dipinse tutta la sua amarezza.

Dal canto suo, Jared Valar non era mai stato così euforico. Con tutta la sua forza allontanò di peso Karnak dalla sua vittima.

Ripresosi dal suo errore, Karnak schernì Jared:

- Il traditore è giunto a salvare la donzella che ha tradito...

Jared si mise in guardia, conosceva perfettamente il suo avversario:

- Dunque Von Baron ha mandato il suo miglior sicario a morire qui, che onore sarà passare la tua testa a fil di lama!

- L'onore sarà solo mio, quando vi avrò trafitti entrambi, lasciandovi annegare nel vostro stesso sangue!

Jared sorrise, era da lungo tempo che sul suo volto non appariva una tale manifestazione di gioia:

- Vedremo chi dei due sarà più onorato!

Daeva rimase spalle al muro: faticava a respirare e a muoversi, la ferita alla gamba sembrava più seria del dovuto, non poté far altro che osservare lo scontro che, da lì a poco, sarebbe avvenuto.

Jared si scagliò contro il suo avversario con tutta la forza: l'odio che gli covava nel cuore alimentava la sua determinazione, non avrebbe mai potuto perdere quello scontro.

Karnak si trovò subito in difficoltà: era la prima volta che trovava sulla sua strada un avversario di tale abilità.

Le mosse di Jared erano imprevedibili e particolarmente veloci: già con le prime stoccate era riuscito a ferire leggermente Karnak, al braccio sinistro e al costato.

I due uomini volteggiarono nella sala come ballerini, ma, invece che esibirsi in un elegante ballo da cerimonia, essi danzavano un ballo mortale.

Jared era sostenuto nel combattimento unicamente dal suo animo, attanagliato dal troppo rancore per le vite che aveva dovuto sacrificare nel nome di Von Baron e della Zele: coloro che avevano creduto in lui, coloro che non era stato in grado di difendere, ma avrebbe salvato la vita di Daeva, a qualunque prezzo.

In breve Karnak si rese conto di non poter vincere quello scontro, così tentò una mossa evasiva: appena trovatosi nei pressi del tavolo, fece un'agile capriola, compiendo un arco sull'intero mobile, in modo da frapporlo tra sé e l'avversario.

Jared colse l'attimo: con tutta la sua forza, sollevò il grosso tavolo scaraventandolo addosso a Karnak, poi indovinò d'impulso il lato sul quale Karnak si sarebbe gettato per schivarlo.

Appena si avvide del pericolo, Karnak si lanciò alla propria destra per schivare il colpo. Finito il volteggio si trovò la spada di Jared conficcata nel petto.

Aveva vinto, Jared sentì le costole cedere sotto la sua affilata lama, vide il corpo di Karnak contrarsi in uno spasmodico scatto e la sua attenzione fu rivolta immediatamente a Daeva.

- Ti senti bene, Daeva?

Daeva non fece neppure in tempo ad avvertirlo: quando pronunciò il nome dell'uomo fu troppo tardi.

Karnak, nel suo ultimo alito di vita, riuscì ad estrarre il pugnale dal fodero e a trafiggere con un movimento fulmineo il cuore di Jared.

La voce di Daeva vibrò nei timpani di Jared, mentre il suo cuore veniva raggiunto e spaccato dalla lama di Karnak.

Nelle iridi del pirata, velate dalla morte, divenne vivida la visione di Ascher che invocava il suo nome.

Fu lieto di poterla rivedere.

Epilogo

Era trascorso un anno esatto dalla morte di Ascher e, proprio per quell'occasione, Daeva aveva finalmente deciso di recarsi a far visita alla tomba della sorella. Ad accompagnarla vi erano James Kavin Arlong e Dok.

Mentre saliva il declivio che portava in cima al promontorio, Daeva continuò a pensare agli eventi accaduti quella stessa sera di un anno prima e a quelli che accaddero dopo.

Daeva aveva dovuto a malincuore separarsi da Maryha, la quale aveva deciso di riprendere l'abito talare e di ritirarsi nuovamente nel Monastero di Cabras, dove vi erano ancora molti bambini dei quali doveva prendersi cura. Daeva si chiese chi, fra Maryha e i bambini di Cabras, avesse più bisogno di cure ed affetto; nonostante questo, la lasciò andare: la perdita di Nial aveva scavato un solco troppo profondo nell'animo dell'anziana donna, forse occuparsi dei bambini orfani di Cabras avrebbe, in parte, rimarginato quella ferita.

La funzione celebrata per la sepoltura di Jared Valar fu degna del migliore e più nobile fra gli uomini: tutto il paese aveva assestito all'omelìa funebre; dopo la cerimonia, tenutasi all'alba, la bara fu deposta in una piccola cappella, affinché ogni cittadino di Ascerath potesse portare il suo ultimo saluto all'eroe caduto; la sera stessa, alcuni uomini con James Kavin in testa, trasportarono la salma di Jared nella sua ultima dimora.

Ed era lì, proprio al fianco della tomba di Ascher.

Fu Daeva a dare queste disposizioni, non potendo più sdebitarsi con lui in altro modo, come ringraziamento per averle salvato la vita; era sicura che, se avesse potuto esprimere un ultimo desiderio, Jared avrebbe voluto essere sepolto accanto a Nial.

Daeva abbacciò con lo sguardo entrambe le lapidi. Un alito di vento si sollevò dal mare, accarezzandole il viso sul quale era ancora visibile la ferita infertale da Karnak; si sfiorò la guancia, sentendo sotto i polpastrelli quella cicatrice, oramai divenuta un ricordo indelebile.

Al suo fianco, Arlong sospirò al ricordo del suo amico. Era rimasto accanto a Daeva, con l'intenzione di portare a termine il compito dell'amico e ne era divenuto la guardia del corpo, l'uomo più fidato.

Dok si chinò per deporre un mazzo di fiori sulle lapidi; una volta sollevatosi, si rivolse a Daeva:

- Visto, piccola mia? Non è poi stato così difficile.

Daeva sapeva perfettamente quello che Dok volesse dire, ma non riusciva a nascondere la difficoltà che, l'oceano di sentimenti contrastanti che covava nel cuore, gli causava nel semplice atto di rendere omaggio alla sorella defunta.

James Kavin decise che era giunto il momento di rivelare ciò che sapeva a Daeva, aveva aspettato fin troppo tempo.

- Daeva, c'è qualcosa di molto importante che vorrei dirti. Credo sia il momento e il luogo migliore...

Daeva lo osservò attentamente, leggermente perplessa, poi gli fece cenno di proseguire e tornò a fissare le lapidi che, scure, contrastavano coi colori accesi del tramonto.

- Prima di giungere qui, Jared si rivolse a me, chiedendomi aiuto, — Daeva e Dok ascoltavano in silenzio, l'aria sembrava appesantirsi ad ogni istante, spezzata solo dal lontano stridìo dei gabbiani. — Mi raccontò il motivo della sua sofferenza e la verità che avrebbe dovuto raccontarvi...

James Kavin si fermò per prendere fiato, ciò che stava per dire sicuramente avrebbe cambiato in modo radicale il loro futuro.

- Jared conosceva il segreto della Zele!

Dok, spazientito, lo incalzò:

- Vuoi, per favore, venire al punto, Arlong?

James gettò fuori quelle parole, pesanti come macigni sulla sua coscienza, per il troppo tempo in cui erano state taciute:

- Daeva. Devi sapere che tuo padre non è morto, come tua sorella credeva e come tu hai creduto fin ora, — il volto di Daeva, già pallido, parve divenire cereo, mentre l'incredulità prendeva il sopravvento nella sua mente. James continuò. — Vostro padre, Raven Moonroi, fu incarcerato e tenuto prigioniero dalla Zele in una prigione segreta.

Dok lo fulminò:

- E tu hai aspettato tutto questo tempo per rivelarlo?

James Kavin abbassò lo sguardo, il suo comportamento non sarebbe stato giustificabile in alcun modo; sperava solo di essere compreso.

Daeva non indugiò oltre. Senza dire una parola voltò le spalle alle tombe, cominciando a scendere dal declivio.

Dok la richiamò:

- Daeva! Dove stai andando? Cosa intendi fare?

Daeva si fermò. Rigida nella sua figura voltò appena il capo per essere maggiormente udita, poi asserì:

- Perseguirò la mia vendetta, al dì là del Mare!

INDICE

www.ingramcontent.com/pod-product-compliance
Lightning Source LLC
Chambersburg PA
CBHW080722020726
47503CB00010B/2755